dtv

Nach dem plötzlichen Tod ihrer Mutter ist Hal Westaway ganz auf sich allein gestellt. Da erhält sie überraschend einen Brief von einem Anwalt: Ihre Großmutter habe ihr ein riesiges Herrenhaus vermacht. Der 22-Jährigen ist sofort klar, dass es sich um eine Verwechslung handelt, denn ihre Großmutter ist schon seit zwanzig Jahren tot. Ihre finanzielle Lage ist allerdings so verzweifelt, dass sie trotzdem nach Cornwall fährt und sich dort als die gesuchte Erbin ausgibt. Eine Entscheidung mit fatalen Folgen, hat die alteingesessene Familie Westaway doch einige dunkle Geheimnisse. Hal bringt nicht nur so manchen wunden Punkt aus der Vergangenheit ans Licht – sie gerät auch in Lebensgefahr, denn sie scheucht einen Mörder auf, der sich jahrelang in Sicherheit gewähnt hat …

Ruth Ware wuchs in Lewes/Südengland auf und lebte nach ihrem Studium an der Manchester University eine Zeit lang in Paris. Sie hat als Kellnerin, Buchhändlerin, Englischlehrerin und Pressereferentin für einen großen Verlag gearbeitet und wohnt jetzt mit ihrer Familie in der Nähe von Brighton. Mit ihren raffinierten, atmosphärischen Thrillern ist sie zu einer der erfolgreichsten internationalen Bestsellerautorinnen geworden.
Mehr unter www.ruthware.com

Ruth Ware

Der Tod der Mrs Westaway

Thriller

Deutsch von
Stefanie Ochel

dtv

Ausführliche Informationen über unsere Autorinnen und Autoren und ihre Bücher finden Sie unter www.dtv.de

Von Ruth Ware
sind bei dtv außerdem erschienen:
Im dunklen, dunklen Wald (21727)
Woman in Cabin 10 (21777)
Wie tief ist deine Schuld (21814)
Hinter diesen Türen (26271)

FSC
www.fsc.org
MIX
Papier aus verantwortungsvollen Quellen
FSC® C019821

Ungekürzte Ausgabe 2021
dtv Verlagsgesellschaft mbH & Co. KG, München

Titel der englischen Originalausgabe:
›The Death of Mrs Westaway‹ (Harvill Secker/Vintage Publishing/
Penguin Random House, London 2018)

Umschlaggestaltung: ZERO Werbeagentur GmbH unter Verwendung
von Fotos von Arcangel Images/Miguel Sobreira/Stephen Carroll
und shutterstock.com
Satz: Fotosatz Amann, Memmingen
Druck und Bindung: Druckerei C.H.Beck, Nördlingen
Printed in Germany · ISBN 978-3-423-21829-0

Für meine Mum. Immer.

Vorbemerkung

Die Geschichte beginnt im heutigen Brighton, doch Leserinnen und Lesern, die mit der Stadt vertraut sind, dürfte eine Unstimmigkeit auffallen – der West Pier steht noch. Ich hoffe, dass die Bewohner von Brighton sich über die – wenn auch nur literarische – Wiederbelebung dieses vielgeliebten Wahrzeichens freuen.

Eine für Leid
Zweie für Freud
Drei für ein Mädchen
Vier für ein Knäbchen
Fünfe für Silber
Und sechs für Gold
Sieben für ein Geheimnis
das keiner wissen soll

29. November 1994

Die Elstern sind wieder da. Seltsam, wenn ich daran zurückdenke, wie abstoßend ich sie am Anfang fand. Ich weiß noch, wie ich im Taxi vom Bahnhof die Auffahrt hinauffuhr und sie in einer Reihe auf der Gartenmauer saßen und ihr Gefieder putzten.

Als eine von ihnen heute Morgen vor meinem Fenster auf einem mit Raureif überzogenen Zweig hockte, dachte ich daran, was meine Mutter beim Anblick einer einsamen Elster immer gesagt hatte, und ich flüsterte »Guten Morgen, Herr Elster«, um das Unglück fernzuhalten.

Ich zählte sie, während ich mich schlotternd vor Kälte vor dem Fenster anzog. Eine auf der Eibe. Eine zweite auf dem Wetterhahn des Zierpavillons. Eine dritte auf der Mauer des Küchengartens. Drei für ein Mädchen.

War das ein Omen? Ich hielt kurz den Atem an – wünschte, wartete …

Aber halt, hinten auf dem gefrorenen Rasen waren noch mehr. Vier, fünf … sechs … und da drüben hüpfte noch eine über die Steinplatten der Terrasse, pickte an den Eiszapfen, die von den Abdeckungen der Tische und Stühle hingen.

Sieben. Sieben für ein Geheimnis, das keiner wissen soll. Nun, das Geheimnis gibt es, aber ansonsten: weit gefehlt. Man wird zwangsläufig Bescheid wissen, und zwar schon bald. Mir bleibt keine Wahl.

Ich war schon fast angezogen, als ich aus dem Rhododendronbusch ein Rascheln hörte. Im ersten Moment konnte ich den Verursacher nicht sehen, dann plötzlich teilten sich die Zweige, und ein Fuchs schlich lautlos über den blätterbedeck-

ten Rasen, sein rotgoldenes Fell leuchtete inmitten der fahlen Winterfarben.

Am Haus meiner Eltern gab es häufig welche, aber hier in der Gegend trifft man bei Tageslicht fast nie einen an, und kaum einer traut sich, die große Rasenfläche vor dem Haus zu überqueren. Zwar habe ich schon das eine oder andere tote Kaninchen und durchstöberte, kaputte Müllsäcke entdeckt, doch noch nie hat sich tagsüber einer so weit vorgewagt. Dieser hier war entweder sehr mutig oder sehr verzweifelt, wenn er sich am helllichten Tag vor dem Haus blicken ließ. Bei näherem Hinsehen kam mir Letzteres wahrscheinlicher vor, denn er war noch ziemlich jung und schrecklich dürr.

Erst nahmen die Elstern ihn nicht zur Kenntnis, doch dann schien die auf der Terrasse die Gestalt des Räubers zu erkennen, schoss von den eisigen Platten senkrecht in die Luft und krakeelte ihren Alarm heraus, der laut und klar durch den stillen Morgen hallte. Nach dem Warnruf hatte der Fuchs keine Chance mehr, denn schon stoben auch die anderen Vögel der Reihe nach in den Himmel, bis schließlich nur noch einer übrig blieb, der außer Reichweite des Fuchses sicher auf der Eibe hockte. Der Fuchs stahl sich, wie ein Strom aus flüssigem Gold, geduckt über das Gras davon, während die einsame Elster unbehelligt auf dem Zweig zurückblieb und ihren Triumph in alle Welt krächzte.

Eine. Eine für Leid. Doch das ist unmöglich. Kummer und Leid werden mich nie mehr quälen, trotz allem, trotz des Sturms, der im Anzug ist. Während ich hier im Salon sitze und dies alles aufschreibe, kann ich es spüren – mein Geheimnis –, ein Glück, das in mir brennt, ein Glühen so stark, dass ich manchmal glaube, es muss durch meine Haut hindurchscheinen.

Ich werde den Reim ändern. Eine für Glück. Eine für Liebe. Eine für die Zukunft.

1

Das Mädchen stemmte sich gegen den Wind, eine durchweichte Tüte Fish and Chips unter den Arm geklemmt, an der die Sturmböen rupften und drohten, den Inhalt auf der Uferpromenade zu verteilen und den Möwen zum Fraß hinzuwerfen.

Hal hielt den zerknitterten Zettel in ihrer Tasche fest umschlossen und blickte sich immer wieder argwöhnisch nach verdächtigen Gestalten um – doch da war niemand. Jedenfalls war niemand zu sehen.

Es kam selten vor, dass die Strandpromenade so leer war. Aus den Bars und Clubs, die bis spät in die Nacht geöffnet hatten, stolperten normalerweise bis zum Morgengrauen betrunkene Einheimische und Touristen auf den Kieselstrand hinaus. An diesem Abend aber waren selbst die hartgesottensten Partygänger zu Hause geblieben, und so kam es, dass Hal an einem verregneten Dienstag um 21.55 Uhr die Promenade für sich allein hatte und die flackernden Lichter des Piers und die Möwen, die schreiend über den dunklen, unruhigen Wellen des Ärmelkanals kreisten, das einzige Zeichen von Leben waren.

Hals schwarzer Pony wehte ihr in die Augen, ihre Brille war beschlagen, die Lippen rissig von der salzigen Meeresluft. Doch jetzt bog sie von der Promenade ab und hinein in eine der schmalen, von hohen weißen Wohnhäusern gesäumten Straßen, wo der Wind so abrupt abflaute, dass sie ins Straucheln kam und beinahe hinfiel. Der Regen ließ aber nicht nach, ohne den Wind schien er eher noch heftiger niederzuprasseln, als Hal die Marine View Villas erreichte.

Der Name war eine Lüge. Villen gab es hier keine, nur leicht ramponierte Reihenhäuschen, von denen der Putz durch den ständigen Kontakt mit der salzigen Luft abblätterte. Und einen Ausblick gab es auch nicht – weder aufs Meer noch sonst irgendwohin. Vielleicht hatte es ihn einst gegeben, damals, als die Häuser gebaut worden waren. Doch seither waren näher am Wasser höhere, prächtigere Häuser aus dem Boden geschossen, wodurch jeder Ausblick, den man von den Fenstern der Marine View Villas einst gehabt haben mochte, auf Backsteinmauern und Schieferdächer reduziert worden war, sogar von Hals Dachgeschosswohnung aus. Heute bestand der einzige Vorteil ihrer nur über drei schmale, knarrende Treppen erreichbaren Wohnung im dritten Stock darin, dass man über sich kein Getrampel hörte.

Die Nachbarn schienen aber sowieso nicht da zu sein – und zwar schon eine ganze Weile, zumindest nach dem Stapel Werbung im Hausflur zu schließen, über dem die Tür festklemmte. Hal musste fest schieben, bis die Tür mit einem Ruck nachgab und sie in den kalten, dunklen Hausflur stolperte. Sie drückte den Lichtschalter. Doch nichts tat sich. Entweder war die Sicherung raus oder die Birne durchgebrannt.

Im schwachen Lichtschein, der von der Straße hereinkam, raffte sie die Post zusammen und sortierte, so gut es ging, die Briefe an die Nachbarn aus, bevor sie den Weg in ihre Dachgeschosswohnung fortsetzte.

Im Treppenhaus gab es keine Fenster, deshalb musste sie sich nach dem ersten Absatz im Dunkeln vorantasten. Aber Hal kannte diese Treppe in- und auswendig, vom wackligen Brett im Flur bis zum losen Stück Teppichboden auf den letzten Stufen, und so stieg sie erschöpft, aber unbeirrt nach oben, in Gedanken schon beim Essen und in ihrem Bett. Eigentlich hatte sie gar keinen Hunger mehr, aber der Imbiss hatte immerhin 5,50 Pfund gekostet, was in Anbetracht der vielen Rechnungen in ihrer Hand genau 5,50 Pfund waren, die sie nicht einfach verschwenden durfte.

Oben angekommen duckte sie sich, um keine Regentropfen

aus dem Oberlicht abzubekommen, und dann, endlich, war sie zu Hause.

Die winzige Wohnung bestand im Prinzip nur aus einem Schlafzimmer, das von einer Art breitem Flur abging, der als Küche, Wohnraum und alles andere zugleich diente. Außerdem war sie ziemlich heruntergekommen, die Farbe an den Wänden blätterte ab, der Teppichboden war abgewetzt, und bei Seewind ächzten und klapperten die Holzfensterrahmen. Doch in Hals einundzwanzig Lebensjahren war dies immer ihr Zuhause gewesen, und ganz gleich, wie sehr sie fror oder wie müde sie war, ihr Herz machte jedes Mal einen kleinen Sprung, wenn sie durch die Tür trat.

In der Tür blieb sie stehen, wischte sich die Salzspritzer von der Brille und polierte sie anschließend am zerschlissenen Stoff ihrer Jeans, bevor sie die Imbisstüte auf dem Couchtisch ablegte.

Sie zitterte vor Kälte, als sie sich vor den Gasofen kniete und am Knauf drehte. Es knackte ein paarmal, bis das Gas zündete, und nach und nach kehrte die Wärme in ihre schmerzenden blauroten Hände zurück. Dann wickelte sie die regenfeuchte Papiertüte auf und atmete den scharfen Essigduft ein, der sich in dem kleinen Raum ausbreitete.

Sie spießte eine schlaffe, noch warme Fritte auf die Gabel und begann damit, die Post durchzusehen: Werbezettel für Lieferdienste wanderten ins Altpapier, die Rechnungen auf einen Stapel. Obwohl die Fritten angenehm salzig und säuerlich schmeckten und der gebackene Fisch sogar noch heiß war, verging ihr beim Anblick des immer weiterwachsenden Stapels von Rechnungen allmählich der Appetit. Sorgen machte ihr nicht nur die Höhe des Stapels, sondern vor allem die Anzahl der mit »Letzte Mahnung« beschrifteten Umschläge darin, weshalb ihr schließlich so mulmig wurde, dass sie das Essen zur Seite schob.

Die Miete hatte Priorität – daran gab es nichts zu rütteln.

Auch der Strom stand ganz oben auf der Liste. Ohne Kühlschrank und Licht war das kleine Apartment kaum bewohnbar. Die Gasrechnung … nun, es war November. Ohne Heizung würde es ungemütlich werden – aber sie würde es überleben.

Doch der Brief, bei dem ihr wirklich mulmig wurde, sah anders aus als die offiziellen Mahnungen. Auf dem billigen Umschlag, der anscheinend direkt am Haus eingeworfen worden war, stand mit Kugelschreiber geschrieben: »Harriet Westaway, Dachgeschoss«.

Es gab keine Absenderadresse, doch die brauchte Hal auch gar nicht. Sie wusste, von wem der Brief stammte.

Hal schluckte den Bissen herunter, der ihr im Hals festzustecken schien, und folgte dem unwiderstehlichen Drang, den Kopf in den Sand zu stecken, indem sie den Umschlag ungeöffnet unter den Stapel Rechnungen schob. Sie wünschte sich inständig, sie könnte das ganze Problem jemandem anvertrauen, der älter, weiser und stärker war als sie.

Aber da war niemand. Nicht mehr. Und außerdem steckte in ihrem Innersten ein zäher, sturer Kern Tapferkeit. So zierlich, blass und jung sie auch war – sie war nicht das Kind, für das man sie immer wieder hielt. Schon seit über drei Jahren war sie nicht mehr dieses Kind.

Dieser Kern war es, der sie schließlich den Umschlag wieder hervorziehen und die Lasche aufreißen ließ.

Darin befand sich ein einziges Blatt Papier, auf dem nur drei kurze getippte Sätze standen.

Leider haben wir sie verpast. Wir würden gern mit ihnen über ihre finanziele Situation sprechen. Wir melden uns wieder.

Hals Magen zog sich zusammen, und sie tastete unwillkürlich nach dem Zettel in ihrer Hosentasche, der heute Nachmittag während der Arbeit aufgetaucht war. Die beiden waren identisch, bis auf die Knicke und den Fleck, den sie mit einem Spritzer Tee beim Öffnen des ersten darauf hinterlassen hatte.

Die Botschaft an sich war nichts Neues für Hal. Schon seit Monaten ignorierte sie Anrufe und Textnachrichten mit diesem Inhalt. Es war die Botschaft *hinter* den Worten, die ihre Hände zittern ließ, als sie die beiden Zettel vorsichtig nebeneinander auf dem Couchtisch ablegte.

Hal war es gewohnt, zwischen den Zeilen zu lesen; ihr war klar, dass das, was jemand *nicht* sagte, ebenso bedeutsam war wie das, was er sagte. Gewissermaßen war das ja ihr Job. Nur dass hier die unausgesprochenen Worte keiner großen Entschlüsselung bedurften.

Sie lauteten: Wir wissen, wo Sie arbeiten.

Wir wissen, wo Sie wohnen.

Und wir werden zurückkommen.

Beim Rest handelte es sich hauptsächlich um Werbepost, die Hal ins Altpapier warf, bevor sie sich erschöpft auf dem Sofa zurücklehnte. Einen Moment lang stützte sie den Kopf in die Hände und versuchte, nicht an ihren Kontostand zu denken, während sie die Stimme ihrer Mutter im Ohr hatte, als stünde sie hinter ihr und mahnte sie wie damals beim Lernen aufs Abi: *Hal, ich weiß, du bist gestresst, aber du musst essen! Du bist zu dünn!*

Ich weiß, antwortete sie in Gedanken. So war es immer, wenn sie Sorgen und Stress hatte – als Erstes verlor sie ihren Appetit. Doch sie konnte es sich nicht leisten, krank zu werden, denn wenn sie nicht arbeiten konnte, verdiente sie kein Geld. Und davon ganz abgesehen, konnte sie es sich nicht leisten, eine Mahlzeit zu verschwenden, noch nicht mal eine, die an den Rändern feucht und schon fast kalt war.

Trotz ihrer schmerzenden Kehle gab sie sich einen Ruck und nahm eine weitere Fritte. Da fiel ihr im Altpapierkorb etwas ins Auge. Etwas, was nicht dort sein sollte. Ein weißer, von Hand adressierter Briefumschlag aus hochwertigem Papier, den sie versehentlich mit den Take-away-Flyern aussortiert hatte.

Hastig beugte sie sich vor und angelte den Brief zwischen den alten Zeitungen und Suppendosen hervor.

Miss Harriet Westaway stand darauf. *Apartment 3C, Marine View Villas, Brighton.* Der Schriftzug war ein bisschen fleckig von Hals fettigen Fingern und dem Verpackungsmüll im Behälter.

Na, zumindest konnte er wohl kaum eine Rechnung sein. Er sah mehr aus wie eine Hochzeitseinladung – auch wenn sie das für unwahrscheinlich hielt. Ihr fiel niemand ein, der in Frage käme.

Sie schob den Daumen unter die Umschlaglasche und riss sie auf.

Es war keine Einladung. Es war ein Brief, verfasst auf schwerem, wertvollem Papier, auf dem oben der Name einer Anwaltskanzlei stand. Für einen Moment schien sich in Hals Magen ein Abgrund aufzutun, als vor ihrem inneren Auge eine ganze Landschaft furchterregender Möglichkeiten vorbeizog. Wollte jemand sie für etwas verklagen, was sie bei einer Sitzung vorausgesagt hatte? Oder ging es etwa – o Gott – um die Wohnung? Ihr Vermieter Mr Khan war schon Mitte siebzig und hatte nach und nach bereits alle anderen Wohnungen im Haus verkauft. Hals jedoch hatte er – hauptsächlich, da war sie sich sicher, aus Mitleid mit ihr und aus Zuneigung zu ihrer Mutter – bislang verschont, aber dieser Aufschub konnte nicht ewig andauern. Eines Tages würde er Geld für ein Pflegeheim brauchen oder der Diabetes würde ihn zur Strecke bringen, und dann würden seine Kinder die Wohnung verkaufen. Auch wenn die Farbe von den feuchten Wänden abblätterte und es jedes Mal, wenn man Föhn und Toaster gleichzeitig benutzen wollte, einen Kurzschluss gab – das hier war ihr Zuhause, das einzige Zuhause, das Hal je gekannt hatte. Und sollte er sie wirklich rauswerfen, standen ihre Chancen, etwas Neues zu finden, zurzeit nicht nur schlecht, sondern waren gleich null.

Oder war es … nein. *Der* wäre niemals zu einem Anwalt gegangen.

Ihre Finger zitterten, als sie den Brief auffaltete, doch als ihr Blick auf die Adresszeile unter der Unterschrift fiel, stellte sie erleichtert fest, dass die Kanzlei sich nicht in Brighton befand. Es handelte sich um eine Adresse in Penzance, Cornwall.

Also ging es nicht um die Wohnung – Gott sei Dank. Und die Wahrscheinlichkeit, dass es sich, so weit entfernt, um eine verärgerte Kundin handelte, war auch verschwindend gering. Ihres Wissens kannte Hal überhaupt niemanden in Penzance.

Sie legte den Brief auf den Tisch, schob sich die Brille auf der Nase zurecht und begann zu lesen.

Sehr geehrte Miss Westaway,

dieses Schreiben erfolgt im Auftrag meiner Klientin, Ihrer Großmutter Hester Mary Westaway mit Wohnsitz Trepassen House in St. Piran.
Mit Bedauern teile ich Ihnen mit, dass Mrs Westaway am 22. November dieses Jahres zu Hause verstorben ist. Ich nehme an, dass dieser Verlust Sie unvorbereitet trifft, und möchte Ihnen auf diesem Wege mein aufrichtiges Beileid aussprechen.
Als Mrs Westaways Anwalt und Nachlassverwalter bin ich damit betraut, die Erben von den weiteren Schritten in Kenntnis zu setzen. Aufgrund des beträchtlichen Umfangs des Nachlasses wird eine gerichtliche Testamentsbestätigung erforderlich sein, im Zuge derer auch die Höhe der anfallenden Erbschaftssteuer bemessen wird. Erst nach Abschluss dieser Vorgänge kann eine Auszahlung an die Erben erfolgen. In der Zwischenzeit jedoch möchte ich Sie bitten, mir beglaubigte Kopien von zwei

Dokumenten zum Nachweis Ihrer Identität und Ihrer Adresse zu übersenden (umseitig eine Liste zulässiger Urkunden und Belege), die mir erlauben, die notwendigen Formalitäten in die Wege zu leiten.
Entsprechend den Anweisungen Ihrer verstorbenen Großmutter ist es weiterhin meine Aufgabe, die Hinterbliebenen über die Beisetzung zu informieren. Diese wird am 1. Dezember um 16.00 Uhr in der Kirche von St. Piran stattfinden. Da im Ort selbst nur wenige Unterkünfte zur Verfügung stehen, sind die Familienangehörigen ausdrücklich eingeladen, in Trepassen House zu übernachten. Falls Sie von diesem Angebot der Unterbringung Gebrauch machen möchten, informieren Sie bitte vorab die Haushälterin Ihrer Großmutter, Mrs Ada Warren, die sich um die Bereitstellung eines Zimmers kümmern wird.
Ich möchte Ihnen hiermit noch einmal meine herzliche Anteilnahme übermitteln und Ihnen außerdem versichern, dass ich in dieser Angelegenheit größte Sorgfalt und Aufmerksamkeit walten lassen werde.

Mit vorzüglicher Hochachtung,
Robert Treswick
Kanzlei Treswick, Nantes & Dean
Penzance

Hal saß wie vom Blitz getroffen da und las den kurzen Brief mehrmals durch, bevor sie sich der Liste zulässiger Identitätsnachweise zuwandte, als würde dadurch irgendetwas klarer.

Erben … beträchtlicher Nachlass … Auf einmal knurrte ihr der Magen, und sie schob sich noch ein Kartoffelstück in den Mund und kaute geistesabwesend darauf herum, während sie versuchte, in den Worten irgendeinen Sinn zu entdecken.

Denn es ergab keinen Sinn. Kein bisschen. Hals Großeltern waren schon seit über zwanzig Jahren tot.

2

Sie wusste nicht, wie lange sie so dagesessen und über den rätselhaften Brief nachgedacht hatte, während ihr Blick immer wieder von dem gefalteten Dokument zur Suchseite auf dem Bildschirm und zurück gewandert war. Doch als sie müde wieder aufblickte und sich streckte, zeigte die Anzeige auf der Mikrowelle fünf vor Mitternacht an, und ihr fiel mit Schrecken ein, dass die Gastherme die ganze Zeit an gewesen war. Sie stand auf und drehte sie aus, lauschte dem Knacken beim Abkühlen, und während sie in Gedanken weitere fünfzig Pence zur Gasrechnung auf dem Stapel addierte, fiel ihr Blick auf das gerahmte Foto auf dem Kaminsims.

Es stand dort fast schon so lange, wie sie denken konnte – zehn Jahre mindestens –, aber als sie es nun in die Hand nahm, betrachtete sie es mit ganz neuen Augen. Es zeigte ein vielleicht neun- oder zehnjähriges Mädchen und eine Frau am Strand von Brighton. Sie standen lachend nebeneinander, die Augen zusammengekniffen gegen den böigen Wind, der ihr langes dunkles Haar zu zwei identischen, albernen Hochfrisuren blies. Die Frau hatte einen Arm um das Mädchen geschlungen, und der Ausdruck der beiden war so voller Freiheit, voller Vertrautheit, dass Hals Herz sich in dem wohlbekannten Schmerz zusammenzog, an den sie sich in den letzten drei Jahren beinahe gewöhnt hatte, doch nachzulassen schien er nie.

Das Mädchen war Hal – und doch war sie es nicht. Sie war nicht dasselbe Mädchen, das jetzt vor dem Kamin stand, das Haar kurz wie ein Junge und Piercings in den Ohren, und unter dessen abgewetztem T-Shirt am Nacken Tattoos hervorlugten.

Das Mädchen auf dem Foto hatte es nicht nötig gehabt, ihre Haut mit Erinnerungen zu zieren, denn alles, was es zu erinnern galt, stand dort neben ihr. Sie trug kein Schwarz, denn sie hatte nichts zu betrauern. Sie lief nicht mit eingezogenem Kopf und hochgeklapptem Kragen nach Hause, denn sie musste sich vor nichts verstecken. Sie hatte es warm, hatte immer genug zu essen, und vor allen Dingen wurde sie geliebt.

Die Fish and Chips waren inzwischen eiskalt. Hal raffte die Reste zusammen und warf sie in den Mülleimer in der Zimmerecke. Ihr Mund war vom Salz ganz trocken geworden, ihre Kehle vor Trauer wie zugeschnürt, und der Gedanke an eine heiße Tasse Tee vor dem Zubettgehen erschien ihr auf einmal sehr verlockend. Sie würde sich einen Tee machen und mit dem Rest des heißen Wassers die Wärmflasche befüllen, die dem Bett wenigstens ein bisschen von seiner klirrenden Kälte nahm und ihr beim Einschlafen half.

Während der Wasserkocher zischte, wühlte Hal im Küchenschrank nach der Teebeutelpackung. Doch fast, als wäre es das, wonach sie unbewusst gesucht hatte, umschlossen ihre Finger plötzlich etwas anderes. Nicht den leichten Karton, sondern eine Glasflasche, noch halbvoll. Sie musste sie nicht herausziehen, um zu wissen, was darin war, doch sie tat es trotzdem, wog die Flasche in ihrer Hand, sodass die Flüssigkeit darin hin- und herschwappte. Wodka.

In letzter Zeit trank sie fast gar nicht mehr – sie mochte die Person nicht, in die sie sich dann verwandelte –, doch jetzt, als ihr Blick wieder auf die Drohbotschaften auf dem Tisch fiel, schraubte sie kurzerhand den Verschluss ab und schenkte sich einen großzügigen Schluck in die Tasse ein, die sie eigentlich für den Tee vorgesehen hatte.

Sie führte die Tasse an die Lippen, atmete den beißenden, leicht benzinartigen Geruch ein, und einen Augenblick spürte sie den Geschmack schon fast in ihrem Mund – das Brennen des Alkohols, gefolgt von diesem kurzen, süchtig machenden

Kribbeln. Doch dann schien sich etwas in ihrem Magen zu sträuben, und sie kippte den Wodka in die Spüle, wusch die Tasse aus und machte sich stattdessen Tee.

Als sie mit der Tasse ins Schlafzimmer kam, stellte sie missmutig fest, dass sie die Wärmflasche vergessen hatte. Aber sie war zu erschöpft, um zurückzugehen, und immerhin hatte sie ja den warmen Tee. Hal kuschelte sich ins Bett und nippte daran, während sie auf den grellen Handybildschirm starrte.

Die Google-Bildersuche zeigte eine von Hand nachgefärbte Ansichtskarte, vermutlich aus den 1930er Jahren, auf der ein großes Herrenhaus zu sehen war. Die lange, aus sandfarbenem Stein gebaute Fassade mit Fenstern im georgianischen Stil war von Efeu bedeckt. Aus dem Schieferdach ragten Schornsteine empor, mehr als ein Dutzend, in unterschiedlichen Formen und Größen. Das Gebäude schien in einen Anbau aus rotem Backstein überzugehen, der in einem anderen Stil als das Haupthaus gebaut war. Davor erstreckte sich eine abschüssige Rasenfläche, und quer über das Bild hatte jemand gekritzelt: *Vor der Weiterfahrt nach Penzance haben wir noch einen köstlichen Nachmittagstee in Trepassen House eingenommen.*

Das also war Trepassen House. Kein bescheidener kleiner Bungalow und auch kein viktorianisches Reihenhäuschen mit protzigem Namen. Sondern ein veritabler Landsitz.

Selbst ein noch so kleiner Anteil an diesem Haus wäre mehr als genug, um ihre Schulden zu tilgen. Er würde ihr ein wenig von der Sicherheit zurückgeben, die sie mit dem Tod ihrer Mutter verloren hatte. Schon ein paar Hundert Pfund würden ihr mehr Luft zum Atmen verschaffen, als sie seit Monaten gehabt hatte.

Die Uhr auf dem Bildschirm zeigte halb eins an, und obwohl Hal wusste, dass sie schlafen sollte, legte sie das Handy nicht weg.

Stattdessen blieb sie im Bett sitzen, suchte und scrollte weiter, und während ihre Brillengläser über dem Dampf der Tasse beschlugen, spürte sie eine seltsame Mischung an Gefühlen in sich aufsteigen, die sie mehr wärmte als der Tee.

Aufregung? Ja.

Angst auch, und nicht zu knapp.

Doch vor allem war da etwas, was sie sich seit Jahren nicht mehr gestattet hatte. Hoffnung.

3

Hal wachte am nächsten Morgen spät auf. Es war schon hell, die Sonne fiel schräg durch die Vorhänge ins Schlafzimmer, und sie blieb eine Weile liegen, spürte Euphorie und Angst zugleich und versuchte, sich daran zu erinnern, woher diese Gefühle kamen.

Die Erkenntnis traf sie wie ein doppelter Schlag in die Magengrube.

Die Angst kam von dem Stapel Rechnungen auf dem Couchtisch – und schlimmer als die Rechnungen waren die getippten, per Hand zugestellten Botschaften.

Die Euphorie aber …

Sie hatte die ganze Nacht damit verbracht, es sich auszureden. Nur weil Hester Westaway dort gelebt hatte, bedeutete das ja noch lange nicht, dass ihr dieses ganze weitläufige Anwesen gehört hatte, das auf der Ansichtskarte zu sehen gewesen war. Heutzutage hatte man doch solche Häuser gar nicht mehr. Die Tatsache, dass sie dort gestorben war, hieß nicht, dass sie die Besitzerin war. Viel wahrscheinlicher war es, dass man das Haus inzwischen zum Seniorenheim umfunktioniert hatte.

Aber die Haushälterin, flüsterte eine Stimme in ihrem Kopf. *Und das mit dem Zimmer, das sie für dich bereitstellen wollen. Das würden sie in einem Seniorenheim kaum machen, oder?*

»Es spielt keine Rolle«, sagte Hal laut und erschrak im selben Moment über den Klang ihrer eigenen Stimme in der stillen Wohnung.

Sie stand auf, strich sich über ihre zerknitterten Klamotten und setzte die Brille auf. Rückte sie auf der Nase zurecht und warf sich selbst im Spiegel einen strengen Blick zu.

Es spielte keine Rolle, ob Hester Westaway nun ein Zimmer, ein Gebäudeflügel, ein Häuschen auf dem Grundstück oder das gesamte Anwesen gehört hatte. Ganz offensichtlich war hier jemandem ein Irrtum unterlaufen. Das war nicht Hals Großmutter. Das Geld stand jemand anderem zu, und damit war die Sache erledigt.

Morgen würde sie Mr Treswick antworten und genau das erklären.

Heute aber … Hal warf einen Blick auf die Uhr und schüttelte den Kopf. Heute hatte sie kaum Zeit zu duschen. Es war bereits 11.20 Uhr, und sie war sehr spät dran.

Sie stand unter der Dusche, das heiße Wasser prasselte auf sie herunter, als die Stimme sich unter dem Wasserrauschen flüsternd wieder meldete.

Aber was, wenn es stimmt? Sie haben immerhin dich angeschrieben, oder nicht? Sie haben deinen Namen und deine Adresse.

Doch, es stimmte einfach nicht. Hals Großeltern mütterlicherseits, die einzigen, von denen sie wusste, waren schon vor vielen Jahren gestorben, noch vor ihrer Geburt. Außerdem hieß ihre Großmutter nicht Hester, sondern … Marion?

Vielleicht war Marion ja ihr mittlerer Name gewesen. Das machen manche Leute doch, oder? Einen Namen im Alltag benutzen, den anderen für Papierkram. Was, wenn –

Hör auf, ermahnte sich Hal. Lass es einfach. Du weißt, dass es nicht wahr ist. Du *willst* nur, dass es wahr ist.

Doch die Stimme in ihrem Kopf hörte nicht auf, und hauptsächlich in dem Versuch, sich selbst zu überzeugen, gab Hal schließlich nach, stellte die Dusche aus, schlang sich ein Handtuch um den Körper und ging zurück ins Schlafzimmer. Unter dem Bett stand eine schwere Holzkiste, die sie hervorzog.

In der Kiste befand sich ein Wust von offiziellen Dokumenten – Versicherungsscheine, Mietvertrag, Rechnungen, ihr Reisepass … Hal wühlte sich durch die verschiedenen Schichten wie eine Archäologin auf den Spuren ihrer eigenen Vergangenheit.

Nach der Rundfunkanmeldung und einer alten Reparaturrechnung für einen Rohrbruch ging es tiefer hinab zu einer Schicht, die nur aus Schmerz bestand – die Sterbeurkunde ihrer Mutter, die Kopie ihres Testaments, der Polizeibericht, ihre vergilbte Fahrerlaubnis. Unter alldem lag ein zum Quadrat gefalteter Schleier aus feiner schwarzer, mit Jettperlchen besetzter Gaze.

Mit zugeschnürter Kehle legte Hal ihn beiseite, um die bitteren Erinnerungen schnell hinter sich zu lassen und zu den älteren Dokumenten darunter vorzudringen – Papiere, die ihre Mutter aufbewahrt hatte, sorgfältig geordnet im Gegensatz zu Hals wildem Durcheinander. Es gab einen Umschlag mit Hals Abschlusszeugnissen, ein Programmheft für eine Theateraufführung, in der sie mitgespielt hatte, ein Foto von ihr und einem Exfreund, auf dem sie verlegen in die Kamera blickte.

Und dann endlich ein in der säuberlichen Handschrift ihrer Mutter mit »Wichtig – Geburtsurk.« gekennzeichneter Plastikordner, in dem sich zwei rot-beige, per Hand ausgefüllte Dokumente befanden, die am oberen Rand das aufwendig verzierte Wappen des Vereinigten Königreichs trugen. *Beglaubigte Abschrift eines Eintrags im Geburtenregister* stand auf der ersten Seite. Zuerst kam Hals Eintrag: *Harriet Margarida Westaway, geboren am 15. Mai 1995, Mutter: Margarida Westaway, Beruf: Studentin.*

Im Feld für »Vater« stand nichts, ein gerader Strich war hindurchgezogen worden, als sollte verhindert werden, dass jemand hier seine eigenen Annahmen ergänzte.

Und darunter, vergilbter und zerknitterter – *Margarida Westaway.* Ihre Mutter. Hal ließ den Blick auf die »Eltern«-Spalte gleiten – *Vater: William Howard Rainer Westaway,*

Beruf: Buchhalter, und darunter *Mutter: Marion Elizabeth Westaway, geb. Brown.* Für sie war kein Beruf angegeben.

Nun, das war's dann wohl.

Die Gewissheit versetzte ihr einen herben Dämpfer. Ihr war nicht klar gewesen, wie sehr sie sich an diesen Strohhalm geklammert hatte. Doch nun waren ihre zaghaften Träume von Schuldentilgung und finanzieller Sicherheit vor ihren Augen zerplatzt wie ein Luftballon.

Beträchtlicher Nachlass … Erben … Angehörige …

Bliebe immer noch dein Vater, flüsterte die Stimme in ihrem Ohr, während Hal sich anzog. *Du hast ja noch eine andere Großmutter.* Hal schüttelte verbittert den Kopf. Falls einem das eigene Unbewusste in den Rücken fallen konnte, tat Hals gerade genau das.

Als Kind hatte sie sich jahrelang in Fantasien über ihren Vater ergangen, dachte sich für die Schulkameradinnen immer ausgeklügeltere Geschichten aus, um ihre Ahnungslosigkeit und auch den Zorn auf ihre Mutter zu überspielen, die ihr nie etwas erzählen wollte. Ein Pilot sei er gewesen, der bei einem Absturz ins Meer ums Leben gekommen war. Ein verdeckter Ermittler, der von seinen Vorgesetzten gezwungen worden war, in sein wahres Leben zurückzukehren. Ein Prominenter, dessen Namen sie nicht preisgeben konnte, da die Familie sonst von der Klatschpresse gejagt und das Leben ihres Vaters ruiniert werden würde.

Als die Gerüchte schließlich auch den Lehrern zu Ohren kamen, erzählte es irgendjemand ihrer Mutter, die Hal daraufhin zur Seite nahm und ihr behutsam reinen Wein einschenkte.

Hals Vater war ein One-Night-Stand gewesen – ein Mann, den ihre Mutter in einem Club in Brighton kennengelernt hatte und mit dem sie an diesem Abend zum ersten und letzten Mal schlief. Außer, dass er einen spanischen Akzent hatte, wusste Hals Mutter nichts über ihn.

»Du wusstest noch nicht mal seinen Namen?«, hatte Hal ungläubig gefragt, worauf ihre Mutter sich auf die Lippe gebissen und den Kopf geschüttelt hatte. Ihre Wangen waren puterrot angelaufen, nie hatte Hal sie so beschämt gesehen.

Es tue ihr sehr leid, sagte sie. Sie habe nicht gewollt, dass Hal es auf diese Art erführe, aber sie müsse damit aufhören, diese … hier hatte ihre Mutter innegehalten, da sie zu freundlich war, um es auszusprechen, doch Hal war schon im Alter von sieben Jahren gut darin gewesen, das Verhalten von Menschen zu lesen, scharfsinnig genug, um zu verstehen, was ihre Mutter sich verkniffen hatte. *Diese Lügen.*

Die Wahrheit lautete nun einmal, ihr Vater war niemand Besonderes. Sie hatte nicht die leiseste Ahnung, wer er war und wo er jetzt lebte, und würde es vermutlich nie erfahren. Wahrscheinlich war er nach Spanien oder Mexiko zurückgegangen oder von wo auch immer er ursprünglich hergekommen war. Eines aber wusste sie mit Sicherheit – er war ganz bestimmt kein Westaway.

Das Ganze war einfach ein Irrtum. An irgendeiner Stelle war etwas durcheinandergebracht worden. Vielleicht gab es in einer anderen Stadt noch eine Harriet Westaway, der das Erbe rechtmäßig zustand. Vielleicht war es wie bei diesen Erbenermittlungsshows im Fernsehen, wo jemand ohne rechtmäßige Erben verstorben war und der ganze Nachlass verfallen würde, wenn man nicht schnell von irgendwoher noch einen entfernten Verwandten ausfindig machen konnte.

Wie auch immer, das Geld gehörte nicht ihr, und sie hatte keinen Anspruch darauf. Die Stimme in ihrem Kopf hatte dem nichts hinzuzufügen.

Eilig steckte Hal die Papiere zurück in die Kiste und schob sie unters Bett, bevor sie sich anzog. Ihre Bürste schien verschwunden, also kämmte sie sich notdürftig mit den Fingern und warf noch einen Kontrollblick in den Spiegel. Ihr Gesicht wirkte noch blasser und verkniffener als sonst, und mit ihren stachelig abstehenden Haaren sah sie aus wie ein Statist aus *Oliver Twist*. Make-up hätte sicher geholfen, aber das war nicht Hals Stil.

Doch als sie sich den Mantel überzog, der von der Nacht zuvor noch feucht war, meldete sich die Stimme mit einer letzten Bemerkung zu Wort. *Du könntest das Geld trotzdem beanspruchen. Wenn irgendwer das durchziehen kann, dann du.*

Sei still, sagte Hal innerlich und presste entnervt die Zähne zusammen. Sei. Endlich. Still.

Sie sagte es nicht, weil sie der Stimme nicht glaubte.

Sondern weil die Stimme recht hatte.

1. Dezember 1994

Heute ist der erste Advent. Eigentlich sollte dies eine Zeit des Neuanfangs und der Vorfreude auf ein großes Ereignis sein, aber heute Morgen beim Aufwachen war ich stattdessen von einer dumpfen Angst erfüllt.

Seit über einer Woche hatte ich die Karten nicht mehr gelegt. Ich hatte kein Bedürfnis danach, aber heute, als ich in meine Daunendecke gewickelt am Schreibtisch vor dem Fenster saß, hat es mich doch in den Fingern gejuckt, und ich dachte, dass es mir guttun würde. Doch erst, nachdem ich die Karten eine ganze Weile immer wieder neu gemischt, auf unterschiedliche Weise ausgelegt und nichts davon sich richtig angefühlt hatte, begriff ich, was ich zu tun hatte.

In meinem Zimmer gibt es keine Kerzen, also ging ich ins Esszimmer, holte einen der großen Messingkerzenständer und eine Packung Streichhölzer vom Kaminsims. Die Streichhölzer steckte ich in die Tasche, aber der Kerzenständer war zu lang, also schob ich ihn in den Ärmel meiner Strickjacke für den Fall, dass ich auf der Treppe jemandem begegnete.

Oben in meinem Zimmer arrangierte ich alles auf dem Tisch – die Karten, die Kerze, die Streichhölzer und eine leere Teetasse. Ich schmolz das Wachs am Fuß der Kerze ein wenig, um sie in der Tasse zu fixieren, dann zündete ich sie an und schwenkte das Kartendeck dreimal durch die Flamme.

Zum Schluss blies ich die Kerze aus und saß eine Weile still da, während ich aus dem Fenster auf den verschneiten Rasen schaute, die Karten in der Hand. Sie fühlten sich irgendwie anders an. Leichter. Als wären alle Zweifel und schlechten Gefühle weggebrannt. Und ich wusste, was zu tun war.

Nachdem ich die großen Arkana mit der Bildseite nach unten ausgelegt hatte, wählte ich drei Karten aus und legte sie vor mich hin. Vergangenheit. Gegenwart. Zukunft. So viele Fragen tummelten sich in meinem Kopf, doch ich versuchte, mich zu konzentrieren – nicht auf eine Frage, sondern auf die Antwort, die sich in mir entfaltete.

Dann deckte ich die Karten auf.

Die erste, die die Vergangenheit symbolisierte, war die Karte der Liebenden, richtig herum – ich musste lächeln. Auch wenn man im Tarot nicht dem Irrtum erliegen sollte, eine Karte sofort auf die naheliegendste Art zu deuten, fühlte es sich richtig an. In meinem Deck zeigt die Karte ein nacktes Paar, das sich in einem Meer aus Blumen umarmt, die Hand des Mannes liegt auf der Brust der Frau, beide sind in ein glühendes Licht von oben getaucht. Die Karte mag ich sehr – ich ziehe sie nicht nur gern, sondern sehe sie auch gern an –, obwohl man nicht nur positive Begriffe mit ihr assoziiert: Lust, Versuchung, Verwundbarkeit. Hier jedoch, vom Feuer gereinigt, sah ich nur die simpelste aller Deutungen – einen Mann und eine Frau, die sich liebten.

Die nächste Karte, die ich umdrehte, war der Narr – aber in umgekehrter Lage. Das hatte ich nicht erwartet. Neuanfänge, neues Leben, Veränderung – all das, ja. Doch umgekehrt? Naivität. Dummheit. Mangelnde Vorsicht. Ich spürte, wie das Lächeln von meinen Lippen wich, schob die Karte weg und wandte mich eilig der nächsten und wichtigsten zu – der Zukunft.

Auch diese lag verkehrt herum, und mir wurde ein bisschen mulmig, zum ersten Mal bereute ich es fast, die Lesung begonnen zu haben – oder wünschte mir jedenfalls, ich hätte es nicht jetzt, nicht heute getan. So gut, wie ich mein Deck kenne, brauchte ich die Karte nicht zu drehen, um sie zu lesen, trotzdem betrachtete ich das Bild jetzt, da es umgekehrt vor mir lag, mit frischem Blick, als sähe ich es zum ersten Mal. Die Gerechtigkeit. Die Frau auf dem Thron blickte ernst, als sei sie sich ihrer Verantwortung und der Unmöglichkeit der Wahrheitsfindung in einer Welt wie unserer zutiefst bewusst. In der linken Hand hielt sie die Waage und in der rechten ein Schwert, stets bereit, Strafe oder Gnade zuteilwerden zu lassen.

Lange habe ich die Frau auf dem Thron betrachtet und versucht, ihre Botschaft zu verstehen, doch auch jetzt noch, da ich dies schreibe, sehe ich nicht klarer. Ich hatte gehofft, das Niederschreiben würde mir helfen, die Botschaft der Karten zu begreifen, doch stattdessen kommt mir alles nur noch verworrener vor. Unehrlichkeit? Kann das sein? Oder lese ich sie falsch? Ich gehe in Gedanken all die anderen, tieferen, subtileren Bedeutungen durch: die Bereitschaft, sich täuschen zu lassen, eine Warnung vor Schwarz-Weiß-Denken, vor Trugschlüssen – und nichts davon ist besonders beruhigend.

Den ganzen Tag schon denke ich über diese letzte Karte nach – über die Zukunft. Ich wünschte, es gäbe jemanden, mit dem ich darüber sprechen könnte. Aber ich weiß ja, wie Maud über Tarot denkt. »Das ist doch alles Bullshit«, meinte sie, als ich ihr eine Lesung anbot. Schließlich gab sie doch nach, schnaubte aber verächtlich. Ich konnte ihr die Gedanken von der Stirn ablesen, als ich die von ihr gewählten Karten umdrehte und wissen wollte, auf welche Fragen sie Antworten suchte.

»Du bist doch die Hellseherin, warum sagst du's mir nicht?«, sagte sie und schnippte die Karte mit der Fingerspitze um. Ich schüttelte den Kopf, versuchte aber, mir meinen Ärger nicht anmerken zu lassen, während ich ihr erklärte, dass Tarot kein Partyspiel ist und nichts mit den billigen Tricks in irgendeiner Samstagabendshow zu tun hat – wo x-beliebige Zauberkünstler den Leuten erzählen, wie ihr zweiter Vorname lautet oder was auf ihrer Taschenuhr eingraviert ist. Tarot ist viel größer, tiefer, wirklicher als das.

Nach dieser Lesung hatte ich das Deck gereinigt, weil es mich so aufwühlte, dass sie die Karten nicht nur berührt, son-

dern es mit Verachtung im Herzen getan hatte. Doch wenn ich jetzt an diesen Tag zurückdenke, wird mir etwas klar. Als Maud die Zukunftskarte umdrehte, sagte ich ihr noch etwas, woran ich mich heute Morgen hätte erinnern sollen – etwas, das mir Trost spendet. Nämlich dies: Die Karten sagen nicht die Zukunft voraus. Sie zeigen uns nur, wie eine bestimmte Situation ausgehen kann, basierend auf den Energien, die wir in die Lesung mit einbringen. An einem anderen Tag, in einer anderen Stimmung und mit anderen Energien könnte dieselbe Frage eine völlig neue Antwort zutage fördern.

Unser Wille ist frei. Die Antworten, die die Karten uns geben, können uns einen neuen Weg einschlagen lassen. Alles, was wir tun müssen, ist, ihre Botschaft zu verstehen.

4

Es war schon fast Mittag, als Hal endlich die Promenade entlangeilte, wobei sie sich gegen den scharfen Wind die Jacke zuhielt. Wie tausend kleine Messer schnitt er ihr in Gesicht und Finger und in die nackte Haut ihrer Knie, dort, wo ihre Jeans gerissen war.

Als sie den Knopf an der Fußgängerampel drückte, spürte sie es wieder, das Flattern in der Magengrube. Euphorie. Angst. Hoffnung …

Nein. Keine Hoffnung. Zur Hoffnung gab es keinen Anlass. Die Dokumente in der Holzkiste hatten ihr ein Ende gesetzt. Würde sie Anspruch auf das Geld erheben, dann wäre das … es schönzureden hatte keinen Zweck. Es wäre Betrug. Schlicht und ergreifend. Eine Straftat.

Wenn irgendwer das durchziehen kann, dann du.

Verführerisch flatterte der Gedanke durch ihren Kopf, als sie die Straße überquerte. Sie wollte ihn abschütteln, ignorieren, doch es fiel ihr schwer. Denn wenn jemand es fertigbringen könnte, in einem fremden Haus aufzukreuzen und zu behaupten, diese Frau, die sie nie getroffen hatte, sei ihre Großmutter gewesen, dann war das Hal.

Hals Spezialität war das *Cold Reading*, und darin war sie eine der Besten. In ihrer kleinen Bude auf dem West Pier von Brighton sagte sie die Zukunft voraus, legte Tarotkarten und führte spirituelle Sitzungen durch. Doch das Tarot lag ihr am meisten, und die Leute kamen sogar aus Hastings oder London hierher, um sich von ihr die Karten legen zu lassen, viele kamen immer wieder – und berichteten ihren Freunden zu Hause von den Geheimnissen, die Hal erraten hatte, von den Details, die sie doch gar nicht kennen konnte, und den Ereignissen, die sie prophezeit hatte.

Sie bemühte sich, diese Leute nicht für Dummköpfe zu halten – doch genau das waren sie. Nicht so sehr die Touristen, die Mädels bei einem Junggesellinnenabschied, die nur aus Spaß kamen, sodass die Brautjungfern quietschend Fragen nach der Penisgröße des Bräutigams stellen konnten. Dann kreischten sie Ah und Oh, wenn Hal ihre abgedroschenen Phrasen losließ – den Narren für den Neuanfang, die Kaiserin für Weiblichkeit und Fruchtbarkeit, den Teufel für Sexualität, die Liebenden für Leidenschaft und Bindung. Manchmal versteckte sie die für eine bestimmte Voraussage benötigte Karte in der Handfläche und schob sie dann nach vorn, um eine unerwünschte Legung zu verhindern, in der etwa nur Karten der kleinen Arkana oder bestimmte Trumpfkarten wie der Tod oder der Hierophant vorkamen. Doch eigentlich spielte es kaum eine Rolle, welche Karten herauskamen – Hal konnte die Bilder passend machen, konnte sie das sagen lassen, was die Frauen hören wollten, und nach einem kleinen Stirnrunzeln, einem Kopfschütteln hier und da, gerade genug, dass sie gespannt die Luft anhielten, tätschelte sie der zukünftigen Braut stets beruhigend die Hand und teilte ihr das Ergebnis mit (das auch beim inkompatibelsten Paar stets lautete, dass die Zukunft, und sei der Weg dahin noch so steinig, Glück und Liebe bereithielt).

Diese Leute an der Nase herumzuführen, machte Hal nichts aus. Aber die anderen. Die Stammkunden. Die, die wirklich daran glaubten, die jedes Mal mühsam die fünfzehn, zwanzig Pfund zusammenkratzten, um wieder und wieder zu kommen, auf der Suche nach Antworten, die Hal ihnen nicht geben konnte, nicht etwa, weil sie nicht ahnte, was sie hören wollten – sondern weil sie es nicht über sich brachte, sie anzulügen.

Sie waren leichte Beute. Diejenigen, die Termine machten – und dabei ihren richtigen Namen und ihre Telefonnummer angaben, sodass sie sie googeln und auf Facebook aufspüren konnte. Doch selbst diejenigen, die spontan von der Straße hereinkamen, gaben schon auf den ersten Blick so viel von sich preis – gerade Alter und Status konnte Hal meist problemlos erraten; so konnten schicke, aber abgetragene Schuhe auf einen sozialen Abstieg hindeuten oder die nagelneue Designerhandtasche auf den umgekehrten Fall. Auch im Dämmerlicht ihrer kleinen Bude erkannte Hal den weißen Abdruck eines erst vor kurzem abgelegten Eherings oder die zittrigen Hände der Frau, der ihr morgendlicher Drink fehlte.

Manchmal wurde aber auch Hal selbst erst hinterher klar, wie sie etwas erraten hatte – dann war es fast, als hätten die Karten wirklich zu ihr gesprochen.

»Ich sehe eine Enttäuschung in Ihrem Leben«, sagte sie zum Beispiel. »Hat sie vielleicht … mit einem Kind zu tun?«, und schon stiegen der Frau die Tränen in die Augen und die Geschichte sprudelte aus ihr heraus, die Geschichte einer Fehlgeburt, von einem toten Baby, von Unfruchtbarkeit. Später fragte Hal sich dann, woher wusste ich das? Und ihr fiel wieder ein, dass die Frau im Warteraum gesessen und aus dem Fenster geschaut hatte, als Hal sie hereinbat, und dass vor dem Fenster eine Frau mit Baby im Tragetuch und einem Kleinkind mit Zuckerwatte im Mund entlanggegangen war, und der schmerzerfüllte Blick der Kundin hatte Hal alles verraten.

Dann fühlte sie sich schlecht, und manchmal gab sie den Fragenden sogar das Geld zurück mit der Begründung, die Karten hätten sie gewarnt, es würde Unglück bringen, das Geld anzunehmen, auch wenn das wiederum den Eifer mancher Kunden noch verstärkte, sodass sie ganz sicher beim nächsten Mal mit mehr Geldscheinen in der Hand zurückkommen würden.

Meistens jedoch mochte Hal ihren Job. Sie mochte die lärmenden, betrunkenen Junggesellinnenabschiede. Selbst die männlichen Junggesellen, die grölend einen anzüglichen Witz nach dem anderen machten und Hal regelmäßig anboten, ihre Kristallkugeln zu befühlen. Und bei einigen ihrer fragileren

Kunden hatte sie das Gefühl, ihnen auf irgendeine Weise wirklich zu helfen – sie sagte ihnen nicht nur das, was sie hören wollten, sondern auch das, was sie wirklich wissen mussten. Dass die Wahrheit nicht am Grund einer Flasche zu finden war. Dass Drogen nicht die Antwort waren. Dass es in Ordnung war, den Mann zu verlassen, der die Blutergüsse zu verantworten hatte, die unter dem Blusenkragen hervorblitzten.

Billiger als eine Therapeutin war sie allemal und dazu weniger skrupellos als manche Kollegen, die den Leuten Flyer durch die Tür schoben, auf denen sie versprachen, unheilbare Krankheiten mit Kristallen zu heilen oder mit verstorbenen Geliebten oder Kindern Kontakt aufnehmen zu können – das Ganze kostete natürlich.

Solche Versprechungen machte Hal nie. Mit dem Geschäft der Séancen, bei dem es allzu offensichtlich nur darum ging, aus der Trauer anderer Profit zu schlagen, wollte sie nichts zu tun haben.

»Die Karten sagen nicht die Zukunft voraus«, schärfte sie den Leuten unermüdlich ein, um sich einerseits gegen die Unvermeidlichkeit von Fehlprognosen abzusichern, andererseits aber auch, weil sie wissen sollten, dass es nun einmal keine eindeutigen Antworten gab. »Sie zeigen uns nur auf, wie die Dinge sich fügen könnten, ausgehend von den Energien, mit denen Sie heute in die Sitzung gekommen sind. Sehen Sie sie als Ratgeber, der helfen kann, Ihre Handlungen zu planen, nicht als Gefängnis.«

Ganz gleich, was sie sagte, die Leute mochten das Tarot, denn es gab ihnen die Illusion von Kräften, die ihr Leben lenkten, einem Puffer gegen die sinnlose Beliebigkeit des Schicksals. Doch sie mochten auch Hal, weil sie so gut in dem war, was sie tat. Sie war gut darin, aus den Bildern, die die Leute vor ihr aufdeckten, eine Geschichte zu spinnen, ihnen mit ihrem Schmerz, ihren Fragen und Hoffnungen zuzuhören, und vor allem war sie gut darin, die Menschen zu *lesen*.

Sie war immer schüchtern gewesen, hatte vor Fremden nie den Mund aufbekommen, sich unter ihren lärmenden Mitschülern wie ein Fisch auf dem Trockenen gefühlt, doch hatte sie in all den Jahren, in denen sie andere Leute stets aus sicherer Entfernung beobachtet hatte, unbewusst ihren kritischen Blick geschärft und jene Fertigkeiten erworben, die sie eines Tages zu ihrem Handwerk machen würde. Sie hatte den Menschen bei ihrem täglichen Rollenspiel zugesehen, die verräterischen Signale verstehen gelernt, die zeigten, ob jemand nervös war oder hoffnungsvoll oder ob er etwas zu verbergen versuchte. Sie hatte entdeckt, dass die wichtigsten Einsichten oft in dem zu finden waren, was die Leute *nicht* sagten, und sie lernte, die Geheimnisse zu lesen, die sie offen vor sich hertrugen; in ihrem Verhalten, ihrer Kleidung und in den Schatten, die über ihr Gesicht huschten, wenn sie sich unbeobachtet wähnten.

Anders als die meisten ihrer Kunden glaubte Hal nicht daran, dass die Karten in ihrer Tasche über irgendwelche mystischen Kräfte verfügten, die über Hals eigenes Talent hinausgingen, das aufzudecken, was die Leute sich selbst noch nicht eingestanden hatten.

Und doch: Als sie jetzt den Palace Pier passierte und der Küstenwind ihr den Geruch von Fish and Chips in die Nase trieb, der ihren leeren Magen knurren ließ, kam sie ins Grübeln. Wenn sie daran geglaubt hätte … *falls* sie daran geglaubt hätte … was hätten die Karten wohl über Trepassen House zu sagen … über die Frau, die nicht ihre Großmutter war … über die Entscheidung, die Hal treffen musste? Sie hatte nicht die leiseste Ahnung.

5

»Morgen, Wonnenschein!«

»Morgen, Reg«, sagte Hal. Sie schob ein Fünfzig-Pence-Stück über den Tresen. »Einen Tee, bitte.«

»Das will ich doch meinen. Saukälte heute, was? Also einmal Rosie ...«, murmelte er, wobei er einen Teebeutel in eine angeschlagene Tasse fallen ließ. »Ein ... Teechen ... für mein Lieblingsmädel.«

Reg kam nicht aus Brighton, sondern aus London und würzte seine Sätze stets mit einer gehörigen Portion Cockney-Slang, was Hal leicht suspekt war. Er war zwar auf jeden Fall ein Cockney – zumindest war er nach eigenen Angaben in Hörweite der Glocken von St. Mary Le Bow auf die Welt gekommen und hatte als Kind die Straßen des East End unsicher gemacht. Doch sein Auftreten hatte etwas Gauklerhaftes, und Hal hatte den Verdacht, dass er seine Rolle vor allem für die Touristen spielte. Ein Cockney-Kumpel zum Pferdestehlen.

Jetzt blickte er auf den Heißwasserspender und runzelte die Stirn.

»Das Teil hat wieder den Geist aufgegeben. Muss ein Wackelkontakt sein. Hast du noch zehn Minuten, Hal?«

»Eigentlich nicht ...« Hal blickte auf die Uhr. »Ich hätte schon um zwölf aufmachen müssen.«

»Ach, mach dir keine Sorgen. Ist noch niemand vorbeigekommen, hätt ich ja gesehen. Und Chalky wird dir auch keinen Stress machen, der ist noch gar nicht da. Komm rein und setz dich.«

Er öffnete die Tür und bat Hal in seine Bude. Nach kurzem Zögern trat sie über die Schwelle.

Chalky war Regs Spitzname für Mr White, den Manager des

West Pier. Hal war zwar selbstständig und konnte sich ihre Arbeitszeit weitgehend selbst einteilen, doch Mr White sah es gern, wenn die Buden und Stände schon am Vormittag öffneten. Nichts ist so deprimierend wie ein Pier voller heruntergelassener Rollläden, pflegte er zu sagen. Schließlich musste sich der West Pier ohnehin immer etwas mehr anstrengen als sein großer Bruder, der Palace Pier, um die Vergnügungssüchtigen auf die Promenade zu locken, und wenn die Einnahmen sanken, wie sie es im Winter immer taten, war Mr White geneigt, die Pachtbedingungen der leistungsschwächeren Stände neu zu überdenken. Und wenn es eine Sache gab, die Hal sich im Moment nicht erlauben konnte, dann war es, ihre Bude auf dem Pier zu verlieren.

In Regs Imbiss war es warm und vom Grill in der Ecke strömte ein starker Speckgeruch herüber. Regs Warenbestand umfasste in den Wintermonaten Speckbrötchen und Tee, im Sommer Softeis und Cola in Dosen.

»Wird nicht lang dauern«, sagte Reg. »Wie geht's dir denn, mein Mädel?«

»Ganz gut«, sagte Hal, auch wenn das nicht stimmte. Der Gedanke an die zwei maschinengeschriebenen Zettel auf ihrem Couchtisch bescherte ihr ein flaues Gefühl in der Magengegend, und sie fürchtete fast, beim Aufschließen ihrer Bude einen weiteren vorzufinden. Wenn doch nur ... Wäre Mr Treswicks Brief doch nur *wirklich* für sie bestimmt gewesen.

Der Wasserspender hatte inzwischen Betriebstemperatur erreicht, und Hal sah zu, wie Reg virtuos mit einer Hand Zapfhahn und Kaffeebecher zusammenbrachte, während er mit der anderen Hand auf dem Grill die Scheibe Speck wendete. Irgendwie war es leichter, nur seinen Hinterkopf anzusprechen und nicht sein Gesicht. So musste sie seinen sorgenvollen Blick nicht sehen.

»Na ja, eigentlich ...«, fing sie an, zögerte einen Moment und zwang sich dann weiterzusprechen. Doch die Worte überraschten sie selbst. »Eigentlich geht es mir sogar besser als ganz gut.

Ich habe gestern einen Brief bekommen und erfahren, dass ich vielleicht ein ungeahntes Vermögen erbe.«

»Dass du was?« Reg drehte sich um, den Becher in der Hand, blankes Staunen im Gesicht. »Was hast du gesagt?«

»Dass ich gestern einen Brief bekommen habe. Von einem Anwalt. In dem stand, dass mir ein ›beträchtlicher Nachlass‹ zusteht.«

»Machst du Witze?«, sagte Reg, die Augenbrauen fast bis zu seinem nicht existenten Haaransatz hochgezogen. Hal schüttelte den Kopf, und als Reg begriff, dass sie es ernst meinte, schüttelte er ebenfalls den Kopf und reichte ihr den Tee.

»Sei vorsichtig, Mädel. Hier treiben viele Betrüger ihr Unwesen. Meine Holde hat neulich auch so einen Brief bekommen, in dem stand, dass sie im venezolanischen Lotto gewonnen hatte oder so 'n Quatsch. Gib denen bloß kein Geld. Nicht, dass ich dir das sagen müsste.« Er zwinkerte ihr zu. »Dir bindet keiner 'nen Koala auf.«

»Ich glaube nicht, dass es eine Masche ist«, sagte Hal wahrheitsgemäß. »Eher ein Irrtum. Die müssen mich mit jemandem verwechselt haben.« Sie nippte an ihrem Tee. Er war brühheiß und bitter, aber er tat gut. Allmählich verzog sich der schaurigkalte Gedanke an die Drohbriefe auf dem Couchtisch und machte für einen kurzen Moment einer tief vergrabenen Erinnerung Platz – der Erinnerung an das Gefühl, morgens ohne Sorgen über unbezahlte Rechnungen aufzuwachen, ohne darüber nachdenken zu müssen, wie sie die nächste Miete aufbringen sollte, ohne Angst vor dem Klopfen an der Tür. Gott, was würde sie darum geben, dieses Gefühl wiederzubekommen …

Sie merkte, wie etwas sich in ihr verhärtete und eine eiserne Entschlossenheit Besitz von ihr ergriff.

»Na«, sagte Reg schließlich, »wenn irgendwer 'ne Chance verdient hat, dann du, Mädel. Nimm das Geld, das sie dir anbieten, und mach, dass du wegkommst, das wäre mein Rat. Kassier die Kohle und ab durch die Mitte.«

6

»Auf Wiedersehen«, rief Hal den drei beschwipsten jungen Frauen nach, die kreischend und lachend aus der Tür und auf den Pier in Richtung der Bars und Clubs torkelten. »Möge das Schicksal euch gewogen sein«, fügte sie noch hinzu, wie sie es immer tat, doch da waren sie schon außer Hörweite. Hal blickte auf die Uhr, es war schon neun, bald würde der Pier schließen.

Sie war müde, genau genommen völlig erschöpft, und eigentlich hatte sie ein paar Stunden zuvor, als die Zeit nicht vergehen wollte und sich über Stunden keine Besucher auf dem Pier hatten blicken lassen, schon mit dem Gedanken gespielt, aufzugeben, die Leuchtreklame auszuschalten und nach Hause zu gehen. Doch am Ende war sie froh, dass sie geblieben war. Nach einem ganzen Tag fast ohne Kundschaft hatte es gegen 19 Uhr plötzlich einen kleinen Andrang gegeben – zwei Arbeitskolleginnen wollten wissen, was sie gegen die Schikanen ihres Chefs unternehmen könnten, und um acht Uhr folgten die drei jungen Frauen, die einfach ein bisschen Spaß haben wollten. Viel eingenommen hatte sie nicht, doch mit etwas Glück würde es reichen, um die Pachtgebühr für diese Woche zu bezahlen, was in der Nebensaison gar nicht so selbstverständlich war.

Seufzend knipste sie den kleinen Heizlüfter am Boden aus und stand auf, um das Leuchtschild draußen ebenfalls auszuschalten.

Madame Margarida stand darauf in geschnörkelten Buchstaben, und obwohl es eigentlich nicht zu Hal passte, weil man dabei viel eher an jemanden wie Gypsy Rose Lee dachte, hatte sie es bislang nicht über sich gebracht, es auszutauschen.

Spezialistin für TAROT, Wahrsagekunst und Handlesen,

stand in kleineren Buchstaben darunter, obwohl das Handlesen Hal eigentlich nicht lag. Vielleicht hatte das mit dem Körperkontakt zu tun, den feuchten fremden Handflächen. Oder mit den fehlenden Requisiten; aller Skepsis zum Trotz mochte sie nämlich die Tarotkarten als physische Objekte sehr – die schönen, liebevoll detailreichen Zeichnungen.

Doch plötzlich, gerade als das Leuchtschild mit einem Klick erlosch, hörte sie ein Pochen an der Scheibe. Sie zuckte zusammen und hielt den Atem an.

»Ich warte schon länger«, ertönte eine einschüchternde Frauenstimme. »Wollen Sie keine Kundschaft?«

Hal spürte, wie ihre Anspannung abflaute, und öffnete seufzend die Tür.

»Verzeihung«, sagte sie in dem ruhigen, professionellen Ton, der sich stets einstellte, wenn sie die Karten in die Hand nahm und in ihre Rolle schlüpfte. Er war etwas tiefer als ihre normale Stimme und drückte genau die richtige Mischung aus Gelassenheit und Ernsthaftigkeit aus, auch wenn es ihr in diesem Moment schwerer fiel, da ihr Herz nach dem plötzlichen Schreck immer noch etwas zu schnell pochte. »Sie hätten gleich klopfen sollen.«

»'ne echte Hellseherin hätte das ja wohl gewusst«, sagte die Frau höhnisch triumphierend, und Hal musste ein weiteres Seufzen unterdrücken. Eine von denen also.

Hal wunderte sich immer wieder, warum ausgerechnet die Skeptiker sich von ihrer Bude so angezogen fühlten. Dabei zwang sie ja niemanden, zu ihr zu kommen. Sie versprach keinem das Blaue vom Himmel. Gab es da nicht wichtigere Leute zu entlarven? Trotzdem kamen sie zu ihr, mit verschränkten Armen und geschürzten Lippen, ließen sich nicht führen und grinsten schadenfroh über jeden kleinen Fehler, obwohl sie doch eigentlich so verzweifelt daran glauben wollten.

Doch sie konnte es sich nicht leisten, eine Kundin fortzuschicken.

»Bitte kommen Sie und setzen Sie sich, es ist kalt heute Abend«, sagte Hal. Die Frau nahm sich einen Stuhl, sagte aber nichts. Sie saß nur da, den bestickten Mantel fest um ihren Körper geschlungen, die rissigen Lippen zusammengepresst, die Augen zu Schlitzen verengt.

Hal setzte sich an den Tisch, zog die Schachtel mit den Tarotkarten hervor und begann mit ihrer altbewährten Einleitung für Neukunden und Laufkundschaft; ein paar dahingeworfene Mutmaßungen, um das Gegenüber mit ihren Kenntnissen zu beeindrucken, eine Prise Wichtigtuerei, das Ganze verwoben mit einem kurzen Abriss der Geschichte des Tarot.

Schon nach wenigen Sätzen wurde sie von der Frau unterbrochen.

»Wie eine Hellseherin sehen Sie nicht gerade aus.«

Dabei musterte sie Hal von oben bis unten, registrierte die abgewetzten Jeans, den dicken dornenförmigen Ohrstecker im rechten Ohr, die Tattoos, die unter ihrem T-Shirt hervorlugten.

»Ich hatte Sie mir in einem langen Kleid vorgestellt und mit so einem Schleier. Wie eine Wahrsagerin eben. Vorne auf dem Schild steht doch ›Madame Margarida‹ – wie eine Madame sehen Sie überhaupt nicht aus. Eher wie ein zwölfjähriger Junge.«

Hal schüttelte nur lächelnd den Kopf, doch die Unterbrechung hatte sie aus dem Konzept gebracht, und als sie ihren Vortrag fortsetzte, musste sie unwillkürlich an den Schleier in der Kiste unter dem Bett denken, die feine schwarze Gaze mit den Jettperlchen am Saum. Plötzlich stolperte sie über die abgegriffenen Phrasen und war froh, als sie zum Ende kam.

Wie immer schloss sie ihren Vortrag mit der Frage: »Also dann, sagen Sie mir doch bitte, was Sie heute zu den Karten geführt hat.«

»Sollten Sie das nicht wissen?«

»Ich spüre eine ganze Menge Fragen in Ihnen«, sagte Hal und bemühte sich, nicht zu ungeduldig zu klingen. »Aber viel Zeit haben wir heute nicht.«

Außerdem will ich nach Hause, dachte sie. Beide schwiegen einen Moment. Der Wind heulte durch die Streben des Piers, und in der Ferne war das Krachen der Wellen zu hören.

»Ich stehe vor einer Entscheidung«, sagte die Frau schließlich, fast widerwillig, als müsste sie sich die Worte mühsam abringen. Unbehaglich rutschte sie auf dem Stuhl hin und her. Die Kerze flackerte.

»Ja«, sagte Hal bedächtig, es sollte keine Frage sein. »Ich spüre, dass Sie an einem Scheideweg stehen, doch die beiden Wege vor Ihnen sind so verschlungen und gewunden, dass Sie ihren Verlauf nicht sehen können. Sie möchten wissen, welchen Weg Sie einschlagen sollen.«

Mit anderen Worten: Sie musste eine Entscheidung treffen. Nicht gerade sehr tiefgründig, aber gemessen daran, wie wenig Material sie zur Verfügung hatte, war mehr nicht drin. Immerhin nickte die Frau grimmig.

»Ich werde jetzt die Karten mischen«, sagte Hal und öffnete die Lackschatulle, in der sie ihr Arbeitsdeck aufbewahrte. Sie mischte die Karten kurz, bevor sie sie in einem langen Bogen auf dem Tisch ausbreitete. »Jetzt rufen Sie sich die Frage ins Gedächtnis, mit der Sie heute zu mir gekommen sind, und deuten Sie auf eine Karte. Berühren Sie sie nicht, sondern zeigen Sie einfach mit dem Finger auf die Karte, die zu Ihnen spricht.«

Der Kiefer der Frau war angespannt, und Hal spürte, dass sie zutiefst aufgewühlt war. Was auch immer sie heute Abend hierhergeführt hatte, es war keine gewöhnliche Frage; sie war gegen ihren Willen gekommen, hatte sich auf etwas eingelassen, woran sie eigentlich nicht glaubte. Unter ihrer zugeknöpften Strickjacke blitzte ein Kreuz auf, als sie sich vorbeugte und ruckartig auf eine Karte deutete, so als vermutete sie eine Falle.

»Die hier?«, sagte Hal, schob die Karte heraus, und die Frau nickte.

Mit dem Bild nach unten legte Hal die Karte in die Mitte des Tischs und warf einen unauffälligen Blick auf die Uhr hinter der Frau. Normalerweise würde sie das Keltische Kreuz legen, aber sie hatte keine Lust, noch eine halbe Stunde länger hier zu sitzen, dafür war ihr zu kalt, außerdem war sie müde und ihr Magen knurrte. Ein Drei-Karten-Orakel war das Äußerste, wozu sie noch imstande war.

»Diese Karte …«, Hal berührte die Karte, die die Frau gewählt hatte, »… steht für die gegenwärtige Situation, das Problem, mit dem Sie heute zu mir gekommen sind. Nun wählen Sie eine weitere.«

Die Frau schnipste mit dem Finger gegen eine andere Karte, die Hal ebenfalls mit dem Gesicht nach unten neben der ersten platzierte.

»Diese Karte repräsentiert das Hindernis, dem Sie sich gegenübersehen. Nun wählen Sie eine letzte.«

Nach kurzem Zögern zeigte die Frau auf die oberste Karte im Deck, am äußersten linken Rand. Das kam nur selten vor, denn normalerweise wählten die Leute eine der mittleren und ihnen am nächsten liegenden in einer gleichmäßigen Legung, während eine kleine Minderheit, die besonders leicht Beeinflussbaren, der im Wort *letzte* implizit enthaltenen Aufforderung folgten und eine Karte von ganz rechts, von der Unterseite des ursprünglichen Decks wählten.

Die erste Karte war eine ungewöhnliche Wahl, und Hal war überrascht. *Ich hätte es wissen müssen,* dachte sie. Sie hatte hier eine eigensinnige und widerspenstige Person vor sich, eine, die mit Absicht das Gegenteil von dem tat, von dem sie glaubte, dass man es wollte.

»Diese letzte Karte steht für den Ratschlag, den die Karten Ihnen geben«, sagte Hal.

Als Hal die Karte umdrehte, hörte sie von der anderen Seite des Tisches ein erschrockenes Aufkeuchen, und die Frau schlug sich die Hand vor den Mund, aus dem erstickt ein Name entwich. Die Augen der Frau waren geweitet, ihr Blick gequält und tränenerfüllt, und in diesem Moment wusste Hal Bescheid. Sie wusste, warum die Frau hier war, und sie wusste, was das Bild auf der Karte für die Frau, die ihr gegenübersaß, bedeutete.

Der gutaussehende junge Mann, der mit seinem Bündel Sachen aufbrach, lachte der Sonne entgegen, und nur der Abgrund zu seinen Füßen gab einen Hinweis auf die tiefere, dunkle Bedeutung dieser Karte – Unbesonnenheit, Naivität, Impulsivität.

»Diese Karte heißt *Der Narr*«, erklärte Hal sanft, worauf die Frau einen kleinen, brüchigen Schluchzer ausstieß und fast gegen ihren Willen nickte, und Hal fügte hinzu: »Aber im Tarot geht es nicht um einfache Deutungen. Obwohl der Narr Dummheit ausdrücken kann, muss das nicht der Fall sein. Manchmal steht diese Karte für einen Neuanfang, manchmal bedeutet sie, etwas zu tun, ohne über den weiteren Weg nachzudenken, ohne an die Zukunft zu denken.«

Wieder schluchzte die Frau und rief etwas, das wie »Seine Zukunft!« klang – ihr Ton war dabei so bitter, so ungläubig, dass Hal nicht anders konnte, als die Hand nach ihr auszustrecken.

»Ich ... Verzeihung, aber ... betrifft Ihre Frage Ihren Sohn?«

Da begann die Frau bitterlich zu weinen, sie nickte schluchzend, während die Wörter nur so aus ihr heraussprudelten – Namen von Drogen, von Therapiezentren und Spritzentauschcafés in Brighton, die Hal ein Begriff waren, es ging um Diebstahl aus Handtaschen, um den Verkauf und die Verpfändung geliebter Erbstücke, um Nächte des schlaflosen Wartens auf einen Anruf, der nie kam. Unterbrochen von Schluchzern fügte sich die Geschichte allmählich zusammen – die Geschichte des verzweifelten Kampfs um den Sohn, der nicht gerettet werden wollte.

Eine Entscheidung, hatte die Frau gesagt, und Hal wusste nun, was diese Entscheidung war, und wünschte, sie hätte die Tür nicht aufgemacht.

Mit einer dunklen Vorahnung drehte sie die zweite Karte um. Es war das Rad, verkehrt herum.

»Die zweite Karte, die Sie ausgewählt haben, repräsentiert das Hindernis, vor dem Sie und Ihr Sohn stehen. Dies ist das Rad des Schicksals oder das Rad des Lebens. Es steht für das Schicksal den Neubeginn und den Kreislauf des Lebens, und es zeigt an, dass Sie und Ihr Sohn an einem Wendepunkt angekommen sind ...« – die Frau rieb sich über die Augen und nickte zögernd – »... doch hier liegt sie umgekehrt. Das umgekehrte Schicksalsrad steht für Unglück. Dies ist das Hindernis, das in ihr Leben getreten ist. Es herrschen negative Kräfte, die außerhalb Ihrer Kontrolle stehen, auch wenn sie nicht immer völlig externen Ursprungs sind – sie sind das Ergebnis früherer Entscheidungen.«

»*Seiner* Entscheidungen«, warf die Frau bitter ein, »seiner, nicht meiner. Er war ein so guter Junge, bis er sich mit diesen Jungs von der Schule einließ und mit dem Dealen begann. Was sollte ich da tun – einfach zusehen, wie er sich selbst ins Verderben stürzt?«

Ihre Augen waren wie schwarze Löcher in ihrem Gesicht, und während sie auf Hals Antwort wartete, biss sie auf ihren spröden Lippen herum, zog mit den Zähnen an den kleinen Hautfetzen, bis ein Tropfen Blut zu sehen war. Hal schüttelte den Kopf. Auf einmal wollte sie nur, dass das Ganze möglichst schnell vorbei war.

»Die letzte Karte repräsentiert eine Handlungsmöglichkeit, aber ...«, ließ der erwartungsvolle Blick der Frau sie hastig hinzufügen, »... es ist wichtig zu wissen, dass es sich nicht um einen vorgeschriebenen Weg handelt. Die Karten sagen nicht die Zukunft voraus – sie garantieren keinen Ausgang. Sie zeigen lediglich an, wie Ihr Problem sich an einem bestimmten Tag unter bestimmten Umständen bewältigen lassen *könnte*. Für manche Situationen gibt es keine einfachen Lösungen, und alles, was wir tun können, ist, die Richtung einzuschlagen, die den geringsten Schaden verursacht.«

Sie wendete die Karte, und im flackernden Dämmerlicht kam

die Hohepriesterin mit ihrem abgeklärten Gesichtsausdruck zum Vorschein. Draußen heulte der Wind, und in der Ferne hörte Hal eine Möwe kreischen.

»Was hat das zu bedeuten?«, fragte die Frau, deren skeptische Haltung längst verflogen und einer verzweifelten Suche nach Antworten gewichen war. Sie starrte die Figur der Hohepriesterin auf ihrem Thron an, ihre wie zum Segen ausgebreiteten Hände. »Wer ist das – eine Art Heidenkönigin?«

»Ja, in gewisser Weise«, antwortete Hal bedächtig. »Manche nennen sie Persephone, für manche ist es Artemis, die Göttin der Jagd. Manche geben ihr sogar noch ältere Namen. Auf Französisch wird sie *La Papesse* genannt.«

»Aber was hat sie zu bedeuten?«, wiederholte die Frau, drängender diesmal, und umklammerte Hals Handgelenk so fest, dass Hal gegen den Drang ankämpfen musste, die Hand wegzuziehen.

»Sie steht für die Intuition«, erklärte Hal knapp und entzog ihre Hand dem Griff der Frau unter dem Vorwand, die Karten in einem einzigen Stapel zu ordnen, mit der Hohepriesterin ganz oben. »Sie symbolisiert das Unbekannte – sowohl das Unbekannte in uns selbst als auch in der Zukunft. Sie bedeutet, dass das Leben im Fluss und die Zukunft immer ungewiss ist, ganz gleich, wie viele Informationen wir zusammentragen.«

»Aber was soll ich tun?«, rief die Frau aus. »Ich kann das alles nicht noch mal von vorn durchmachen. Aber welche Mutter würde ihren eigenen Sohn vor die Tür setzen?«

»Ich glaube …« Hal schluckte und verstummte. Diesen Teil hasste sie besonders. Hasste es, wenn die Leute zu ihr kamen und sich Antworten versprachen, die sie nicht geben konnte. Sie überlegte lange, bevor sie weitersprach. »Also, diese Kartenkombination ist eine sehr ungewöhnliche.« Sie drehte das Deck um und legte die Karten auf dem Tisch aus, sodass die Frau das Verhältnis zwischen den Trumpfkarten und der kleinen Arkana sehen konnte, die Tatsache nämlich, dass die große

Mehrheit der Karten im Deck Zahlenkarten waren. »Diese Zahlenkarten in den vier Farbsymbolen bilden zusammen die sogenannte kleine Arkana. Sie haben natürlich auch ihre eigenen Bedeutungen, die aber alle etwas ... sagen wir, wandelbar sind, interpretationsoffener. Diese anderen Karten hingegen ...«, sie tippte auf die Karten, die die Frau gewählt hatte, und auf die anderen Trumpfkarten, »... diese Symbolkarten, oder eben Trümpfe, nennt man die große Arkana. Eine Legung zu haben, die nur aus Trumpfkarten besteht, wie es bei Ihnen der Fall war, ist statistisch gesehen sehr ungewöhnlich. Von diesen gibt es ja nicht so viele in einem Deck. Und im Tarot ist es nun einmal so, dass gerade diese Karten die starken Schicksalswinde – die Wendepunkte unseres Lebens – symbolisieren. Und wenn man nun in einer einzigen Legung eine besonders hohe Anzahl solcher Karten bekommt, kann dies bedeuten, dass die Situation größtenteils nicht in der eigenen Hand liegt und sie sich so entwickeln wird, wie das Schicksal es vorsieht.«

Die Frau sagte nichts, blickte Hal nur stumm an, und ihre Augen waren so wissbegierig, dass Hal fast Angst bekam. Ihr Gesicht hinter der Kerze lag halb im Schatten, ihre Augenhöhlen wirkten wie tiefe Seen.

»Letztlich ist es Ihre Entscheidung«, sagte Hal sanft, »wie Sie die Karten deuten, aber mein Gefühl ist, dass die Hohepriesterin Ihnen rät, auf Ihre Intuition zu hören. Sie kennen die Antwort bereits. Sie tragen sie in Ihrem Herzen.«

Die Frau rückte ein Stück von Hal ab, bevor sie bedächtig nickte, wobei sie sich weiter auf die blassen aufgeplatzten Lippen biss.

Dann stand sie auf, warf ein paar Geldscheine auf den Tisch und machte auf dem Absatz kehrt. Die Tür fiel schwungvoll ins Schloss und ließ einen Windstoß herein; hastig schnappte Hal nach den Scheinen, breitete sie vor sich aus, und als sie sah, wie viel die Frau ihr dagelassen hatte, schüttelte sie ungläubig den Kopf.

»Warten Sie!«, rief Hal ihr hinterher. Sie stürmte zur Tür und stemmte sie gegen den kräftigen Wind auf. Sie glitt ihr aus den Fingern und knallte mit Wucht gegen die Außenwand, sodass Hal um die zerbrechlichen viktorianischen Fensterscheiben fürchtete. Doch mehr als einen kurzen Seitenblick konnte sie sich nicht erlauben, wenn sie die Frau nicht verlieren wollte. Sie war schon fast außer Sichtweite.

Sie rannte los, rutschte auf den glitschigen Planken fast aus.

»Warten Sie!«

Der Wind wurde noch stärker, und in ihren Augen brannte eine Mischung aus Regen und Gischt, als sie den Eingang des Piers erreichte, wo das Leuchtschild über dem Tor lange, flackernde Schatten auf den Boden warf.

»Halt, kommen Sie zurück!«, rief sie in die Nacht hinein, während sie sich im strömenden Regen umschaute. »Das ist viel zu viel!«

Sie war außer Atem und keuchte, versuchte aber, wieder ruhiger zu werden, und lauschte in der Dunkelheit auf schnelle Schritte, doch abgesehen vom Rauschen der Wellen und von dem platschenden Regen war nichts weiter zu hören.

Auf der Promenade war es leer, und die Frau war in der Nacht verschwunden, als wäre sie selbst aus Regen gemacht.

Schließlich gab Hal auf, blieb durchnässt und fröstelnd unter dem Vordach des Eingangs stehen, in der Hand die zerknitterten Scheine. Sechzig Pfund hatte die Frau ihr dagelassen. Eine absurd hohe Summe – mehr als viermal höher als der normale Preis für eine viertelstündige Sitzung. Und wofür – für ein bisschen Herumgerate und den Tipp, auf das zu hören, was sie eigentlich selbst schon wusste?

Kopfschüttelnd steckte sie die Scheine in ihre Tasche und drehte sich um, um zurück zu ihrem Stand zu gehen und abzuschließen. An dem überdachten Tor streckte sie automatisch die Hand aus, um den Plastik-Blindenhund zu streicheln, den mit dem Spendenschlitz auf dem Kopf, wie es Hunderte von Kindern taten, wann immer sie an ihm vorbeikamen. Als kleines Mädchen hatte auch Hal ihn immer gestreichelt, jedes Mal, wenn sie ihre Mutter besuchte, und ab und zu, wenn sie etwas Geld übrighatten, ließ ihre Mutter sie eine Münze in den Schlitz stecken. Auch jetzt noch versuchte sie, diese Tradition aufrechtzuerhalten – auch wenn die Pfundmünzen in letzter Zeit zu Fünfzig-Pence-Stücken und manchmal gar zu Pennys geschrumpft waren.

Heute Abend, die beiden anonymen Briefe immer noch im Kopf, hatte sie eigentlich gar nichts geben wollen, doch als sie jetzt durch das hohe geschwungene Tor trat, zögerte sie und drehte sich wieder um.

Unter dem notdürftigen Schutz des Vordachs hockte der Hund mit dem genügsamen Blick neben zwei anderen Spendenkästen, die aber bei den Kindern weniger beliebt waren. Bei einem handelte es sich um ein gerahmtes Schiff für Spenden an die Königliche Seenotrettung, bei der anderen um eine riesige Eistüte mit einem Schild, auf dem zu lesen war: *Unterstützen Sie die gute Sache mit dem West Pier! Diesen Monat gehen Ihre Spenden an:* __________, dahinter eine kleine Fläche, auf der der aktuelle wohltätige Zweck ausgeschrieben war.

Jetzt beugte Hal sich vor, um den schon feuchten Zettel in Augenschein zu nehmen, der in die Plastikhülle geschoben worden war. Die Buchstaben waren schon verwischt, vom Regen oder vom Meerwasser, doch Hal konnte die Worte gerade so entziffern. *Der Leuchtturm – Suchtberatung in Brighton and Hove.* Hal tastete in ihrer Hosentasche nach dem feuchten Bündel Banknoten, das die Frau ihr dagelassen hatte, und dachte zugleich angsterfüllt an den Stapel Rechnungen und die maschinengetippte Botschaft, die man unter der Tür ihrer Bude hindurchgeschoben hatte.

Mit zitternden Händen zählte Hal die Scheine, bevor sie sie, einen nach dem anderen, in den Schlitz der Eistüte schob, und sie versuchte, nicht mehr an die Rechnungen zu denken, die sie davon hätte bezahlen können, oder an das Paar Schuhe und die warmen Mahlzeiten, die sie sich davon hätte kaufen können.

Schließlich flatterte der letzte Geldschein hindurch, und als Hal sich zum Gehen wandte, leuchtete die Eistüte auf, ihr pastellheller Schein warf einen langen Schatten in die verregnete Nacht.

7

Sie wünschte, sie hätte ihren Mantel mitgenommen, als sie sich so überstürzt an die Fersen der Frau geheftet hatte. Nun war sie völlig durchnässt und würde vor dem Schlafengehen noch mehr Geld für die Gasheizung verschwenden.

Vorsichtig ging sie über das regennasse Holz, machte einen Bogen um die kaputten Planken und die im schwachen Licht glitzernden Pfützen. Obwohl es noch nicht einmal zehn Uhr war, war der Pier schon wie ausgestorben – der Tanzsaal geschlossen, Regs Bude verriegelt, und auch bei der Zuckerwatte waren die Rollläden schon runter. *Kasse wird abends gelert* stand auf einem handgeschriebenen Schild, doch das wusste Hal nur, weil sie es schon hundert Mal gesehen hatte, zu erkennen war es in den torkelnden Schatten, die die im Wind baumelnden Lämpchen auf alles warfen, nicht. Früher blieb der West Pier im Winter geschlossen, doch inzwischen war es ein ganzjähriges Geschäft, genau wie bei seinem berühmten Nachbarn. Trotzdem war zu dieser Jahreszeit die Luft etwas raus und Hal seufzte, als sie an die langen Winterabende dachte, die noch vor ihr lagen. Doch jetzt fragte sie sich, ob sie es sich überhaupt leisten konnte, weiterzumachen. Und wenn nicht, was war die Alternative?

Als sie ihre Bude erreichte, war die Tür geschlossen, obwohl sie sich nicht daran erinnern konnte, sie zugezogen zu haben. Vorsichtig drehte sie den vom Salz rostigen Knauf, schlüpfte hinein in den dunklen Raum und registrierte erleichtert, wie der Wind augenblicklich nachließ und die Restwärme des Heizlüfters sie einhüllte.

»Hallihallo«, sagte eine Stimme, und im selben Moment

leuchtete der rote Schirm der Tischlampe mit einem Klick auf.

Hal spürte, wie ihr das Blut aus dem Gesicht wich, in ihren Ohren rauschte es wie die Wellen, die an den Strand schlugen.

Der Mann, der da im Kegel der Lampe stand, war sehr groß, sehr breit und sehr glatzköpfig, und er lächelte, aber nicht auf freundliche Art. Er lächelte wie jemand, der Freude daran hatte, Menschen Angst einzujagen – und Hal hatte Angst.

»Wa-«, brachte sie heraus, doch dann versagte ihr die Stimme. Sie versuchte es noch einmal. »Was machen Sie hier?«

»Vielleicht möchte ich, dass Sie mir die Karten legen«, sagte der Mann freundlich, doch die Art, wie seine Hand in der Manteltasche über etwas strich, gefiel Hal gar nicht. Er lispelte leicht, die Laute entwichen ihm pfeifend durch eine Lücke zwischen den Schneidezähnen.

»Ich habe schon geschlossen«, brachte sie schließlich hervor und bemühte sich um einen ruhigen Tonfall.

»Ach, jetzt seien Sie doch nicht so«, sagte der Mann vorwurfsvoll. »Eine kleine Kartensitzung für einen alten Freund Ihrer lieben Mutter müsste doch drin sein, oder nicht?«

Hal war plötzlich kalt. »Was wissen Sie über meine Mutter?«

»Ich habe mich schlaugemacht. Rein freundschaftliche Neugier.«

»Ich will, dass Sie jetzt gehen«, sagte Hal. Es gab zwar einen Notfallknopf in ihrer Bude, doch der befand sich an der gegenüberliegenden Wand, dort, wo der Mann stand, und es war ohnehin nicht gesagt, dass der Nachtwächter des Piers in seinem Büro war.

Als der Mann den Kopf schüttelte, fühlte sie erstickende Panik in sich aufsteigen.

»Raus, hab ich gesagt!«

»Ts-ts-ts«, sagte der Mann kopfschüttelnd, wobei sein Lächeln kurz erstarb, doch in seinen Augen war es immer noch zu erkennen, ein belustigtes Lächeln, er schien amüsiert über den

Schrecken, den er ihr ansah, und über ihren jämmerlichen Versuch, diesen Schrecken zu verbergen. Im Schein der Lampe schimmerte sein kahler Kopf. »Was würde Ihre liebe Mutter wohl zu ihrem kleinen Mädchen sagen, die einen alten Freund so behandelt?«

»Ich bin kein kleines Mädchen«, erwiderte Hal mit mühsam unterdrückter Wut. Um das Zittern ihrer Hände zu stoppen, schlang sie sich die Arme um den Leib. »Und ich kaufe Ihnen keine Sekunde lang ab, dass Sie meine Mutter kannten. Was wollen Sie von mir?«

»Ich glaube, Sie wissen ganz gut, was wir wollen. Sie können nicht behaupten, wir hätten es nicht auf die nette Art versucht. Mr Smith hat Ihnen die Zettel höchstpersönlich geschrieben. Das macht er nicht für alle seine Kunden.«

»*Was wollen Sie?*«, wiederholte Hal mit eisiger Stimme, auch wenn es eigentlich keine Frage war. Sie wusste es. Genauso wie sie wusste, was die Botschaft auf den Zetteln bedeutete.

Wieder schüttelte der Mann den Kopf. »Kommen Sie schon, Miss Westaway. Spielen wir keine Spielchen. Tun Sie nicht, als hätten Sie die Spielregeln nicht gekannt, als Sie sich darauf einließen.«

»Ich habe das Geld doch schon in dreifacher, ach was, in vierfacher Höhe zurückgezahlt«, rief Hal und merkte, dass ihre Stimme zunehmend verzweifelt klang. »Herrgott, Sie wissen doch, dass es stimmt. Ich habe Ihnen sicher schon mehr als zweitausend Pfund gegeben, dabei hatte ich mir nur fünfhundert geliehen.«

»So sind nun mal die Regeln. Sie waren mit dem Zinssatz einverstanden, Sie haben unterschrieben.«

»Ich hatte doch keine Wahl!«

Wieder lächelte der Mann und schüttelte den Kopf. »Ganz schön frech. Man hat immer eine Wahl, Miss Westaway. Sie haben die Wahl getroffen, sich von Mr Smith Geld zu leihen, und er will es zurück. Er ist ja wirklich kein Unmensch, aber zurzeit haben Sie bei ihm Schulden in Höhe von … Moment …« Er gab vor, ein Papier in seiner Hand zu Rate zu ziehen. »Dreitausendachthundertfünfundzwanzig Pfund. Allerdings bietet Mr Smith Ihnen netterweise an, eine letzte Zahlung von dreitausend in bar zu akzeptieren und die Sache damit für erledigt zu erklären.«

»Ich habe keine dreitausend Pfund!«, sagte Hal lauter als beabsichtigt. Sie zuckte zusammen und versuchte, ihre Stimme von einem Schrei auf eine vernünftige Lautstärke herunterzuschrauben.

Mach langsam.

Das war die Stimme ihrer Mutter in ihrem Kopf, sanft, beruhigend. Hal erinnerte sich daran, wie sie ihr beigebracht hatte, mit schwierigen Kunden umzugehen. *Mach ihnen klar, dass du die Oberhand hast. Lass sie keine Forderungen stellen – denk immer dran, dass du diese Lesung leitest. Du stellst die Fragen. Du bestimmst das Tempo.*

Wenn das hier nur eine Lesung wäre. Wenn dieser Mann ihr nur am Tisch gegenübersäße, die Karten zwischen ihnen ausgelegt wären … aber so war es nicht. Also musste sie mit der Situation arbeiten, die sich ihr stellte.

Es lag in ihrer Hand.

»Hören Sie«, hob sie an, so sachlich wie möglich. Sie zog ihre Arme aus der defensiven Verschränkung und breitete die Hände aus, um Aufrichtigkeit zu signalisieren. Sie rang sich sogar ein Lächeln ab, obwohl es sich wie eine Grimasse anfühlte. »Hören Sie, ich möchte die Sache genauso dringend regeln wie Sie – dringender sogar. Aber ich habe weder dreitausend Pfund noch kann ich sie beschaffen. Sie könnten ebenso gut versuchen, nach den Sternen zu greifen. Also überlegen wir doch mal, wie eine Lösung aussehen könnte, die Ihren Boss zufriedenstellen könnte. Fünfzig Pfund pro Woche?«

Wie sie an das Geld kommen sollte, wusste sie nicht. Fünfzig

Pfund pro Woche waren eine Summe, die sie zu dieser Jahreszeit einfach nicht hatte. Aber vielleicht würde Mr Khan ihr erlauben, die Miete einen Monat später zu zahlen, außerdem brachte das Weihnachtsgeschäft dank Firmenfeiern auf dem Pier und langen Einkaufszeiten immer einen kleinen Aufschwung. Irgendwie würde sie das Geld schon zusammenkratzen.

»Hier.« Sie ging zum Tisch und hob die verriegelte Kiste mit den Einnahmen des Tages auf. Ihre Hände bebten so stark, dass sie das Schloss fast nicht aufbekam, doch schließlich hatte sie es geschafft, und als sie dem Mann die Scheine entgegenhielt, blickte sie ihn durch die Wimpern von unten an und lächelte wie ein kleines Mädchen, schüchtern, flehend, ein Appell an seinen guten Kern – sollte er einen haben. »Schauen Sie, ich hab hier … zwanzig … dreißig … fast vierzig Pfund. Nehmen Sie das als Anfang.«

Dass sie Chalky White davon noch die Pacht für den Stand bezahlen musste, egal. Egal waren auch die Rechnungen, die Miete und die Tatsache, dass sie nichts zu essen im Haus hatte. Sie würde alles tun, damit er verschwand und sie etwas Zeit gewann.

Doch der Mann schüttelte den Kopf. »Sehen Sie, wenn es nach mir ginge, wär das kein Problem. Ich täte nichts lieber, als einer jungen Frau wie Ihnen auszuhelfen, so ganz allein auf der Welt.« Sein Blick wanderte durch den kleinen Raum. »Aber es geht nicht nach mir. Und Mr Smith sieht es so, dass er schon sehr großzügig gewesen ist und Sie diese Großzügigkeit ausgenutzt haben. Mr Smith will sein Geld. Ende der Geschichte.«

»Und sonst?«, rief Hal aus, der ganzen Sache auf einmal überdrüssig. Sie steckte die Scheine in die Hosentasche und spürte, wie sich tief in ihrem Inneren ein Funke Zorn entzündete, von dem eine entschlossene Wärme ausging, die die kalte Furcht verdrängte. »Was will er denn machen? Meinen Besitz beschlagnahmen? Ich habe doch nichts. Und selbst wenn Sie all meine Sachen verkaufen würden, kämen keine dreitausend dabei heraus. Mich vor Gericht zerren? Unterschrieben hab ich nichts – da steht Aussage gegen Aussage. Oder vielleicht will er zur Polizei? Ach, wissen Sie –« Hal hielt inne, als sei ihr die Idee eben erst gekommen. »Ja, das ist eine gute Idee. Vielleicht sollten wir das wirklich machen. Die interessiert sich bestimmt für seine Inkassomethoden.«

Das Lächeln des Mannes erstarb abrupt, und er beugte sich so weit vor, dass Hal seinen Speichel auf ihrer Stirn spürte, als er seine Worte ausspuckte. Sie zwang sich, nicht zurückzuweichen.

»Das, Miss Westaway, ist nun ein sehr, sehr dummer Vorschlag. Mr Smith hat eine Menge Freunde bei der Polizei, und die wären sicher nicht glücklich, Sie über ihren Kumpel so reden zu hören. Sie sagten, Sie haben nichts unterschrieben? Tja, denken Sie mal darüber nach, was das heißt, Fräulein Schlaumeier. Keine Beweise. Sie können der Polizei nichts vorlegen außer Ihrem Wort gegen meins. Ich werde Ihnen eine Woche geben, um das Geld aufzutreiben, und ich will keinen verdammten Nonsens mehr darüber hören, dass Sie nicht wissen, woher. Ob Sie was verkaufen, jemanden ausrauben, 'nem schmierigen Geschäftsmann auf dem Autorücksitz für zwanzig Tacken einen blasen, mir scheißegal. Ich will das Geld heute in einer Woche. Sie glauben, Sie haben jetzt nichts? Sie könnten noch viel weniger haben, junge Dame. Runter geht's immer.«

Mit diesen Worten drehte er sich um und fegte ganz beiläufig mit dem Arm über das Regal hinter dem Tisch. Hal zuckte zusammen, als die Gegenstände darin zu Boden fielen: die Kristallkugel auf ihrem Holzstand, die bunten Schnitzereien, das Tonschälchen, das sie vor langer Zeit mal für ihre Mutter zu Weihnachten gemacht hatte, die Bücher und Tassen, die Porzellanvase mit den Kao-Cim-Stäbchen … sie alle krachten nacheinander herunter, über den Tisch und auf den Boden.

»Upps«, sagte der Mann mit ausdrucksloser Miene, und das gelispelte S ließ das Wort noch sarkastischer klingen. Er wandte sich Hal zu und schenkte ihr ein breites Zahnlückenlächeln. »Tut mir leid. Bin ziemlich ungeschickt. Manchmal gibt's auch 'n paar gebrochene Knochen. *'ne Menge* Knochen. Und neulich hab ich wem drei Zähne ausgeschlagen. Blöder Unfall. Aber Unfälle passieren halt, stimmt's?«

Hal merkte, dass sie zitterte. Sie wollte wegrennen, weg aus der Bude, an die Tür des Sicherheitsmannes hämmern, sich unter den tropfenden Holzplanken des Piers so lange verkriechen, bis der Typ weg war, doch sie konnte nicht – wollte nicht – einlenken. Er durfte ihre Angst nicht sehen.

»Ich mach mich dann mal vom Acker«, sagte er und schob sich an ihr vorbei zur Tür, doch nicht, ohne im Vorbeigehen eine Hand auszustrecken und ganz nebenbei den Tisch umzukippen, woraufhin die Tarotkarten und die Teetasse, die noch vom Morgen dort gestanden hatte, durch die Luft flogen und Hal ein Rest kalter Tee ins Gesicht spritzte.

Im Türrahmen blieb er kurz stehen, um den Kragen gegen den Wind hochzuklappen.

»Auf Wiedersehen, Miss Westaway.« Dieses pfeifende, zischende *ssss*. »Bis nächste Woche.«

Dann knallte er die Tür hinter sich zu und war weg.

Einen Augenblick lang stand Hal wie versteinert da und lauschte, wie seine Schritte über den Pier verschwanden. Endlich schien sich etwas in ihr zu lösen, und mit zitternden Händen schob sie den Riegel vor und lehnte sich mit dem Rücken gegen die Tür, ganz schwach vor Angst und Erleichterung.

Es war schon fast ein Jahr her, dass sie den Kredit aufgenommen hatte, und heute konnte sie kaum fassen, wie sie so dumm hatte sein können. Doch zu der Zeit steckte sie in einer ausweglosen Lage – es war Winter, die Einnahmen waren immer weiter gesunken, bis sie in einer katastrophalen Woche nur siebzig Pfund kassiert hatte. Die anderen Budenbetreiber hatten nur mit den Schultern gezuckt und ihr erklärt, dass es in manchen

Wochen einfach mal schlecht lief – ohne besonderen Grund. Für Hal aber war es ein Desaster gewesen. Sie hatte keine Ersparnisse, auf die sie zurückgreifen konnte, keinen Zweitjob. Sie lag mit der Miete und den Nebenkosten im Verzug und konnte noch nicht einmal die Summe für die Pacht ihres Stands aufbringen. Alles hatte sie versucht – sogar eine Anzeige für einen Mitbewohner geschaltet, aber niemand wollte in einer Wohnung leben, in deren einzigem Zimmer die Vermieterin auf der Couch übernachtete. Auch nach Kellnerjobs hatte sie sich umgesehen, doch die Arbeitszeiten kollidierten immer mit den Öffnungszeiten auf dem Pier, außerdem genügte den meisten Barbetreibern ein Blick auf ihren dünnen Lebenslauf, um sie mit einem Kopfschütteln wegzuschicken. Sogar beim Arbeitsamt hatten sie den Kopf geschüttelt, als Hal gestand, dass sie die Oberstufe nie abgeschlossen hatte. Dass ihre Mutter zwei Wochen vor den ersten Prüfungen gestorben war, hatte niemanden interessiert.

Hau doch 'nen Verwandten an, hatte ein Pier-Kollege ihr geraten, und *Vielleicht können deine Freunde helfen,* und Hal hatte nicht gewusst, was sie antworten sollte, wie sie erklären sollte, wie mutterseelenallein sie wirklich war. Klar, sie war in Brighton großgeworden und hatte vor dem Tod ihrer Mutter sogar Freundinnen hier gehabt, aber es war schwer zu erklären, wie erschreckend schnell sie sich nach dem Unfall auseinandergelebt hatten. Sie erinnerte sich noch gut an den Tag nach der Beerdigung, als sie in die Schule gekommen war und hörte, wie die anderen sich lachend über Handyrechnungen, Jungs und Nachsitzen wegen irgendwelcher unbedeutender Vergehen unterhalten hatten – und dass sie sich gefühlt hatte wie von einem anderen Planeten. Das Bild, das sie damals immer wieder vor Augen hatte, war das eines Bahngleises, das sich vor ihr erstreckte, von langer Hand geplant: Abi, Uni, Praktika, Karriere … und dann hatte jemand krachend die Weiche umgelegt und ihrem Leben eine völlig andere Richtung gegeben, in der es nur noch darum ging, am Leben zu bleiben, die Rechnungen zu bezahlen, täglich über die Runden zu kommen, während ihre Freunde weiter auf den altbekannten Schienen rollten, die auch ihre hätten sein sollen, wäre da nicht dieser Raser gewesen.

Fürs Abi war keine Zeit gewesen. Sie ging von der Schule ab, übernahm den Stand und tat, was sie konnte, um irgendwie über das Geschehene hinwegzukommen – mal versuchte sie zu vergessen, indem sie sich die Haare radikal abschnitt, um nicht jeden Tag im Spiegel so schmerzhaft an das Gesicht ihrer Mutter erinnert zu werden, oder indem sie sich bis zur Bewusstlosigkeit betrank, wann immer sie sich den Alkohol leisten konnte – und im nächsten Moment klammerte sie sich mit aller Verzweiflung an ihre Erinnerungen, verewigte sie in ihrer Haut.

Der Mensch, der sie heute war, war nicht der, der sie sonst geworden wäre. Das Mädchen, das ihr Taschengeld an Obdachlose verschenkte, Pennys an den Automaten auf dem Pier verprasste, ihre Sonntage mit Popcorn und schlechten Filmen vertrödelte – das Mädchen gab es nicht mehr. An seine Stelle war jemand Härteres getreten, jemand, der sich hatte verhärten müssen, um zu überleben. Die lachende Zuversicht des Mädchens am Strand war verschwunden, doch Hal hatte in sich eine andere Kraft gefunden, von der sie kaum geahnt hatte, dass sie sich dort verbarg – diesen harten, entschlossenen Kern, der sie an eisigen Tagen und sogar mit triefender Nase und roten Augen aufstehen und ihrer Arbeit auf dem Pier nachgehen ließ, der sie durchhalten und einen Fuß vor den anderen setzen ließ, auch dann, wenn sie glaubte, vor Müdigkeit nicht mehr weiterzukönnen.

Sie war ein anderer Mensch geworden.

Dieser Mensch ging an Bettlern vorbei und wandte den Blick ab. Der Fernseher war verkauft, und ohnehin hatte sie sonntags nie frei. Von der Arbeit war sie immer müde, immer hatte sie Hunger und vor allem … vor allem war sie einsam.

Einige Monate nach der Beerdigung hatte sie in der Stadt ein paar ihrer Schulfreundinnen gesehen, doch sie hatten Hal gar nicht erkannt. Lachend und ins Gespräch vertieft waren sie einfach an ihr vorbeigegangen. Sie hatte sich erst umgedreht und ihnen nachrufen wollen, doch etwas hatte sie zurückgehalten. Ein Graben hatte sich zwischen ihnen aufgetan, zu weit, als dass Hal oder die anderen ihn überbrücken konnten. Sie hätten mit der Person, die Hal geworden war, nichts anfangen können.

So hatte sie ihnen nur hinterhergesehen, ohne ein Wort zu sagen, und schon wenige Wochen später hatten sie sich in alle Winde verstreut, hatten Studium, Karriere oder Auslandsjahr begonnen, und heute sah sie sie nicht mal mehr von weitem.

Aber wie sie das alles dem Kollegen vom Pier erklären sollte, wusste sie nicht. *Nein*, mehr brachte sie kaum über die Lippen, auch weil die Trauer und die Wut darüber, wie selbstverständlich er davon ausging, dass jeder *irgendjemanden* haben musste, der ihm unter die Arme greifen konnte, die Kehle zuschnürten. *Nein, das geht nicht.*

Sie wusste nicht mehr genau, wer sie auf die Idee gebracht hatte, doch irgendwann erfuhr sie von einem Typen, der Kredite ohne Sicherheiten vergab. Zwar waren die Zinsen hoch, doch angeblich akzeptierte der Geldleiher eine Rückzahlung in kleinen Raten, und man konnte sogar zwischendurch eine Woche aussetzen, wenn es mal gar nicht ging. Natürlich lief alles unter der Hand – man traf sich nicht in einem Büro, sondern an ungewöhnlichen Orten, wo Umschläge mit Bargeld übergeben wurden. Und doch erschien es Hal, als wären ihre Gebete erhört worden, und so ergriff sie die Chance mit beiden Händen.

Es dauerte ein paar Monate, bis Hal auf die Idee kam, den Stand der Rückzahlung anzusprechen.

Bei der Antwort blieb ihr fast das Herz stehen. Fünfhundert Pfund hatte sie sich geborgt – dabei hatte sie eigentlich nur nach dreihundert gefragt, doch der Mann war so nett gewesen, die Summe aufzustocken, um eventuelle Engpässe zu überbrücken.

Bereits vier Monate lang hatte sie Raten von ein paar Pfund pro Woche gezahlt. Und jetzt betrugen ihre Schulden über eintausend Pfund.

Hal war in Panik geraten. Sie hatte sofort alles zurückgezahlt, was vom ursprünglichen Kredit noch übrig war, und die Rückzahlung so weit aufgestockt, wie sie es sich gerade noch leisten konnte. Doch sie hatte sich zu viel vorgenommen. Mit dem neuen Zeitplan kam sie nicht hinterher, und so versäumte sie nach einer besonders schlechten Arbeitswoche die erste Zahlung und einen Monat später gleich noch eine. Als die Beträge weiter in die Höhe schossen und die Anrufe von Mr Smiths Geldeintreibern immer aggressiver wurden, erkannte Hal, dass es keinen Ausweg gab.

Schließlich tat sie das Einzige, was sie noch tun konnte. Sie hörte einfach auf, zu zahlen. Sie nahm keine Anrufe von unbekannten Nummern mehr entgegen. Sie machte die Tür nicht mehr auf. Und sie begann sich umzusehen, wenn sie abends allein nach Hause lief. Zum Glück, so sagte sie sich, wussten sie zumindest nicht, wo sie arbeitete. Das war ihre Rettung. Auf dem Pier war sie sicher. Und bis jetzt hatte sie sich in der Sicherheit gewähnt, dass die Handlungsmöglichkeiten der Geldeintreiber begrenzt waren. Schließlich gab es bei ihr keinen Besitz zu beschlagnahmen, und das Ganze spielte sich ohnehin auf der Schattenseite der Legalität ab. Damit war unwahrscheinlich, dass man sie vor Gericht zerren würde.

Aber jetzt hatten sie sie offenbar aufgespürt und sie schienen mit ihrer Geduld am Ende zu sein.

Auch wenn das Zittern langsam nachließ, in ihrem Kopf hörte sie noch immer die Worte des Mannes. *Gebrochene Knochen. Ausgeschlagene Zähne.*

Obwohl Hal sich nicht als besonders feige – oder gar eitel – einschätzte, packte sie das Grauen bei der Vorstellung, wie ein

Stahlkappenschuh auf ihr Gesicht zuschoss und mit einem grässlichen knirschenden Geräusch auf ihre Nase und ihre Zähne traf.

Was konnte sie tun? Noch ein Kredit kam nicht in Betracht. Es gab niemanden, den sie um Hilfe bitten konnte – jedenfalls niemanden, der über solche Summen verfügte. Und was das Anschaffen anging, wie der Typ vorgeschlagen hatte ... Hal verzog angeekelt den Mund. Brighton hatte zwar ein blühendes Sexgewerbe, aber so verzweifelt war sie dann doch wieder nicht. Noch nicht.

Blieb also nur ... Diebstahl.

Sie sehen zwei Wege vor sich, verschlungen und gewunden ... Sie möchten wissen, welchen Sie einschlagen sollen ...

Zu Hause blieb Hal einen Moment im Eingangsflur stehen und lauschte. Von oben war kein Geräusch zu hören, und als sie oben ankam, sah sie, dass ihre Wohnungstür geschlossen war und kein Licht von unten hindurchschien.

Als sie das Schloss jedoch genauer in Augenschein nahm, glaubte sie, einen Unterschied festzustellen – es wirkte zerkratzt, so als hätte sich jemand mit einem Dietrich daran zu schaffen gemacht. Oder wurde sie schon paranoid? Bestimmt hatten alle Türbeschläge ein paar Kratzer von hastig hineingesteckten Schlüsseln.

Dennoch klopfte ihr Herz schneller, als sie den Schlüssel umdrehte, aus Furcht vor dem, was sie auf der anderen Seite erwarten würde. Doch als die Tür schließlich weit aufschwang und sie nach dem Lichtschalter tastete, war ihr erster Gedanke, wie seltsam unberührt alles wirkte. Da auf dem Tisch lag die Post, wie sie sie zurückgelassen hatte. Da war ihr Laptop. Nichts war zerstört worden, nichts zum Zweck der Schuldeneintreibung gestohlen.

Mit einem kleinen Aufatmen zog sie die Tür hinter sich zu, schloss zweifach ab und pellte sich dann aus der Jacke. Erst als sie zur Küchenzeile hinüberging, um den Wasserkocher anzustellen, fielen ihr zwei Dinge auf.

In der Spüle lag ein kleines Häufchen Asche – Asche, die dort definitiv nicht gelegen hatte, als sie die Wohnung verließ. Es sah wie ein verbranntes Blatt Papier aus ... vielleicht auch zwei. Als sie sich vorbeugte, konnte Hal auf einem der verkohlten Fetzen, der noch nicht völlig zerfallen war, ein paar Buchstaben ausmachen, silbrig schimmernd vor dem geschwärzten Hintergrund, *...hre finan...*, las sie da, und darunter, *...ns wieder ...*

Hal wusste, was sie da vor sich hatte. Auch ohne sich zum Wohnzimmertisch umzublicken, wo sie die Briefe von Mr Smith ordentlich neben den Rechnungen abgelegt hatte, wusste sie, dass sie weg waren. Und doch konnte sie nicht anders, als noch einmal nachzusehen, den Stapel mit letzten Mahnungen zur Seite zu schieben, verzweifelt den Boden abzusuchen für den Fall, dass sie vielleicht beim Öffnen der Tür vom Tisch geweht worden waren.

Aber die Briefe waren weg – und mit ihnen jeglicher Beweis, den sie der Polizei hätte vorlegen können.

Entsetzt bemerkte sie, dass noch etwas fehlte. Das Foto auf dem Kaminsims, das Bild von ihr und ihrer Mutter, Arm in Arm am Strand von Brighton, mit ihren vom Meereswind zerzausten Haaren.

Als sie sich dem Sims näherte, auf dem es eigentlich hätte stehen sollen, knirschte etwas unter ihrem Stiefel, und als sie hinunterblickte, lag es da – mit dem Gesicht nach oben auf dem Kaminboden, das Glas in tausend Splitter zertrampelt, das Bild selbst mit Kratzern und Rissen übersät, nachdem sich ein Absatz in den zerbrochenen Rahmen gebohrt hatte.

Mit zitternden Händen und Tränen in den Augen hob sie es auf und nahm es in den Arm wie ein kleines verletztes Tier, zog vorsichtig die Scherben aus dem Papier. Doch es nützte nichts. Das Bild war zerfetzt, ruiniert, und die lachenden Gesichter des Mädchens und seiner Mutter waren für immer verschwunden.

Aber sie durfte nicht weinen. Sie weigerte sich. Auch wenn sie eine abgrundtiefe, bittere Trauer in sich aufsteigen spürte. Es war die Ungerechtigkeit, die so wehtat, die ihr wie Säure im Hals brannte. Sie wollte es aus sich herausschreien, sich das ganze Unrecht aus dem Leib brüllen.

Ich kann nicht mehr, wollte sie schluchzen. *Warum kann nicht einmal etwas gutgehen?*

Dann sank sie in die Knie, und einen Augenblick lang hockte sie da, über die Glasscherben gebückt, die Knie an den Brustkorb gezogen, als wollte sie sich so klein wie möglich machen. Es gab keine Sicherheit mehr, niemanden mehr, der sie umarmen konnte, der das Chaos in Ordnung bringen oder ihr auch nur eine heiße Tasse Tee machen konnte. Sie würde allein damit fertigwerden müssen.

Während sie vorsichtig die Scherben entfernte und die Splitter mit dem Ärmel ihres Mantels herunterfegte, hörte sie Regs Stimme in ihrem Ohr, seinen freundlichen Cockney-Singsang. *Wenn irgendwer 'ne Chance verdient hat, dann du, Mädel. Nimm das Geld, das sie dir anbieten, und mach, dass du wegkommst, das wär mein Rat. Kassier die Kohle und ab durch die Mitte.*

Wenn sie nur könnte. Sie warf die Scherben in den Mülleimer, und kleine Fetzen von dem Foto flatterten hinterher.

Sie sehen zwei Wege vor sich, verschlungen und gewunden … Sie möchten wissen, welchen Sie einschlagen sollen.

Fast unbewusst griff Hal nun nach dem Handy in ihrer Tasche, zog es heraus und rief die Ticketseite der Bahn auf.

1. Dezember.

7 Uhr.

Von Brighton nach Penzance, Hin- und Rückfahrt.

Sie klickte »Suchen«.

Wenn jemand das durchziehen kann, dann du …

Als die Preise auf dem Bildschirm erschienen, fuhr sie dann doch zusammen. Das Geld in ihrer Tasche reichte nicht für die

Fahrkarte. Nicht einmal für die Hinfahrt. Und ihren Dispo hatte sie längst ausgereizt. Aber vielleicht … *vielleicht* fragte ja die Webseite nicht automatisch bei der Bank nach … Also zog sie ihre Bankkarte heraus, tippte die Nummer ein und hielt den Atem an.

Wie durch ein Wunder ging die Zahlung durch.

Hal konnte es nicht glauben, bis kurz darauf ihr Handy vibrierte und eine E-Mail einging. *Alle wichtigen Infos für Ihre Reise nach Penzance,* lautete der Betreff, und darunter stand die Buchungsnummer, mit der sie ihr Ticket, Hin- und Rückfahrt, am Automaten abholen konnte.

Ihr Magen verkrampfte sich, als sei sie auf einem Schiff, das gerade von einer großen Welle getroffen wurde.

Konnte sie das allen Ernstes durchziehen? Aber was war die Alternative? Hier warten, bis Mr Smiths Schlägertypen ihr den nächsten Besuch abstatteten?

Ich erbe vielleicht ein ungeahntes Vermögen.

Die Worte, die sie zu Reg gesagt hatte, schwirrten ihr im Kopf herum, waren Stichelei und Verheißung zugleich. Hal stand da und spürte auf einmal die Steifheit in ihren Gliedern, die Müdigkeit ihrer Muskeln, kaum dass sich der angstbedingte Adrenalinrausch gelegt hatte.

Es könnte wahr sein. Und wenn nicht, dann konnte sie es vielleicht wahr machen. Alles, was sie tun musste, war, sich selbst zu überzeugen.

Statt sich schlafen zu legen, holte sie den alten Koffer ihrer Mutter aus dem Schrank und begann zu packen. Shampoo, Deo. Das war einfach. Die Kleiderfrage gestaltete sich schwieriger. Schwarz war zwar nicht das Problem – Hals Garderobe bestand zu mehr als der Hälfte aus Schwarz und Grau. Aber sie konnte zum Begräbnis einer Fremden schlecht in kaputten Jeans und T-Shirt aufkreuzen. Ein Kleid wäre wohl angemessener, und sie besaß nur eines.

Das zog sie jetzt aus der untersten Schublade, wo sie es nach der Beerdigung ihrer Mutter an einem strahlenden Junitag vor drei Jahren verstaut hatte. Es passte zum Anlass, aber es war kurzärmlig, aus billigem dünnem Baumwollstoff und damit viel zu sommerlich für Dezember. Sie konnte natürlich eine Strumpfhose dazu tragen, aber ihre einzige war oben am Oberschenkel kaputt. Hal rollte sie aus, um den Schaden zu begutachten. Sie hatte damals die Laufmasche mit etwas Nagellack bepinselt, nun blieb nur zu hoffen, dass es hielt.

Als Nächstes ein paar T-Shirts, ein Kapuzenpulli und die am wenigsten abgewetzte Jeans. Unterwäsche. Und schließlich ihr Laptop, der einzige Wertgegenstand, sowie ein paar Taschenbücher.

Zuletzt noch das Schwierigste. Der geforderte Identitätsnachweis. Das Dumme war, dass Hal keine Ahnung hatte, welche Informationen dem Notar bereits vorlagen. Die vollständige Geburtsurkunde mitzubringen, kam nicht in Frage, aber sie konnte ihren Pass oder die gekürzte Abschrift der Geburtsurkunde mitnehmen, auf beiden wurden die Eltern nicht erwähnt. Sie bestätigten nur, was schon bekannt war – Hals Namen. Das Problem war nur, auch ihr Geburtsdatum war darauf vermerkt.

Falls sie eine Fünfunddreißigjährige erwarteten, hatte sich alles erledigt, sobald sie sie sahen, dann würde es gar nicht erst zum Reisepass kommen. Doch Hal war überzeugt, dass man ihr alles zwischen fünfzehn bis fünfundzwanzig abnehmen würde, notfalls sogar die dreißig. Falls Hester Westaway nicht ungewöhnlich früh geheiratet und Kinder bekommen hatte, bestand eine realistische Chance, dass die gesuchte Erbin in diese Altersgruppe fiel. Wenn die Unterlagen der Kanzlei allerdings zum Beispiel auf ein 1991 geborenes Baby verwiesen, Hal jedoch ihren Pass mit dem Geburtsjahr 1995 vorzeigte …

Hal zog den Brief wieder hervor und überflog die Hinweise zu den zulässigen Urkunden und Belegen. Die zweite Spalte, die zum Nachweis des Wohnsitzes, war kein Problem. »Eine

Nebenkostenabrechnung«, stand dort. Na, davon hatte sie genug. Und die konnten dem Notar auch nichts mitteilen, was er nicht ohnehin schon wusste, mal abgesehen vom Stand ihrer Schulden.

Die erste Spalte jedoch stellte durchaus ein Problem dar. Reisepass, Führerschein oder Geburtsurkunde. Einen Führerschein hatte sie nicht, und der Pass wäre nur mit sehr viel Bargeld glaubwürdig zu fälschen. Blieb also nur ... die Geburtsurkunde.

Wieder wühlte Hal in der Kiste unter dem Bett und suchte nach dem Umschlag mit den Geburtsurkunden. Unter der ihrer Mutter lag ihre eigene. Es war die vollständige Geburtsurkunde ... und tatsächlich verbarg sich dahinter eine Abschrift. *Name: Harriet Margarida Westaway,* stand dort. *Geboren: 15. Mai 1995. Geschlecht: weiblich. Ort: Brighton, East Sussex.*

Falls man nicht bereits ein Geburtsdatum vorliegen hatte, war es ganz einfach – sie brauchte nur das echte Dokument zu überreichen.

Aber falls doch ... Hal inspizierte die Urkunde genauer, hielt sie vors Licht, untersuchte das Papier. Das Dokument war nicht besonders raffiniert gesichert – zwar gab es ein Wasserzeichen, aber das war oberflächlich kaum zu erkennen, und auch die Tinte schien ganz gewöhnlich zu sein. Mit etwas Zeit und einem Scanner könnte sie wahrscheinlich das echte Dokument nutzen, um etwas halbwegs Überzeugendes herzustellen.

Die Falten im Papier waren alt und weich, und Hal faltete es vorsichtig wieder zusammen, bevor sie es mit der Nebenkostenabrechnung in die Innentasche des Koffers steckte.

Sie wollte gerade den Reißverschluss zuziehen, da hielt sie inne. Sie griff in die Schublade ihres Nachttischs, nach einer kleinen verbeulten Blechdose, von der schon lange der Lack abgesplittert war. Einst hatte sie Tabak der Marke Golden Virginia enthalten, doch der Geruch war längst verflogen.

Hal machte sie auf und fuhr mit den Fingern über die Karten darin, an ihren fransigen Rändern entlang, fühlte die weiche

Biegsamkeit der alternden Pappe und blätterte sich durch die vertrauten Bilder, betrachtete die Gesichter, die ihr entgegenblickten, über sie urteilten.

Aus einem Impuls heraus kippte sie das Deck in ihre Hand und deckte, ohne zu mischen, mit geschlossenen Augen und nur einer einzigen Frage im Kopf eine Karte auf.

Dann schlug sie die Augen auf.

Die Karte in ihrer Hand zeigte einen jungen Mann in einer sturmumtosten Landschaft, dunkle Wolken in seinem Rücken, zu seinen Füßen brodelte eine unruhige See. In den Händen hielt er ein Schwert, gezückt wie kurz vor dem Angriff. Der Bube der Schwerter. Aktion. Intellekt. Entschlossenheit.

Würde sie in diesem Moment einem Kunden die Karten legen, Hal wüsste genau, was sie sagen würde. Die Schwerter sind die Karte des Geistes, des Denkens und der Analyse, und der Bube ist eine Karte voller Energie und Entscheidungskraft. Um ihn herum stürmische Meere – doch er schreitet mit erhobenem Schwert voran. Ganz gleich, welche Herausforderungen auf ihn warten, der Bube ist bereit, ihnen entgegenzutreten. Er ist jemand, den man ernst nehmen muss.

Natürlich gibt es im Tarot kein eindeutiges »grünes Licht«, hätte sie gesagt. Aber diese Karte – sie kam ihm wohl am nächsten.

Doch unter all diesen einstudierten Floskeln glaubte Hal, die Stimme ihrer Mutter zu hören, erinnerte sich an das, was sie ihr immer wieder eingeschärft hatte. *Glaube nie daran. Glaube niemals deinem eigenen Geschwätz. Ein Schauspieler, der den Bezug zur Wirklichkeit verliert, die Schriftstellerin, die ihre eigenen Erfindungen glaubt – sie sind verloren. Das hier ist pure Einbildung – das darfst du nie vergessen, ganz gleich, wie sehr du daran glauben willst.*

Und genau hier lag die Krux – die Bestätigungstendenz, vor der die Wissenschaftler und Skeptiker immer wieder warnen. Sie *wollte* ja an die Botschaft des Buben glauben. Sie wollte an dieses grüne Licht glauben, das begriff sie, auch als sie jetzt die beiden Hälften des Decks wieder zusammenlegte, das Deck in der Dose verstaute und den Deckel zuklappte.

Während sie sich kurz darauf in ihrem winzigen Bad die Zähne putzte und ihr Spiegelbild betrachtete, etwas unscharf und fremd ohne ihre Brille, sagte Hal zu sich selbst: *Ich muss nicht jetzt entscheiden. Ich kann darüber schlafen. Nichts ist endgültig.* Doch ihre Zahnbürste nahm sie mit, als sie zurück ins Schlafzimmer ging. Unschlüssig stand sie einen Moment lang vor ihrem Bett, fröstelnd in der Zugluft des undichten Fensters, bevor sie die Zahnbürste fast trotzig in den Koffer stopfte, ihn mit einem ratschenden Geräusch zuzog und ins Bett schlüpfte.

Es dauerte lange, bis sie ihr Buch weglegte und das Licht ausknipste, und noch länger, bis sie endlich einschlief. Und als sie schlief, träumte sie – von einem jungen Mann, der über ihr stand, das Schwert zum Kampf erhoben.

8

Hals Mutter hatte ihr das Tarot beigebracht, und so war sie mit den Abbildungen auf den Karten vertraut gewesen, beinahe bevor sie laufen lernte – mit der lächelnden Hohepriesterin, dem strengen Hierophanten, dem gruseligen Turm mit den herabstürzenden verlorenen Seelen. Und oft genug, wenn keine Schule war und kein Babysitter gefunden worden war, hatte sie ihre Mutter zum West Pier begleitet. Dann hatte sie still hinter dem Vorhang in der Ecke gesessen und ein Buch gelesen, während sie die kunstvolle Gesprächsführung ihrer Mutter belauschte, und so lernte sie die Taktiken, fast ohne es zu merken – die suggestiven Fragen, das elegante Umschwenken: »Ein Bruder …«, der Kunde runzelt kaum merklich die Stirn, »nein, warten Sie, jemand, der wie ein Bruder ist. Ein Freund? Ein naher Verwandter?«

Sie lernte, wie weit man mit Gemeinplätzen kam und wann ein Rückzieher angebracht war, wenn ein Gesprächsfaden zu nichts führte. Sie beobachtete, wie ihre Mutter von einer Aussage abließ, wenn eine Kundin oder ein Kunde nur noch stur den Kopf schüttelte, und wie sie dann gelassen umschwenkte: »Also gut, lassen wir das Bild erst einmal sacken, es wird an Ihnen selbst sein, es zu entschlüsseln. Vielleicht wird sich die Bedeutung etwas später erschließen, oder vielleicht ist es auch eine Warnung für die Zukunft.«

Hal hatte sich vieles ganz spielerisch angeeignet. Doch selbst eine Lesung durchzuführen … das war eine ganz andere Sache.

Am Ende aber blieb ihr keine Wahl. Ein paar Tage vor Hals achtzehntem Geburtstag, an einem heißen Sommertag, wurde ihre Mutter direkt vor ihrem Haus überfahren. Der Raser beging Fahrerflucht und wurde nie gefasst. Hal versank in Schock, in Trauer – und in Schulden.

Als Mr White, der Manager des Piers, ein paar Wochen später auf Hal zukam, gab er ihr ein faires Ultimatum – er wollte Hal das Vorrecht zur Pacht anbieten, sagte er. Doch der Stand konnte in der Hochsaison wirklich nicht leer bleiben. Falls sie ihn von ihrer Mutter übernehmen wollte, würde sie ihn bekommen. Aber sie würde bald anfangen müssen. Es war Juni, der Pier jeden Tag und Abend voller Besucher, und geschlossene Stände und Buden waren für alle von Nachteil.

Und so nahm Hal die Karten ihrer Mutter, schaltete das Neonschild des Standes ein und wurde die neue Madame Margarida.

Mit den Stammkunden war es leicht. Immer wieder hatte sie ihrer Mutter dabei zugesehen, wie sie diesen Leuten die Karten gelegt hatte, hatte zugehört, wie sie alles ausplauderten, von launischen Ehemännern, reizbaren Chefs, unglücklichen Kindern. Auch die Angeheiterten, die spontan bei ihr hereinplatzten, waren kein Problem – durch diese Sitzungen konnte sie sich leicht hindurchmogeln, und außerdem waren es meist Touristen, die nie wiederkommen würden.

Nein, die Buchungen waren es, die ihr Sorgen bereiteten. Die Leute, die für eine einstündige Sitzung bezahlten und im Voraus anriefen, um sicherzustellen, dass sie auch da war.

In diesen Fällen tat Hal etwas, was ihre Mutter nie nötig gehabt hätte. Sie trickste.

Es war geradezu beängstigend, wie viel man online herausfinden konnte. Obwohl sie Facebook vor dem Tod ihrer Mutter nie genutzt hatte, eröffnete sie in den ersten Tagen der Ungewissheit ein Konto mit falschem Profil, das ein unverfängliches Foto von einem blonden Mädchen zeigte, das sie der Google-Bildersuche entnommen hatte und »Lil Smith« taufte.

Den Namen »Lil« hatte sie ganz bewusst gewählt – als Spitzname konnte er für Lily, Lila, Lillian, Elizabeth oder einhundert weitere Namen stehen. Smith als Allerweltsname lag auf der Hand, ebenso wie das harmlos hübsche Gesicht des Mädchens.

Wie bereitwillig manche Leute die Freundschaftseinladung einer Person annahmen, die sie nie getroffen hatten, war erstaunlich, doch oft musste sie noch nicht einmal so weit gehen, denn viele handhabten ihre Privatsphäre-Einstellungen so leichtsinnig, dass sie auch so alle möglichen Einzelheiten über Familien, Job, Bildungsstand und Herkunft herausfinden konnte.

Jetzt, im Zug nach Westen, klappte Hal ihren Laptop auf und wandte ihre Aufmerksamkeit den Westaways zu.

Der erste Google-Treffer war eine Todesanzeige im *Penzance Courier* für Hester Mary Westaway, geboren am 19. September 1930, verstorben am 22. November 2016 in Clowe's Court, St. Piran. Der kurze Nachruf informierte darüber, dass sie die Witwe von Erasmus Harding Westaway war, mit dem sie drei Söhne und eine Tochter hatte. *Sie hinterlässt ihre Söhne Harding, Abel und Ezra Westaway und ihre Enkel,* stand in der Anzeige.

War einer dieser Männer der Vater der gesuchten Erbin?

Zwar waren weder Abel noch Harding eifrige Facebook-Nutzer, doch schwer zu finden waren sie auch nicht. Für beide Namen gab es jeweils nur einen Treffer, außerdem hatte Harding dankenswerterweise St. Piran als Heimatort angegeben und Abel als seinen Bruder markiert. Beim Durchscrollen seines Profils und beim Betrachten der Hochzeits- und Tauffotos, der Familienfeiern und ersten Schultage hatte Hal einen Kloß im Hals. Es gab eine Ehefrau namens Mitzi Westaway (geborene Parker) sowie drei Kinder im Teenageralter namens Richard, Katherine und Freddie.

Abel war ein gutes Stück jünger, ein freundlich wirkender Mann mit sauber gestutztem braunem Bart und dunklem, honigbraunem Haar. Seinen Beziehungsstatus konnte sie nicht einsehen, doch auf vielen Profilbildern zeigte er sich mit einem gutaussehenden blauäugigen Mann namens Edward. Auf einer Aufnahme in Paris vom Valentinstag 2015 war er markiert sowie auf einem anderen Bild, auf dem sie Hand in Hand bei einem formellen Anlass zu sehen waren. *Schwarz-Weiß-Ball zugunsten philippinischer Waisenkinder* stand in der Markierung. Beide Männer trugen festliche Abendgarderobe, und Abel blickte mit einem nervösen, aber stolzen Lächeln zu seinem Begleiter auf.

Beide Profile verströmten eine Aura komfortablen Wohlstands, die Hal einen Stich versetzte. Kein protziges Zurschaustellen, keine Jachten, keine Karibikkreuzfahrten. Nur hier und da einmal, fast beiläufig, die Erwähnung eines Venedig-Urlaubs, von Skiferien in Chamonix, Privatschulen. Die Slideshow der Profilfotos zeigte Kinder auf Ponys, Poloausrüstungen und SUVs, und die Erinnerungen auf Facebook bestanden vor allem in Restaurantbesuchen und Familienzusammenkünften.

Von Ezra gab es keine Spur.

Facebook nach zu urteilen waren sowohl Abel als auch Harding alt genug, um ein Kind Anfang zwanzig zu haben, doch Hals Gedanken kehrten immer wieder zur Tochter zurück. *Sie hinterlässt ihre Söhne.* Was war mit der Tochter?

Ohne ihren Namen zu kennen, gab es keine Möglichkeit, es herauszufinden, und weder auf Hardings noch Abels Facebook-Seite wurde eine Schwester erwähnt. Nach kurzem Zögern verschickte Hal – beziehungsweise Lil Smith – eine Freundschaftsanfrage an Hardings ältesten Sohn, Richard Westaway. Abel fragte sie absichtlich nicht. Der hatte nur neunundneunzig Freunde und schien nicht der Typ zu sein, der blinde Kontaktanfragen unbekannter junger Frauen annahm. Bei Harding sah es noch schlechter aus – er hatte nur neunzehn Freunde und schien schon seit vier Monaten nichts mehr an seinem Profil geändert zu haben. Richard hingegen verfügte über 576 Freunde und hatte soeben ein Update von einer Raststätte bei Exeter gepostet.

Hal öffnete gerade einen neuen Tab, als eine Benachrichtigung aufblinkte – Richard hatte ihre Anfrage angenommen. Sie klickte sich durch sein Profil, wo sie dem erstbesten Foto ein Like schenkte – Richards matschverdrecktes Gesicht hinter einem stolz geschwenkten Pokal. *SCHON WIEDER St. Barnabus beim Rugby plattgemacht. Langsam glaub ich, der Flyhalf von denen ist ein Mädchen mit Bart,* lautete die Beschriftung. Hal verdrehte die Augen und wandte sich wieder der Google-Suche zu.

Beim Grundbuchamt fand sich kein Eintrag zu Trepassen House, und das staatliche Handelsregister vermerkte dort keinen Firmensitz. Weder war ein Pflegeheim dort gelistet, noch hatte sich das Amt für Lebensmittelsicherheit dort umgesehen. Es gab also keinen Hinweis darauf, dass sich dort irgendetwas anderes als ein privater Wohnsitz befand. Auf Google Maps war es jedoch verzeichnet, und so sah Hal sich das Gebäude in der Satellitenansicht und im Street View an. Der Street View war nicht besonders aufschlussreich, da dort nur eine von einer langen Steinmauer flankierte Landstraße zu sehen war, dahinter Eiben und Rhododendren, die den Blick auf alles andere verstellten. Hal klickte sich in beide Richtungen ein paar Meilen die Straße entlang, bis sie endlich zu einem schmiedeeisernen Tor vor einer Einfahrt gelangte, doch die Aufnahme war aus einem Winkel gemacht worden, die ihr jede Sicht aufs Haus versperrte, weshalb sie gleich wieder zur Satelliteneinstellung zurückkehrte.

Zwar war das verschwommene Bild zu klein, um außer einem Giebeldach und einer weiten, eingezäunten Grünfläche, auf der verstreut einzelne Bäume standen, irgendetwas erkennen zu können, doch man konnte sehen, dass es groß war. Sehr groß. Schon fast ein Schloss. Diese Leute hatten Geld. Und nicht zu knapp.

»Die Fahrkarten, bitte«, unterbrach eine Stimme ihre Gedanken, und als Hal aufblickte, stand ein Schaffner im Gang neben ihr. Nach kurzem Suchen zog Hal ihr Ticket aus dem Portemonnaie. »Wochenendbesuch bei den Eltern?«, fragte er, während er das Ticket entwertete, und Hal wollte schon den Kopf schütteln, als etwas sie davon abhielt.

Früher oder später musste sie schließlich in ihre Rolle schlüpfen.

»Nein, ich … ich fahre wegen einer Beerdigung zurück.«

»Oh, das tut mir leid.« Der Schaffner gab ihr das Ticket zurück. »Jemand, der Ihnen nahesteht?«

Hal schluckte. Sie fühlte, wie sich zu ihren Füßen ein Abgrund auftat. *Es ist nur eine Rolle,* sagte sie sich. *Nichts anderes als das, was du Tag für Tag sowieso machst.*

Die Worte schienen ihr in der Kehle festzustecken, doch sie zwang sich, weiterzusprechen. »Meine Großmutter.«

Im ersten Moment fühlte es sich an wie das, was es war – eine Lüge. Doch dann änderte sie ihren Gesichtsausdruck … nicht Trauer, denn das wäre übertrieben für diese Frau, der sie – auch in ihrer Rolle – nicht nahegestanden hatte. Aber eine Art feierliches Bedauern. Und dann lief ihr ein Schauer über den Rücken, der sie an den Kick erinnerte, den sie spürte, wenn sie das Licht in ihrem Stand anschaltete und zur Wahrsagerin wurde.

»Mein Beileid«, sagte der Schaffner, nickte ernst, schritt den Gang weiter ab und verschwand im nächsten Wagen.

Als Hal die Fahrkarte zurück ins Portemonnaie steckte, fuhr der Zug in einen Tunnel ein, und die Beleuchtung ging erst nach einem Flackern an, sodass Hals Laptop und die Funken, die unter den Rädern vom Gleis hochsprühten, für einen kurzen Moment die einzige Lichtquelle waren.

Auf ihrem Bildschirm leuchtete es smaragdgrün, die riesige Rasenfläche, die schmale, gewundene Straße, und plötzlich kochte Wut in ihr hoch.

Wie konnte eine einzige Familie, eine einzige *Person,* so viel besitzen? Auf dem Grundstück von Trepassen House hätten nicht nur Hals komplettes Wohnhaus, sondern ihre komplette Straße und ein Großteil der anliegenden Straße Platz gehabt. Allein die Kosten fürs Rasenmähen überstiegen garantiert ihr monatliches Einkommen. Aber das war es nicht allein – es war alles zusammen. Die Ponys. Die Urlaubsziele. Und die Gelassenheit, mit der das alles vorausgesetzt wurde.

Wie konnte das gerecht sein, dass manche so viel hatten und andere so wenig?

Eine weitere Facebook-Nachricht poppte auf. Noch ein Update von Richard. Hal klickte darauf, und ein Bild öffnete sich – Richard und seine Familie vor einer Kulisse aus Holzpaneelen, alle mit einem stolzerfüllten Strahlen auf dem Gesicht. Harding hatte den Arm so fest um die Schultern seines Sohnes gelegt, dass der Junge dadurch leicht aus dem Gleichgewicht geraten war.

Richard hat eine Erinnerung geteilt, stand daneben, und weiter: *Preisvergabe in St. A. Ma fast geplatzt vor Mutterstolz. Jetzt muss Dad sich nur noch an die Abmachung halten – 500 Mäuse fürs Nichtdurchfallen in Mathe – und dann hallooo Ibiza!*

Der Zug fuhr aus dem Tunnel hinaus und zurück ins Tageslicht, und Hal spürte erneut ein Flattern in der Magengegend – doch in diesem Moment wusste sie, dass sie nicht umkehren würde.

Denn das Flattern war nicht nur Nervosität. Es war auch nicht nur Neid. Da war auch eine Art von Vorfreude.

9

Als der Zug in Penzance einfuhr, war es fast drei Uhr. Unter der großen Uhr am Bahnsteig blieb Hal einen Augenblick stehen und sah sich um.

»Taxis« stand oben auf einem Schild, und sie warf sich die Tasche über die Schulter und folgte dem Richtungspfeil zum Taxistand vor dem Bahnhof. Doch ein paar Meter vor dem »Bitte hier anstellen«-Schild hielt sie an und zog ihr Portemonnaie heraus.

Nach dem Sandwich im Zug – Ei und Kresse, für 1,37 Pfund das billigste im Angebot – hatte sie nur noch 37,54 Pfund übrig. Würde sie damit bis nach St. Piran kommen? Und wenn, wie sollte sie zurückkommen?

»Stehen Sie an, junger Mann?«, fragte plötzlich eine Stimme hinter ihr, und Hal zuckte zusammen. Als sie sich umdrehte, konnte sie niemanden sehen. Erst als ein Kopf aus dem Fenster eines Taxis hervorsah, begriff sie, dass der Fahrer sie angesprochen hatte.

»Oh, Entschuldigung!« Sie steckte ihr Portemonnaie zurück in ihre Handtasche und ging hinüber zum Taxi. »Ja, genau.«

»Tut mir leid, junge Dame.« Der Mann war etwas rot geworden. »Da habe ich mich vertan – wegen der kurzen Haare.«

»Kein Problem«, sagte Hal und meinte es so. Es passierte einfach zu oft, als dass sie sich daran noch stören würde. »Können Sie mir sagen, wie viel die Fahrt zur Kirche St. Piran kosten würde? Ich habe nämlich nicht so viel Geld dabei.«

Oder sonst irgendwo, dachte sie, aber behielt es für sich. Der Taxifahrer wandte sich kurz ab, um etwas auf einem Bildschirm am Armaturenbrett einzutippen.

»Etwa fünfundzwanzig Pfund wären das …«, sagte er schließlich. Hal holte tief Luft. Das war es dann also. Wenn sie in dieses Taxi stieg, saß sie fest – es würde keinen Weg zurück geben, sie könnte sich nur auf den guten Willen der Leute, die sie dort antraf, verlassen. Sollte sie es wirklich tun?

»Von Gleis 3 fährt jetzt ab: der verspätete Zug nach London-Paddington. Planmäßige Abfahrt 14.49 Uhr«, unterbrach die blecherne Stimme der Ansage ihren Gedankenfluss, als wollte das Universum sie daran erinnern, dass sie die Sache nicht durchzuziehen brauchte – dass sie sich einfach umdrehen und direkt wieder nach Hause fahren konnte.

Wo in sechs Tagen Mr Smith auf sie warten würde.

Wenn jemand das durchziehen kann, dann du.

»Haben Sie mich gehört?«, fragte der Taxifahrer. Sein weich rollender Cornwall-Akzent ließ die Frage weniger schroff klingen, als es bei einem Taxifahrer in Brighton der Fall gewesen wäre. »Etwa fünfundzwanzig Pfund, sagte ich, passt das?«

Hal atmete noch einmal tief durch und drehte sich zum Bahnhof um. Die Bilder aus Facebook und Google schoben sich vor ihr inneres Auge – das weite Land, die Reisen, die Autos, die Kleider, wie Fotos aus einem Modemagazin für die Upper Class.

Sie dachte an den Schuhabsatz, der sich in das Foto ihrer Mutter gebohrt hatte. An die zerschlagenen Ornamente in ihrem Stand und an die Angst, die sie gespürt hatte, als die Lampe plötzlich angegangen war. Sie dachte daran, was sie darum geben würde, nur ein paar Tausend Pfund von diesem Geld abzubekommen – viel weniger, als eines von diesen Autos kostete, ein Zehntel davon vielleicht.

Die haben doch schon alles. Mehr Geld brauchen sie nicht.

Wieder hatte sie dieses Gefühl, als würde sich in ihr etwas verhärten, als würde ein glühend heißer Schmerz langsam abkühlen und sich zu einem scharfen, entschlossenen Kern formen.

Falls sie scheiterte, säße sie dort fest. Also musste sie dafür sorgen, nicht zu scheitern.

»Gut.«

Der Fahrer griff nach hinten und öffnete die Tür zum Rücksitz, und mit einem Gefühl, als wäre sie kurz davor, von einer Klippe zu springen, schob Hal den Koffer ihrer Mutter ins Auto und stieg ein.

»Sieht aus wie eine Beerdigung«, sagte die Stimme vom Fahrersitz, und Hal schreckte zusammen und blickte auf.

»Verzeihung, was haben Sie gesagt?«

»Ich sag, sieht aus wie eine Beerdigung«, wiederholte der Fahrer. »Vor der Kirche. Sind Sie deswegen hier? Ein Angehöriger?«

Hal spähte aus dem Fenster, durch den peitschenden Regen, der eingesetzt hatte, als sie Penzance verließen. Durch den Regenschleier war kaum etwas zu erkennen, doch auf einer Art Landzunge konnte sie eine kleine Steinkirche ausmachen, hinter der ein paar graue Wolken vorbeizogen, und am Eingang zum Friedhof eine Schar von Trauergästen.

»Ja«, flüsterte sie, und dann, als der Fahrer eine Hand an sein Ohr legte: »Ja, deshalb bin ich hergekommen. Es ist …« Sie zögerte kurz, doch jetzt, beim zweiten Mal, fiel es ihr schon leichter. »Es ist meine Großmutter.«

»Ach, mein aufrichtiges Beileid«, sagte der Fahrer, nahm seine Schiebermütze ab und legte sie auf den Beifahrersitz.

»Wie viel schulde ich Ihnen?«, fragte Hal.

»Machen wir zwanzig draus, junge Dame.«

Hal nickte und zählte einen Zehnpfundschein und zwei Fünfer ab, die sie in die kleine Ablage zwischen ihnen legte. Konnte sie sich ein Trinkgeld leisten? Sie blickte auf die Münzen im Portemonnaie und zählte sie, während sie überlegte, wie sie von der Kirche zum Haus gelangen würde. Doch sie konnte von ihrem Sitz aus den Taxameter sehen, der 22,50 anzeigte. Verdammt. Er hatte ihr weniger berechnet. Aus schlechtem Gewissen legte sie noch ein Pfund in die Ablage.

»Besten Dank«, sagte der Fahrer und nahm das Geld heraus. »Passen Sie auf, sonst holen Sie sich ja den Tod da draußen in dem Regen.«

Aus irgendeinem Grund jagten die Worte Hal eine Gänsehaut über den Rücken, doch sie nickte nur, öffnete die Tür und schlüpfte hinaus in den strömenden Regen.

Während der Wagen sich entfernte und links und rechts das Wasser aus den Pfützen hochspritzte, blieb Hal stehen und versuchte, sich zu orientieren. Der Regen klatschte auf ihre Brille, bis sie sie schließlich abnahm, um durch den Wolkenbruch auf das Friedhofstor und die kleine graue Kirche zu starren, die sich an den Klippenrand duckte. Eine niedrige Steinmauer umgab den Friedhof, hinter der Hal einen dunklen Spalt im Boden ausmachen konnte – sie sah zu verschwommen, um ganz sicher zu sein, aber die Form ließ sie vermuten, dass es sich um das offene Grab handelte, bereit für den Sarg der Frau, deren Erbe sie sich erschleichen würde.

Für einen kurzen Moment wurde Hal fast überwältigt von dem Drang, umzukehren und wegzulaufen – auch wenn der nächste Bahnhof dreißig Meilen entfernt war, auch wenn sie kein Geld hatte und ihr billiger schwarzer Mantel und ihre Schuhe dem sintflutartigen Regen nicht gewachsen waren.

So stand sie da, zögerte im Regenguss, als sich plötzlich eine Hand auf ihre Schulter legte. Sie drehte sich erschrocken um. Hinter ihr stand ein kleiner Mann mit gepflegtem grauem Bart, der ihr durch eine regenbesprenkelte Brille entgegenblickte.

»Guten Tag«, sagte er in einem zugleich zurückhaltenden und doch bestimmenden Ton. »Kann ich Ihnen helfen? Mein Name ist Treswick. Möchten Sie an der Beisetzung teilnehmen?«

Hektisch setzte Hal sich ihre eigene Brille wieder auf die Nase und durchsuchte im Geiste fieberhaft ihr mentales Namenregister, um den Namen Treswick einem Familienmitglied zuordnen zu können. Und als dann der Groschen fiel, erfasste sie eine Mischung aus Erleichterung und Angst.

»Mr Treswick – Sie hatten mir geschrieben!«, sagte Hal. Sie streckte die Hand aus. »Ich bin Hal – also, Harriet Westaway.« Das wenigstens war keine Lüge. Keine richtige jedenfalls.

Es entstand eine Pause. Vor Anspannung zog sich Hals Magen zusammen. Es war der Moment der Wahrheit – zumindest der erste. Wenn nun die echte Harriet Westaway fünfunddreißig oder blond oder eins achtzig groß war, wäre alles vorbei, bevor es überhaupt begonnen hatte. Dann würde sie es gar nicht erst bis in die Kirche schaffen, von einem Erbe ganz zu schweigen. Es hieße, mit demselben Zug zurück nach Brighton zu fahren, samt einer Delle im Portemonnaie und ordentlich angeknackstem Stolz.

Erst sagte Mr Treswick gar nichts, er schüttelte nur den Kopf. O Gott, es war vorbei. Es war alles vorbei.

Dann aber, bevor sie zu einer Ausrede anheben konnte, nahm er ihre Hand zwischen seine zwei warmen Lederhandschuhe und drückte sie fest.

»Ach, ach …« Er schüttelte immer noch den Kopf, freundlich, wie Hal bemerkte. »Na, ich hätte ja nie … Wie sehr ich mich freue, dass Sie es hierhergeschafft haben. Ich wusste nicht, ob der Brief Sie rechtzeitig erreichen würde – Sie waren gar nicht so leicht ausfindig zu machen, muss ich sagen. Ihre Mutter …« Er brach ab, das Thema schien ihm zu heikel zu sein, und er versuchte, seine Verlegenheit zu überspielen, indem er seine Brille absetzte und die Regentropfen wegwischte. Dann setzte er sie wieder auf und hob erneut an: »Na ja. Sagen wir einfach, es war reines Glück, dass wir Sie rechtzeitig gefunden haben. Aber ich bin so froh, dass Sie gekommen sind.«

Ihre Mutter. In diesem Meer der Ungewissheit waren diese zwei Worte etwas, an dem Hal sich festhalten konnte, eine Tatsache, auf der sie aufbauen konnte – Mrs Westaways verstorbene Tochter war die Verbindung zu alldem.

Hal war, als müsste sie durch tiefen, zähen Schlamm waten –

und spürte plötzlich etwas Festes unter den Füßen, auf dem sie einen Moment verweilen konnte.

»Selbstverständlich«, sagte sie und brachte ein Lächeln zustande, obwohl ihre Zähne vor Kälte klapperten. »Ich b-bin auch froh.«

»Oh, Sie sind ja ganz durchgefroren«, sagte Mr Treswick besorgt. »Ich begleite Sie zur Kirche. Heute ist ein wirklich grässlicher Tag. Da es leider keine Heizung gibt, wird es zwar kaum wärmer sein als hier draußen, aber zumindest ist es trocken. Haben Sie –«

Am Friedhofstor hielt er inne, öffnete und ließ Hal vorbei.

»Habe ich was?«, fragte Hal, als sie unter dem Vordach standen. Mr Treswick war schon wieder mit Brilleputzen beschäftigt – sinnloserweise, dachte Hal, als sie sah, dass sie noch ein gutes Stück auf dem Friedhof zurückzulegen hatten. »Haben Sie Ihre Onkel schon gesehen?«, fragte er zaghaft, und auf einmal war Hal ganz warm ums Herz. Onkel. *Onkel.* Sie hatte Onkel.

Hast du nicht, ermahnte sie sich stumm, um das freudige Gefühl zu unterdrücken. *Sie sind nicht wirklich mit dir verwandt.* Aber so durfte sie nicht denken. Wenn sie das hier durchziehen wollte, durfte sie nicht nur so tun, sie musste es wirklich glauben.

Doch was sollte sie sagen? Wie konnte sie auf diese Frage antworten? Eine ganze Weile stand sie nur da und versuchte klar zu denken, als ihr plötzlich aufging, dass sie Mr Treswick mit offenem Mund anstarrte, der sie seinerseits etwas verdutzt anblickte.

»Nein«, antwortete sie schließlich. Das war noch einfach. Es hatte keinen Zweck, so zu tun, als kannte sie irgendjemanden, der direkt dort drüben stand und ihre Geschichte sofort Lügen strafen konnte. »Nein, noch nie. Ehrlich gesagt …« Sie biss sich auf die Lippe, unsicher, ob es klug war, diesen Weg einzuschlagen, aber bestimmt würde es das Beste sein, die Wahrheit zu sagen, wann immer sie konnte. »Ehrlich gesagt«, beeilte sie sich zu sagen, »wusste ich bis zu Ihrem Brief nicht einmal, dass ich überhaupt Onkel habe. Meine Mutter hat sie nie erwähnt.«

Mr Treswick sagte nichts, sondern schüttelte nur erneut den Kopf, ob aus resigniertem Verständnis oder schierer Fassungslosigkeit, konnte Hal nicht einschätzen.

»Wollen wir?«, fragte er mit Blick auf den stahlgrauen Himmel über ihnen. »Ich fürchte, dass der Regen nicht nachlassen wird, also können wir uns genauso gut beeilen.«

Hal nickte, und gemeinsam huschten sie so schnell es ging vom Tor zur Kirche.

Unter dem Vordach der Kirche putzte sich Mr Treswick wieder die Brille, zurrte den Gürtel seines Regenmantels fester, bevor er Hal eintreten ließ, doch als er ihr folgen wollte, legte er wie ein Hund den Kopf schief, weil ein Motorengeräusch zu hören war.

»Ach, wenn Sie mich kurz entschuldigen, Harriet, das muss der Bestattungswagen sein. Darf ich Sie schon einmal vorschicken?«

»Natürlich«, antwortete Hal, und schon verschwand er im Regen und sie betrat die Kirche allein.

Die Tür war angelehnt, wohl zum notdürftigen Schutz vor dem peitschenden Wind und dem Regen, doch als sie hineinschlüpfte, war es nicht die Kälte, die ihr als Erstes auffiel, sondern die geringe Anzahl der Leute. Höchstens fünf oder sechs Menschen saßen in den Kirchenbänken verstreut. Sie war davon ausgegangen, dass es sich bei dem Grüppchen, das sie vom Taxi aus gesehen hatte, um Nachzügler handelte, die sich zur Trauergemeinde in der Kirche gesellten, doch nun wurde ihr klar, dass sie wohl die Ankunft sämtlicher Trauergäste beobachtet hatte.

In der zweiten Reihe von vorn saßen drei sehr betagte Damen, weiter hinten ein Mann, der aussah wie ein Steuerberater, und neben dem Eingang, als wollte sie einen schnellen Abgang gewährleisten, sollte sich der Gottesdienst in die Länge ziehen, saß der Tracht nach zu urteilen eine Gemeindeschwester.

Hal sah sich um und überlegte, wo sie sich hinsetzen sollte. Gab es da eine Regel? Sie versuchte, sich an die Trauerfeier ihrer Mutter im Krematorium von Brighton zu erinnern, doch alles, was sie noch vor Augen hatte, war die kleine Kapelle, gefüllt mit Leuten vom Pier, Nachbarn, dankbaren Kunden, alten Freunden und vielen Menschen, die Hal nicht einmal kannte, doch deren Leben das ihrer Mutter berührt hatte. Bis nach hinten hatten sie gestanden, sich an die Wand gedrängt, um weiteren Trauernden Platz zu machen, und Hal hatte gesehen, dass Reg von der Fish-and-Chips-Bude seinen Sitzplatz einer älteren Dame aus dem Nachbarhaus in Marine View Villas anbot. Irgendjemand hatte vorn für Hal einen Platz reserviert, aber ansonsten hatte sie keine Ahnung, wer wo zu sitzen hatte und ob es irgendeine Hierarchie zu beachten gab.

Welche Regeln auch immer galten, jemand, der die Verstorbene nie kennengelernt hatte, rangierte wahrscheinlich ziemlich weit unten in der Hierarchie.

Schließlich entschied sie sich für einen Sitzplatz weiter hinten, doch nicht so auffällig nah beim Eingang wie die Schwester und der Steuerberater – vier Reihen weiter vorn, auf der rechten Seite. Ihre Brille war immer noch voller halbgetrockneter Regentropfen. Sie nahm sie ab und putzte sie, wobei sie dem Scharren von Schuhen, dem Prasseln des Regens auf dem Dach und dem gelegentlichen Husten der Frauen in der ersten Reihe lauschte. Sie kämpfte gegen das Zittern an.

Hal besaß nur zwei Jacken – die zerschlissene Lederjacke, die sie jeden Tag trug, und den dunklen Trenchcoat, der einst ihrer Mutter gehört hatte und ihr zu groß war. Die Lederjacke war zwar schwarz, aber sie schien ihr für eine Beerdigung nicht angemessen, also hatte sie sich für den Trenchcoat entschieden. Im Zug war er ihr warm genug vorgekommen, doch irgendwann im Laufe der jahrelangen Einlagerung hatte sich offenbar die wasserdichte Beschichtung aufgelöst, sodass der Stoff auf dem Weg vom Taxi völlig durchweicht worden war. Nun saß sie in der kalten Kirche und spürte, wie die Nässe in ihre Haut eindrang. Als sie auf ihre Hände in ihrem Schoß blickte, waren sie schon bläulich, und sie musste sie tief in die Taschen des dünnen Mantels schieben, um das Zittern ihrer Finger zu stoppen. Unten in einer der Taschen ertastete sie plötzlich etwas Raues, und als sie es herauszog, lächelte sie erleichtert. Handschuhe. Endlich etwas Wärme. Es fühlte sich an wie ein Geschenk ihrer Mutter.

Sie streifte sie gerade über ihre Hände, als ein unsichtbarer Organist tosend sein Instrument erklingen ließ und die Tore der Kirche aufgestoßen wurden, wodurch ein scharfer Windstoß hereinfuhr und die am Eingang gestapelten Gottesdienstprogramme aufwirbelte und über den Gang verteilte.

Der Pfarrer trat als Erstes ein, gefolgt von vier Männern in schwarzen Anzügen, die einen schmalen Sarg aus dunklem Holz trugen.

Den Träger hinten links erkannte Hal sofort als Mr Treswick, der seinen Trenchcoat abgelegt hatte, unter dem er Anzug und Krawatte trug. Mit seiner Position hatte er etwas Mühe, da er kleiner war als die drei anderen, sodass er seine Ecke immer ein bisschen höher halten musste, was ihm nur mit einiger Anstrengung gelang.

Vorn rechts lief ein Mann mit schütterem, farblosem Haar, den Hal als Harding Westaway identifizierte. Sie betrachtete ihn genau, um sich sein rundes Hängebackengesicht einzuprägen. Er wirkte wie ein Mann, der nach einer ordentlichen Mahlzeit immer noch nicht genug hatte, sich weiter mit Nüssen, Käse und Obst den Bauch vollschlug und sich anschließend über eine Magenverstimmung beklagte. Er strahlte zugleich Selbstzufriedenheit und Selbstzweifel aus. Eine seltsame Kombination. Als er an Hal vorbeiging, strich er sich leicht verunsichert durchs Haar, als spürte er ihren abschätzenden Blick.

Zu seiner Linken schritt ein bärtiger Mann, dessen dunkelblondes Haar an den Schläfen schon leicht ergraute, dessen Ähnlichkeit mit Abel Westaway aber groß genug war, um damit den vierten Träger als Ezra, den dritten der Söhne, zu identifizieren.

Er war mit Abstand der jüngste der drei Brüder, und anders als sie war er ein eher dunkler, braungebrannter Typ. Er war außerdem der Einzige in der Kirche, der keine demonstrative Trauermiene zeigte – tatsächlich sah er Hal mit einem Grinsen an, als er an ihr vorbeiging, und ein Schock durchfuhr sie, so unangemessen war es in diesem Moment und an diesem Ort.

Entgeistert wandte sie sich ab, tat so, als hätte sie es nicht gesehen, und starrte mit glühenden Wangen nach vorn.

Es war nicht bloß das Lächeln – das allein war schlimm genug. Doch da war etwas Flirtendes in seinem Grinsen gewesen, in seinen Augen, beinah ein Zwinkern. *Er weiß ja nicht, dass er dein Onkel ist,* sagte sie sich. *Er hat keine Ahnung, wer du bist.*

Weil er eben nicht dein Onkel ist, gab ihr Gewissen zischelnd zurück.

Als fände ein Wortgefecht in ihrem Kopf statt. Hal presste sich die Hände vors Gesicht, fühlte die immer noch nasse, kalte Wolle der Handschuhe. Sie wusste, wenn sie sich nicht zusammenriss, würde sie es nicht einmal bis zum Leichenschmaus schaffen, denn man würde sie noch vor dem Verlassen der Kirche als die Schwindlerin identifizieren, die sie war.

Langsam zogen die Männer an ihr vorbei, stellten den schmalen Sarg vorne ab und setzten sich unauffällig rechts und links in die erste Reihe, gefolgt von einer kleinen Schar weiterer Familienmitglieder.

Und der Gottesdienst begann.

10

Nach einer Stunde war es vorbei – fast jedenfalls. Die kleine Trauergemeinde zog in einer Reihe hinaus in den strömenden Regen und versammelte sich um das Grab, wo der Sarg in die aufgewühlte Erde gesenkt wurde und der Pfarrer seine Stimme erhob, um über das Heulen des Windes vom Meer hinweg seinen Segen zu sprechen.

Inzwischen war die Dämmerung hereingebrochen und die Temperatur noch weiter gesunken – und obwohl Hal in ihrem dünnen Mantel bibberte, war sie dankbar für den Wind und den Regen. Bei dem Wetter war eine verkniffene Miene ganz natürlich. Echte Tränen stiegen ihr in die Augen, als sie versuchte, die Regentropfen wegzublinzeln, die aus ihren Haaren rannen. Natürlich würde niemand hier Tränen von ihr erwarten, doch der eigentliche Test stand ihr noch bevor – beim Leichenschmaus in Trepassen House würde sie auf dem Prüfstand stehen. Es war eine Erleichterung, wenigstens ein paar Minuten lang nicht über ihren Gesichtsausdruck oder ihre defensive Körpersprache nachdenken zu müssen – hier am Grab, wo der Wind allen Trauernden ohnehin unerbittlich ins Gesicht peitschte.

Endlich sprach der Pfarrer die abschließenden Worte, worauf Harding eine Handvoll bröckeliger Erde aus einem mit einem Deckel geschützten Eimer auf das Grab warf. Das Geräusch, als sie den hölzernen Sarg traf, war mehr ein Platschen als ein dumpfer Aufschlag. Harding reichte den Eimer an seinen Bruder Abel weiter, der seinerseits eine Handvoll warf und dabei den Kopf schüttelte, eine Geste, die Hal nicht einordnen konnte. Der Eimer machte einmal die Runde, eine Handvoll Erde nach der anderen landete auf dem Grab, ab und zu gefolgt von einzelnen vor Nässe schlaffen Blumen. Der Letzte in der Runde war Ezra. Er nahm den Eimer und warf die Erde fast achtlos auf das Grab, bevor er sich zu Hal umdrehte, die sich etwas versteckt hinter ihn gestellt hatte, um so wenig wie möglich aufzufallen.

Wortlos hielt er ihr den Eimer hin, und Hal nahm ihn an. Dabei überkam sie das Gefühl, kurz davor zu sein, etwas zutiefst Verwerfliches, geradezu Blasphemisches zu tun – mit diesem symbolischen Akt, eine Frau zu beerdigen, zu der sie keinerlei Beziehung hatte. Doch die Augen der Familienmitglieder ruhten auf ihr, und so blieb ihr keine Wahl.

Inzwischen war die Erde vom Regen klumpig geworden, und Hal musste ihre Handschuhe ausziehen und ihre Finger in den Matsch bohren.

Das Geräusch beim Aufprall auf dem Sarg vermittelte eine seltsame Endgültigkeit, und Hal reichte den Eimer zurück an den Kaplan.

»Asche zu Asche«, rief der Pfarrer über das Tosen des Windes und das Rauschen der Wellen im Hintergrund hinweg, »Staub zu Staub, in der festen und sicheren Hoffnung auf die Auferstehung zu ewigem Leben …«

Verstohlen wischte Hal ihre schmutzige Hand am Mantel ab, während sie versuchte, seine Worte auszublenden, doch die Erinnerungen strömten ungebeten auf sie ein – die Erinnerung an die Trauerfeier für ihre Mutter, die sinnlosen Trostworte des Pfarrers, die Versprechen, an die sie nicht geglaubt hatte. Sie spürte die Erdkrümel unter ihren Fingernägeln, und plötzlich, wie ein Schlag vor die Brust, packte sie die Erinnerung an die Asche ihrer Mutter, wie rau sie sich in ihrer Handfläche angefühlt hatte, als sie sie an einem anderen Dezembertag vor drei Jahren ins Meer verstreut hatte. Es war genauso windig gewesen wie heute, aber trocken, sie war zum Strand von Brighton hinuntergegangen und hatte sich ans Wasser gestellt, ihre nackten Füße auf den kalten Steinen im schäumenden, algigen Wasser, und hatte der Asche hinterhergeblickt.

Hier, vor diesem klaffenden nassen Grabloch, krampfte sich ihr Herz erneut vor Schmerz und Trauer zusammen, als wäre eine alte, halbverheilte Wunde aufgerissen worden. War es das wirklich wert – sich das alles noch einmal anzutun, diese düsteren Rituale der Trauer und des Gedenkens mitzumachen, für womöglich nicht mehr als eine hässliche alte Lampe und eine Postkartensammlung?

Vor dir ein Scheideweg, zwei Wege, die sich biegen und winden …

Sie fühlte, wie sich ihre Fingernägel in die Handflächen bohrten, und sie dachte an den Buben der Schwerter, der voranschreitet, um sich den stürmischen Meeren zu stellen, das Schwert erhoben, das Gesicht entschlossen.

In Wahrheit aber gab es keine zwei Wege mehr. Sie hatte sich entschieden – und sich damit den anderen Weg verschlossen, als hätte es ihn nie gegeben. Zurück konnte sie nicht mehr, Zweifel hatten also keinen Zweck. Es gab nur noch die Flucht nach vorn – tiefer hinein in die Lüge. Ein Scheitern konnte sie sich buchstäblich nicht leisten.

Endlich waren die letzten Worte gesprochen, und der Pfarrer begann, seine Sachen zusammenzuräumen, während sich die Familienmitglieder zu den parkenden Autos aufmachten, die Mantelkragen hochgeklappt zum Schutz vor dem peitschenden Wind und dem Regen.

Hal spürte wieder das bange Flattern im Bauch. Sie musste etwas sagen – und zwar schnell. Sie brauchte eine Mitfahrgelegenheit – doch der Gedanke, diese wildfremden Menschen anzusprechen, war auf einmal fast beängstigender als alles andere. Es war nicht nur die Furcht, dass man ihr auf die Schliche kommen würde. Es war eine grundlegendere, fast kindliche Angst. Wen sollte sie fragen? Und *wie*?

»Ich …«, sagte sie, doch ihre Kehle fühlte sich plötzlich rau und heiser an. »Ich … wäre es –«

Keiner von ihnen drehte sich um. Harding eilte voraus, begleitet von seinen drei jugendlichen Kindern und einer Frau, Mitzi vermutlich. Aus Facebook erkannte Hal Richard wieder, der schon mit seinem Handy zugange war, während er seinem Vater zum Parkplatz folgte. Abel und Ezra liefen, ins Gespräch vertieft, hinter ihnen her. Sie sah, wie Abel seinem Bruder den Arm um die Schultern legte, ihn wie zum Trost fest drückte, und Ezra sich, etwas ungeduldig, der Berührung entzog.

Alle anderen hatten sich bereits zu einer Ansammlung von Autos hin verstreut, die unter den tropfenden Eiben parkten.

Sie lief Gefahr, auf diesem abgelegenen Friedhof allein zurückgelassen zu werden. Panik stieg in ihr auf.

»Entschuldigung«, sagte sie erneut, diesmal etwas lauter, als sie plötzlich wieder eine Hand auf ihrer Schulter spürte, und als sie sich umdrehte, stand Mr Treswick mit hocherhobenem Regenschirm vor ihr.

»Harriet. Darf ich Sie nach Trepassen mitnehmen?«

»Ja, ja, bitte.« Die Worte purzelten aus ihr heraus. »Oh, vielen, vielen Dank, ich wusste nicht –«

»In den Wagen des offiziellen Trauerzugs ist leider kein Platz mehr, aber wenn es Ihnen nichts ausmacht, in meinem Auto mitzufahren …«

»G-g-gar nicht«, antwortete Hal. Sie schlotterte vor Kälte und räusperte sich, um sich ein bisschen zu fangen und ihre Dankbarkeit nicht allzu offensichtlich zu zeigen. »Danke, Mr Treswick, das ist sehr nett von Ihnen.«

»Keine Ursache. Hier, nehmen Sie den Regenschirm – aber Vorsicht, dass er nicht umklappt, die Böen sind manchmal ziemlich unberechenbar – und ich nehme Ihren Koffer.«

»Aber nein«, protestierte Hal, »ich b-bitte Sie!«, doch es war zu spät. Denn schon hatte der kleine Mann ihren Koffer vom Kiespfad weggezogen, ihr den Regenschirm in die Hand gedrückt und war auf dem Weg durch den Regen zu seinem Auto, das unten am Rand des Parkplatzes stand, wo das Taxi sie zuvor abgesetzt hatte.

Im Volvo drehte Mr Treswick die Heizung voll auf, und während der Wagen rückwärts ausparkte und dabei spritzend durch die tiefen Pfützen fuhr, spürte Hal, wie die Kälte nach und nach aus ihren Fingern wich.

»Es sind ungefähr vier Meilen bis zum Haus«, sagte Mr Treswick, als sie langsam den schmalen, gewundenen Weg zur Hauptstraße hinunterfuhren, die Scheibenwischer flitzten hektisch hin und her. An der Kreuzung hielt er an, und während er den Kopf nach rechts und nach links drehte, versuchte Mr Treswick vergeblich, durch die trübe Regensuppe hindurch zu erkennen, ob sich ein Auto näherte. Schließlich fasste er sich ein Herz und trat aufs Gaspedal, woraufhin der Wagen über die Kreuzung ruckelte und langsam wieder an Fahrt aufnahm.

»Ich hoffe, Mrs Warren hat Tee für uns vorbereitet. Bleiben Sie über Nacht?«

»Ich –« Hal hatte sich nicht angemeldet – dafür hatte sie keine Zeit mehr gehabt – und hatte keine Ahnung, was sie tun sollte, falls das Übernachtungsangebot zurückgezogen würde. »Ich würde sehr gern, aber ich bin leider nicht mehr dazu gekommen, Mrs Warren Bescheid zu geben. Ihren Brief habe ich erst vorgestern bekommen – ich dachte nicht, dass eine Antwort rechtzeitig ankommen würde …«

»Oh, das tut mir leid, ich hätte eine Telefonnummer angeben sollen«, sagte Mr Treswick. »Aber das macht nichts, Mrs Warren wird Ihnen sicher ein Zimmer bereitstellen können. Ich sollte Sie aber vorwarnen« – er warf einen skeptischen Blick auf Hals durchnässte Kleider – »Trepassen hat keine Zentralheizung. Mrs Westaway ist nie dazu gekommen, eine einbauen zu lassen. Aber es gibt zahlreiche Kamine und Wärmflaschen und dergleichen. Damit sollte es …«, er zögerte, »*einigermaßen* behaglich werden.«

»Danke«, sagte Hal kleinlaut, obwohl etwas an seinem Tonfall sie an dieser Aussage zweifeln ließ.

»Ich muss sagen« – Mr Treswick schaltete herunter, weil sie einen Hügel hinauffuhren – »ich war etwas überrascht, als ich erfuhr, dass Maud ein Kind hat.«

Maud. Das also war der Name der verschollenen Tochter. M. Westaway – wie ihre Mutter. War hier der Irrtum entstanden? Mit Erleichterung dachte sie daran, dass sie die vollständige Geburtsurkunde zu Hause gelassen hatte, und gleich darauf flackerte eine Art Warnsignal in ihr auf. Wieso überraschte es Mr Treswick, dass Maud ein Kind hatte? Gab es da etwas, was sie wissen musste? Konnte sie nachfragen, oder würde ihre Unwissenheit sie verraten?

»Ich … wie meinen Sie das?«

»Oh.« Mr Treswick lachte auf. »Sie war eine sehr eigensinnige junge Dame. Sie schwor Stein und Bein, dass sie nie heiraten und nie Kinder bekommen würde. Ich weiß noch, wie ich einmal, da muss sie ungefähr zwölf gewesen sein, zu ihr sagte: Wenn du einmal erwachsen bist, wirst du vielleicht anders darüber denken, mein Kind, doch sie lachte nur und nannte mich einen alten Narren – sie war immer ziemlich direkt, Ihre Mutter. Sie erklärte mir, Kinder wären nichts anderes als die Vorhängeschlösser an den patriarchischen Fesseln der Ehe. So formulierte sie es – ich erinnere mich noch gut. Ich weiß noch, wie ich damals dachte, was für eine ungewöhnliche Formulierung – besonders in ihrem Alter. Also war ich natürlich etwas überrascht, als ich herausfand, dass sie doch Mutter geworden war – und dann auch noch ziemlich jung, wenn ich mich nicht täusche.«

»Sie – sie war achtzehn«, sagte Hal leise. »Als sie mich bekam.«

Achtzehn. Als sie noch klein war, war ihr das Alter völlig

normal vorgekommen – schon richtig erwachsen. Jetzt, da sie selbst einundzwanzig war, konnte sie sich nicht vorstellen, was ihre Mutter durchgemacht hatte, wie schwer es gewesen sein musste, so jung ein Kind zu bekommen und es allein großzuziehen.

Kaum waren die Worte heraus, als sie ihren Fehler bemerkte. Verdammt. *Verdammt.* Was für ein dummer, idiotischer Anfängerfehler.

Es war die Grundregel des *Cold Reading* – bleibe stets so vage wie möglich, biete niemals detaillierte Informationen an, es sei denn, sie lassen sich ohne weiteres zurückziehen oder auf den Kopf stellen, wenn du danebenliegst. Also immer *Ich habe hier einen Männernamen ... der Name enthält ein F ...?* anstatt *Ich habe eine Nachricht von Ihrem Cousin Fred.* Und wenn man wirklich etwas Spezifisches erraten muss, sollte man unbedingt beim statistisch Wahrscheinlichen bleiben – *Ich sehe ein blaues Auto ...?* Niemals ein grünes.

Hal hatte soeben in weniger als acht Wörtern zwei schwerwiegende Fehler begangen. Sie hatte ohne Not ein spezifisches Detail preisgegeben, und noch dazu eines mit geringer statistischer Wahrscheinlichkeit. Wie viele Frauen bekamen schon mit achtzehn ein Kind? Zwei Prozent? Weniger? Sie hatte keine Ahnung.

Doch davon abgesehen wusste sie nicht genug über das Leben dieser Frau, um irgendetwas über sie zu sagen. Was, wenn Maud inzwischen Mitte fünfzig wäre, sodass Mr Treswick nur eins und eins zusammenzählen musste, um zu wissen, dass sie unmöglich Hals achtzehnjährige Mutter gewesen sein konnte? Was, wenn sie mit achtzehn noch zu Hause gelebt hatte? Hal hatte nach Mr Treswicks Beschreibung »ziemlich jung, wenn ich mich nicht täusche« ihre Wachsamkeit vergessen – die Information schien so perfekt zu ihrem wirklichen Leben zu passen. Aber ziemlich jung konnte alles Mögliche heißen. Auch eine fünfundzwanzigjährige Mutter galt heutzutage noch als ziemlich jung. Sie hatte Mist gebaut – und zwar richtig.

Nervös blickte Hal zu Mr Treswick hinüber, um zu sehen, ob er schon die Stirn runzelte, während er im Kopf nachrechnete. Doch er schien ihren Fehler nicht bemerkt zu haben. Mehr noch, anscheinend hatte er ihre Bemerkung nicht einmal gehört. In Gedanken hatte er bereits einen anderen Weg eingeschlagen.

»Die patriarchischen Fesseln der Ehe«, sagte er glucksend. »Diese Formulierung wird mich immer an Ihre Mutter erinnern. Wobei sie wohl« – er warf ihr einen kurzen Blick aus seinen glänzenden Rotkehlchenaugen zu – »nie geheiratet hat, oder?«

»N-nein«, antwortete Hal. Trotz der Kälte in ihren Knochen glühte ihr Gesicht von der heißen Luft aus der Klimaanlage. Wie dumm sie gewesen war. Von jetzt an würde sie von sich aus keine Informationen mehr anbieten – nur bekräftigen, was andere ihr erzählen.

Andererseits ... Sie bogen gerade um eine Kurve, und die Reifen quietschten auf dem nassen Boden. Hal drückte ihre Wange an die kalte Fensterscheibe und versuchte nachzudenken. Vielleicht war es gar nicht so schlecht, dass sie das Alter ihrer Mutter preisgegeben hatte. Es war sehr gut möglich – sogar wahrscheinlich –, dass man ihr irgendwann auf die Schliche kommen würde. Vielleicht war es deshalb besser, jetzt freiwillig ehrliche Auskünfte zu geben, sodass sie, sollte alles auffliegen, das Ganze als ein nun zum Glück aufgeklärtes Missverständnis darstellen konnte anstatt als eiskalten Schwindel. Wenn sie dagegen jetzt mit dem Lügen anfinge, gäbe es kein Zurück mehr. Nicht, ohne eine Strafverfolgung wegen Betrugs zu riskieren.

Maud Westaway. Wenn sie den Namen nur vorher gewusst hätte, dann hätte sie im Zug noch etwas recherchieren, etwas über diese Frau herausfinden können, die ihre Mutter sein sollte. Wie sah sie aus? Wie alt war sie? Und was war mit ihr geschehen?

Dafür war es jetzt zu spät. Sie konnte schlecht ihr Handy rausziehen und in Mr Treswicks Gegenwart Recherchen anstellen. Doch die Vorstellung, sich vor dem Treffen mit ihren angeblichen »Onkeln« zumindest mit ein paar grundlegenden Fakten zu wappnen, war verlockend. Noch so einen Patzer konnte sie sich nicht erlauben. Ob sie sich nach der Ankunft kurz zurückziehen konnte? Vielleicht unter dem Vorwand, sich frischmachen und in trockene Klamotten schlüpfen zu wollen …?

Während der restlichen Fahrt blieb sie still, und auch Mr Treswick sagte nichts, er warf ihr nur ab und zu einen Seitenblick zu, während der Volvo über die Landstraße fuhr. Erst als der Wagen langsamer wurde, hob Hal den Kopf.

»Da wären wir.« Mr Treswick bog links ab, das Blinklicht ließ die Regentropfen golden leuchten. »Trepassen House. Ah, das Tor steht offen. Sehr gut. Ich muss gestehen, bei diesem Wetter hat mir der Gedanke, mich mit dem Riegel abzukämpfen, nicht sehr behagt.«

Sie fuhren durch ein riesiges schmiedeeisernes Tor und eine lange Kieseinfahrt hinauf.

Am anderen Ende befand sich ein langes, flaches Gebäude. Ein Bild blitzte in Hals Kopf auf –, hohe Fenster, eine weite, zum Meer hin abfallende Rasenfläche –, und als sie um die Kurve bogen, stand es tatsächlich genau so da, wie durch Zauberhand.

Hal spürte, dass ihr Mund offenstand. Einen Moment war sie ratlos – doch dann fiel der Groschen. Natürlich. Es war die Ansichtskarte, auf die sie im Internet gestoßen war. *Vor der Weiterfahrt nach Penzance haben wir noch einen köstlichen Nachmittagstee in Trepassen House eingenommen.* Das Bild war etwas weiter entfernt vom Rasen aus entstanden, und jetzt fielen ihr die Veränderungen auf – das Efeu und die Weinreben, auf der Postkarte noch dekorative kleine Ranken, hatten inzwischen die ganze Fassade überwuchert und schienen nun die Erkerfenster und die Säulen der Veranda regelrecht einzuschnüren. Der Putz hatte nichts mehr von dem strahlenden Weiß auf der Ansichtskarte, sondern bröckelte und blätterte ab, und der Rasen war ungepflegt, Unkraut wucherte zwischen den Steinplatten der Terrasse.

Hal fühlte, wie ihre Hoffnungen schwanden, zusammen mit der gerechten Empörung, die sie im Zug noch verspürt hatte. Wo waren die Ponys, die Hinweise auf Auslandsreisen, die teuren Anzüge? Falls es hier Geld gab, war es zumindest schon seit langer, langer Zeit nicht mehr ausgegeben worden.

Als sie unter den dichten Kronen einiger Eiben hindurchfuhren, setzte der Regen einen Moment aus – und auf einmal schoss ohne Vorwarnung über ihren Köpfen ein schwarz-weißes Etwas aus einem Baum. Mr Treswick zuckte zusammen, worauf der Wagen zur Seite ausscherte und mit dem Vorderrad einen der Granitblöcke streifte, die die Zufahrt begrenzten.

»Verflixt und zugenäht!« Irritiert brachte Mr Treswick den Wagen wieder auf Kurs und fuhr langsam die letzten Meter zum Haus hinauf. Kaum hatten sie den Schutz der Baumkronen verlassen, prasselte der Regen wieder auf das Dach.

»Was war denn das?«, fragte Hal und blickte sich nach hinten um. »Eine Möwe?«

»Nein, eine Elster. Die sind überall am Haus – sie sind eine echte Plage. Und sie können erstaunlich aggressiv sein.« Dann fuhren sie durch einen Mauerbogen und kamen auf einem kiesbedeckten Hof rechts von der Fassade zum Stehen. »Es heißt, dass daher der Name des Hauses kommt. *Piasenn* bedeutet in der kornischen Sprache Elster. Und *tre* steht für Bauernhof oder Gehöft. Also wird gesagt, Trepassen sei eine Verhunzung von *Tre Piasenn* – der Hof der Elstern. Ob das stimmt oder nicht, weiß ich zwar nicht, doch es macht diesem Namen alle Ehre. Eine andere Theorie besagt, dass es vom kornischen Wort für Vergangenheit kommt, *passyen.* Aber mich dürfen

Sie nicht fragen, ich bin ja kein Sprachhistoriker.« Mr Treswick strich sich übers Haar und löste seinen Anschnallgurt, wobei er zum ersten Mal, seit Hal ihn kennengelernt hatte, mehr als nur ein bisschen durcheinander wirkte. »Ich … ich bin kein großer Vogelfreund – es ist eine Art Phobie bei mir. So gern ich sie überwinden würde, es ist mir bisher nicht gelungen. Und die Elstern hier …« Er schüttelte sich reflexhaft. »Na ja, wie gesagt, sie sind wirklich recht zahlreich, und ganz und gar nicht scheu. Aber wenigstens« – er nahm seinen Regenschirm und setzte ein leichtes, eher freudloses Lächeln auf – »wenigstens läuft man damit in diesem Haus keine Gefahr, vom Leid verfolgt zu werden.«

»Vom Leid?«, fragte Hal.

»Ja, ja, kennen Sie den Reim nicht? Eine für Leid, zweie für Freud, und so weiter? Wobei es Freude hier genauso wenig geben dürfte – ich habe hier noch nie weniger als ein halbes Dutzend Elstern versammelt gesehen.«

»Ja …«, sagte Hal nachdenklich. »Ja, ich kenne den Reim.« Ihre Hand wanderte unwillkürlich zu ihrer Schulter. »Zumindest die ersten vier Zeilen. Geht der Reim bis sechs?«

»Aber ja«, sagte Mr Treswick, dann runzelte er die Stirn. »Lassen Sie mich überlegen … eine für Leid, zweie für Freud, drei für ein Mädchen, vier für ein Knäbchen. Wie geht es weiter – fünf für Silber, sechs ist Gold, glaube ich. Ja, richtig, sechs für Gold.«

Sechs also für Gold, dachte Hal und biss sich auf die Lippe. Wäre sie abergläubisch, würde sie das als Omen sehen.

Jetzt, nachdem Mr Treswick sie darauf aufmerksam gemacht hatte, sah sie die Elstern, die in dem Eibenwäldchen Unterschlupf gefunden hatten. Zwei saßen auf dem Boden und pickten an ein paar Beeren herum. Vier saßen oben im Geäst. Und die letzte, diejenige, die im Sturzflug auf den Wagen zugekommen war, saß jetzt auf dem Dach über der Eingangstreppe und blickte böse auf sie herab.

»Was ist mit sieben?«, sagte Hal leichthin. »Mehr Gold?«

»Nein«, antwortete Mr Treswick mit einem Lachen. »Leider nicht.« Er stieg aus dem Wagen, eilte mit dem aufgespannten Schirm zur Beifahrerseite und sprach über das Prasseln des Regens auf dem Stoffdach hinweg. »Sieben ist die letzte Zeile. Sieben Elstern bedeuten ein Geheimnis, von dem keiner wissen soll.«

Vielleicht lag es am Regen oder am Wind, der vom Tal heraufwehte. Doch Hal lief ein Schauer über den Rücken, als sie ihren Koffer aus dem Wagen hievte und mit Mr Treswick unter seinem Schirm auf das Eingangsportal von Trespassen House zuging.

4. Dezember 1994

Heute Morgen war mir wieder so schlecht, dass ich im Nachthemd zur Toilette rennen musste. Ich konnte mich kaum auf den Beinen halten und schlitterte fast die steilen Stufen hinunter und dann den langen Flur entlang bis zum Bad, wo ich mich auf die kalten Kacheln kniete und die Reste des Abendessens hochwürgte.

Hinterher putzte ich mir die Zähne und atmete in meine Handfläche, um sicherzustellen, dass man nichts mehr riechen konnte, doch als ich die Tür zum Flur aufmachte, stand da Maud, die Arme über dem abgewetzten Smiths-T-Shirt verschränkt, das sie immer zum Schlafen anhat.

Obwohl sie nichts sagte, war da etwas in ihrem Ausdruck, was mir nicht gefiel. Es war eine Mischung aus Besorgnis und etwas anderem, das ich nicht einordnen konnte. Es kam mir vor wie … Mitleid? Der Gedanke allein machte mich wütend.

Sie lehnte an der Wand und versperrte mir so den Weg, und auch, als ich rauskam und die Badezimmertür hinter mir zuzog, bewegte sie sich nicht von der Stelle.

»Tut mir leid.« Ich schüttelte mir die Haare aus dem Gesicht nach hinten und bemühte mich um einen unbekümmerten Ausdruck. »Wartest du schon lange?«

»Ja«, sagte sie trocken. »Lange genug. Alles in Ordnung?«

»Natürlich«, sagte ich und schob mich an ihr vorbei, wobei ich sie einen Schritt weiter in Richtung Wand drängte. »Wieso denn nicht?«, rief ich über die Schulter zurück.

Sie zuckte nur gleichgültig mit den Schultern, aber ich wusste natürlich, was sie meinte. Auf dem Weg zurück zu meinem Dachzimmer dachte ich über ihren Blick nach, über die

Art, wie ihre kühlen, schwarzen Augen mir folgten. Und während ich, das Papier auf den Knien, hier im Bett sitze und dies schreibe und dabei die Elstern bei ihrem Tiefflug über den verschneiten Garten beobachte, frage ich mich … wie weit kann ich ihr trauen?

11

Mr Treswick führte sie zu einem Seiteneingang, hinter dem ein mit Terrakottafliesen gekacheltes Vestibül lag. Das Rauschen des Regens wurde von dem leisen Tröpfeln des Wassers von Hals Mantel und dem Schirm auf den Boden abgelöst. Sie fuhr sich durch die nassen Haare.

»Mrs Warren!«, rief Mr Treswick, und der Schall trug seine Stimme durch den langen Korridor. »Hallo, Mrs Warren! Ich bin's, Mr Treswick!«

Erst herrschte Stille, doch dann hörte Hal, wie das Klack-klack, Klack-klack von Absätzen auf den Fliesen sich näherte, nach jedem zweiten Schritt folgte ein fremdartiges, leicht klirrendes Geräusch. Sie drehte sich um und sah durch die Glasscheiben der Tür zu ihrer Linken eine alte, ganz in Schwarz gekleidete Dame halb gehend, halb humpelnd durch den Korridor herannahen.

»Ist das Mrs Warren?«, raunte sie Mr Treswick zu, bevor sie sich zurückhalten konnte. »Sie wirkt ja –«

»Sie ist mindestens achtzig«, flüsterte Mr Treswick. »Aber solange Ihre Großmutter noch am Leben war, wollte sie von Ruhestand nichts hören.«

»Ist das Bobby?«

Sie sprach mit einem breiten kornischen Akzent, und ihre Stimme krächzte wie die eines Raben. Mr Treswick verzog das Gesicht, und als Hal sah, wie er unter seinen grauen Bartstoppeln leicht rot wurde, musste Hal trotz ihrer Anspannung lächeln. Er zog sich den Regenmantel aus und hüstelte.

»Robert Treswick hier, Mrs Warren«, rief er den Korridor hinunter, doch die Frau schüttelte den Kopf.

»Lauter, Junge, ich kann Sie sonst nicht hören. Ihr jungen Leute seid alle gleich. Immer dieses Genuschel.«

Als sie näher kam, sah Hal, dass der Metallbeschlag des Stocks das klirrende Geräusch auf den Fliesen verursacht hatte. Klack-klack … kling, klack-klack … kling.

Endlich hatte sie die Glastür erreicht, an der sie stehenblieb und mit ihrem Stock herumhantierte, bis Mr Treswick die Tür eilig aufhielt und sie hindurchhumpeln konnte.

»Also …« Sie ignorierte Mr Treswick und ließ ihre ungewöhnlich dunklen, glänzenden Augen auf Hal ruhen. Es lag ein Ausdruck darin, den Hal nicht ganz deuten konnte – doch es war keine Wärme. Ganz und gar nicht. Es war vielmehr … Argwohn vielleicht? Aus ihrer Stimme war auch kein Lächeln herauszuhören, als sie sagte: »Das ist also das Mädchen. So, so, so.«

»Ich –« Hal schluckte. Ihre Kehle war staubtrocken, und plötzlich wurde sie sich ihrer defensiven Körperhaltung bewusst – die verschränkten Arme, die eingezogenen Schultern. *Denk immer an deine Kunden,* meldete sich die Stimme ihrer Mutter in ihrem Kopf. *Überleg dir, was sie sehen wollen, wenn sie zu dir kommen.* Sie wünschte, sie hätte ihren großen Dornohrring abgelegt, doch dafür war es jetzt zu spät. Sie zwang sich zu einem Lächeln und blickte so offen und arglos, wie sie nur konnte. »Ja, das bin ich.«

Sie streckte der alten Dame die Hand entgegen, doch die wandte sich ab, als hätte sie es nicht gesehen, und Hal ließ die Hand wieder sinken.

»Mir hat niemand gesagt, dass Sie kommen«, rief Mrs Warren ihr über die Schulter zu, »aber für alle Fälle habe ich ein Zimmer gelüftet. Sie werden sich umziehen wollen.«

Das war mehr eine Anordnung als ein Angebot, und so beschränkte sich Hal auf ein kleinlautes Nicken.

»Kommen Sie«, forderte Mrs Warren sie auf. Hal warf Mr Treswick einen fragenden Blick zu. Er verzog den Mund zu einem kleinen, schiefen Lächeln und winkte zur Treppe hin, aber Mrs Warren hatte gar nicht auf Hals Zustimmung gewartet, sondern sich bereits auf den beschwerlichen Weg nach oben gemacht. Mühsam erklomm sie Stufe um Stufe auf der langen Treppe, wobei ihre arthritischen Finger das Geländer fest umklammerten.

»Sie müssen mit dem Dachzimmer vorliebnehmen«, sagte Mrs Warren, während Hal ihr hastig folgte und der Koffer polternd auf jeder Stufe aufschlug. Die Messingtreppenstangen waren unter all dem Staub, der sich angesammelt hatte, fast nicht auszumachen, ebenso wenig das Muster auf dem Teppich darunter.

»Natürlich, kein Problem«, sagte Hal etwas atemlos, als sie den Absatz erreichten und Mrs Warren sich daranmachte, ein weiteres Stockwerk hochzuklettern, diesmal über einen schlichteren Treppenläufer, der sich unter Hals Füßen hart und uneben anfühlte. »Überhaupt kein Problem.«

»Es hat keinen Zweck, sich zu beschweren«, sagte Mrs Warren grimmig, als hätte Hal genau das getan. »Ich hatte keine Vorwarnung, also müssen Sie sich damit arrangieren.«

»Völlig in Ordnung«, versicherte Hal. Sie schluckte ihren Ärger hinunter und lächelte wieder in der Hoffnung, es würde in ihrem Tonfall durchklingen. »Ehrlich. Es würde mir im Traum nicht einfallen, mich zu beschweren. Ich bin Ihnen sehr dankbar, dass Sie mir überhaupt ein Zimmer zur Verfügung stellen.«

Schließlich schienen sie den obersten Treppenabsatz erreicht zu haben. Ab hier gab es keine Stufen mehr – nur einen gefliesten Korridor, von dem offenbar in beide Richtungen Zimmer abgingen. In einem davon musste ein Fenster offen stehen, denn Hal fühlte einen kühlen Luftzug, stark genug, um den Staub zu ihren Füßen aufzuwirbeln.

»Die Toilette befindet sich hier«, sagte Mrs Warren knapp und nickte auf eine Tür am Ende des Gangs. »Das Bad ist ein Stockwerk tiefer.«

Das Bad? Es gab doch sicher mehr als ein Bad in diesem riesigen Haus?

Doch Mrs Warren hatte eine Tür zu einem der Räume geöffnet, die Hal für Schlafzimmer gehalten hatte, und eine weitere schmale, in die Wand eingelassene Treppe kam zum Vorschein. Sie betätigte den Lichtschalter, woraufhin eine nackte Glühbirne an der Decke aufflackerte und die Treppe anstrahlte, deren Stufen aus blankem Holz waren, lediglich der obere Absatz war mit einem schmalen Linoleumstreifen versehen. Die alte Dame stieg die Stufen hinauf, wobei der Metallbeschlag ihres Stocks regelmäßig gegen das Holz schlug.

Unter dem Vorwand, verschnaufen zu müssen, blieb Hal am Fuß der Treppe stehen.

Etwas an dieser Treppe gefiel ihr nicht – vielleicht war es die schmale Form oder die Abwesenheit natürlicher Lichtquellen, denn Fenster gab es keine, nicht einmal eine Dachluke. Vielleicht lag es auch daran, dass der Treppenschacht vom Rest des Hauses abgeschnitten zu sein schien – dank der Tür war seine Existenz gar nicht zu erahnen. Aber sie schob ihre Bedenken beiseite, drückte die Tür so weit auf, wie sie konnte, hievte ihren Koffer hoch und folgte Mrs Warren nach ganz oben.

»Haben hier die Dienstboten geschlafen?«, fragte sie und hörte den Widerhall ihrer Stimme in dem engen Treppenhaus.

»Nein«, antwortete Mrs Warren knapp, ohne sich umzudrehen. Hal fühlte sich vor den Kopf gestoßen, doch als sie den Treppenabsatz erreichten, drehte Mrs Warren sich um, und ihr Blick schien mit einem Mal etwas weicher. »Schon lange nicht mehr. Die Dienstbotenzimmer wurden nach dem Umbau über der Küche eingerichtet«, sagte sie. »Natürlich sind sie heute alle zugesperrt, am Ende war ja nur noch ich übrig – und ich schlafe unten, neben Mrs Westaways Schlafzimmer, für den Fall, dass sie mich nachts brauchte.«

»Verstehe«, sagte Hal kleinlaut. Sie fröstelte. Selten hatte sie sich in ihrem Leben so fehl am Platz gefühlt, in ihrem alten, nassen Mantel, der kaputten Strumpfhose, mit ihrem feuchten schwarzen Haar, das ihr sicher wild vom Kopf abstand. »Sie konnte sich glücklich schätzen, dass sie Sie hatte.«

»Allerdings«, sagte Mrs Warren. Missbilligend presste sie den Mund zu einem dünnen Strich zusammen. »Ihre Familie hat sich weiß Gott nie um ihr Wohlergehen gekümmert, aber wie ich sehe, sind ja diesmal alle gern gekommen, um sich wie die Elstern auf die Beute zu stürzen.«

»Ich – ich wusste –«, wollte Hal sich verteidigen, doch sie verstummte, als Mrs Warren sich umdrehte und zum Ende des kurzen unbeleuchteten Treppenabsatzes humpelte, wo sich eine verschlossene Tür befand.

Was konnte sie schon erwidern? Schließlich stimmte es, jedenfalls, was sie selbst betraf. Sie klappte den Mund wieder zu und wartete geduldig, während Mrs Warren sich mit dem starren Türknauf abmühte, den Stock unter den Arm geklemmt.

»Die Feuchtigkeit«, sagte Mrs Warren knapp und rüttelte weiter. »Der Rahmen quillt auf.«

»Darf ich –«, hob Hal an, doch noch im selben Moment ging die Tür auf, und ein kühles Licht flutete den Gang.

Mrs Warren trat zur Seite und ließ Hal vorausgehen. Der kleine Raum war schmal und karg, mit nur einem Metallbettgestell in einer Ecke, einem Waschtisch in der anderen und einem vergitterten Fenster mit Blick auf den Garten. Es gab keinen Teppich, nur die nackten Dielen und einen kleinen geknüpften Läufer vor dem Bett. Auch eine Heizung gab es nicht, lediglich einen kleinen Kamin mit Kohle darin, daneben Zündholz.

Beim Anblick des Fenstergitters überkam Hal ein mulmiges Gefühl, auch wenn sie nicht genau sagen konnte, warum. Vielleicht, weil das Gitter hier auf dem Dachboden besonders deplatziert wirkte. Im Erdgeschoss konnte es vielleicht dazu dienen, Eindringlinge abzuhalten. Hier oben aber gab es nur eine Erklärung: Diese Gitter dienten nicht dazu, jemanden draußen zu halten – sondern jemanden *einzusperren*. Nur, dass das hier kein Kinderzimmer war, in dem die Gitterstäbe ein umherkrabbelndes Kleinkind schützen würden. Es war das Zimmer eines Dienstmädchens, weit abseits vom Rest des Hauses, äußerst unpraktisch für ein kleines Kind.

Was waren das für Leute, die ihre Dienstmädchen daran hindern mussten, zu fliehen?

»Na, da wären wir«, sagte Mrs Warren leicht ungeduldig. »Streichhölzer liegen auf dem Kaminsims, aber wir haben kaum noch Kohle, also glauben Sie nicht, Sie könnten hier nach Herzenslust drauflosheizen. Es gibt hier kein Geld zu verbrennen. Ich lasse Sie jetzt auspacken.«

»Da-danke«, sagte Hal. Es war bitterkalt in dem kleinen Zimmer, und ihre Zähne klapperten, obwohl sie sie zusammenbiss. »W-wann soll ich runterkommen?«

»Die anderen sind noch nicht hier«, sagte Mrs Warren, was wohl eine Antwort auf ihre Frage sein sollte. »Die haben wahrscheinlich die Küstenstraße genommen – um diese Jahreszeit ist es immer schlimm mit den Stürmen.«

Und bevor Hal irgendeine weitere Frage stellen konnte, machte sie auf dem Absatz kehrt und stapfte die schmale Treppe hinunter. Hal wartete kurz, bis sie die Tür unten zufallen hörte, dann sank sie auf das kleine Bett und sah sich um.

Das Zimmer maß nur wenige Meter von Wand zu Wand – und mit dem vergitterten Fenster erinnerte es an eine Zelle, auch wenn die Tür offenstand. Hal stellte fest, dass sie sogar ihren Atem sehen konnte, wenn sie nur kräftig genug ausatmete. Auf dem Bett lag eine mintgrüne Daunenbettdecke, die Hal sich um die Schultern wickelte. Der alte Satinbezug wirkte fragil zwischen ihren Fingern, sodass sie fürchtete, er würde sich ganz auflösen, aber ihr war zu kalt, um ohne etwas Wärmendes dazusitzen.

Sie überlegte kurz, ob sie Feuer machen sollte, doch es lohnte sich nicht, da sie ja bald runtergehen würde, um die anderen kennenzulernen. Und allein der Gedanke daran, Mrs Warren um noch eine Schaufel Kohle zu bitten, ließ sie erschauern.

Konnte Mrs Warren alle Familienmitglieder so wenig leiden, oder betraf es nur sie selbst?, fragte sie sich. Vielleicht lag es an ihrem unangekündigten Eintreffen – obwohl die Haushälterin gar nicht so überrascht gewirkt hatte. Vielleicht aber auch an ihrer nachlässigen Aufmachung. Oder war es möglich … hatte Mrs Warren etwa Verdacht geschöpft? Da war etwas in ihrem Ausdruck gewesen, etwas, was Hal nur schwer einordnen konnte, eine Art wachsames … Kalkül. Sie musste an ein Kind denken, das beobachtet, wie eine Katze sich unbemerkt an einen Taubenschlag heranpirscht, und einen Schritt zurücktritt, um das Gemetzel zu verfolgen.

Auch mit der Daunendecke um die Schultern fröstelte Hal weiter, doch sie dachte an das Versprechen, das sie sich im Zug gegeben hatte, zog ihr Handy aus der Tasche und öffnete die Suchmaschine. Ihre Finger waren steif und zögerlich, während sie die Worte in das Suchfeld eintippte, und das nicht nur wegen der Kälte. Sie zögerte eine ganze Weile, bevor sie auf Suchen drückte.

Maud Westaway St. Piran vermisst tot

Das kleine Ladesymbol kreiste eine ganze Weile, so lang, dass Hal einen skeptischen Blick auf die Balkenanzeige rechts oben auf dem Bildschirm warf. Zwei von fünf. Nicht optimal … aber es reichte doch wenigstens für eine schwache Internetverbindung, oder?

Schließlich blinkten die Ergebnisse auf, und etwas in Hal zog sich zusammen, als sie ganz oben auf der Liste den Treffer sah, mit dem sie schon gerechnet hatte. Es war der Artikel über den Tod ihrer Mutter.

Es fehlt: ~~Maud Piran~~, stand blassgrau unter dem Link, also war dies, trotz der fehlenden Suchbegriffe, der beste Treffer.

Hal klickte nicht auf den Link. Der würde sie nicht weiterbringen. Die Informationen, die sie brauchte, würde sie in diesem Artikel mit dem zugleich reißerischen wie trübseligen Ton nicht finden. »Selbsternannte Wahrsagerin«, erinnerte sich Hal, und »mit ihrer exzentrischen Kleidung eine wohlbekannte Lokalgröße«, als hätte ihre Mutter bereits mit einem Bein in der psychiatrischen Anstalt gesteckt und wäre nicht einfach eine fröhliche, bodenständige Frau gewesen, die den Lebensunterhalt für sich und ihre Tochter sicherte, so gut sie eben konnte.

»Ein schwerer Verlust für die Pier-Gemeinschaft«: Das allerdings stimmte.

Hal dachte daran, wie sie sich alle versammelt hatten, als sie schließlich zur Bude ihrer Mutter zurückkehrte, wie sie noch Monate danach an kalten Tagen regelmäßig eine Tasse Tee vor der kleinen Bude fand und wie sich der Mann vom Fish-and-Chips-Stand beim Wechselgeld irgendwie immer wieder zu ihren Gunsten verrechnet hatte.

Ihr Blick verschwamm, und sie musste ein paarmal blinzeln, um den Text der anderen Treffer auszumachen. Sie klickte ein paar von ihnen an, doch keiner schien zu passen. Da war ein vermisster West Highland Terrier in St. Piran, dazu einige völlig irrelevante Links zu Babynamen-Seiten und der St. Piran-Tourismuszentrale.

Schließlich gab sie es auf, schaltete den Bildschirm aus, zog sich die Decke noch fester um die Schultern und saß eine Zeitlang nur da, blickte durch das kleine vergitterte Fenster auf den regennassen Garten.

Wer auch immer Maud Westaway gewesen und was auch immer ihr zugestoßen war, sie schien spurlos verschwunden zu sein.

12

Das Geräusch von Reifen auf dem Schotter vor dem Haus riss Hal aus ihren Gedanken. Sie schreckte hoch, wobei die Satindecke ihr von den Schultern rutschte. Reflexhaft griff sie nach der Decke, während sie ans Fenster trat, um nachzusehen, wer eingetroffen war.

Die Gesichter der Leute konnte sie von hier oben nicht erkennen, nur Köpfe und Regenschirme, die zum Hauptportal huschten, und dann entdeckte sie zwei geparkte Wagen – die langen schwarzen Limousinen, schnittig wie Windhunde, die das letzte Geleit gegeben hatten.

Die Familie war eingetroffen. Die wahre Feuerprobe begann jetzt.

Ihr wurde auf einmal schlecht vor Anspannung. Es ging los. Die Gegenüberstellung mit ihren angeblichen Verwandten. War sie wirklich dafür bereit? Sie verdiente ihr Geld damit, Leuten etwas vorzuspielen. Aber das hier war anders. Hier ging es nicht darum, leichtgläubigen Menschen zu erzählen, was sie hören wollten oder schon wussten. Hier ging es um eine Straftat.

»Tee? Quatsch!« Die Worte hallten ihr von unten entgegen, als sie den zweiten Stock erreichte. »Ich will Brandy – oder sonst Whisky, wenn Sie keinen haben, Mrs Warren.«

Mrs Warrens Antwort konnte sie nicht hören, doch einer der Brüder machte eine Bemerkung, auf die schallendes Gelächter folgte, und dann hörte sie einen von Hardings Söhnen darüber jammern, dass er sein Handy wegstecken sollte.

Das war sie also. *Die Stunde der Wahrheit.* Die Formulierung drang ungebeten in ihre Gedanken, und sie musste auflachen. Wahrheit? Nein. Lügen. Die Stunde der Lügen.

Ihr ganzes Leben lang hatte sie sich darauf vorbereitet. *Wenn jemand das durchziehen kann, dann du, Hal.*

Sie beugte und streckte die Finger, fühlte sich wie ein Boxer vor dem Kampf, oder nein, das war nicht ganz treffend, denn es handelte sich hier um eine Übung in geistiger Geschicklichkeit, nicht in körperlicher. Vielleicht eher wie ein Großmeister vor einer Schachpartie. Sie sah sich selbst, wie von oben, die Hand über einem Bauern schwebend, bereit für den ersten Spielzug.

Das Kältegefühl hatte inzwischen nachgelassen, und beim Hinuntergehen fühlte sie, wie ihr Gesicht rot und heiß vor Aufregung wurde, unter dem Stoff des schwarzen Kleides klopfte ihr Herz heftig.

»Sollen wir mal schauen, ob wir einen Kakao für dich finden, mein Schatz?«, hörte sie eine weibliche Stimme fragen – nicht die von Mrs Warren, dafür klang sie zu vornehm und irgendwie gut betucht. Ob das Mitzi war? »Das Rumstehen am Grab war wirklich jenseits der Schmerzgrenze, Harding. Kitty ist völlig durchgefroren, kann hier mal jemand die verdammte Heizung aufdrehen?«

»Die gibt es nicht, Mit, das weiß du doch. Aber im Salon brennt sicher ein Feuer.«

Als sie auf dem Treppenabsatz um die Ecke bog, konnte sie sie alle sehen, Harding, der sich umständlich aus seiner Barbour-Jacke schälte, Abel, der auf seinem Telefon herumtippte, den Regenmantel noch an, Mitzi, die den Kindern diverse Lagen Kleidung auszog.

Keiner von ihnen schien sie zu bemerken, als sie die letzten Stufen nach unten nahm, doch dann trat sie auf eine lose Holzplanke, und Ezra hob den Kopf.

»Hallooo …«, grüßte er sie gedehnt, und Hal spürte, wie sie erneut rot anlief, weil alle Köpfe sich plötzlich zu ihr umdrehten, die Mienen reichten von Neugier bis zu unverhohlener Verwunderung. »Habe ich dich nicht bei der Beerdigung gesehen?«

»Ja«, sagte Hal und schluckte. Ihre Kehle war trocken und

schmerzte, als steckte ein Dorn darin fest. »Ja, ich – ich bin Hal, kurz für Harriet. Harriet Westaway.«

Keiner verzog eine Miene, bis hinter Hardings Schulter ein Räuspern zu hören war.

»Harriet ist … Mauds Tochter.«

Es war Mr Treswick, seine leise Stimme glitt durch das Geplauder im Raum wie eine Messerklinge durch Butter.

Den Jüngeren in der Gruppe sagte der Name offensichtlich nichts, genauso wenig wie Mitzi, die, als hätte er gar nichts gesagt, weiter ihre Kinder durch den Korridor zu einem anderen Raum scheuchte, wobei sie sich lautstark über den modrigen Geruch beklagte.

Für die drei Brüder jedoch war es, als hätte er geflucht oder die leere Vase am Fuß der Treppe umgestoßen. Harding tastete nach dem Stuhl hinter sich und setzte sich unvermittelt hin, als traue er seinen Beinen nicht mehr. Abel zog hörbar die Luft ein und fasste sich an den Kragen. Nur Ezra bewegte sich nicht. Er stand wie angewurzelt da, auf einmal ganz blass im Gesicht.

»Sie hatte … sie hatte ein Kind?« Es war Harding, der als Erstes die Sprache wiederfand, die Worte klangen zäh, als müsste er sie mit Gewalt herausquetschen. »Warum wussten wir nichts davon?«

»Niemand wusste davon«, sagte Mr Treswick. »Bis auf Ihre verstorbene Mutter offenbar. Vielleicht hat Ihre Schwester ihr davon erzählt, ich weiß es nicht.«

Abel schüttelte den Kopf. »Sie hatte ein *Kind*«, wiederholte er die Worte seines Bruders, doch mit einer völlig anderen Betonung, als könnte er die Worte nicht glauben oder die Wirklichkeit, die sie ausdrückten. »Sie hatte ein *Kind*? Aber – das ergibt keinen Sinn.«

Hal klammerte sich ans Treppengeländer, spürte, wie ihre schweißnassen Hände auf dem glatten Holz rutschten.

»Es ergibt keinen Sinn!«, wiederholte Abel. »Sie war nicht – sie wollte keine –«

»Gleichwohl«, sagte Mr Treswick. »Das hier ist Harriet.«

Hal ging noch eine Stufe weiter nach unten, mit hämmerndem Herzen, während sie an die Rolle dachte, die sie jetzt zu spielen hatte. *Es ist ganz natürlich, dass du nervös bist,* sagte sie sich. *Du triffst deine Familie zum ersten Mal. Du kannst diese Aufregung nutzen – mach sie dir zu eigen.*

»Ich wusste gar nicht, dass ich einen Onkel habe«, sagte sie und gab sich keine Mühe, das Zittern in ihrer Stimme zu verbergen, als sie Harding die Hand entgegenstreckte. »V-von dreien ganz zu schweigen.«

Und er nahm ihre Hand, hielt ihre kalten zwischen seinen warmen, dicken Fingern und schüttelte sie kräftig mit beiden Händen, als könnte ein fester Händedruck den Bund zwischen ihnen besiegeln.

»Na dann«, sagte er, »ich freue mich sehr, dich kennenzulernen, Harriet.«

Es war jedoch Abel, der sie in den Arm nahm, so fest, dass ihre Brille gegen seinen nassen Regenmantel gedrückt wurde und sie seinen Herzschlag spüren konnte.

»Willkommen zu Hause«, sagte er nur, und seine bebende Stimme verriet eine Aufrichtigkeit, die Hal beschämte. »Oh, Harriet. Willkommen zu Hause.«

5. Dezember 1994

Maud weiß Bescheid. Gestern Abend, als ich schon im Bett war, ist sie zu mir gekommen, aber ich hatte es schon vorher gemerkt – an ihrem Blick beim Abendessen, als sie mir zusah, wie ich den kalt gewordenen Fisch und den schlaffen Brokkoli mit der Gabel auf meinem Teller herumschob, weil mir schon wieder schlecht war.

In diesem Moment, durch die Art, wie sie mich ansah, dann den Teller von sich schob und aufstand, wusste ich, dass sie dahintergekommen war.

»Bleib sitzen«, fuhr ihre Mutter sie an. »Du stehst nicht vom Tisch auf, ohne um Erlaubnis zu bitten.«

Maud warf ihr einen fast hasserfüllten Blick zu, doch sie setzte sich wieder hin.

»Darf ich aufstehen?«, fragte sie, wobei sie jedes Wort ausspuckte, als wäre es eine der Fischgräten, die sich am Rand ihres Tellers angesammelt hatten.

Ihre Mutter blickte sie an, und ich sah etwas in ihrem Gesicht aufblitzen – da war das Bedürfnis, ihrer Tochter einen Strich durch die Rechnung zu machen, gepaart mit der Befürchtung, dass sie es eines Tages zu weit treiben und Maud ihr trotzen würde – und dass sie nichts dagegen tun könnte.

»Du … darfst«, sagte sie schließlich. Aber als Maud aufstand, fügte sie noch hinzu: »Sobald du den Fisch aufgegessen hast.«

»Ich kann den nicht essen«, sagte Maud und warf ihre Serviette auf den Tisch. »Maggie auch nicht. Guck ihn dir doch an – total eklig. 'n weißer Klumpen ohne Geschmack, dafür voller Gräten.«

Die Nasenspitze meiner Tante wurde weiß, wie immer, wenn sie wütend ist. »Untersteh dich, so über das Essen in diesem Haus zu sprechen.«

»Soll ich lügen? Meinst du nicht, es gibt schon genug Lügen in diesem Haus?«

»Was soll das bedeuten?«

Ihre Mutter hatte sich ebenfalls erhoben, und so standen sie sich gegenüber, diese beiden so unterschiedlichen Frauen – Maud, die Hitzköpfige und Leidenschaftliche, ihre Mutter kalt und beherrscht, doch die Wut und Verbitterung auf ihren Gesichtern ließ sie einander ähnlicher wirken als je zuvor.

»Du weißt, was es bedeutet.«

Mit diesen Worten hob Maud den schlaffen Rest Fisch mit den Fingern auf und stopfte ihn sich in den Mund. Ich glaubte, die Gräten knirschen zu hören, während sie darauf herumkaute. Erneut stieg der Brechreiz in mir auf, und bei dem Versuch, ihn zu bezwingen, brach mir der Schweiß aus.

»Zufrieden?«, fragte Maud mit vollem Mund, doch es klang mehr wie ein Würgen und war kaum zu verstehen.

Ohne eine Antwort abzuwarten, machte sie auf dem Absatz kehrt und verließ das Esszimmer, wobei sie die Tür so fest zuknallte, dass das Porzellan auf dem Tisch zu wackeln begann.

Ich spießte ein Stück Kartoffel auf und schob es in den Mund, hoffte dabei, dass man meine zitternden Hände nicht bemerkte. Vor meinen Augen verschwamm alles.

Sieh mich nicht an, dachte ich verzweifelt im Wissen, dass der eiskalte Zorn meiner Tante sich jederzeit auf das nächstbeste bedauernswerte Opfer, das sich anbot, umleiten ließ. Sieh mich nicht an.

Aber das tat sie nicht. Stattdessen hörte ich das Scharren ihrer Stuhlbeine auf dem Parkett und den Knall der Tür auf der anderen Seite des Zimmers, und als ich wieder aufsah, war ich, dem Himmel sei Dank, ganz allein.

Maud kam erst viel später in mein Zimmer. Ich saß im Nachthemd mit einer Wärmflasche an den Füßen im Bett und legte die Karten aus. Ich hörte Schritte auf der Treppe und zuckte zusammen, doch als ich das Klopfen an der Tür hörte, wusste ich, wer es war.

»Maud?«

»Ja, ich bin's.« Sie sprach leise, wollte nicht, dass jemand außer mir sie hörte. »Kann ich reinkommen?«

»Ja«, flüsterte ich zurück. Der Knauf drehte sich und sie trat ein. Sie war in eine riesige Strickjacke gewickelt, hatte aber nackte Füße. »Gott, frierst du nicht?«, fragte ich sie und sie nickte zähneklappernd. Wortlos machte ich auf dem schmalen Bett Platz, klopfte auf das Kissen neben mir, und sie kletterte hinein. Ich spürte ihre kalten Füße an meinen Beinen.

»Ich hasse sie«, war das Erste, was sie sagte. »Ich hasse sie von ganzem Herzen. Wie hältst du es hier nur aus?«

Ich habe keine Wahl, dachte ich, aber mir war klar, dass ich genauso frei wählen konnte wie Maud, vielleicht sogar noch freier.

»Sie führt sich auf, als würden wir in den Fünfzigern leben«, sagte Maud böse. »Kein Fernsehen, du und ich hier eingesperrt wie verdammte Nonnen, und Mrs Warren, die sich in der Küche abrackert – kapiert sie nicht, dass heute niemand mehr so lebt? Andere Leute in unserem Alter gehen auf Konzerte, trinken und vögeln rum – macht es dir nichts aus, hier in Mutters Nachkriegs-Fantasiewelt eingesperrt zu sein?«

Ich wusste nichts zu erwidern. Irgendwie konnte ich ihr nicht sagen, dass ich mich gar nicht betrinken oder auf Konzerte gehen wollte. Dass ich es auch nie getan habe – selbst, als ich noch die Chance dazu hatte.

»Vielleicht passe ich hier besser rein als du«, sagte ich schließlich. »Meine Mutter hat immer gesagt, ich wäre so ein altmodisches kleines Ding.«

»Erzähl mir von deiner Mutter«, bat sie leise, und bei dem

Gedanken an meine Mutter, wie ich sie immer vor mir sehe, hatte ich sofort einen Kloß im Hals – ich sehe sie bei der Gartenarbeit, mit Papa neben ihr, wie sie zu Paul Simon summte, Gemüse kleinschnitt oder Blumenzwiebeln einsetzte. Ich versuchte, nicht an die albtraumartigen letzten Monate zu denken – Mums letzte Atemzüge am Beatmungsgerät, Dads Herzinfarkt nur ein paar Wochen später.

»Was gibt's da zu erzählen«, sagte ich und versuchte, nicht so bitter zu klingen, wie ich mich fühlte. »Sie ist tot. Sie sind beide tot. Ende der Geschichte.«

Die Ungerechtigkeit des Ganzen macht mich zwar immer noch fassungslos – trotzdem ist es auf gewisse Weise auch stimmig, wie mir inzwischen klar geworden ist. Ich bin das Kind zweier Menschen, die sich über alles geliebt haben. Sie waren dazu bestimmt, zusammen zu sein – im Leben wie im Tod. Ich wünschte nur, der Tod wäre nicht so früh gekommen.

»Ich will verstehen …«, sagte Maud sehr leise. »Ich will verstehen, wie es ist … wie es ist, seine Mutter nicht zu hassen.«

Jetzt waren es nicht ihre eisigen Füße, sondern das Gift in ihrer Stimme, das mich schaudern ließ.

Dass meine Tante nicht einfach ist, wusste ich schon, bevor ich hier ankam. Die Tatsache, dass sie sich mit meinem Vater gestritten hatte, sagt schon alles. Er war der sanftmütigste Mensch, den man sich vorstellen kann. Aber nichts hatte mich darauf vorbereitet, wie es hier wirklich war.

»Ich will einfach nur weg von hier. Ihn hat sie gehen lassen.«

Wir beide wussten, wen sie meinte. Ezra, der jetzt im Internat war. Er war entkommen.

»Meinst du, weil er ein Junge ist?«, fragte ich.

Maud zog die Schultern hoch und versuchte, gleichgültig auszusehen, aber mich konnte sie nicht täuschen. Ein paar Stellen auf ihren Wangen glänzten noch feucht, bestimmt hatte sie nach dem Abendessen geweint.

»Für Mädchen lohnt sich Bildung nicht«, sagte sie und stieß

ein leises, bitteres Lachen aus. »Oder zumindest lohnt es nicht, dafür zu bezahlen. Aber ganz egal, was sie denkt: Ich bin doppelt so klug wie er. Und ich werde schon in Oxford studieren, wenn er noch an irgendeiner blöden Paukschule für die Nachholprüfungen büffeln muss. Ich werde es ihr zeigen, diesen Sommer. Diese Prüfungen sind mein Ausreiseticket.«

Ich sagte nicht, was mir durch den Kopf ging. Nämlich: Und was ist mit mir? Wenn Maud abhaut, was soll ich dann machen? Werde ich hier eingesperrt sein, allein, mit ihr?

»Früher habe ich dieses Zimmer gehasst«, sagte Maud leise. »Sie hat uns als Kinder zur Strafe immer hier eingesperrt. Aber jetzt … ich weiß nicht. Jetzt fühlt es sich an wie der einzige Zufluchtsort im ganzen Haus.«

Es war lange still. Ich versuchte mir vorzustellen, wie das ist – eine Mutter zu haben, die so etwas tut, und was es mit einem Kind anstellt, das auszuhalten –, doch meine Fantasie reichte dazu nicht aus.

»Kann ich heute Nacht hier schlafen?«, fragte sie, und ich nickte.

Sie legte sich hin und ich machte das Licht aus. Dann drehte ich mich auf die Seite, mit dem Rücken zu ihr, und wir lagen im Dunkeln nebeneinander, spürten den wärmenden Rücken der anderen und das Nachgeben und Ächzen der Matratze, wann immer sich eine von uns bewegte.

Ich war schon fast eingeschlafen, als sie wieder etwas sagte, mit einem so leisen Flüstern, dass ich zuerst nicht wusste, ob sie wirklich gesprochen oder nur im Schlaf geseufzt hatte.

»Maggie, was wirst du tun?«

Ich antwortete nicht. Ich lag nur da und starrte hinaus ins Dunkel, während mein Herz heftig klopfte.

Sie weiß Bescheid.

13

Die nächste halbe Stunde wurde ein einziger wilder Strudel aus Fragen und Ausflüchten, schwieriger, als Hal es sich je vorgestellt hatte, doch zugleich auch irgendwie amüsant.

Während sie durch die Unterhaltung stolperte und dabei verzweifelt versuchte, sich zu erinnern, was sie zu wem gesagt hatte, gab sie die Schachanalogie auf und fühlte sich wieder mehr wie eine Boxerin, die mit bandagierten Handknöcheln in den Ring gestiegen war und nun Schlägen auswich, geschickte Haken um Fragen schlug, um sie ihrem Gegenüber zurückzuspielen.

Doch kämpfte in diesem Boxkampf nicht einer gegen einen. In einer solchen Konstellation hätte sich Hal deutlich wohler gefühlt. Daran war sie gewöhnt – auch wenn es ein himmelweiter Unterschied zu der vertrauten Umgebung ihrer kleinen Bude auf dem Pier war. Aber dieses verbale Handgemenge war etwas völlig anderes – ein Gewirr von Stimmen, die sich gegenseitig übertönten und von Hal Antworten forderten, während sie noch mit anderen Fragen beschäftigt war, oder ständig mit Anekdoten und Erinnerungen dazwischenfuhren. Sie fühlte sich ganz benommen, wie erschlagen von all dem Lärm.

Bis jetzt hatte das Wort Familie in ihrem Leben immer nur eines bedeutet – sie und ihre Mutter. Sie beide, vereint, unabhängig von allen anderen. Als Kind hatte Hal eigentlich nie das Gefühl gehabt, dass etwas fehlte, auch wenn sie ihre Mitschüler manchmal um ihre Ferien mit der Großfamilie beneidete oder um die vielen Brüder und Schwestern, Cousins und Cousinen zum Spielen oder die Haufen Geschenke zu Geburtstagen und Weihnachten, die eine so große Sippe mit sich brachte.

Jetzt, da sich alle um sie drängten, laut durcheinanderredeten, sie nach ihrer Kindheit, Schulzeit und gegenwärtigen Situation ausfragten, verstand sie selbst nicht mehr, wie sie sich jemals eine große Verwandtschaft hatte wünschen können.

Vor allem Harding war anstrengend – eine direkte Frage nach der anderen in Feldwebelmanier, wie bei einem Verhör. Abel hatte einen ganz anderen Stil, heiterer, freundlicher – und wann immer Hal keine Antwort wusste, meldete er sich glucksend zu Wort und steuerte eine eigene Anekdote bei. Ezra sagte nichts, doch Hal spürte seinen Blick auf sich.

Schließlich unterbrach Mitzi das Verhör mit einem Lachen, das Hal unter anderen Umständen unangenehm schrill gefunden hätte.

»Meine Güte, Jungs!« Mit diesen Worten schob sie sich in den Halbkreis aus schwarzen Anzügen, gab Abel einen Klaps auf die Schulter und nahm Hals Hand. »Lasst das arme Kind doch mal einen Augenblick in Frieden! Schaut sie euch an – ihr habt sie ja völlig überrannt. Kann ich dir einen Tee anbieten, Hal?«

»J-ja«, sagte Hal. »J-ja bitte.«

Auf dem Pier bemühte sie sich, ihr gelegentliches Stottern zu verbergen, indem sie absichtlich tief und langsam sprach, auch um älter zu wirken und zu signalisieren, dass sie das Heft in der Hand hatte und die Fragenden sich auf ihrem Territorium befanden. Aber hier, stellte sie fest, als Mitzi sie von der Gruppe wegführte, war das Unbehagen ihr bestes Alibi, und sie konnte es für ihre Zwecke nutzen. Am besten sollte sie gar nicht erst versuchen, ihre Verwirrung oder ihre Jugend zu verbergen – im Gegenteil. Also zog sie, während sie Mitzi durch den Salon folgte, die Schultern leicht hoch, um ihre zierliche Gestalt noch schmaler wirken zu lassen, und ließ sich den Pony ins Gesicht fallen wie ein schüchterner Teenager. Hal wurde oft unterschätzt. Und das konnte manchmal von Vorteil sein.

Sie ließ sich von Mitzi zum Sofa vor dem Kamin lotsen, wo einer der Westaway-Enkel saß, und an der Art, wie er auf seinen Handybildschirm einhackte, vermutete Hal, dass er mit einem Spiel beschäftigt war. Es war nicht Richard. Wie hieß der andere noch … Freddie?

»Na also«, sagte Mitzi fürsorglich, als Hal sich hinsetzte. »Kann ich dir jetzt etwas bringen? Bist du alt genug für ein Glas Wein?«

O ja, und zwar seit einigen Jahren, dachte Hal, doch sie sagte es nicht. Allerdings war es keine gute Idee, hier zu trinken. Hal lachte mit Absicht so, dass es unschlüssig klang. »Der Tee wäre mir lieber, vielen Dank.«

»Bin sofort zurück«, sagte Mitzi und pochte ihren Sohn auf den Kopf. »Freddie, mach das aus.«

Freddie tat noch nicht einmal so, als würde er sein Handy weglegen, aber er warf Hal einen Seitenblick zu.

»Hi«, sagte Hal. »Ich bin Harriet.«

»Hi, Harriet. Was ist das für ein Tattoo?«

»Mein Tattoo?« Im ersten Moment war sie überrascht, aber dann merkte sie, dass das Kleid ein Stück verrutscht war, wodurch ein Stück Schulter und eine Flügelspitze freigelegt worden waren. »Ach, das hier?« Sie deutete auf ihren Rücken und er nickte.

»Sieht aus wie ein Vogel.«

»Eine Elster.«

»Cool.« Er sprach, ohne aufzusehen, wahrscheinlich musste er gerade einen schwierigen Part in seinem Spiel meistern. Dann fügte er hinzu: »Ich will auch ein Tattoo, aber Mama sagt, nur über ihre Leiche.«

»Unter achtzehn ist das nicht erlaubt«, sagte Hal. Hier zumindest bewegte sie sich auf sicherem Terrain. »Kein anständiger Tätowierer würde das machen, und von den anderen sollte man besser die Finger lassen. Wie alt bist du?«

»Zwölf«, antwortete er traurig. Er machte den Bildschirm

aus und sah sie zum ersten Mal direkt an. »Kann ich mal sehen?«

»Äh …« Sie verspürte instinktiv Abwehr gegen die zudringliche Bitte, aber sie wusste nicht, was sie sagen sollte. »Ich – ja. Meinetwegen.«

Sie drehte sich um und fühlte, wie er den Stoff ihres Kragens ein wenig hinunterzog und den ganzen Vogel mit seinem leicht zur Seite geneigten Kopf zum Vorschein brachte. Sie spürte die kalten Finger auf ihrer Haut und versuchte, ein Zittern zu unterdrücken.

»Cool«, sagte er wieder, voller Neid. »Ist das wegen des Hauses hier? Hier … hier sind ja so viele …« Er deutete mit der Hand auf die Bäume vor dem Fenster, und Hal drehte sich um. Es war zwar zu dunkel draußen, um im Lichtschein vom Fenster viel mehr als feucht glitzernde Zweige zu sehen, doch vor ihrem inneren Auge sah sie die Elstern wieder aufgereiht auf den tropfenden Ästen der Eibe hocken. Sie schüttelte den Kopf und zupfte ihren Kragen zurecht, sodass er den Vogel wieder bedeckte.

»Nein. Meine Mutter – meine Mutter …«

Zu spät bemerkte sie, dass sie aus Unachtsamkeit beinahe einen furchtbaren Fehler begangen und von ihrer Mutter erzählt hätte. Die Tätowierung hatte sie sich tatsächlich zum Gedenken an ihre Mutter stechen lassen. Eine Elster. Eine für Leid. Das hatte sie damals passend gefunden.

»Ihr – ihr Spitzname für mich war kleine Elster«, sagte sie nach einer langen Pause, die sich anfühlte wie ein Abgrund, der sich vor ihr aufgetan hatte. Es war das Beste, was ihr auf die Schnelle einfiel. Dem Jungen schien die Pause allerdings nicht aufgefallen zu sein.

»Ist sie Dads Schwester?«, fragte er, und Hal nickte.

»Ja.«

»Ach so, ich muss wohl besser *war* Dads Schwester sagen. Sie ist doch tot, oder?«

»Freddie!« Mitzi kam gerade mit einer Tasse Tee, die sie auf dem Tisch abstellte, wobei sie ihrem Sohn einen leichten Klaps aufs Knie gab. »Das ist nicht – es tut mir echt leid, Harriet. Was soll ich sagen – Teenager!«

»Alles in Ordnung«, beschwichtigte Hal wahrheitsgemäß. Es war nicht nur der kleine Informationsschnipsel, den er ihr hingehalten hatte und der bestätigte, womit sie schon gerechnet hatte. Es war auch die Tatsache, dass sie sich mit einem Mal auf sicherem Terrain fühlte. Die Worte aus dem Mund eines Fremden zu hören, war auch kein Schock für sie – außerdem zog sie die unverblümten Worte des Jungen all den feinfühligen Phrasen wie *von uns gegangen* oder *eingeschlafen* vor, die die Leute oft benutzten. Ihre Mutter war weder eingeschlafen, noch war sie mal eben schnell ins Nebenzimmer verschwunden. Sie war tot. Kein Euphemismus der Welt konnte diese Tatsache abmildern. Und das zumindest war die Wahrheit.

»Ja, sie ist tot«, sagte sie zu Freddie. »Ich habe mir das Tattoo in Erinnerung an sie machen lassen.«

»Cool«, sagte der Junge wieder, als wäre er auf Autopilot. Jetzt, in Gegenwart seiner Mutter, wirkte er befangen. »Hast du noch mehr?«

»Ja«, antwortete Hal im selben Moment, als Mitzi dazwischenfuhr: »Freddie, du meine Güte, hör mal auf, die arme Harriet mit so persönlichen Fragen zu nerven. Diese Themen sind auch nicht angemessen für eine –«

Sie stockte, und das Wort *Beerdigung* hing unausgesprochen auf ihren Lippen.

Hal lächelte oder versuchte es zumindest und nahm die Teetasse vom Tisch.

»Wirklich, kein Problem.« Fragen über ihre Tätowierungen waren um einiges leichter zu beantworten als die, die Abel, Harding und Ezra ihr gestellt hatten. Ihr wurde etwas mulmig zumute, als sie sah, wie Harding einem seiner Brüder auf die Schulter klopfte und sich dann zu seiner Frau gesellte.

»Wärmst du dich ein bisschen auf, Harriet?«, fragte er. »Sehr klug. Hier herrschen wirklich arktische Temperaturen. Meine Mutter hielt nicht viel von modernen Annehmlichkeiten wie einer Zentralheizung.«

»Gehört – ist das Haus schon lange im Familienbesitz?«, fragte Hal. Sie rief sich in Erinnerung, was sie von ihrer Mutter gelernt hatte – lass nicht das Gegenüber alle Fragen stellen, stell selbst welche. Es ist immer leichter, die Richtung eines Gesprächs vorzugeben, wenn man die Zügel in der Hand behält, außerdem fühlt sich der Kunde geschmeichelt, wenn man Interesse zeigt. »Meine Mutter hat mir nie davon erzählt«, fügte sie wahrheitsgemäß hinzu.

»Ach, schon seit Ewigkeiten«, sagte Harding gleichmütig. Er nahm mit dem Rücken zum Feuer Platz. »Der Gebäudeteil, in dem wir sitzen, ist der älteste. Er wurde im achtzehnten Jahrhundert gebaut und war lange nur ein einfacher Hof. Dann kam dein Ururgroßvater – also der Großvater meiner Mutter – Ende des neunzehnten Jahrhunderts durch den Abbau von Porzellanerde bei St. Austell zu viel Geld, das er nutzte, um das Haus im großen Stil umzugestalten, mit allem Glanz und Gloria. Den georgianischen Kern des alten Bauernhofs ließ er stehen und nutzte ihn für die Empfangsräume und die großen Schlafzimmer, erweiterte ihn aber um diverse Flügel und Dienstbotenquartiere im Arts-and-Crafts-Stil, und so wurde daraus ein recht stattliches Anwesen. Leider war sein Sohn jedoch kein besonders cleverer Geschäftsmann und so musste er irgendwann das Bergwerk an seinen Teilhaber abtreten. Seitdem war nie genug Geld für die Instandhaltung da, sodass das Gebäude quasi in den Zwanzigerjahren stecken geblieben ist. Man bräuchte ein paar Millionen, um es wieder in Schuss zu bringen, sicher keine Investition für den Normalbürger, aber für eine der großen Hotelketten könnte es durchaus attraktiv sein. Natürlich ist es vor allem das Grundstück, das heute richtig was wert ist.« Er blickte aus dem Fenster, auf die weite regengepeitschte Grünfläche, und Hal konnte förmlich sehen, wie es in seinem Kopf ratterte – wie er neue Wohnanlagen wie Pilze aus dem Boden schießen sah und bei jedem neuen Deal die Registrierkasse klingeln hörte.

Hal nickte und nippte an ihrem Tee, weil sie nicht wusste, was sie antworten sollte. Ihre Hände waren trotz der Hitze vom Feuer noch kalt, aber ihre Wangen glühten, und plötzlich musste sie niesen.

»Gesundheit«, sagte Abel.

Harding war einen Schritt zurückgetreten, wobei er fast über das Kamingitter stolperte. »O je, hoffentlich hast du dich auf dem Friedhof nicht erkältet.«

»Das glaube ich nicht«, sagte Hal. »Ich bin abgehärtet.« Mit einem weiteren Niesen strafte sie sich allerdings gleich darauf Lügen. Abel zog ein schneeweißes Stofftaschentuch hervor und hielt es ihr galant hin. Hal lehnte kopfschüttelnd ab.

»Einen Keks, Hal?«, fragte Mitzi, und Hal, die seit dem Morgen nichts mehr gegessen hatte, nahm sich ein Shortbread. Doch es schmeckte staubtrocken und fade, weshalb ihr das Räuspern vom anderen Ende des Raums gelegen kam, wo Mr Treswick seine Stimme erhob.

»Darf ich einen Moment um Ihre Aufmerksamkeit bitten?«

Harding warf Abel einen Blick zu, und die beiden Männer gingen durch den langen Raum auf den Notar zu, der neben einem Flügel stand und damit beschäftigt war, seine Unterlagen zurechtzulegen. Hal erhob sich vom Sofa, blieb dann aber unschlüssig stehen, weil sie nicht wusste, ob die Aufforderung auch ihr gegolten hatte, bis Mr Treswick sie ansprach: »Auch Sie, Harriet.«

Er klappte seine Dokumentenmappe zu und öffnete die Tür zum Korridor. Sofort kam ein eiskalter Luftzug herein.

»Mrs Warren!«, rief er und seine Stimme hallte durch den Gang. »Haben Sie einen Moment Zeit?«

»Sollen die Kinder dabei sein?«, fragte Mitzi.

Mr Treswick schüttelte den Kopf. »Nein, es sei denn, sie möchten gern zuhören. Aber wenn Ezra dazukommen könnte … wo ist er eigentlich?«

»Ich glaube, er ist draußen, um eine zu rauchen«, sagte Abel. Er verschwand und kehrte kurz darauf mit seinem Bruder im Schlepptau zurück, auf dessen dunklem gelocktem Haarschopf Regentropfen glitzerten.

»Tut mir leid.« Ezras Lächeln wirkte seltsam schief, so als amüsiere er sich über einen Witz, den nur er selbst mitbekommen hatte. »Ich wusste ja nicht, dass Sie eine richtige Hercule-Poirot-Nummer abziehen wollen, Mr Treswick. Verraten Sie uns jetzt, wer Mutter ermordet hat?«

»Keineswegs«, sagte Mr Treswick mit missbilligender Miene. Er blätterte erneut in seinen Papieren und schob sich die Brille zurecht, von Ezras Frotzelei sichtlich aus dem Konzept gebracht. »Und ich finde derartige Bemerkungen auch nicht besonders angebracht, wenn man bedenkt – nun ja. Sei's drum.« Er hüstelte etwas gekünstelt und schien seine Gedanken zu ordnen.

»Ich danke Ihnen allen, dass Sie mir einen Moment Ihrer Zeit schenken. Ich will mich kurzfassen; aufgrund meiner Unterredungen mit Mrs Westaway gehe ich davon aus, dass sie ihre testamentarischen Vorkehrungen nicht mit ihren Kindern besprochen hatte. Ist das richtig?«

Harding runzelte die Stirn. »Nicht im eigentlichen Sinne besprochen, nein, aber nach dem Tod meines Vaters herrschte klares Einvernehmen darüber, dass sie bis zum Ende ihres Lebens im Haus wohnen würde und es dann in den Besitz –«

»Nun, genau das wäre mein Anliegen«, fuhr Mr Treswick hastig dazwischen. »Dass Sie keinen irrigen Annahmen erliegen. Zwar lege ich meinen Klienten stets wärmstens ans Herz, mit den Erben über das Testament zu sprechen, aber natürlich halten sich nicht alle daran, und mein Eindruck ist, dass Ihre Mutter ihre Pläne niemandem mitgeteilt hat.«

Vom Gang war das Geräusch des Gehstocks zu hören, und Mrs Warren betrat den Raum.

»Worum geht es?«, fragte sie, es klang gereizt. Dann sah sie eines von Hardings Kindern Kohle aufs Feuer legen und rief: »Keine Kohle verschwenden, junger Mann.«

»Hätten Sie einen Moment Zeit, Mrs Warren? Ich möchte mit allen Nachlassempfängern sprechen, und es scheint mir das Beste, dies mit allen gleichzeitig zu tun.«

»Oh.« Mrs Warrens Gesicht hatte plötzlich einen Ausdruck, den Hal nicht ganz einordnen konnte. Ihr Blick hatte etwas Erwartungsvolles. Aber es sah nicht nach Gier aus. Eher nach … Spannung. Vielleicht sogar freudige Erwartung? Wusste Mrs Warren etwas, was die anderen nicht wussten?

Abel zog den Klavierhocker zurück, damit die Haushälterin Platz nehmen konnte. Ihren Gehstock legte sie auf ihren Schoß. Mr Treswick nahm den Stapel Papiere vom polierten Flügel und sortierte sie erneut, überflüssigerweise. Jeder Zentimeter seines Körpers, von den blankpolierten Schuhen bis hinauf zum Drahtgestell seiner Brille, drückte nervöses Unbehagen aus, und Hal spürte ein Kribbeln im Nacken. Sie sah, wie die Anspannung eine tiefe Furche zwischen Abels Augenbrauen zeichnete.

»Nun also. Ich will es kurz halten – ich bin sicher kein Anhänger der viktorianischen Theatralik öffentlicher Testamentsverlesungen, aber Transparenz in diesen Dingen hat durchaus etwas für sich, und das Letzte, was ich wollen würde, wären Verpflichtungen, die aufgrund irriger Annahmen – …«

»Meine Güte, spucken Sie's schon aus«, fiel Harding ihm ungeduldig ins Wort.

»Harding –« Abel legte seinem Bruder beschwichtigend eine Hand auf den Arm, doch Harding schüttelte sie ab.

»Hör auf, Abel. Er redet ganz offensichtlich um den heißen Brei herum, und ich für meinen Teil würde ganz gerne zur Sache kommen und herausfinden, worum es geht. Ist Mutter durchgeknallt und hat alles dem Tierheim vermacht oder so ähnlich?«

»Nicht ganz«, sagte Mr Treswick. Sein Blick wanderte zu Harding, dann zu Hal, Mrs Warren und dann zurück zu Harding, bevor er sich wieder seinen Unterlagen zuwandte und die Brille auf seiner Nase noch weiter nach oben schob. »Also, der langen Rede kurzer Sinn: Der Nachlass umfasst etwa dreihunderttausend Pfund in bar und in Anlagen, wovon jedoch der Großteil von der Erbschaftssteuer verschlungen werden wird, außerdem das Haus selbst, dessen Wert erst noch geschätzt werden muss, der aber bei weitem den größten Teil des Nachlasses ausmacht und mit Sicherheit mehr als eine Million, je nach Umständen auch bis zu zwei Millionen betragen wird. Mrs Westaway hat mehrere spezifische Verfügungen hinterlassen – darunter dreißigtausend Pfund für Mrs Warren« – die Haushälterin nickte einmal fest – »und zehntausend für jedes der Enkelkinder …«

Hal fühlte, wie sich ihr Puls beschleunigte und ihre Wangen heiß wurden.

Zehntausend Pfund? *Zehntausend Pfund?* Damit könnte sie Mr Smith ausbezahlen, die Miete und die Gasrechnung begleichen … selbst einen Urlaub könnte sie sich leisten. Wärme machte sich in ihrem Körper breit, als hätte sie gerade etwas Heißes und besonders Nahrhaftes getrunken. Sie versuchte, ein Lächeln zu unterdrücken. Versuchte, sich in Erinnerung zu rufen, dass es noch viele Steine aus dem Weg zu räumen gab. Aber die Worte schwirrten weiter durch ihren Kopf. Zehntausend Pfund. *Zehntausend Pfund.*

Sie musste sich zusammenreißen, um ruhig zu bleiben, obwohl alles in ihr tanzen wollte vor Glück. Konnte das wirklich wahr sein?

Aber dann sprach Mr Treswick weiter.

»Mit Ausnahme ihrer Enkeltochter Harriet.«

Oh.

Sie hatte das Gefühl, als würde ein Luftballon platzen und im

Nullkommanichts zu einem kleinen traurigen Häufchen Gummi zusammenschrumpfen.

Mit diesem einen Satz war es zu Ende. Sie sah die zehntausend Pfund vor sich, wie sie im Meereswind davonwehten, Geldscheine, die über den Rand der Klippe in den Atlantik flatterten.

Den Traum ziehen zu lassen, tat weh, doch während sie vor ihrem inneren Auge die Scheine davonfliegen sah, wurde ihr klar: Es war ein absurdes Hirngespinst gewesen zu glauben, dass sie mit dieser Nummer durchkommen könnte. Lächerlich geradezu.

Na ja, es war vorbei, aber immerhin war man ihr nicht auf die Schliche gekommen. Sie stand nicht schlechter da als vorher. Was die Sache mit Mr Smith und seinen Boten anging – darüber konnte sie jetzt noch nicht nachdenken. Erst einmal musste sie das hier hinter sich bringen und sich möglichst unauffällig aus dem Staub machen.

Erschöpfung machte sich in ihr breit und sie musste sich an einem Stuhl abstützen, um nicht ins Wanken zu geraten, als Mr Treswick sich erneut räusperte.

»Harriet«, hob er an und hielt etwas betreten inne, schob seine Papiere hin und her, als scheute er sich vor dem, was jetzt kommen würde. »Ihrer Enkelin Harriet hat Mrs Westaway den gesamten restlichen Nachlass nach Abzug der Erbschaftssteuern hinterlassen.«

Es folgte ein langes Schweigen.

Es war Harding, der als Erster die Stille durchbrach.

»*Wie bitte?*«

»Mir ist bewusst, dass dies einem Schock gleichkommt«, sagte Mr Treswick unangenehm berührt. »Das ist der Grund dafür, dass ich es Ihnen pers-«

»Sparen Sie sich den Blödsinn!«, rief Harding aufgebracht. »Sind Sie verrückt geworden?«

»Bitte bleiben Sie sachlich, Mr Westaway. Es ist wirklich bedauerlich, dass Ihre Mutter ihren letzten Willen nicht zu Lebzeiten mit Ihnen –«

»Ich will den Wortlaut sehen«, sagte Harding mit zusammengebissenen Zähnen.

»Wortlaut?«

»Das Testament. Den Wortlaut des Vermächtnisses. Wir werden dagegen vorgehen. Mutter muss verrückt gewesen sein – wie ist dieser Unfug datiert?«

»Sie hat ihr Testament vor zwei Jahren verfasst, und auch wenn ich Ihre Bedenken nachvollziehen kann, steht ihre Zurechnungsfähigkeit außer Frage. Sie hatte sogar am fraglichen Tag ihren Arzt hinzugezogen, womit sie, wie ich glaube, eine mögliche Anfechtung ausschließen wollte.«

»Klarer Fall von unzulässiger Beeinflussung!«

»Ich glaube, Mrs Westaway hat ihre Enkelin nie getroffen, weshalb es unwahrscheinlich ist, dass eine solche Unterstellung vor Ger-«

»Geben Sie mir das verdammte Testament!«, rief Harding und riss Mr Treswick das Blatt Papier aus der Hand.

Hal, die sich weiter an der Stuhllehne festklammerte, spürte die Blicke von Mitzi, Abel und Ezra auf sich, während Harding das lange Dokument überflog und dann vorzulesen begann.

»*Ich, Hester Mary Westaway, erkläre im Vollbesitz meiner* – Gott, das geht seitenlang so weiter ... Ah, hier wären wir, *und meiner Enkeltochter Harriet Westaway, zuletzt wohnhaft in Marine View Villas in Brighton, vermache ich den übrigen Nachlass* – Scheiße, es ist wahr. Mutter hatte offenbar den Verstand verloren.«

Er wankte zu einem Sofa und ließ sich darauf fallen, während seine Augen das Dokument nach etwas absuchten, das dem Wahnsinn ein Ende bereiten würde. Als er wieder aufsah, war sein Gesicht puterrot.

»Wer ist das Mädchen denn überhaupt? Sie könnte sonst wer sein!«

»Harding«, mahnte Abel und legte seinem Bruder die Hand auf die Schulter. »Jetzt beruhig dich mal. Wir sollten –«

»Und was Sie angeht, Treswick, Sie Scharlatan. Was fällt Ihnen ein, meiner Mutter so ein Dokument aufzusetzen? Man müsste Sie wegen Verletzung der Sorgfaltspflicht drankriegen!«

»*Harding!*«, rief jetzt auch Mitzi. »Abel, Mr Treswick, sehen Sie sich das Mädchen doch an.«

»Die fällt gleich in Ohnmacht«, sagte eine Stimme von rechts, die seltsam unbeteiligt klang, und Hal merkte noch, wie sich alle Köpfe zu ihr umdrehten, dann begann der Raum in seine Einzelteile zu zerfallen.

Hal bekam kaum mehr mit, wie ihr die Stuhllehne aus den Fingern glitt, und auch Mitzis erschrockener Schrei drang nur wie aus weiter Ferne zu ihr durch. Sie spürte nicht einmal den dumpfen Aufprall, als sie zu Boden fiel.

Das Nichts schwappte über sie hinweg wie eine riesige, sehnsüchtig erwartete Welle.

14

»Harriet.«

Hartnäckig versuchte die Stimme, sie aus der Tiefe zu holen, wo sie anscheinend eine ganze Weile umhergetrieben war.

»*Harriet.* Komm schon, es ist Zeit, wieder aufzuwachen.« Und dann, offenbar an jemand anderen gerichtet: »Sie hat immer noch Fieber. Ihre Stirn fühlt sich an wie eine Heizung.«

Hal blinzelte und kniff dann zum Schutz gegen ein schmerzhaft grelles Licht die Augen zusammen.

»Was – wie …?« Ihre Kehle war kratzig und trocken.

»Oh, Gott sei Dank! Wir haben uns schon Sorgen gemacht!« Eine Frauenstimme.

Hal blinzelte erneut und griff nach ihrer Brille. Sie setzte sie auf, und der Raum wurde klar erkennbar. Erst Mitzis Gesicht, dann hinter ihr der Umriss eines Mannes – das musste Abel sein. Allmählich kam alles zurück – St. Piran. Die Beerdigung. Das Haus und – o Gott – die Szene mit Harding …

»Hier«, sagte Mitzi. Hal hörte ein Plätschern, und jemand hielt ihr ein Glas Wasser unter die Nase. »Trink. Du hast ewig geschlafen. Du bist sicher ganz ausgetrocknet.«

»Ich – wie spät ist es?«

»Bald neun. Wir haben uns langsam Sorgen gemacht. Abel und ich haben gerade überlegt, ob wir dich ins Krankenhaus bringen sollen.«

»W-was ist denn passiert?«

Sie blickte an sich herab und sah, dass sie auf einer Art Couch lag und ihr Kleid bis zu den Oberschenkeln hochgerutscht war, aber glücklicherweise waren ihre Beine mit einer Decke bedeckt. Das Zimmer kannte sie nicht – es sah nach einer Bibliothek aus, honigbraune Regale, die bis an die stockfleckige Decke reichten, lange Reihen von Büchern, die mit Spinnweben überzogen waren und von deren Deckeln sich das Leder löste.

»Du bist einfach umgekippt, und als wir dich aufheben wollten, hattest du Fieber. Gut, dass du so ein kleines leichtes Ding bist.«

»Wie fühlst du dich, Harriet?« Zum ersten Mal meldete sich Abel zu Wort, seine weiche Stimme klang besorgt. Er trat näher, kniete sich vor die Couch und legte die Hand auf ihre Stirn. Hal musste dem Drang widerstehen, sich der unerbetenen Berührung zu entziehen, aber immerhin waren seine Handknöchel angenehm kühl. »Sollen wir einen Arzt rufen?«

»Einen Arzt?« Hal richtete sich mühsam in den Sofakissen auf und wirbelte damit Staubpartikel durch die Luft, die im goldenen Schein der Leselampe tanzten. Sie stellte sich vor, wie Abel sie vom Boden aufgehoben und hierhergetragen hatte in ihrem bis zu den Hüften hochgerutschten Kleid, und errötete. »Gott, bloß nicht. Ich meine, danke – aber ich glaube nicht …«

»Wahrscheinlich ist die Chance, hier außerhalb der Sprechzeiten einen Hausarzt zu finden, ohnehin nicht groß«, sagte Abel. Er strich sich nachdenklich über den Schnurrbart. »Aber wenn dir übel ist, sollten wir es vielleicht doch in der Notaufnahme versuchen.«

»Ich brauche keinen Arzt«, sagte Hal und bemühte sich um eine feste Stimme.

»Sie ist immer noch ganz heiß«, sagte Mitzi, als wäre Hal nicht am Gespräch beteiligt. »Meinst du, deine Mutter hatte irgendwo ein Fieberthermometer?«

»Weiß der Teufel«, sagte Abel. Er erhob sich und staubte seine Knie ab. »Wahrscheinlich finden wir im Medizinschrank irgendein mörderisches Instrument aus viktorianischen Zeiten, voller Quecksilber. Ich schau gleich mal nach.«

»Ja? Du bist ein Schatz. Rich hat auf seinem Smartphone zwar so eine App, die angeblich Temperatur messen kann, aber ich kann mir nicht vorstellen, dass man da zuverlässige Werte bekommt.«

»Mir geht's gut!«, rief Hal. Sie schwang ihre Beine auf den Boden, was von Abel und Mitzi im Chor mit einem missbilligenden Schnalzen quittiert wurde.

»Hal –« Mit einer Hand auf ihrer Schulter hielt Abel sie zurück. »Du bist vorhin von einem Moment auf den nächsten leichenblass geworden und umgefallen. Gut geht es dir definitiv nicht, so viel ist klar. Also, wenn ich dich jetzt mit Mitzi allein lasse, um ein Thermometer zu suchen, versprichst du mir, nicht wegzulaufen?«

»Versprochen«, sagte Hal, nur halb widerwillig. Sie legte ihre Beine wieder auf die Couch und lehnte sich zurück, wobei sie ihre Augen gegen das helle Licht von der Lampe abschirmte.

Mitzi, die die Geste gesehen hatte, beugte sich zu ihr vor. »Tut dir das Licht in den Augen weh?«

»Ein bisschen«, gab Hal zu. »Du hast nicht zufällig eine Schmerztablette dabei, oder? Ich habe ziemliches Kopfweh.«

»Kein Wunder«, sagte Mitzi fast schroff und drehte die Lampe zur Seite, sodass sie Hals Gesicht nicht mehr anstrahlte. »Du bist mit dem Kopf aufs Parkett geknallt, da ist jetzt eine beeindruckende Beule. Pech, dass du nicht in die andere Richtung gekippt und auf dem Teppich gelandet bist. Aber so abgewetzt, wie der ist, hätte das vielleicht keinen Unterschied gemacht. Ja, ich habe Paracetamol in der Handtasche, aber die muss ich erst suchen. Kann ich dich kurz allein lassen?«

Hal nickte, und Mitzi stand auf.

»Mach keine Dummheiten. Ich will nicht, dass du noch mal bewusstlos wirst.«

»Mach ich nicht«, sagte Hal schwach. Die Aussicht darauf, ein paar Minuten allein zu sein, während Mitzi ihre Tasche holte, war sogar noch verlockender als die auf das Schmerzmittel, doch das behielt sie für sich.

Als sich die Tür hinter Mitzi schloss, ließ Hal ihren Kopf in die Kissen sinken und versuchte, sich zu erinnern – Stück für Stück die Puzzleteile dieser verrückten Episode zwischen Mr Treswicks Ankündigung und ihrem Ohnmachtsanfall zusammenzufügen.

Denn es ergab keinen Sinn. Nichts davon ergab Sinn. Diese Frau hatte sie in ihr Testament aufgenommen. Namentlich, mit der richtigen Adresse. Das Testament meinte sie, Hal – daran gab es überhaupt keinen Zweifel. War es … war es also doch wahr? War sie Mrs Westaways lang verschollene Enkeltochter?

Sie wünschte es sich einen Moment lang so sehr, dass es schmerzte.

Bleib skeptisch, flüsterte die Stimme ihrer Mutter ihr ins Ohr, *und doppelt skeptisch, wenn du an etwas glauben willst.*

Und genau da lag das Problem. Sie redete sich etwas ein, nicht, weil es nahelag, sondern weil sie es glauben wollte. Doch es konnte nicht sein. Die Geburtsurkunde ihrer Mutter ließ keinen Zweifel. Wie man es auch drehte und wendete, der Widerspruch ließ sich nicht auflösen. Ihre Mutter mochte vielleicht irgendwie entfernt mit dieser Familie verwandt sein – Westaway war schließlich kein sehr gängiger Name. Aber wenn Hal nicht sowohl ihre eigene Geburtsurkunde als auch die ihrer Mutter ignorierte, war es ausgeschlossen, dass sie Hester Westaways Enkelin war.

Woraus folgte … Hal versuchte sich an das zu erinnern, was Mr Treswick auf dem Friedhof gesagt hatte. War es möglich, dass der Fehler nicht nach Aufsetzen des Testaments passiert war, sondern davor? Hatte Hester Westaway vielleicht jemanden engagiert, um ihre Tochter aufzuspüren, worauf es zu diesem katastrophalen Missverständnis gekommen war?

Hal presste die Finger auf die Augen, spürte die Fieberhitze auf ihren Wangen, und in ihrem Kopf hämmerte es, als würde er gleich platzen.

»So, da bin ich wieder.« Die Stimme kam von der Tür, und als Hal die Augen öffnete, sah sie Mitzi mit festen Schritten durch die Bibliothek eilen, ein weißes Päckchen in der Hand. »Nimm zwei davon. Die sollten auch gegen das Fieber helfen. Ah, Abel«, sagte sie, als eines der Bücherregale sich plötzlich nach vorn schob und ihr Schwager in der Öffnung erschien, mit einem Gegenstand in der Hand. »Gerade zur richtigen Zeit. Ist das das Thermometer?«

»Ja.« Er hielt es Hal entgegen, das Glasrohr schimmerte silbern im Schein der Lampe. »Zu meinem eigenen Erstaunen lag ich sogar richtig. Es ist in der Tat Quecksilber, also, Harriet, kau um Himmels willen bloß nicht darauf herum. Ich will nicht für die Vergiftung meiner Nichte verantwortlich sein.«

Meine Nichte. Hal sagte nichts darauf, aber sie fühlte, wie sie rot wurde, als er ihr den Glaszylinder unter die Zunge schob, der sich angenehm kühl anfühlte. Abel wandte sich Mitzi zu. »Edward hat gerade von einer Tankstelle bei Bodmin angerufen. Er wird bald hier sein. Er wäre gern schon zur Beerdigung mitgekommen, aber er hatte Dienst in der Klinik, außerdem hat er Mutter ja nie kennengelernt, also wäre es vielleicht etwas viel verlangt gewesen, ihn zu bitten, sich einen Tag freizunehmen.«

»Trotzdem«, sagte Mitzi, »er ist dein Mann.«

»Partner, meine liebe Mitzi, Partner. Da gibt es einen Unterschied, jedenfalls in den Augen der Personalabteilung. Bei Schwiegereltern bekommt man natürlich Sonderurlaub wegen eines Trauerfalls. Bei der entfremdeten Mutter des festen Freundes weniger. Edward ist mein Partner«, fügte er für Hal hinzu. »Er ist Arzt, und ich glaube, es wäre beruhigend für uns alle, wenn er dich gleich mal anschauen würde.«

Hal nickte, wobei das Glasthermometer gegen ihre Zähne klickte. Mitzi und Abel sagten nichts mehr, und so saßen sie alle da und lauschten schweigend dem Stimmengewirr aus dem Nebenzimmer, wobei Abel sich gedankenverloren mit einem Finger über den Schnurrbart strich.

»Hat Harding sich beruhigt?«, fragte er schließlich. Mitzi verdrehte schulterzuckend die Augen.

»Nicht wirklich. – Ich muss mich für meinen Mann entschuldigen«, sagte sie zu Hal. »Das war keine besonders erfreuliche Vorstellung, die er da gegeben hat, aber es war ein ziemlicher Schock für ihn. Als Ältester hatte er natürlich damit gerechnet …«

»Es ist nachvollziehbar«, hakte Abel ein. »Harding hat sein ganzes Leben lang versucht, sich Mutter gegenüber zu beweisen, und dann bekommt er aus dem Jenseits so etwas zurück. Armer Junge.«

»Ach, Abel, spiel doch nicht den Heiligen!«, sagte Mitzi. »Du hast genauso ein Recht, dich darüber aufzuregen.«

Abel seufzte. »Tja, ich wäre kein Mensch, wenn ich nicht zugeben würde, dass auch ich ein wenig enttäuscht bin. Doch der Unterschied, meine liebe Mitzi, besteht darin, dass ich zwanzig Jahre Zeit hatte, mich darauf vorzubereiten. Ich habe mich schon vor vielen Jahren mit Mutters Ablehnung abgefunden.«

»Meine Schwiegermutter hat Abel damals schon ohne einen Penny aus dem Testament gestrichen«, erklärte Mitzi Hal, wobei ihr die Empörung anzuhören war.

»Damals war das ein ziemlicher Schock«, sagte Abel. »Aber so war es nun mal, es war noch eine andere Zeit.«

»Das war 1995!«, rief Mitzi aus. »Die Ansichten deiner Mutter waren auch da schon verstaubt, Abel. Du darfst sie nicht entschuldigen. Wenn ich du wäre, ich glaube, ich wäre gar nicht zur Beerdigung gekommen. Man kann auch *zu* nett sein, weißt du –«

»Sei's drum«, fiel Abel ihr ins Wort, »ich habe jedenfalls ohnehin keinen Cent vom Erbe erwartet, also ist es für mich jetzt kein Schock mehr.«

»Na, ich bin beeindruckt von deiner Besonnenheit. Aber bist du nicht überrascht wegen Ezra? Harding sagt immer, er sei der Liebling deiner Mutter gewesen.«

Abel zuckte mit den Schultern. »Als kleiner Junge, ja. Aber als Erwachsener hat er den Kontakt zu uns allen abgebrochen, auch zu Mutter. Ich glaube, es war für ihn einfach zu … Nachdem meine Schwester, unsere Schwester, nachdem sie …«

Er brach ab, die Worte schienen zu schmerzhaft, um sie laut auszusprechen. Als er blinzelte, sah Hal Tränen an seinen Wimpern aufblitzen. Auf einmal spürte sie ein schmerzhaftes Stechen in der Seite, ein körperlicher Ausdruck ihrer quälenden Scham.

»Tut mir leid«, nuschelte Hal um das Fieberthermometer herum in die Stille hinein. Mit einem Ruck sah Abel auf.

»Dir muss gar nichts leidtun, Hal. Wer auch immer Schuld an der Sache trägt, du ganz bestimmt nicht.« Er wischte sich die Augen und wandte den Blick ab. »Aber ich sage dir eins: Sosehr ich Maud geliebt habe, sosehr ich nachvollziehen kann, warum sie tat, was sie tat – sie hat uns allen geschadet, indem sie fortlief, ganz besonders Ezra. Zwanzig Jahre lang haben wir uns gefragt, ob sie noch lebt oder nicht und ob sie sich eines Tages wieder melden würde. Und jetzt das – dieser *Paukenschlag*. Was ist bloß mit ihr passiert, Harriet?«

Hal spürte ihr Herz wild in der Brust flattern und spielte kurz mit dem Gedanken, eine weitere Ohnmacht vorzutäuschen, doch auf Dauer würde sie sich nicht drücken können. Schon vorher, als die Brüder sie im Salon ausfragten, hatte das Thema spürbar im Raum gestanden, und Hal hatte gemerkt, wie sie herumdrucksten in der Hoffnung, sie würde auf ihre vorsichtigen Andeutungen eingehen. Hals einzige Rettung war die sehr englische Zurückhaltung der Brüder gewesen, etwas so Persönliches und Hochemotionales beim ersten Kennenlernen anzusprechen. *Wie ist deine Mutter gestorben?* So eine Frage zu stellen war unangenehm – und Hal hatte darauf gebaut, dass sie das so empfanden.

Hier aber, im vertraulichen Schein der Lampe, zugedeckt auf der Couch, gab es keinen Ausweg. Wie auch immer die Wahrheit lautete, offenbar wusste zumindest Abel nicht, was mit seiner Schwester passiert war. Sie musste also ihre eigene Wahrheit erzählen – und wenn die nicht mit dem übereinstimmte, was Mr Treswick herausgefunden hatte, dann hatte es sich sowieso erledigt, und das Spiel war aus.

Sie war kurz davor, eine Grenze zu überschreiten – nicht nur, weil das Risiko stieg, sondern auch, weil sie dann ihre persönliche kleine Tragödie für einen gemeinen und unredlichen Zweck missbrauchen würde. Aber es führte kein Weg daran vorbei.

Viele Jahre zuvor hatte ein Lehrer Hal mal »kleines Mäuschen« genannt, eine Bezeichnung, die sie damals sehr geärgert hatte, obwohl sie nicht genau sagen konnte, warum. Jetzt aber wusste sie, warum. Wie sie auch von außen wirken mochte – tief in ihrem Innern war sie keine Maus, sondern, wenn überhaupt, eher eine Ratte – nicht besonders groß, aber dunkel, zäh und schlau. Und in diesem Moment kam sie sich vor wie eine Ratte, die, in die Enge getrieben, nach einem Ausweg scharrt.

Sie nahm das Thermometer aus dem Mund und holte tief Luft. »Sie ist gestorben«, sagte sie leise. »Vor etwas über drei Jahren, ein paar Tage vor meinem achtzehnten Geburtstag. Es war ein Autounfall mit Fahrerflucht. Sie war sofort tot. Ich war in der Schule. Ich bekam einen Anruf –« Sie hielt inne, unfähig, den Satz zu Ende zu sprechen.

»O Gott«, sagte Abel, es war nur ein Flüstern. Er legte eine Hand über den Mund. Zum ersten Mal, seit sie hier angekommen war – Mrs Westaways Beerdigung mitgerechnet –, sah Hal echte Trauer, und ihr Magen verkrampfte sich, als ihr bewusst wurde, was sie gerade getan hatte. Abels Schmerz war echt und spürbar. Es war nicht nur die Art, wie sie den Tod ihrer Mutter ausnutzte, die ihr Übelkeit verursachte, denn damit schadete sie niemandem als sich selbst. Sondern mit anzusehen, wie sie ihre eigene Tragödie soeben auf Abel übertragen hatte.

Das hier sind echte Menschen. Im Schein der Lampe starrte sie wie benommen in Abels Gesicht. *Das sind nicht die eingebildeten reichen Unsympathen, die du dir im Zug zusammen-*

gesponnen hast. Das sind echte Menschen. Das ist echte Trauer. Das sind echte Leben, mit denen du hier spielst.

»Oh, Abel, Schatz«, sagte Mitzi, ihre Stimme klang heiser.

»Es tut mir leid«, sagte Abel. Er blinzelte mehrmals und tupfte sich die Augen. »Ich dachte – ich dachte wirklich, ich hätte mich mit der Möglichkeit abgefunden, dass sie tot ist. Ich meine, wir hatten so lange nichts von ihr gehört, sodass wir natürlich alle irgendwann davon ausgingen … aber sich jetzt vorzustellen, dass sie die ganze Zeit lebendig und gesund war … und wir hatten keine Ahnung. O Gott. Armer Ezra.«

Armer Ezra? Aber Hal blieb keine Zeit zum Rätseln, denn Mitzi ergriff wieder das Wort.

»Glaubst du, Abel –«, fing sie an und stockte. Nur zögerlich fuhr sie fort, anscheinend unschlüssig, was sie sagen sollte. »Glaubst du, das … ist das der Grund?«

»Der Grund wofür?«

»Für … das Testament. Meinst du, deine Mutter hat ihr Verhalten irgendwann eingesehen? Vielleicht hat sie begriffen, dass sie deine Schwester vertrieben hat, und fühlte sich … ich weiß nicht … irgendwie schuldig?«

»Als eine Art Buße?«, fragte Abel und zuckte wieder mit den Schultern. »Ehrlich? Ich glaube eher nicht. Ich habe die Beweggründe meiner Mutter zwar weiß Gott nie durchschaut und habe, obwohl ich fast zwanzig Jahre mit ihr zusammengelebt habe, stets nur einen verschwindend geringen Einblick in ihre Gedankengänge gehabt, aber ich glaube nicht, dass sie Gefühle wie Schuld überhaupt zur Kenntnis nahm, geschweige denn begriff. Ich würde gern glauben, dass etwas Positives wie das Bedürfnis nach Wiedergutmachung dahintersteht, aber in Wahrheit –«

Er stockte, warf Hal einen Blick zu und stieß ein unsicheres Lachen aus, als wollte er das Gespräch damit abtun. »Ach, hört nicht auf mein Gefasel. Die arme Harriet klammert sich immer noch am Thermometer fest. Schauen wir doch mal, was es sagt.«

Hal hielt es ihm hin. »Es tut mir sehr leid«, wiederholte sie, und sie meinte es jetzt ernst. »Das alles. Morgen reise ich ab.«

Aber Abel, der gerade das Thermometer ins Licht hielt, pfiff und schüttelte den Kopf.

»38,6 Grad. Du fährst nirgendwohin, junge Dame.«

»Über achtunddreißig!«, quietschte Mitzi erschrocken. »Du liebe Zeit. Du kannst definitiv morgen nicht nach Hause fahren, Harriet, das lasse ich nicht zu. Und überhaupt« – sie warf Abel einen kurzen, nervösen Seitenblick zu – »musst du sowieso hierbleiben. Es gibt so viel zu besprechen. Das hier – ist schließlich jetzt dein Haus.«

15

Dein Haus.

Die Worte lagen Hal schwer im Magen, während sie in der Dunkelheit des Dachzimmers auf dem Bett lag, dem Wind in den Bäumen, dem Knacken des Feuers und dem entfernten Donnern der Wellen lauschte.

Für eine Konfrontation mit Harding hatte ihr noch der Mut gefehlt, und zum Glück hatten Abel und Mitzi gleich zugestimmt, als sie sagte, sie wolle früh ins Bett gehen. Abel hatte ihr die Treppe hinaufgeholfen, Feuer gemacht und sich dann taktvoll zurückgezogen, damit Hal sich umziehen konnte, wobei sie in einer Mischung aus Schüttelfrost und Übermüdung am ganzen Körper zitterte. Kaum war sie im Bett, erschien Mitzi mit einem Teller Suppe auf einem Tablett.

»Leider nur aus der Dose«, sagte sie und stellte das Tablett auf dem Nachttisch ab. »Ach, Mist, sie ist schon kalt. Als ich die Küche verließ, war sie noch kochend heiß, ich schwör's dir!«

»Überhaupt kein Problem«, sagte Hal. Sie war heiser und erhitzt, trotz des klammen Bettbezugs. »Ich habe keinen großen Hunger.«

»Na, etwas musst du schon essen, du hast weiß Gott kaum Reserven. Edward wird in ein paar Minuten hier sein und dann noch bei dir reinschauen, bevor wir zu Abend essen.«

»Danke«, sagte Hal leise. Ihre Wangen brannten, nicht nur vom Fieber, sondern auch vor Scham darüber, was sie der Familie zumutete und wie nett Mitzi und Abel zur ihr waren. Zu Hause in Brighton hatte das alles noch einen ganz anderen Anschein gehabt – einen komplett anderen. Alles zu riskieren, um ein paar völlig fremden steinreichen Menschen einige Hundert Pfund abzuknöpfen – das schien irgendwie ehrenwert zu sein und hatte fast etwas von Robin Hood.

Jetzt aber war sie hier, im Haus dieser Familie, und das Erbe betrug nicht ein paar Hundert, nicht einmal die paar Tausend, von denen sie kaum zu träumen gewagt hatte, sondern war furchterregend groß – und auf einmal schien ihr Plan alles andere als ehrenwert.

Sie würde unmöglich durchkommen damit. Hardings wütender Blick versprach Gerichtsverfahren, Testamentsanfechtung, Privatdetektive. Aber es war zu spät, um sich aus dem Staub zu machen. Sie saß hier fest – wortwörtlich.

Bei dem Gedanken wurde ihr wieder flau im Magen, doch unter Mitzis wachsamem Blick blieb ihr nichts übrig, als einen Löffel Suppe herunterzuwürgen.

Als sie den zweiten Löffel nahm, klopfte es an der Tür. Mitzi erhob sich und öffnete. Draußen stand Abel, sein honigbraunes Haar windzerzaust – und neben ihm ein breitschultriger, gutaussehender Mann mit blauen Augen. Der dichte blonde Schnurrbart war zwar neu, trotzdem erkannte Hal den Mann von den Facebook-Fotos wieder, noch bevor Abel ihn vorstellte.

»Harriet, das ist mein Partner Edward.«

»Edward!« Mitzi küsste ihn auf beide Wangen, bevor sie ihn ins Zimmer bat. Er war so groß, dass er den kleinen Raum fast auszufüllen schien. »Das ist Harriet.«

»Harriet«, sagte Edward. »Freut mich sehr.« Er sprach geschliffen und klang nach teurer Schulbildung.

»Na, das ist eine eher ungewöhnliche Art, eine neue Schwiegernichte zu begrüßen, aber es ist schön, dich kennenzulernen. Edward Ashby.«

Zögernd nahm Hal die Hand, die er ihr entgegenstreckte und die sich auf ihrer heißen Haut kalt anfühlte.

»Ich will nicht lange stören, denn ich kann mir vorstellen, dass du dich nach ein bisschen Schlaf sehnst, aber Abel meinte, du hattest einen kleinen Schwächeanfall, stimmt das?«

»Ich bin ohnmächtig geworden«, bestätigte Hal. »Aber es ist nichts Ernstes, ehrlich.« Sie bemühte sich um eine feste Stimme. »Ich hatte den ganzen Tag nichts gegessen, man kennt das ja.«

»Nein, ich eigentlich nicht«, sagte Edward mit einem Grinsen. »Mir ist mein Magen heilig, ich fange schon um neun Uhr morgens an, mein Mittagessen zu planen, aber ich verlasse mich auf dein Wort. Etwas Temperatur scheinst du aber schon zu haben. Kopfschmerzen auch?«

»Nur von der Prellung, an der Stelle, an der ich mit dem Kopf aufgeschlagen bin«, log Hal. In Wahrheit schmerzte ihr ganzer Kopf, auch wenn das Paracetamol etwas geholfen hatte.

»Brechreiz?«

»Nein.« Das zumindest stimmte.

»Und du isst wieder – ein gutes Zeichen. Nun, ich glaube, es ist alles so weit in Ordnung, aber wenn dir doch schlecht wird, komm bitte und sag uns Bescheid, okay?«

»Okay«, sagte Hal. Sie musste husten und hielt sich die Hand vor den Mund.

»Hast du irgendwas gegen das Fieber genommen?«

»Paracetamol.«

»Du könntest noch etwas Ibuprofen nehmen, wenn du möchtest – ich müsste noch welche haben.« Er stand auf und klopfte die Taschen seines Anzugs ab. Dann zog er eine Dose heraus, auf der nur Apothekergekritzel zu sehen war, das Hal nicht entziffern konnte. Er schraubte den Deckel ab und kippte zwei Tabletten auf den Nachttisch.

»Danke«, sagte Hal. Sie sehnte sich danach, allein zu sein, doch sie versuchte zu lächeln.

»Nimm sie am besten gleich«, forderte Edward sie freundlich auf. »Danach fühlst du dich besser.«

Hal betrachtete die Tabletten. Sie waren weiß, einen Markennamen konnte sie aber nicht erkennen. Ihr kam der flüchtige, paranoide Gedanke, dass es sich um alles Mögliche handeln konnte, von Schlaftabletten bis zu Viagra. Doch das war natürlich absurd.

»Nimm die Tabletten, Harriet«, sagte Abel. »Wir wollen doch nicht, dass deine Temperatur in der Nacht in die Höhe schießt.«

Etwas zögerlich schluckte Hal sie mit ein wenig Wasser herunter.

Edward lächelte sie an. »Sehr gut. Dann lasse ich dich jetzt mit deiner Suppe allein. Es tut mir leid, dass wir uns unter diesen Umständen kennenlernen, Harriet«, sagte er. Hal war nicht sicher, ob er die Beerdigung oder ihren Kopf oder alles zugleich meinte. »Also dann – schlaf gut.«

»Gute Nacht, Harriet«, sagte Abel. Er drückte ihre Schulter etwas zu fest, sodass sie leicht zusammenzuckte. Sie lächelte, um ihr Unbehagen zu verbergen.

»Gute Nacht, Harriet«, echote Edward. Er zwinkerte Hal zu und folgte Abel aus dem Zimmer.

»Könntet ihr Freddie und Kitty sagen, dass Schlafenszeit ist?«, rief Mitzi ihnen hinterher. Abel nickte und antwortete etwas, was Hal nicht verstand.

»Der gute Abel«, sagte Mitzi, als die beiden Gestalten über die schmale Treppe nach unten verschwanden. »So ein lieber Mann. Ein Jammer, dass er keine Kinder hat, stattdessen stürzt er sich voll in die Arbeit.«

»Was arbeitet er denn?«, fragte Hal heiser.

»Er macht Lobbyarbeit für verschiedene Kinderhilfsorganisationen. Als Lobbyist ist er wohl ziemlich bekannt, wenn man sich in dieser Welt bewegt. Aber davon abgesehen ist er auch einfach einer der nettesten Menschen, die ich kenne – es ist mir ein Rätsel, wo er das herhat und wie er die Behandlung durch seine Mutter heil überstanden hat, aber so ist er nun mal. Jeder andere hätte sich bestimmt verbittert hinter seinen Panzer zurückgezogen. Aber jetzt quassle ich dich schon wieder voll und lenke dich von deiner Suppe ab.« Sie tippte mit einem Finger aufs Tablett. »Komm, du hast ja kaum etwas gegessen.«

»Ich glaube, ich bin einfach zu müde zum Essen, M-Mitzi.« Hal stolperte über den Namen, weil sie auf einmal unschlüssig war, wie sie sie nennen sollte. Mrs Westaway? Tante Mitzi? Zum Glück schien Mitzi es nicht bemerkt zu haben, sondern seufzte nur und stand auf.

»Na, dann iss eben, so viel du kannst, aber eine gute Portion Schlaf ist wohl das, was du wirklich brauchst. Schlaf gut, Hal.«

»Vielen Dank«, sagte Hal oder versuchte es zumindest – doch die Worte kamen nur erstickt heraus und gingen im Geräusch von Mitzis Schritten unter, als sie hinausging.

Als sie weg war, schob Hal den Teller mit der kalten, schon erstarrten Suppe zur Seite, machte das Licht aus und legte ihre heiße Wange aufs Kissen. Das Feuer war inzwischen erloschen, nur ein rotes Glimmen war noch auf dem Kaminrost zu sehen, doch durch einen Spalt in den Vorhängen flimmerten Mondstrahlen zwischen den nackten Zweigen hindurch und warfen abstrakte Muster auf die weißen Wände.

Meine Wände, dachte Hal wie benommen. *Meine Bäume.*

Es sind nicht deine.

Die Worte kreisten in ihrem Kopf, vermischten sich mit den auf sie einredenden Stimmen der Brüder, den tausend Fragen, auf die sie bis morgen Antworten finden musste, den einhundert Warums und Was-Wenns und Wies …

Warum hatte Mrs Westaway beschlossen, ihre Söhne leer ausgehen zu lassen und alles einem Mädchen zu hinterlassen, das sie nie getroffen hatte, Tochter einer Frau, die sie jahrelang nicht mehr gesehen hatte?

Und warum hatte sie entschieden, es auf diese Weise zu tun – ihre Familie erst nach ihrem Tod damit zu konfrontieren? Aus Feigheit? Das schien nicht zu dem Bild zu passen, das ihre Kinder von ihr zeichneten – das Bild, das Hal sich nach und nach zusammensetzte, zeigte eine Frau, die eisern, unnachgiebig und furchtlos war.

Auf einmal fühlte sie sich unglaublich müde, ihre Lider waren bleischwer vor Erschöpfung.

Sie schloss die Augen, lag regungslos auf dem schmalen Bett und fühlte das kühle Kissen an ihrer Wange, spürte überall um sich herum die erdrückende Präsenz der Westaways. Regen prasselte ans Fenster, und aus der Ferne glaubte sie – es konnte auch Einbildung sein – die Wellen auf den Strand schlagen zu hören.

Ein Bild schob sich vor ihr inneres Auge – von unentwegt steigendem Wasser, das über ihren Köpfen zusammenschlug, während aus dem Grab Mrs Westaways Lachen drang. Hal schlug erschrocken die Augen auf.

»*Hör auf*«, flüsterte sie. Es war ein Trick, den ihre Mutter ihr als Mädchen beigebracht hatte – wenn die Albträume zu real wurden, konnte es helfen, die Angst laut anzusprechen, die Stimme im Kopf mit einer echten Stimme zum Verstummen zu bringen.

Das Bild verblasste, zog sich zurück in die paranoide Fantasiewelt, aus der es gekommen war. Doch ein Schemen blieb … eine alte, bittere Frau, selbst allem Leid entkommen, die die Lebenden ihrem Schicksal überließ.

In was hatte Hal sich da verstrickt? Und was hatte sie in Gang gesetzt?

16

Als Hal aufwachte, war das Dachzimmer in Dämmerlicht getaucht. Sie blieb blinzelnd und orientierungslos noch einige Momente still liegen. Eine eigenartige Schwere drückte sie nieder. Gähnend und mit verklebten Augen versuchte sie sich zu erinnern, wo sie war.

Mit schwindelerregender Wucht kam die Erinnerung zurück. Sie war nicht zu Hause, sicher in ihrer Wohnung im dritten Stock in Brighton, von wo sie sich gleich zu ihrer Arbeit auf dem Pier aufmachen würde – sie war in Cornwall, in diesem sonderbaren kalten Haus. Und noch bevor ihr alle Einzelheiten wieder einfielen, wusste sie aufgrund des mulmigen, angespannten Gefühls in ihrem Bauch, dass sie sehr, sehr tief in der Klemme saß.

Langsam ließ sie die Ereignisse des vergangenen Tages Revue passieren und spürte dabei den Schmerz in ihren Gliedern, die schlaff und schwer waren und ihr nicht recht gehorchen wollten. Sie war müde, nein, nicht bloß müde, es war mehr als das – sie war ausgelaugt und wie benebelt, der Schleier des Schlafs lag immer noch über ihren Sinnen.

Als sie die Beine aus dem Bett schwang, fielen ihr die weißen Tabletten wieder ein und wie Edward darauf bestanden hatte, dass sie sie nahm. Sie fröstelte – nicht nur vor Kälte. Aber nein, das konnte doch nicht sein. Er war schließlich Arzt. Und davon abgesehen, was hätte er damit bezwecken wollen?

Höchstwahrscheinlich stammte das Katergefühl nur von dem Fieber, das sie so plötzlich befallen hatte – vielleicht eine Verkühlung, die sie sich am Grab zugezogen hatte –, und von der Kopfprellung.

Vorsichtig fasste sie sich an die verletzte Stelle unter ihrem Haar. Obwohl es ein bisschen wehtat, war sie nicht geschwollen. Sie fror, aber es war nicht der Schüttelfrost des Abends zuvor. Es war die normale Kälte eines Wintermorgens, die in ihre Füße drang, als sie über die nackten Dielen durch den Raum zu ihrem Koffer tapste, wo sie ihr Handy zum Aufladen abgelegt hatte.

7.27 Uhr. Früh, aber nicht absurd früh. Außerdem hatte sie eine ungelesene Textnachricht von einer Nummer, die sie nicht erkannte. Jemand vom Pier?

Hal setzte ihre Brille auf, bevor sie auf das Nachrichtensymbol klickte.

FÜNF TAGE, mehr stand nicht drin.

Keine Signatur. Aber Hal wusste, von wem die Nachricht kam.

Die schläfrige Beklommenheit war weg. Stattdessen war sie mit einem Schlag hellwach, die Angst prickelte auf ihrer Haut, als könnte der lispelnde Mann mit den Stahlkappenstiefeln jeden Moment durch die Tür kommen, sie aus dem Bett zerren und ihr ins Gesicht schlagen. *Gebrochene Knochen. Ausgeschlagene Zähne.*

Sie merkte, dass sie unkontrolliert zitterte.

Sie können dich hier nicht finden. Du bist hier sicher.

Hal wiederholte die Worte wie ein Mantra, bis ihre bebenden Finger in der Lage waren, den Reißverschluss des Koffers zu öffnen.

Du bist in Sicherheit. Du musst nur den heutigen Tag überstehen. Ein Schritt nach dem anderen.

Ein Schritt nach dem anderen. Also gut. In dem bitterkalten kleinen Zimmer hing ihr Atem weiß in der Luft, als sie in Jeans und T-Shirt schlüpfte. Ganz unten im Koffer befand sich ihr Pullover, und als Hal ihn hastig herauszerrte, fiel die Blechdose mit heraus. Mit einem dumpfen Schlag landete sie auf dem Boden, der Deckel ging auf und die Tarotkarten flatterten auf die Dielen wie bunte Herbstblätter.

Oben lag die Karte, die sie vor ihrer Abreise gezogen hatte – der Bube der Schwerter, mit seinem geneigten Kopf, dem trotzigen Blick und dem leicht schiefen Lächeln, das man auf alle Arten deuten konnte – von herausfordernd bis resigniert. Millionen Mal hatte Hal die Karte schon gesehen, und sie kannte jedes Detail darauf, von dem Vogel zu seinen Füßen bis hin zu dem hauchfeinen Riss in der rechten oberen Ecke. Aber als sie sie jetzt zusammen mit den anderen aufhob, ließ irgendetwas im Gesicht des Buben sie stutzen.

Sie versuchte herauszufinden, was es war, kam aber nicht darauf, und so ließ sie die Karten aufs Bett fallen und zog sich den Pullover an.

Die Wärme umschloss sie wie eine Umarmung, und als sie in die Socken und die kniehohen Bikerstiefel schlüpfte, fühlte sie sich auf seltsame Weise gewappnet, bereit, dem Rest der Familie entgegenzutreten, und zwar als sie selbst und nicht als die Schwindlerin, in die sie sich gestern in gewisser Weise verwandelt hatte.

Mit den Fingern kämmte sie sich das Haar, nahm ihr Handy vom Nachttisch und sah sich im Zimmer um für den Fall, dass sie etwas vergessen hatte.

Im grellen Morgenlicht wirkte der Raum irgendwie anders, weniger unheimlich vielleicht, aber abweisender, trostloser. Viele Details, die ihr gestern schon aufgefallen waren, traten jetzt klar hervor: die Metallstäbe vor dem Fenster, schwarzgestrichen wie das Bettgestell; der winzige Kamin, kaum größer als ein Schuhkarton; die Wasserflecken an der Decke. Jetzt, im Tageslicht, erkannte sie, dass das, was sie für einen Schatten oben am Schiebefenster gehalten hatte, in Wahrheit ein beachtlicher Spalt war, denn dort war das Fenster nicht richtig geschlossen worden. Beim Näherkommen spürte sie den Luftzug – kein Wunder, dass es so kalt hier drin war.

Hal schob eine Hand zwischen die Stäbe und drückte von unten gegen den Fensterrahmen, um die Lücke zu schließen, doch er klemmte, und wegen der Position der Gitterstäbe konnte sie von unten nicht kräftiger drücken.

Sie schaffte es trotzdem, beide Hände durch die Stäbe zu schieben, und als sie sich duckte, um einen besseren Winkel zu haben, fiel ihr etwas ins Auge: Da glitzerte etwas auf der Scheibe. Ein Kratzer im Glas – genauer gesagt mehrere. Jemand hatte Buchstaben hineingeritzt.

Hal richtete sich wieder auf und versuchte, sie zu entziffern. Sie waren hinter einem der Stäbe verborgen und schwer zu erkennen, doch als sie ihren Kopf ein wenig neigte, fiel das Licht der tiefstehenden Morgensonne plötzlich im richtigen Winkel auf die Buchstaben, sodass sie aufglühten wie weißes Feuer.

HILFE, stand da in winzigen, krakeligen Blockbuchstaben.

Einen Moment lang stand sie reglos da, starrte auf die Schrift und versuchte zu begreifen, was sie bedeutete.

Wer hatte das geschrieben? Ein Dienstmädchen? Ein Kind? Und wie lange war es her?

Es war kein Hilferuf. Es wäre sinnlos zu glauben, dass diese Botschaft von draußen gelesen werden konnte – und auch von drinnen nicht, bei dem Winkel. Hal selbst hätte sie nie entdeckt, wenn sie nicht an genau dieser Stelle gestanden hätte.

Nein, das hier war … etwas anderes. Vielleicht weniger die Hoffnung, gehört zu werden, als vielmehr Ausdruck eines Gedankens, der zu schrecklich war, um ihn für sich zu behalten.

Sie dachte an ihre Mutter – ihren Rat, die Dinge laut zu sagen, um die Albträume zu verjagen, dachte an ihr eigenes geflüstertes *Hör auf,* das Mantra, um die Dämonen in die Flucht zu schlagen. War dies etwas Ähnliches? Waren diese eingeritzten Buchstaben das Werk von jemandem, der sich damit in der Wirklichkeit verankern, die beängstigenden Stimmen im Innern vertreiben wollte?

HILFE.

Sie erschauerte bis ins Innerste, während eine Stimme in ihrem Kopf unablässig dieses eine Wort flüsterte.

HILFE.

Hal sah ein Mädchen vor sich, ganz wie sie selbst, allein in diesem Zimmer. Ein vergittertes Fenster und eine verschlossene Tür.

Nur ... die Tür war nicht verschlossen. Nicht für sie zumindest. Und was immer hier oben passiert war, betraf sie nicht. Dies war nicht ihre Familie und nicht ihr Geheimnis, und sie hatte andere Sorgen als ein Mädchen aus der Vergangenheit mit Hang zur Theatralik.

Was immer in diesem Zimmer passiert war, oder in diesem Haus, es spielte keine Rolle mehr. Wichtig war es, diesen Tag zu überstehen, ohne aufzufliegen, und dabei so viele Informationen wie möglich über Maud zu sammeln. Sobald sie die hatte – das Geburtsdatum vielleicht oder einen zweiten Vornamen, falls sie irgendwie einen glaubhaften Weg fand, um an diese Informationen zu kommen –, konnte sie zurück nach Brighton fahren und dort die Geburtsurkunde so fälschen, dass sie Mr Treswick überzeugen würde.

Unwillkürlich machte sie eine Bewegung, um dreimal auf den hölzernen Fensterrahmen zu klopfen. Sie wusste, was ihre Mutter dazu gesagt hätte. Sie sah sie jetzt so lebhaft vor sich, das belustigte Kopfschütteln, das Lächeln, das ihren Mund umspielte. Hal vermisste sie auf einmal so sehr, dass es ihr fast das Herz zerriss.

Glaube nie daran, Hal. Glaube nie an deine eigenen Lügen.

Denn Aberglaube war eine Falle – das hatte sie in den Jahren der Arbeit auf dem Pier gelernt. Auf Holz klopfen, Daumen drücken, Elstern zählen – es waren alles falsche Versprechen, die Kontrollierbarkeit und Sinn vortäuschen sollten in einer Welt, in der man sein Schicksal selbst in die Hand nehmen musste. *Du kannst die Zukunft nicht vorhersagen, Hal,* hatte ihre Mutter ihr wieder und wieder eingeschärft. *Du kannst die Geschicke der Welt nicht beeinflussen und nicht ändern, was außerhalb deiner Gewalt liegt. Aber du kannst darüber ent-*

scheiden, wie du selbst mit den Karten in deiner Hand umgehst.

Es war die Wahrheit, und Hal wusste es. Die schmerzliche, unerbittliche Wahrheit. Es war das, was sie ihren Stammkunden entgegenrufen wollte, wenn sie immer wieder zurückkamen auf der Suche nach Antworten, die sie nicht hatte. Es *gibt* keinen tieferen Sinn. Manchmal geschehen die Dinge ohne Grund, denn das Schicksal ist willkürlich und grausam. Weder das Klopfen auf Holz noch irgendwelche Glücksbringer werden dafür sorgen, dass du das Auto bemerkst, das dir entgegenrast, oder den Tumor verhindern, von dem du nicht ahnst, dass du ihn hast. Im Gegenteil sogar. Denn sobald du nach der zweiten Elster Ausschau hältst in der Hoffnung, dein Los von Leid in Freud zu verwandeln, lenkst du deine Aufmerksamkeit von den Dingen ab, die du wirklich ändern kannst: nämlich von dem Blick zur Ampel, zum rasenden Wagen, von der letzten Gelegenheit, umzukehren.

Nun, wenn Hal eines gelernt hatte, dann, dass sie nicht in diese Falle tappen durfte. Sie würde ihr Leben selbst gestalten. Sie würde ihre Zukunft selbst verändern. Sie würde ihr Glück selbst in die Hand nehmen.

17

Im Salon, in dem sie gestern gesessen hatten, war niemand, die Asche im Kamin war kalt, auf dem Tisch standen drei verwaiste Whiskeygläser. Von irgendwoher war das Brummen eines Staubsaugers zu hören, und Hal folgte dem Geräusch durch einen gefliesten Flur, in dem lauter Vitrinen mit ausgestopften Raubvögeln standen, bis zu einem Raum, wo für das Frühstück gedeckt war. Neben einem museumsreifen Toaster standen Müslipackungen, ein Becher Margarine und eine Tüte billiges Toastbrot.

Dahinter befand sich ein Wintergarten mit Weinstöcken und Orangenbäumen – nein, Orangenbäume gab es keine mehr, doch die Beschriftungen auf den Pflanzenkübeln trugen noch ihre Namen – Cara Cara, Valencia, Moro. Einige wenige Weinstöcke mit dicken knotigen Stämmen waren noch übrig, aber sie waren fast alle verdorrt. Die Blätter waren gelb, und vereinzelt hingen noch rosinenartige Beeren an den Trauben. Das einzig Lebendige hier waren die dünnen Grashalme, die unbeirrt zwischen den Steinplatten des Bodens hervorsprossen. Ein eisiger Luftzug strich über die verwitterten Blätter an den Rebstöcken, sodass sie flatterten und raschelten, und beim Blick nach oben entdeckte Hal, dass eine der Scheiben im Glasdach zerbrochen war und den Wind hereinließ.

Der Staubsauger war hier laut zu hören, das Geräusch schien von der anderen Seite des Wintergartens zu kommen. Hal schob sich an den toten Weinreben vorbei, öffnete die Tür am anderen Ende und trat in den nächsten Raum.

Es war eine Art Wohnzimmer, düster und mit einem viktorianisch anmutenden Wirrwarr eingerichtet – Vorhangquasten,

Beistelltischchen und prall gepolsterte Sofas, wohin das Auge blickte. Mitten im Raum, auf dem Kaminvorleger, stand Mrs Warren, die ihren Stock zur Seite gelegt hatte und mit grimmig entschlossener Miene den Staubsauger vor- und zurückschob. Einen Moment lang dachte Hal daran, sich wieder zurückzuziehen. Aber sie brauchte noch immer Informationen über Maud, und dies war vielleicht die perfekte Gelegenheit – ein ruhiger Moment unter vier Augen … hier wäre es viel einfacher, das Gespräch zu steuern und auf das zu lenken, was sie wissen wollte. Mrs Warrens Alter und ihre Schwerhörigkeit konnte sie zu ihrem Vorteil nutzen – zum einen schwelgten alte Damen immer gern in Erinnerungen, und zum anderen wäre es ein Leichtes, kleinere Ausrutscher zu überspielen, indem sie so tat, als hätte Mrs Warren sich verhört.

Hal hüstelte vorsichtig, doch da die Haushälterin sie über das Brummen des Saugers hinweg nicht hörte, ging sie näher heran und sprach sie direkt an.

»Hallo? Hallo, Mrs Warren?«

Die alte Frau fuhr herum und machte den Staubsauger aus.

»Was wollen Sie hier?«, fragte sie böse.

Hal spürte, wie ihr der Mut sank. »Tut mir leid, ich habe den Staubsauger gehört und dachte –«

»Das hier ist mein Wohnzimmer, mein Privatbereich, verstanden?«

»Das wusste ich nicht.« Sie hatte das Bedürfnis, sich zu rechtfertigen, gleichzeitig stieg Ärger in ihr auf. »Es tut mir leid, aber ich konnte nicht wissen –«

»Sie hätten es aber wissen *müssen*«, blaffte die alte Frau sie an. Sie schob den Staubsauger weg und hob ihren Stock auf. »Sie kommen einfach her, stolzieren hier herum und führen sich auf, als ob Ihnen das ganze Haus ge-«

»Unsinn!«, rief Hal, zu empört für Höflichkeiten. »So etwas würde ich nie tun – ich wusste nicht –«

»Sie haben zu fragen, verstanden? Sie wühlen nicht einfach

in Dingen herum, die Sie nichts angehen.« Sie brach ab und verkniff den Mund, als hätte sie noch mehr sagen wollen, es sich dann aber anders überlegt, und starrte Hal nun unverhohlen feindselig an.

»Ich habe doch gesagt, dass es mir leidtut«, sagte Hal und verschränkte trotzig die Arme vor der Brust. Die ungerechte Behandlung ärgerte sie – doch noch mehr ärgerte sie, dass sie sich nicht verteidigen konnte, weil sie es sich nicht erlauben durfte, jemanden gegen sich aufzubringen, der ihr vielleicht wertvolle Informationen geben konnte. Davon abgesehen hatte die alte Dame im Prinzip recht. Hal war ein Eindringling, auch wenn sie etwas anderes vortäuschte. »Dann gehe ich eben wieder. Ich wollte –« Ihr kam eine plötzliche Eingebung. »Ich wollte bloß fragen, ob Sie etwas Hilfe gebrauchen können.«

Sie freute sich über ihre Geistesgegenwart, doch ihr Lächeln erstarb sofort wieder, als Mrs Warren sich zu ihrer ganzen Höhe aufbaute und sie mit bösem Ausdruck ansah.

»Ach, wie freundlich, ganz das feine junge Fräulein, was? Ich werde zwar langsam alt, aber eine Tattergreisin bin ich noch lange nicht und von Leuten wie Ihnen brauche ich ganz bestimmt keine Hilfe«, sagte Mrs Warren. Das Wort *Ihnen* spuckte sie aus wie ein Schimpfwort. »Frühstück um halb neun.«

Damit kehrte sie Hal den Rücken zu und schaltete den Sauger wieder ein.

Ohne ein weiteres Wort trat Hal den Rückzug an, schloss die Tür hinter sich und ging wieder in den Wintergarten, ganz aufgewühlt von der Begegnung. Wie konnte Mrs Warren ihre letzte Bemerkung so persönlich nehmen? Es war, als hätte sie es darauf abgesehen, beleidigt zu sein.

Ganz das feine junge Fräulein.

Die implizite Unterstellung traf Hal umso mehr, weil sie so ungerecht war. Wären es Richard oder Kitty gewesen, hätte sie es noch verstanden. Doch Hal war nun wirklich nicht mit einem goldenen Löffel im Mund auf die Welt gekommen – weit gefehlt. Sie dachte an die abgetragenen Klamotten, die ihre Mutter in den Second-Hand-Shops besorgt hatte, die Jungenschuhe, die sie tragen musste, wenn es in ihrer Größe gerade keine für Mädchen gab.

Weißt du was? Ich find die sowieso cooler, hatte ihre Mutter gesagt, und ihre Augen flehten Hal an, sie zu mögen. *Sie stehen dir gut.* Und Hal hatte gelächelt und genickt und sie mit all dem Stolz, den sie aufbringen konnte, getragen. *Ich mag sie lieber. Zum Laufen und Springen und Fußballspielen sind die viel besser,* hatte sie den Mädchen in der Schule erklärt.

Und so war es dann auch gewesen.

Sie wissen überhaupt nichts von mir!, wollte sie Mrs Warren durch die Wohnzimmertür zurufen.

Sie ging durch den Wintergarten und überlegte, was sie anstellen sollte, bis die anderen herunterkamen. Durch den grünlichen Belag auf den Fensterscheiben konnte sie verschwommen den Garten erkennen, der sich bis hinunter zum Meer erstreckte. Am Rand stand eine Reihe sturmumtoster Eiben, die äußersten durch den unablässigen Seewind ganz gebeugt. Hal sah die Elstern über das Gras stolzieren und dachte an den alten Abzählreim. Durch das milchige Glas konnte sie nicht genau erkennen, wie viele Vögel es waren, aber es mussten mindestens sieben sein, vielleicht auch mehr, und das kam ihr auf einmal sehr passend vor – in diesem Haus voller Geheimnisse.

Zumindest war nun klar, dass sie von Mrs Warren keine Antworten zu erwarten hatte. Der Staubsauger lief noch, aber im übrigen Haus herrschte Stille. Vielleicht konnte sie das nutzen.

Leise näherte sie sich der dritten Tür, die vom Wintergarten in einen kleinen Gang führte. Auf der einen Seite befand sich eine Toilette, aus der ein hohles Tröpfeln zu hören war, und auf der anderen Seite war eine geschlossene Tür.

Hal blickte sich verstohlen um, dachte daran, dass Mrs Warren ihr vorgeworfen hatte, sie würde herumschnüffeln, doch mit einem trotzigen Adrenalinstoß drehte sie beherzt am Türknauf. Sie schlüpfte durch den Spalt und schloss die Tür so leise wie möglich wieder. Es handelte sich um ein Arbeitszimmer, aber offenbar eines, das seit vielen Jahren nicht mehr genutzt worden war. Dicke Staubschichten hatten sich auf den Büchern abgelagert, Spinnweben umspannten die Schreibtischunterlage, und das Telefon auf dem Schreibtisch war aus gelbem Bakelit, wie Hal es nur aus Filmen kannte. Auf dem Schreibtisch lag ein rissiger Lederband, auf dem in blasser Goldprägung das Wort *Kalender* zu lesen war, und Hal öffnete den Buchdeckel mit größter Vorsicht. *Tagesplaner 1979*, las sie auf der ersten Seite. Er war älter als Hal selbst. Mit einem dumpfen Aufschlag ließ sie den Deckel zurückfallen und eine Staubwolke flog auf.

Wem hatte dieses Zimmer gehört? Es wirkte sehr männlich, auf eine Weise, die schwer zu beschreiben war, und Hal konnte sich nicht vorstellen, dass Mrs Westaway es selbst einst genutzt hatte. War es das Arbeitszimmer von Mr Westaway gewesen? Was war mit ihm geschehen?

Sie blätterte ein wenig in dem Tischkalender in der Hoffnung, auf etwas Nützliches zu stoßen – *Mauds Geburtstag* wäre zu gut, um wahr zu sein, aber vielleicht gab es ja doch das eine oder andere Informationshäppchen. Allerdings war die Handschrift so krakelig, dass sie kaum etwas entziffern konnte, und die wenigen Einträge, die sie lesen konnte, waren nüchterne, geschäftsmäßige Vermerke, die nicht sehr vielversprechend klangen – *CF-Konferenz … Webber anrufen … 12.30 Banktermin Barclay's mit Mr Woeburn.*

Vorsichtig klappte Hal den Kalender wieder zu und widmete sich dem restlichen Zimmer. Die Bücher auf den deckenhohen Regalen, die gegenüber vom Schreibtisch standen, waren wie alles andere komplett mit Staub und Spinnweben überzogen – alle bis auf einen einzelnen Band, wie Hal plötzlich bemerkte, der halb versteckt ganz oben rechts stand, ein schmales Buch mit butterblumengelbem Rücken ohne Aufschrift.

Vor dem Regal stand eine hölzerne Trittleiter, die nötig war, um die höheren Borde zu erreichen, und bei näherem Hinsehen erkannte Hal einen Fußabdruck darauf – der zwar ebenfalls schon mit Staub bedeckt war, aber nicht mit der gleichen dreißig Jahre alten Staubschicht, die das übrige Arbeitszimmer überzog.

Mit geneigtem Kopf horchte Hal kurz auf das anhaltende Brummen des Staubsaugers, bevor sie die Stufen erklomm, um das Buch hervorzuholen, wobei sie ihre Füße so genau wie möglich auf die vorhandenen Fußabdrücke setzte.

Es war ein Fotoalbum. Als sie es aufklappte, knarzten die dicken, mit Klebefolie überzogenen Seiten leicht, weil sie sich nur schwer voneinander lösen ließen.

Auf der ersten Seite klebte ein Schwarz-Weiß-Schnappschuss von einem dicken blonden Baby in einem altmodischen Kinderwagen und einem gemusterten Strickpullover, das etwas verschwommen in die Kamera blickte. Dahinter sah man eine Rasenfläche, die zum Meer hin abfiel, und Hal erkannte den Blick von der Terrasse von Trepassen House wieder, die sich direkt vor dem Salon befand. *Harding, 1965* stand in sauberer Bleistiftschrift in einer Ecke des Bilds.

Hal blätterte um und fühlte sich dabei wie eine Zeitreisende, die auf Zehenspitzen durch die Vergangenheit schlich. Da war ein kleiner, etwa zweijähriger Junge am Strand unterhalb des Hauses, und ein anderes Foto, auf dem er auf dem Schoß eines steif und formell wirkenden Mannes mit stoppeligem Schnurrbart saß. Der Junge musste Harding sein, aber wer war der Mann? Mr Westaway?

Noch mehr Bilder, ein Farbfoto desselben kleinen Jungen, inzwischen etwas älter, auf einem blauen Dreirad. *H, Juni 1969,* stand daneben. Als Nächstes folgte Harding in Schuluniform, x-beinig in seinen grauen Shorts, und dann ein weiteres Baby, neugeboren und rotgesichtig. Maud? Hals Herz machte einen kleinen Hüpfer, als sie in der Beschriftung nach einem Datum suchte. Aber nein – da stand *Abel Leonard, geb. 13. März 1972.* Auf der Seite gegenüber klebte ein Schwarz-Weiß-Foto desselben Babys, das auf einem Kaminvorleger mit den Beinchen strampelte. *A. L., 3 Monate,* stand darüber.

Ein Geräusch ließ sie innehalten. Durch den Flur drangen Stimmen herein – offenbar mehrere Familienmitglieder. Und sie kamen näher.

Sie durfte auf keinen Fall dabei erwischt werden, wie sie hier in den Familienunterlagen herumschnüffelte.

Hastig steckte Hal das Buch zurück an seinen Platz und kletterte die Leiter wieder hinunter, diesmal weniger darauf bedacht, wohin sie trat. Unten angekommen, horchte sie mit angehaltenem Atem. »Mrs Warren!«, rief jemand. »Könnte man wohl einen Kaffee bekommen?« Die Stimmen kamen aus dem Frühstücksraum.

Eilig verließ Hal das Arbeitszimmer, zog die Tür hinter sich zu und ging schnell durch den kleinen Flur. Sie schaffte es gerade rechtzeitig – kaum hatte sie den Wintergarten betreten, ging auch schon die Tür des Frühstückszimmers auf und Hardings Kopf erschien.

»Mrs –« Er verstummte. »Oh, Harriet.«

»Ja«, sagte Hal, noch leicht außer Atem. Sie sah, dass sie Staub an den Fingern hatte, und wischte ihn verstohlen an ihrer Jeans ab. »Ich habe mir nur ein wenig die Zeit vertrieben – Mrs Warren sagte, Frühstück würde es erst ab halb neun geben.«

»Na, dann kommst du am besten mal mit«, sagte Harding. Er wirkte etwas verlegen und zupfte an seinem blauen Golfpullover herum, bevor er hinzufügte: »Wegen gestern Abend, Harriet, natürlich war die Nachricht ein Schock, aber ich hoffe, du hattest nicht den Ein-«

»Nein, bitte«, brachte Hal hervor. Sie spürte, wie eine verräterische Röte in ihr Gesicht trat. »Es ist gar nicht –«

Harding aber wollte um jeden Preis ausreden, und so blieb Hal keine andere Wahl, als sich eine etwas schwülstige Ansprache anzuhören, die wohl eine Entschuldigung für seine Reaktion am Abend zuvor sein sollte.

»Das soll nicht heißen«, schloss er seine Rede, »dass ich nicht immer noch meine Bedenken habe, was Mutters Geisteszustand anbelangt. Aber es war falsch – absolut falsch – von mir, zu unterstellen, du hättest irgendetwas damit zu tun, Harriet. Wenn du überhaupt in diese Sache verwickelt bist, dann ganz ungewollt. Also, das wollte ich loswerden.« Er räusperte sich und wischte sich wieder über seinen Pullover. »Wenden wir uns erfreulicheren Dingen zu. Ich hoffe, es geht dir besser?«

»Äh – o ja«, sagte Hal, ihre Wangen waren immer noch heiß. »Danke. Mir geht es wieder gut. Ich kann heute wieder abreisen.«

»Heute?« Harding zog erstaunt die Augenbrauen hoch. »Ausgeschlossen, meine Liebe. Mr Treswick hat für heute alle Erben in sein Büro in Penzance bestellt, und davon abgesehen gibt es auch hier noch eine Menge zu erledigen.«

Bei der Erwähnung des Notartermins durchfuhr sie ein eiskalter Schreck. Die Aussicht, persönlich erscheinen und tatsächlich mit klopfendem Herzen danebenstehen zu müssen, während ihre Papiere geprüft wurden, war alles andere als angenehm. Bestimmt würde man ihr auch weitere Fragen stellen – sehr spezifische Fragen, die Harding, Abel und Ezra aus Taktgefühl am Tag der Beerdigung nicht hatten stellen wollen, und sie würde keine Zeit haben, um über plausible Antworten oder geeignete Formulierungen nachzudenken. Was, wenn Mr Treswick, noch während sie in seinem Büro war, den Fehler bemerkte? Würde er die Polizei rufen?

Sie setzte zu einer Antwort an, aber bevor sie etwas sagen konnte, ging die Tür hinter ihnen auf und Mrs Warren kam herein, den Stock in der Hand.

»Oh, Mrs Warren«, sagte Harding mit seinem einnehmendsten Lächeln. »Wir haben uns gerade über das Frühstück unterhalten. Wie liebenswürdig von Ihnen, den Toaster und alles andere bereitzustellen. Wo könnte man wohl Tee und Kaffee auftreiben?«

»Es ist noch nicht halb neun«, sagte Mrs Warren mit steinerner Miene. Harding blinzelte und Hal sah, dass er sich anstrengen musste, nicht pikiert dreinzublicken.

»Aha, verstehe natürlich, aber da es jetzt 8.25 ist –«

»Was Harding meint ...«, ertönte eine Stimme hinter ihnen, und als Hal sich umdrehte, sah sie Ezra im Türrahmen stehen. Er war unrasiert und sah etwas verkatert aus, Hose und Hemd waren zerknittert, die Haare verstrubbelt, doch auf einmal verzog sich sein Mund zu dem charmantesten Lächeln, das Hal je gesehen hatte. Es verwandelte seine gesamte Erscheinung. »Was er sagen wollte, war: Könnten wir Ihnen nicht ein bisschen Arbeit abnehmen, Mrs Warren, und uns selbst um unseren Tee kümmern?«

»Ach«, sagte Mrs Warren. Mit der freien Hand strich sie sich übers Haar. »Ach, ich weiß ja nicht, Ezra.« Auf einmal rollte sie ihr Cornwall-R stärker. »Meine Küche ist meine Küche. Aber ich will sehen, was ich tun kann.«

Sie drehte sich um und verschwand durch die Tür am anderen Ende des Wintergartens, und Ezra zwinkerte Hal zu.

»Harriet. Schön, dich in der Vertikalen zu sehen. Das war ja gestern ein starker Auftritt.«

»Ich –« Harriet stieg das Blut in die Wangen. *Ein starker Auftritt.* Natürlich meinte er ihren Schwächeanfall, aber das Wort *Auftritt* kam der Wahrheit unangenehm nah. »Mir geht es viel besser.«

»Ungewöhnlich, *dich* zu dieser frühen Stunde in der Vertikalen zu sehen, wenn wir schon dabei sind«, sagte Harding spöttelnd.

»Ein Glück für dich und deinen Morgentee, dass es so

ist, Harding. Einem Brummbären muss man eben ein bisschen Honig ums Maul schmieren.«

»Aber die ist ein echter Grizzlybär. Ich weiß nicht, wie Mutter es all die Jahre mit ihr ausgehalten hat. Interessant übrigens, dass zumindest sie ihre dreißigtausend sicher hat.«

»Darum geht es doch gar nicht«, sagte Ezra. Sein Lächeln verschwand, und er blickte Harding mit fast unverhohlener Abneigung an. »Und bitte sprich etwas leiser, es sei denn, du willst den Rest des Tages kalte Suppe bekommen.«

»Was meinst du damit, darum geht es nicht?«

»Ich meine, sie hat Mutter praktisch fünfzehn Jahre lang gepflegt, für einen Hungerlohn. Glaubst du, wir hätten für das Geld, das Mutter Mrs Warren gezahlt hat, eine Pflegekraft ins Haus holen können? Dreißigtausend kommt mir da durchaus angemessen vor.«

»Ziemlich dreist zu sagen, *wir* hätten eine Pflegekraft holen können«, erwiderte Harding gereizt. »Mir ist nicht ganz klar, wie du das beurteilen kannst, immerhin hast du dich während der letzten zwanzig Jahre in diesen Gefilden so gut wie nie blicken lassen. Abel hatte wenigstens einen Grund, sich aus dem Staub zu machen. Aber diejenigen von uns, die dageblieben sind, um der Verantwortung nachzukommen –«

»Du warst ja schon immer ein scheinheiliges Arschloch«, sagte Ezra. Er grinste, als hätte er einen Witz gemacht, doch diesmal lag in seinem Ausdruck weder Charme noch Humor, vielmehr erinnerte er an einen zähnefletschenden Wolf. Hal hielt den Atem an. Doch Harding rollte nur die Augen, wandte sich von seinem Bruder ab und ging zum Frühstückszimmer. Er hielt Hal förmlich die Tür auf und blieb auf der Stelle stehen, bis sie an ihm vorbeigegangen war.

Drinnen hatten Mitzi, Richard und die beiden anderen Kinder schon am Ende des langen Tisches Platz genommen. Abel und Edward waren nicht zu sehen.

»Harriet, Liebes«, sagte Mitzi. Sie trug Lippenstift, wodurch ihr Mund im bleichen Morgenlicht und inmitten der gedeckten Farben des Zimmers unpassend fröhlich wirkte. »Wie geht es dir heute?«

»Gut, danke, Mitzi«, sagte Hal. Sie nahm auf dem Stuhl Platz, den Harding zwischen ihm und Ezra für sie hervorzog. »Ich weiß nicht, was los war – wohl eine Mischung aus Kälte und leerem Magen.«

»Nicht zu vergessen der Schock«, sagte Mitzi. Sie schürzte den Mund, während sie zum Müsli griff. »Ich weiß nicht, was Mr Treswick sich dabei gedacht hat, uns mit dieser Sache so zu überfallen.«

»Na, er hätte es uns früher oder später sagen müssen«, sagte Ezra. Von dem Geplänkel mit Harding schien er sich wieder erholt zu haben; das Lächeln war zurück auf seinen Lippen und es wirkte echt. »Vermutlich hielt er es für besser, das Pflaster in einem schnellen Ruck abzuziehen, wenn man so will. Es hinter sich zu bringen.«

»Er hätte uns vorwarnen sollen«, beharrte Mitzi. »Besonders den armen Harding.«

»Warum den armen Harding?«, fragte Ezra. Er grinste Mitzi über den Tisch hinweg an. »Wir anderen sind genauso vor den Kopf gestoßen. Oder ist der Schock so groß, mit uns armen Schluckern in einem Boot zu sitzen?«

»Ezra«, sagte Mitzi in einem Ton, als würde ihr jeden Moment der Geduldsfaden reißen, »du warst nicht hier, aber Harding hatte durchaus Grund zu der Annahme –«

»Echt hart, wenn man schon die Anzahlung für den neuen Landrover geleistet hat«, sagte Ezra gespielt mitleidig.

»Jetzt mach mal halblang«, sagte Harding im selben Moment, als Mitzi blaffte: »Ezra, du willst doch nur provozieren.«

Ezra warf lachend den Kopf zurück, sodass Hal seine unrasierte Kieferpartie und die Schlüsselbeinkuhle unter dem oben aufgeknöpften Hemd sehen konnte.

Dann stand er auf und streckte sich, bis ihm das Hemd aus dem Hosenbund rutschte.

»Ach, scheiß drauf«, sagte er, beugte sich über den Tisch und schnappte Richard die Scheibe Toast vom Teller, die der gerade mit Butter bestrich. »Das ist ein bisschen mehr Heuchelei, als ich zum Frühstück vertragen kann. Ich gehe raus.«

»Wohin denn?«, wollte Mitzi wissen, aber Ezra schien sie nicht gehört zu haben. Er nahm einen riesigen Bissen von Richards Toast, warf den Rest auf den Tisch und lief in großen Schritten aus dem Zimmer.

»Er ist unmöglich!«, rief Mitzi aus, als die Tür hinter ihm ins Schloss knallte. »Harding – du lässt ihm das doch nicht durchgehen?«

»Verdammt, Mitzi. Was soll ich deiner Meinung nach tun?« Harding schob den Teller von sich. »Außerdem hat er recht.«

»Was meinst du damit? Er hat sich Richards Toast genommen! Und was fällt ihm ein, dich als Heuchler zu bezeichnen?«

»Ach, meine Güte.« Harding stand auf, marschierte zum Toaster und schob zwei neue Scheiben hinein. »Zufrieden? Toastbrot ist nicht unbedingt unser größtes Problem.«

»Aber dich der Heuchelei zu beschuldigen – wie dreist kann man sein?«

»Ich glaube, das war eher eine allgemeine Aussage, Mitzi – und so unerträglich ich ihn manchmal finde, liegt er damit nicht ganz falsch, oder? Wir alle gestern in dieser Kirche, mit unseren gespielten Trauermienen – ich glaube nicht, dass es irgendeinem der Anwesenden leidtat, dass sie tot ist.«

»Wie können Sie es wagen.« Die Stimme kam von hinten, und alle am Tisch drehten sich um. Mrs Warren stand im Türrahmen, in einer Hand hielt sie eine Kaffeekanne. »Was fällt Ihnen ein, Sie kleiner wehleidiger Nichtsnutz?«

»Mrs Warren«, sagte Harding steif. Er richtete sich zu voller Größe auf. »Was ich gesagt habe, war an meine Frau gerichtet, und davon abgesehen –«

»Sparen Sie sich Ihr *Mrs Warren,* Sie jämmerlicher Mistkerl«, keifte sie, und durch ihren rollenden Cornwall-Akzent klang das letzte Wort wie ein Schimpfwort aus einer fremden Sprache.

»Mrs –«, begann Harding, aber weiter kam er nicht. Mrs Warren stellte die Kaffeekanne mit einer Wucht ab, die Spritzer über den ganzen Tisch verteilte, und schlug ihm, als wäre er ein aufsässiges Kind, mit der flachen Hand auf den Hinterkopf.

Hal erstarrte. Die ganze Szene war vollkommen surreal – Harding, der wie ein Schuljunge dastand, den man beim Fluchen erwischt hatte, Mrs Warrens wutverzerrtes Gesicht, Mitzi, Richard und die beiden anderen Kinder mit vor Schock weit aufgerissenen Augen.

»Mrs Warren!« Harding brüllte vor Wut und rieb sich den Hinterkopf, als seine Tochter ausrief: »Papa!« Und als ihr Vater nicht reagierte, wiederholte sie, diesmal dringlicher: »*Papa!* Der Toast!«

Alle drehten sich zu dem uralten Toaster an der Wand um, aus dessen Öffnung Rauch aufstieg. Hal beobachtete entsetzt, wie die schwarze Toastscheibe in Flammen aufging.

»Das verdammte Teil!«, brüllte Harding. »Eine Todesfalle – Mutter hätte ihn längst entsorgen müssen.« Entschlossen schritt er auf die Steckdose in der Wand zu, zog den Stecker heraus und warf ein Platzdeckchen über den rauchenden Toaster. Die Flamme erstickte. Zu dem Geruch von verbranntem Toast gesellte sich nun ein beißender Gestank von angesengtem Stoff, und Mitzi stöhnte laut auf.

»Gott im Himmel! Funktioniert in diesem Haus denn gar nichts? Mrs Warren, könnten Sie –«

Entnervt brach sie ab. Mrs Warren war schon verschwunden.

18

Danach wurde das Frühstück von einer angespannten, gereizten Atmosphäre beherrscht. Über Mrs Warrens Ausbruch und Ezras Abgang wurde kein Wort mehr verloren, und obwohl Hal wusste, dass sie die Gelegenheit nutzen sollte, um vor dem Treffen mit Mr Treswick ein paar entscheidende Details über Maud zu erfahren, würgte sie ihren Toast herunter und zog sich so schnell wie möglich vom Tisch zurück.

Im Gang hielt sie kurz inne und überlegte, was sie tun sollte. Ihr war nicht danach, in das sargähnliche Zimmer zurückzukehren, aber zugleich kam es ihr anmaßend vor, einfach durchs Haus zu wandern, als gehörte es ihr bereits.

Sie musste raus, einen klaren Kopf bekommen und versuchen, die nächsten Schritte zu planen.

Weiter oben im Gang stand eine Tür zum Garten offen, vermutlich war Ezra dort hinausgegangen, und so folgte sie der steifen Brise nach draußen. Es knirschte unter ihren Schritten, als sie über den kiesbedeckten Vorplatz ging. Vor ihr erstreckte sich die weite Zufahrt, durchsetzt mit Unkraut und wild sprießenden Jungbäumen. Links befand sich ein flacher Gebäudeblock – Garagen vielleicht oder ehemalige Stallbauten, vermutete Hal –, doch der Zigarettenrauch, der ihr um die Ecke entgegenwehte, verriet ihr, dass Ezra sich dorthin verzogen hatte, und ihr war nicht danach, ihm zu begegnen. Sie brauchte jetzt dringend etwas Abstand.

Also bog sie nach rechts ab, ging an einer etwas traurig aussehenden Hecke vorbei, aus der ein starker Katzengeruch drang, und weiter auf die Fassade zu, die sie auf der Ansichtskarte gesehen hatte, das längliche, niedrige Haus, die zum Meer hin abfallende Rasenfläche. *Vor der Weiterfahrt nach Penzance haben wir noch einen köstlichen Nachmittagstee in Trepassen House eingenommen.*

Was war mit diesem Haus, mit dieser Familie passiert? Das Postkartenidyll von dem Foto, eine Teezeremonie im Garten, wie in einem Roman von Agatha Christie, all das war verschwunden – verschluckt vom Verfall und etwas anderem, Unheimlicherem. Es war nicht nur das Gefühl, dass man das Haus hatte verwahrlosen lassen. Es fühlte sich finsterer an, ein Ort voller Geheimnisse, an dem es furchtbares Unglück und keinen Trost gegeben hatte.

Tief in ihre Gedanken versunken lief Hal über den gefrorenen Rasen. Unter ihren Stiefeln knirschten die Grashalme. Als sie irgendwann stehenblieb und zum Haus zurückblickte, merkte sie erst, wie weit sie gekommen und wie riesig das Grundstück tatsächlich war – von ihrem Dachfenster aus hatte sie kaum einschätzen können, wo der Garten endete und wo die umliegende Landschaft begann, aber inzwischen war sie fast an dem Wäldchen angekommen, das sich ein paar Hundert Meter vom Haus entfernt befand. Sie stellte fest, dass auch das Wäldchen zum Anwesen gehörte – eine Ansammlung von Bäumen, die um etwas herumstanden. Hal glaubte, zwischen den Bäumen etwas Dunkles schimmern zu sehen. War das Wasser?

»Bewunderst du deinen Besitz?«

Hal zuckte zusammen. Die Stimme kam von hinten, und als sie sich umdrehte, sah sie Abel den Hang hinunter- und auf sie zukommen, die Hände in den Taschen.

»Nein!«, rief sie reflexartig, als müsste sie sich verteidigen, und sie fühlte, dass sie nicht nur wegen der Kälte errötete, aber Abel lachte nur. Er zupfte an seinem Schnurrbart.

»Ich bin nicht Harding, bei mir musst du dir da keine Sorgen machen. Ich hege keinen Groll gegen dich, das kann ich dir versichern. Ich hatte mir sowieso nichts von dem Erbe versprochen.«

Hal schlang die Arme um ihren Oberkörper, unschlüssig, wie sie reagieren sollte. Ihr fiel auf, dass Abel für jemanden, dem es offenbar wenig ausmachte, enterbt worden zu sein, ziemlich oft davon sprach. Sie erinnerte sich an Mitzis Bemerkung in der Bibliothek: *O Abel, spiel doch nicht den Heiligen!* Gab es wirklich Menschen, die so selbstlos waren? War es möglich, dass jemand enterbt wurde und es aufrichtig und ohne jede Bitterkeit ertrug?

Abel schien ihre Zweifel zu erahnen oder zumindest zu merken, dass ihr das Thema unangenehm war, denn er wechselte das Thema.

»Aber erzähl mal, was ist eigentlich beim Frühstück passiert?«

»Beim Frühstück?«, fragte Hal unsicher. Sie dachte an Hardings und Ezras Streit und zögerte. Auf keinen Fall wollte sie in das komplizierte Netz aus Feindseligkeit und Loyalität, das sie zwischen den Brüdern spürte, verstrickt werden. »Ich – ich bin mir nicht sicher, was du meinst. Harding und Ezra hatten ... na ja ... eine kleine ... Auseinandersetzung.«

»Ach, mach dir um die keine Sorgen«, sagte Abel lachend. Er lief jetzt im Gleichschritt neben ihr her. »Die kabbeln sich schon, seit Ezra sprechen kann. Übrigens, wenn wir hier links gehen, kann ich dir das Labyrinth zeigen.«

»Es gibt ein Labyrinth?«

»Kein besonders tolles. Es ist da drüben.« Er zeigte am Wäldchen vorbei, zum hinteren Ende des Rasens. »Das meinte ich gar nicht – ich meinte die Rauchschwaden, die vorhin die Treppe hochzogen.«

»Ach so!« Auch sie lachte jetzt, erleichtert, dass sie sich auf weniger heiklem Terrain befand. »Der Toaster hat gebrannt.«

»Ach, das war's? Ich hatte schon gedacht, Mrs Warren hätte versucht, das Haus abzubrennen, um zu verhindern, dass es in unwürdige Hände geht.«

Hal zuckte zusammen, und Abel machte ein bestürztes Gesicht.

»O Gott, Harriet, es tut mir leid – das war unfassbar blöd von mir. Ich meinte nicht dich – ich meinte nur, verstehst du, Mrs Warren hatte schon immer einen Hauch von Mrs Danvers. Ich glaube auch nicht, dass sie glücklich damit gewesen wäre, wenn irgendeiner von uns das Erbe bekommen hätte – außer vielleicht Ezra.«

»Schon gut«, sagte Hal steif. Sie konnte schlecht zugeben, dass er den Nagel auf den Kopf getroffen hatte. Ein kurzes betretenes Schweigen folgte, bis Hal schließlich fragte: »Warum mag sie Ezra so sehr?«

Abel hauchte auf seine kalten Hände, während er über ihre Frage nachzudenken schien.

»Wer weiß«, sagte er schließlich. »Einen richtigen Grund gibt es nicht – zumindest keinen offensichtlichen. Er war schon immer ein Charmeur, aber Mrs Warren ist normalerweise für so etwas wie Charme nicht empfänglich. Er war auch immer Mutters Liebling. Vielleicht das Benjamin-Syndrom, er war ja der Jüngste. Der jüngste Junge zumindest. Eigentlich war deine Mutter noch jünger – wenn auch nur ein paar Stunden.«

»Sie waren Zwillinge?«, entfuhr es Hal, und sofort wollte sie sich die Zunge abbeißen. Sie *musste* aufhören damit, das Erstbeste zu sagen, was ihr durch den Kopf schoss. Sie hatte sich selbst nie für besonders geschwätzig gehalten – ganz im Gegenteil. Menschen, die sie kannten, merkten oft an, wie verschlossen sie sei. Aber ihr war nicht klar gewesen, wie schwierig hier das harmloseste Gespräch sein würde, wie jede zufällige Bemerkung sich als Falle entpuppen konnte. Es ging nicht nur darum, nicht zu viel von sich selbst preiszugeben und ihre Wissenslücken zu kaschieren – sie tat jeden einzelnen Schritt hier auf unsicherem Terrain, konnte jeden Moment einbrechen. Das durfte sie nicht vergessen.

Zum Glück schien Abel nicht aufgefallen zu sein, wie merkwürdig ihre Frage war. Er nickte bloß.

»Zweieiig natürlich. Sie waren … sie standen sich sehr nahe. Ich war vier Jahre älter und Harding noch älter – er ist acht Jahre älter als ich und war längst im Internat, als die beiden laufen lernten. Aber Maud und Ezra … das ist wohl der Grund, warum er nie wirklich über ihr Verschwinden hinweggekommen ist. Er war schon immer ein hitziger Typ, aber nachdem sie weggelaufen war … ich weiß nicht, Harriet. Etwas war anders. Es kam mir vor, als hätte sich all das Feuer in ihm nach innen gerichtet, gegen sich selbst. Er hat jahrelang nach ihr gesucht, weißt du?«

»Es tut mir so leid«, sagte Hal. Das schlechte Gewissen schnürte ihr fast die Kehle zu.

Abel legte ihr vorsichtig die Hand auf die Schulter. Es fühlte sich an, als müsste seine Berührung sie verbrennen.

»Sie – sie war eine bemerkenswerte Frau«, sagte er sanft. »Ich weiß nicht, wie viel sie dir über ihre Kindheit erzählt hat, aber es kann nicht einfach gewesen sein mit Mutter, nachdem Harding und ich ausgezogen waren. Ezra war die meiste Zeit im Internat, und auch wenn er zu Hause war, schaffte er es meist irgendwie, dem Schlimmsten zu entkommen, aber … nun, meine Mutter war schon in guten Zeiten keine einfache Person, aber mit dem Alter wurde sie immer seltsamer und jähzorniger. Ich glaube, am Ende konnte es nur noch Mrs Warren mit ihr aushalten – und ich bin mir nicht sicher, ob sie es wirklich unversehrt überstanden hat. Aber …« Er setzte ein entschlossenes Lächeln auf. »Der Grund, warum ich dich sprechen wollte – ich habe in meinem Zimmer etwas gefunden und ich dachte … na ja, ich dachte, es könnte dir gefallen.«

Sie blieben stehen, und Abel zog ein geknicktes, vergilbtes Foto aus seiner Hosentasche.

»Tut mir leid, der Zustand ist nicht der beste, aber – na, sieh selbst.«

Hal nahm ihm das Stück Papier ab, beugte sich darüber und versuchte, etwas darauf zu erkennen. Dann stockte ihr der Atem.

»Harriet?«, fragte Abel erschrocken. »Es tut mir leid – vielleicht war es –«

Aber Hal konnte nicht sprechen. Sie starrte nur auf das Foto in ihrer Hand und hoffte, dass man ihr den Schock nicht ansah.

Denn dort, auf dem Rasen vor Trepassen House, stand eine kleine Gruppe aus vier Personen – zwei Mädchen, ein Junge und ein junger Mann Anfang zwanzig.

Dieser Mann war Abel – sein honigbraunes Haar war im Britpop-Stil geschnitten, was so laut Neunzigerjahre schrie, dass es schon wehtat, und seine Kleidung hatte mit dem teuren, maßgeschneiderten Outfit, das er heute trug, rein gar nichts zu tun. Doch er war es ohne Zweifel.

Der Junge war Ezra, auf Anhieb an seinem schwarzen Haar und dem geschwungenen Lächeln zu erkennen – und neben ihm saß ein Mädchen mit hellem Haar in abgewetzten Doc Martens, das ihn anlachte. Das musste seine lange verschollene Zwillingsschwester sein – die vermisste Maud.

Doch das vierte Mitglied der Gruppe – das zweite Mädchen, das allein ein wenig abseits von den anderen saß und aus dunklen Augen direkt in die Kamera und auf die Person dahinter blickte … dieses Mädchen war Hals Mutter.

Hal merkte plötzlich, dass sie die Luft angehalten hatte. Sie zwang sich, langsam und tief einzuatmen.

Ihre Mutter war also hier gewesen – aber wann? Wieso?

»Harriet?«, sagte Abel. »Alles in Ordnung? Es tut mir leid – es muss alles noch sehr schmerzhaft sein.«

»J-ja«, brachte sie hervor, ihre Stimme nur noch ein Hauch. Sie nahm sich zusammen und hielt Abel das Foto hin. »Abel – da bist du, Ezra und m-meine Mutter, aber –« Sie überlegte angestrengt, wie sie die Frage formulieren sollte, ohne alles auffliegen zu lassen. »Wer ist das andere Mädchen?«

»Maggie?« Abel nahm ihr das Foto ab und betrachtete mit einem zärtlichen Lächeln das kleine Grüppchen, eingefroren in der Zeit, für immer dort in der Sonne versammelt, für immer jung. »O ja, die kleine Maggie Westaway, die hätte ich beinahe vergessen. Sie war ... na, ich schätze, so eine Art Cousine. Ihr richtiger Name war auch Margarida, glaube ich, wie bei Maud, wobei wir die beiden nie so genannt haben – der Name war ein ziemlicher Zungenbrecher. Sie nannte unsere Mutter Tante, aber ich glaube, eigentlich war ihr Vater ... der Neffe oder Cousin meines Vaters. So etwas in der Art. Ihre Eltern starben, als sie noch ein Teenager war, ganz wie bei dir, und sie kam hierher, um die Schule abzuschließen. Armes Ding. Ich glaube, es war keine besonders glückliche Zeit für sie.«

Hal betrachtete das Mädchen, das auf dem Gras saß, ihre entschlossen nach vorn gerichteten dunklen Augen, und sie erkannte, was Abel meinte. Es lag etwas Vorsichtiges, Zurückhaltendes in ihrem Blick. Sie war die Einzige in der kleinen Gruppe, die nicht lächelte.

»Verstehe«, murmelte Hal. »Danke – danke, dass du mir das gezeigt hast. Es bedeutet mir viel.«

»Du kannst es behalten«, sagte Abel. Er hielt ihr das Bild wieder hin, und Hal nahm es zögernd.

»Im Ernst? Bist du sicher?«

»Ja, natürlich. Ich brauche es nicht – ich habe genug Erinnerungen an diese Zeit, und nicht alle sind besonders schön. Aber das war ein toller Tag – ich weiß noch, dass wir alle im See schwimmen waren. Es war noch vor – ach, lassen wir das. Aber ich möchte, dass du es hast.«

»Danke«, sagte Hal. Vorsichtig faltete sie das Foto am bereits vorhandenen Knick und schob es in ihre Tasche. Dann erinnerte sie sich an ihre Kinderstube und setzte ein Lächeln auf. »Vielen Dank, Abel. Ich werde es in Ehren halten.«

Damit drehte sie sich um und stapfte schnell den vereisten

Hang hinauf zum Haus zurück, unfähig, ihre Rolle weiterzuspielen.

Auf der Treppe nach oben schien das Foto ein Loch in ihre Jeanstasche zu brennen.

Ihre Mutter. O Gott, das war ihre Mutter.

Außer Atem nahm sie die letzten Stufen, in ihrem Zimmer machte sie die Tür hinter sich zu, zog das Foto aus der Tasche und ließ sich aufs Bett sinken, wo sie das kleine Bild erneut betrachtete.

Alles passte zusammen – die zufällige Namensgleichheit, Mr Treswicks Irrtum. Merkwürdig war nur, dass Abel beim Anblick des Fotos nicht selbst auf die Wahrheit gekommen war. Denn jetzt, da Hal den Beweis vor Augen hatte, war alles so schmerzlich klar.

»Maggie« hatte Abel ihre Mutter genannt. Hal hatte diesen Spitznamen zwar nie aus dem Mund ihrer Mutter gehört, aber es war eine naheliegende Abkürzung für Margarida. *Ein Familienname,* hatte ihre Mutter einmal gesagt, als Hal gefragt hatte, warum ihre Großeltern sich für einen so komischen, schwer zu buchstabierenden Namen entschieden hatten. Und dann hatte sie das Gespräch abgebrochen, wie so oft, wenn Hal mit ihr über ihre Kindheit und ihre vor langer Zeit verstorbenen Eltern reden wollte.

Ihr richtiger Name war auch Margarida, wie bei Maud.

Zwei Cousinen – beide mit dem Namen Margarida Westaway. Und auf der Suche nach der einen war Mr Treswick auf die andere gestoßen, ohne es zu merken. Ob er überhaupt von der Existenz der anderen Margarida wusste? Vermutlich nicht, sonst hätte er sich wohl vergewissert, ob er die richtige gefunden hatte. Wer nach Jennifer Smith suchte, würde sich wohl verdammt viel Mühe geben, die richtige zu finden. Bei einer Margarida Westaway aber war es verzeihlich, wenn man davon ausging, es mit der richtigen zu tun zu haben.

Jetzt aber, nachdem sie sich von dem Schock, ihre Mutter zu sehen – jung, unerschrocken, *hier* –, erholt hatte, machte sich Unbehagen in ihr breit.

Wie hatte Abel dieses Foto sehen können, ohne dass der Groschen fiel? Jetzt, als Hal erneut auf das verblichene Foto starrte, kam der Gedanke noch drängender zurück. Denn die andere Margarida, die *echte* Margarida, die auf dem Rasen neben Ezra saß, war blond und hellhäutig, wie Harding und Abel. Hals Mutter war so dunkel wie Hal selbst.

In ihrem Leben hatten sie schon viele Leute auf die Ähnlichkeit mit ihrer Mutter hingewiesen, und sie hatte nie so recht verstanden, was sie meinten, vom ähnlichen Farbtypus abgesehen. Aber jetzt ... auf diesem Foto, auf dem Hals Mutter noch dazu fast im gleichen Alter war ... jetzt sah sie es nur allzu genau. Von den misstrauischen kaffeebraunen Augen, dem glatten schwarzen Haar, der gebogenen Nase bis hin zum trotzig vorgereckten Kinn – Hal erkannte sich selbst.

Hier, vor ihren Augen, lag der konkrete Beweis für die Wahrheit – und für den Fehler, der begangen worden war. Wie lange würde es wohl dauern, bis Abel – oder jemand anders – ihn bemerken würde?

Nervös stand Hal auf und trat ans Fenster. Der Himmel hatte sich inzwischen zugezogen, und in der Ferne sah sie eine graue, weißgesprenkelte Masse am Horizont. Vielleicht handelte es sich um eine Wolkenfront, doch Hal vermutete – auch wenn sie es nicht mit Bestimmtheit sagen konnte –, dass es das Meer war.

Mit einem Mal verspürte sie den unbändigen Drang, hier rauszukommen, wegzurennen. Reflexartig griff sie nach den Metallstäben, als wollte sie sie auseinanderdrücken und so der Enge des Zimmers und dem Gefängnis entkommen, das sie sich selbst mit dieser Situation geschaffen hatte.

Denn als sie das Foto zum zweiten Mal in die Tasche steckte, wurde ihr bewusst, dass der Beweis auf dem Bild nur ein Teil des Problems darstellte. Das Eigentliche war noch viel schlimmer.

Indem sie das Foto an sich genommen und ihre Fragen gestellt hatte, hatte sie eine Grenze überschritten. Sie war nicht länger die passiv Begünstigte eines Irrtums, der Mr Treswick unterlaufen war, Teil einer falschen Annahme, zu der sie nichts Nachweisbares beigetragen hatte.

Nein. In dem Moment, als sie das Foto entgegengenommen hatte, hatte sie damit begonnen, die Westaways bewusst in die Irre zu führen, und zwar in einer Weise, die eine Spur hinterließ und bewiesen werden konnte. Und das mögliche Ergebnis ihrer Irreführung waren nicht länger ein paar Tausend Pfund, sondern ein ganzes Landgut.

Bis hierher hätte Hal sich zur Not noch mit Unwissenheit und Verwirrung herausreden können. Sie hätte zu ihrer Verteidigung Mr Treswicks Brief anführen können, der sie aus heiterem Himmel getroffen hatte, und die Tatsache, dass sie ihre Großeltern nie kennengelernt hatte – sich selbst hätte sie als unschuldiges Opfer einer Verwechslung inszenieren können, als gutgläubiges junges Mädchen, zu schüchtern, um die Unstimmigkeiten in den Geschichten, die man ihr erzählte, zu hinterfragen.

Jetzt aber, nachdem sie das Foto gesehen und dabei verschwiegen hatte, dass die *andere* Frau in diesem Bild in Wahrheit ihre Mutter war, hatte sie einen anderen Weg eingeschlagen.

Jetzt beging sie bewussten, nachweisbaren Betrug.

6. Dezember 1994

Letzte Nacht konnte ich nicht schlafen. Ich lag wach, hatte die Hände auf den Bauch gelegt und versuchte, ihn wieder so flach wie möglich zu drücken, dachte an die Nacht, in der es passiert war.

Es war Ende August gewesen, als die Tage länger und heißer wurden, als ich mir je hätte vorstellen können, und der Himmel hatte dieses typisch gleißende Blau, das es nur in Cornwall gibt.

Die Jungs waren von Schule und Uni zurückgekehrt und füllten das ganze Haus mit neuem Lärm und einer Energie, die sich seltsam anfühlte nach der gedrückten Stille, an die ich mich in den letzten Monaten gewöhnt hatte. Meine Tante war aus irgendeinem Grund nach London gereist – und Mrs Warren war nach Penzance gefahren, um ihre Schwester zu besuchen, und ohne ihre dunkle, krähenhafte Präsenz herrschte im Haus eine leichte und fröhliche Stimmung.

Irgendwann stürmte Maud zu mir ins Zimmer, wo ich gerade las – sie platzte herein, ein Handtuch und ihren roten Badeanzug in einer, ihre Sonnenbrille in der anderen Hand.

»Mach schon, Maggie!«, sagte sie, nahm mir das Buch aus der Hand und warf es aufs Bett, wodurch die Seite verblättert wurde, wie ich leicht irritiert feststellte. »Wir gehen im See schwimmen!«

Ich wollte erst gar nicht – das ist das Komische. Schwimmbäder oder das Meer machen mir nichts aus, aber in Seen zu schwimmen hat mir noch nie Spaß gemacht – die schleimigen Schilfgräser, der Schmodder am Grund, die gammeligen Zweige, in denen die Füße hängen bleiben. Aber Maud ist ein

Mensch, zu dem man schwer nein sagen kann, sodass ich mich schließlich von ihr mit nach unten schleppen ließ, wo die Jungs schon warteten. Ezra hatte zwei Ruder in der Hand.

Im bröckelnden Bootshaus machte Maud das flache Ruderboot los und wir ruderten auf dem bräunlichen Seewasser zur Insel hinaus. Maud band das Boot an einem provisorischen Steg fest und wir kletterten raus. Maud war auch diejenige, die von dem morschen Holzsteg aus als Erste eintauchte – ihr Körper glich einem scharlachroten Strahl, als sie langsam unter der goldbraunen Wasseroberfläche entlangglitt.

»Los, Ed«, rief sie, und Ed stand auf und grinste mir zu, bevor er ihr zum Ufer folgte und mit Anlauf hineinsprang.

Ich war mir nicht sicher, ob ich reingehen sollte – mir machte es Spaß, den anderen beim Herumplantschen zuzusehen, wie sie sich gegenseitig mit Wasser bespritzten, dabei lachten und kreischten. Doch als die Sonne immer heißer und heißer brannte, stand ich schließlich auf, schirmte meine Augen mit der Hand ab und überlegte.

»Komm rein!«, rief Abel. »Es ist großartig!«

Ich trat ans Ende des Stegs, spürte die fransigen Planken unter meinen nackten Zehen und tauchte kurz – ganz kurz – die Zehenspitzen ins Wasser. Mir gefiel, wie der rote Nagellack, den Maud mir geliehen hatte, unter der Wasseroberfläche leuchtete.

Und dann – bevor ich begriff, was passierte – packte eine Hand meinen Knöchel und ich stolperte nach vorn – und schon war ich drin, das schimmernde Wasser schloss sich über meinem Kopf, Schlamm wirbelte um meinen Körper, und es war zugleich schöner und erschreckender, als ich es mir je hätte träumen lassen.

Ich konnte nicht sehen, wer mich hineingezogen hatte – aber ich konnte ihn fühlen, unter Wasser, Haut an Haut, wie wir uns halb aneinander festhielten, halb miteinander rauften. Und in dem Moment, als wir beide auftauchten, spürte ich es –

seine Finger berührten meine Brust, und als ich zitterte und keuchte, war es mehr als nur der Schock vom Sturz ins Wasser.

Unsere Augen – blau und dunkelbraun – trafen sich, und als er mich anlächelte, machte mein Herz einen Satz und zog sich zusammen vor Sehnsucht, auf eine Weise, wie ich es noch nie erlebt hatte – ich wusste in diesem Moment, dass ich ihn liebte und ihm alles geben wollte, auch mich selbst.

Nachdem wir zurückgerudert waren, liefen wir hinauf zum Haus und tranken, in unsere Handtücher gewickelt, im Garten Tee, und dann legten wir uns in die Sonne.

»Mach doch mal ein Foto«, sagte Maud träge. Sie streckte sich, ihre gebräunten Beine schimmerten honiggolden auf dem ausgeblichenen blauen Handtuch. »Ich will diesen Tag in Erinnerung behalten.«

Ed stöhnte zwar, stand aber gehorsam auf, um seine Kamera zu holen. Ich sah ihm zu, wie er am Objektiv herumhantierte.

»Warum so ernst?«, fragte er, als er aufsah, und da erst fiel mir auf, dass ich vor lauter Konzentration die Stirn runzelte, um mir sein Gesicht ins Gedächtnis zu brennen. Wieder zeigte er sein unwiderstehliches Lächeln, und ich spürte, wie meine eigenen Mundwinkel sich nach oben zogen.

Später, lange nach dem Abendessen, als die Sonne schon unterging und Mrs Warren ins Bett gegangen war, spielten die anderen noch eine Weile Billard und lachten dabei, wie sie es nie taten, wenn meine Tante hier war. Ezra hatte die Stereoanlage aus seinem Zimmer geholt, und aus dem Kassettendeck dröhnten abwechselnd James, R. E. M. und die Pixies und erfüllten den Raum mit Gitarren- und Schlagzeuglärm.

Billard konnte ich noch nie – der Queue tut nie, was ich will, ständig springen mir die Kugeln weg und entwickeln ein Eigenleben. Maud sagt, ich würde mir keine Mühe geben und es sei kinderleicht, Ursache und Wirkung zu erkennen und sich auszurechnen, wo die Kugel am Ende landen würde, aber das ist nicht wahr. Mir fehlt wahrscheinlich ein Gen dafür.

Also überließ ich sie ihrem Spiel und wanderte in den Garten vor dem alten Gebäudeteil. Ich saß da, sah der Sonne zu, die sich zum Horizont senkte, und dachte darüber nach, was für ein schöner Ort das hier trotz allem ist, als ich plötzlich eine Hand auf meiner Schulter spürte. Ich drehte mich um, und er stand hinter mir, wunderschön und braungebrannt sah er aus, die Haare fielen ihm in die Stirn.

»Komm, wir gehen spazieren«, sagte er. Ich nickte und folgte ihm über die Felder und durch Trampelpfade bis hinunter zum Meer. Und wir legten uns auf den warmen Sand und sahen die Sonne als rotgoldenen Feuerball in den Wellen versinken, und ich sagte kein Wort, aus Angst, diesen wundervollen Moment kaputtzumachen – Angst, er könnte auf einmal aufstehen und für immer weggehen und alles würde werden wie immer.

Aber er lag neben mir, beobachtete schweigend den Himmel, ein Schweigen, das an den Atemzug erinnerte, den man nimmt, bevor man etwas sehr Wichtiges sagen will. Als das letzte Sonnenlicht unter dem Horizont verschwand, drehte er sich zu mir, und ich glaubte, er wollte etwas sagen – doch das tat er nicht. Stattdessen zog er mir den Träger meines Sommerkleids von der Schulter. Und in diesem Moment dachte ich – das ist es. Auf dieses Gefühl also habe ich mein ganzes Leben lang gewartet, das ist es, worüber die Mädchen in der Schule immer redeten, das ist es, worum es in all den Songs geht und wofür alle Gedichte geschrieben wurden. Das ist es. Er ist es.

Aber jetzt ist die Sonne weg und es ist Winter, und mir ist sehr kalt. Und ich bin mir nicht mehr sicher, ob ich recht hatte.

19

Hal wusste nicht mehr, wie lange sie dort gesessen, das Foto betrachtet und sich den Kopf darüber zerbrochen hatte, was sie als Nächstes tun sollte. Doch als sie die Uhr unten im Flur elf schlagen hörte, stand sie schließlich auf und streckte ihre steifen, durchgefrorenen Glieder.

Der Drang, nach Brighton zurückzukehren und dem Albtraum zu entkommen, den sie in Gang gesetzt hatte, war immer noch stark – nur wussten sie, wo sie sie finden würden. Mr Treswick hatte ihre Adresse und er würde kommen, um ihr Fragen zu stellen. Außerdem … ihr wurde ganz schlecht, als sie an Mr Smith und seine Vollstrecker dachte, die schon auf sie warteten, und an ihre zertrümmerten Sachen. Bisher hatte sich Hal nie für feige gehalten, doch sie war es, das wusste sie jetzt. Sie dachte zurück an die langsame, lispelnde Stimme des Mannes … *ausgeschlagene Zähne … gebrochene Knochen …* und sie wusste, dass sie nicht den Mut hatte, ihm wieder entgegenzutreten.

Nein. Ohne das Geld konnte sie nicht zurückgehen.

Und wenn sie sich einfach aus dem Staub machte? Weg von allem? Aber wo sollte sie hin, und wie, so ganz ohne Geld? Sie hatte noch nicht einmal genug für das Taxi zurück nach Penzance – davon, was sie für einen Neubeginn in einer fremden Stadt brauchen würde, ganz zu schweigen.

Wie sie sich auch entscheiden würde, sie konnte sich nicht ewig hier verstecken. Sie würde irgendwann nach unten gehen und der Familie unter die Augen treten müssen.

Sie öffnete die Tür.

Im dunklen Flur, nur wenige Zentimeter entfernt, stand eine

reglose Gestalt, deren ebenfalls dunkle Kleidung mit dem Hintergrund verschwamm.

Hal keuchte auf und machte einen Schritt zurück ins Zimmer, eine Hand vor der Brust. »O Gott – was –« Sie hielt sich am Bettgestell fest, um nicht das Gleichgewicht zu verlieren.

»Ja?« Die Stimme der schemenhaften Figur klang heiser. Als Hals Schreck verebbte, blieb ein Gefühl der Wut zurück. »Mrs Warren? Was tun Sie hier vor meinem Zimmer?«

»Das ist nicht Ihr Zimmer«, entgegnete Mrs Warren verbittert. Sie machte einen Schritt nach vorn und ließ den Blick abschätzig über Hals bescheidene Habseligkeiten schweifen. »Und das wird es auch nie sein, wenn ich es irgendwie verhindern kann.«

»Wie meinen Sie das?«

»Das wissen Sie schon.«

Hal schob die Hände in die Taschen, um das Zittern zu verbergen. Sie würde dieser alten Frau nicht zeigen, dass sie Angst hatte.

»Lassen Sie mich in Ruhe.«

»Ganz wie Sie wünschen. Ich war gekommen, um Ihnen zu sagen, dass er Sie unten erwartet.«

»Wer ist ›er‹?«, fragte Hal. Sie bemühte sich, ihre Stimme ruhig zu halten, doch es kam abweisender und ruppiger heraus als beabsichtigt.

»Harding. Er wartet im Salon.«

Zu einer Antwort konnte Hal sich nicht durchringen, doch sie nickte kurz, woraufhin Mrs Warren kehrtmachte und über den dunklen Flur davonging.

Hal folgte ihr und wollte gerade die Tür hinter sich schließen, als Mrs Warren sich noch einmal umdrehte und mit dem Kinn auf das Zimmer mit Hals verstreuten Sachen deutete.

»*Die* stand auch auf diesen ganzen Dreck.«

»Was?« Mit der Hand am Türknauf hielt Hal inne, die Tür noch einen Spaltbreit offen.

»Die Karten. Tarro oder wie sie das immer nannte. Heidnisches Zeug war das, überall Teufel und nackte Männer. Wär's nach mir gegangen, wären die mir nicht ins Haus gekommen. Ich hätte sie alle verbrannt. Widerlich.«

»Wer?«, fragte Hal, doch Mrs Warren ging einfach weiter, langsam, als hätte sie nichts gehört, und Hal beschleunigte unwillkürlich ihre Schritte, lief hinter ihr her und packte die alte Frau fester als beabsichtigt am Arm, sodass sie nicht anders konnte, als sich umzudrehen. »Wer? Von wem reden Sie?«

»Maggie.« Mrs Warren spuckte den Namen aus wie ein Schimpfwort, so heftig, dass feine Speicheltropfen in Hals Gesicht landeten. »Und es wäre besser für Sie, mir keine Fragen mehr zu stellen. Jetzt lassen Sie mich los.«

Mrs Warrens Worte trafen sie wie eine Ohrfeige. Fragen wirbelten in ihr, zu schnell, um sie zu begreifen. Die eine, die am lautesten in ihrem Kopf tobte, war unaussprechbar. Wusste sie Bescheid?

Bevor Hal sich fangen konnte, hatte Mrs Warren sich schon mit einer Kraft, die Hal ihr nie zugetraut hätte, aus ihrem Griff befreit und lief die Treppe hinunter, leise und bösartig.

Hal starrte ihr einen Moment nach, dann ging sie in ihr Zimmer zurück.

Maggie. Der Spitzname ihrer Mutter. Maggie. Ihre Mutter, die hier gewesen war, vor zwanzig Jahren. Was hatte Mrs Warren mit der Anspielung bezweckt? Sollte es eine Drohung sein? Kannte sie die Wahrheit? Aber wenn ja, warum hatte sie dann bisher nichts gesagt?

Es gab keine Antworten auf diese Fragen, und schließlich legte Hal ihre Tarotkarten zurück in die Blechdose. Mrs Warrens Worte klangen in ihr nach. Sie würde es wohl nicht wirklich wagen, sie zu verbrennen, oder? Es schien lächerlich – und doch war da eine Bosheit in ihrer Stimme gewesen, die Hal fürchten ließ, sie könnte es wahr machen.

Da weder das Zimmer noch ihr Koffer über ein Schloss verfügten, blieb ihr nichts anderes übrig, als die Dose mit den Karten ganz unten im Koffer zu verstauen und auf das Beste zu hoffen. Warum hatte sie sie überhaupt mitgenommen?

Hal zog den Reißverschluss des Koffers zu und wandte sich zum Gehen – dann machte sie den Koffer wieder auf und schob die Dose zusammen mit dem alten Foto in die hintere Tasche ihrer Jeans. Sollte Mrs Warren doch herumspionieren. Sollte sie doch jedes Fach ihres Koffers durchstöbern. Erst als sie schon auf der Treppe war, fiel ihr etwas auf – sie erinnerte sich an den gestrigen Tag, an das Klacken von Mrs Warrens Gehstock auf den Holzstufen der geheimen Treppe.

Die Frau jedoch, die eben vor ihrer Tür gestanden hatte, hatte keinen Stock in der Hand gehalten und sich vollkommen lautlos bewegt.

Aus irgendeinem Grund lief Hal bei diesem Gedanken ein Schauer über den Rücken, und wieder wünschte sie, es gäbe ein Schloss an ihrer Tür. Bevor sie hierhergekommen war, hatte sie nie ein Bedürfnis danach verspürt, aber die Vorstellung, dass diese verbitterte alte Frau nachts durchs Haus schlich und die Tür zu ihrem Zimmer öffnete …

Hal hielt inne, dachte an Mrs Warren, wie sie dort in der Dunkelheit gewartet hatte. Was hatte sie dort getan? Gelauscht? *Sie beobachtet?*

Sie wandte sich schon ab, um nach unten zu gehen, als ihr etwas ins Auge sprang. Sie ging ein paar Schritte zurück, bis sie wieder vor ihrer verschlossenen Tür stand, wo sie mit den Fingern über die Holzfläche fuhr und mehr ertastete als sah, wie sehr sie sich geirrt hatte.

Es gab sehr wohl ein Schloss an der Tür. Zwei sogar. Zwei lange, dicke Riegel, einer oben und einer unten.

Allerdings an der Außenseite.

20

Als Hal unten ankam, war von Mrs Warren nichts mehr zu sehen, und sie blieb einen Augenblick stehen, versuchte sich zu erinnern, hinter welcher Tür sich der Salon verbarg.

Auf dem Weg zum Frühstück war sie zwar daran vorbeigegangen, aber die Tür hatte offengestanden. Jetzt waren sie alle geschlossen, und der lange, eintönige Flur mit den Einheitsfliesen und den identischen Holztüren wirkte auf einmal verwirrend.

Hal versuchte es auf gut Glück – doch die Tür gab einen düsteren holzvertäfelten Speisesaal preis, viel größer als das Frühstückszimmer, in dem sie am Morgen gesessen hatten. Durch die heruntergelassenen Läden an den hohen Fenstern drangen vereinzelt dünne gräuliche Lichtstrahlen nach innen, und ein mit einer Staubdecke überzogener gigantischer Tisch nahm die gesamte Länge des Raums ein. Über ihrem Kopf hingen zwei enorme graubedeckte Gebilde, die Hal erst für riesige Wespennester hielt. Unwillkürlich duckte sie sich, bis ihre Augen sich an die Dunkelheit gewöhnt hatte und sie begriff, dass es sich um in irgendeinen Schutzbezug gehüllte Kronleuchter handeln musste.

Als sie merkte, dass jeder ihrer Schritte eine Staubwolke aufwirbelte, zog sie sich vorsichtig zurück, schloss leise die Tür hinter sich und ging weiter durch den Flur.

Vor der nächsten Tür streckte sie die Hand aus, doch bevor sie das Holz berührte, hörte sie von innen eine Männerstimme, und aus Furcht, in eine private Unterhaltung zu platzen, hielt sie kurz inne.

»… berechnende kleine …« Einer der Brüder, vermutete Hal. Aber sie hätte nicht sagen können, welcher.

»Also wirklich, du bist unmöglich.« Eine Frauenstimme, Mitzi. Sie klang ungehalten. »Sie ist ein Waisenkind, sie hat deiner Mutter leidgetan.«

»Also erstens haben wir keinerlei Beweise dafür, wir wissen rein gar nichts über dieses Mädchen und haben keine Ahnung, wer ihr Vater ist oder war oder ob er hier auch eine Rolle spielt. Weiß der Himmel, vielleicht hat er Mutter ja angestiftet? Und zweitens –« Es war Harding, wie Hal jetzt hörte, als er seine Stimme über Mitzis Einwände erhob. »Und zweitens: Hättest du meine Mutter auch nur ansatzweise gekannt, Mitzi, dann wüsstest du, wie höchst unwahrscheinlich es ist, dass sie sich von irgendwelchen mildtätigen Beweggründen wie Mitleid mit einem Waisenkind hätte leiten lassen.«

»Ach, Harding, was für ein Blödsinn. Deine Mutter war eine einsame alte Frau, und wenn du nur einmal bereit gewesen wärst, die Vergangenheit ruhen zu lassen, hätten die Kinder und ich sie vielleicht auch etwas besser kennenlernen können. Dann wäre diese ganze Situation –«

»Meine Mutter war eine verbitterte, grausame Hyäne«, rief Harding dazwischen. »Und jedwede Zurückhaltung, dich und die Kinder ihrer Niedertracht auszusetzen, entstammte nur meiner Sorge um euer Wohlbefinden, also komm bloß nicht auf die Idee zu behaupten, ich sei an der Situation schuld, Mitzi.«

»Das habe ich doch nie behauptet«, sagte Mitzi, deren Stimme trotz aller Gereiztheit nun etwas versöhnlicher klang. »Ich weiß, dass du es gut gemeint hast, Darling. Ich meine nur, dass es vielleicht keine so große Überraschung ist, dass eine Mutter zwei Söhne aus dem Erbe streicht, die ihr sowieso völlig entfremdet waren, und einen dritten, der ihr seine Frau und die Enkelkinder fast zwanzig Jahre lang vorenthielt. Ich kann es deiner Mutter nicht verdenken, dass sie deshalb verletzt war. Bei mir wäre es nicht anders! Wann sind wir das letzte Mal hier gewesen? Richard kann höchstens sieben gewesen sein.«

»Ja, er war sieben, und sie hat ihm erklärt, er sei eine jämmerliche Memme, nachdem er sich die Finger am Kaminrost verbrannt hat – weißt du noch?«

»Ich sage nicht, dass sie nicht auch ihre Fehler hatte –«

»Mitzi, du hörst mir nicht zu. Meine Mutter war eine verbitterte alte Giftspritze, deren einziges Lebensziel darin bestand, dieses Gift möglichst weiträumig und nachhaltig in der Welt zu verteilen. Es sieht ihr so ähnlich, noch aus dem Grab heraus weitere Zwietracht zu säen. Die einzige Überraschung ist, dass sie Ezra nicht alles vermacht hat in der Hoffnung, dass er, Abel und ich in einen erbitterten Streit darüber geraten und anfangen, gegeneinander zu prozessieren.«

»Ach, Harding, das ist doch absurd –«

»Ich hätte es kommen sehen müssen«, sagte Harding, und Hal hatte das Gefühl, dass er seiner Frau gar nicht mehr richtig zuhörte. »Weißt du, dass sie mir geschrieben hat? Vor etwa einem Monat. Kein Wort über ihre Krankheit natürlich, das wäre zu schlicht, zu unkompliziert gewesen. O nein. Sie schrieb ihren Standardbrief, wie immer voller Klagen, nur die Schlussformel war anders – das hätte mich vorwarnen sollen.«

»Anders, inwiefern?«

»Sie schloss ihre Briefe immer mit *Deine Mutter.* Immer. Schon als ich im Internat war und mir jede Nacht die Augen ausheulte. Alle anderen Mütter beendeten die Briefe an ihre Söhne mit *In Liebe* und *Ich drück Dich,* mit *Deine Dich über alles liebende Mama* und mit *tausend Küsschen.* Der ganze Schmonzes. Aber Mutter – nein. *Deine Mutter.* Mehr nicht. Keine Liebe. Keine Küsschen. Nur nüchterne Tatsachenbeschreibung. Eigentlich eine perfekte Metapher für ihr ganzes Leben.«

»Und beim letzten Mal? Hat sie da etwas hinzugefügt?«

»Ja«, sagte Harding. Er schwieg einen Moment. Es war ein grüblerisches Schweigen, und Hal hielt den Atem an. Was kam jetzt? Wohl nicht die Liebe, auf die Harding sein ganzes Leben lang gewartet hatte, oder doch? Als das Schweigen weiter andauerte, glaubte Hal schon, dass sie es überhört hatte, was immer es war, oder dass er es sich anders überlegt hatte. Sie wollte gerade an die Tür klopfen, als Harding endlich fortfuhr.

»Sie schloss mit den Worten *Après moi le déluge.* Das war alles. Kein Name, keine Grußformel. Nur diese vier Worte.«

»Après was?« Mitzi klang völlig perplex. »Nach dem … Regen? Was um Himmels willen soll das heißen?«

Hardings Antwort konnte Hal nicht hören, denn plötzlich ertönte hinter ihr eine Stimme.

»Na, lauschst du?«

Hal fuhr herum.

Da stand Hardings Tochter – wie hieß sie noch mal? Kitty. Sie wickelte sich eine lange blonde Haarsträhne um den Finger und kaute auf etwas herum. Als Hal nicht sofort antwortete, hielt sie ihr eine Tüte hin.

»Magst du 'ne saure Schlange?«

»Ich –« Hal räusperte sich. Sie musste leise reden, wenn sie nicht wollte, dass Harding und Mitzi sie von drinnen hörten. »Ich habe nicht – ich meine, ich wollte nicht – ich wollte gerade reingehen, aber sie schienen –«

»Hey, mach dir meinetwegen keinen Kopf.« Das Mädchen warf ihre freie Hand beschwichtigend in die Luft, wobei die Anhänger an ihrem Armband klirrten. »Anders finde ich hier auch nie was raus.« Sie zog ein Weingummi aus der Tüte, untersuchte es erst kritisch und steckte es dann in den Mund. »Ach, ich wollte sowieso schon die ganze Zeit fragen: Was bist du eigentlich genau?«

»Ich – was?« Hal schluckte. Vor Anspannung war ihr Mund ganz trocken, und sie bohrte die Nägel in die Handflächen, um nicht den Halt zu verlieren. Ihr war auf unangenehme Weise bewusst, dass das Pandora-Armband an Kittys Handgelenk wahrscheinlich mehr gekostet hatte als ihr eigenes ganzes Outfit, vielleicht auch mehr als ihre gesamte Garderobe. »Was ich bin?«

»Ich meine, ich weiß schon, dass du irgendwie zur Familie gehörst, aber Dad hat mir die Verwandtschaftsverhältnisse nicht richtig erklärt. Bist du die vermisste Tante? Nein, Quatsch, dafür bist du zu jung, oder?«

»Ach so! Klar. Nein –« Hal blinzelte nervös, versuchte sich klarzumachen, was genau sie hier eigentlich zu suchen hatte. Das Bild von ihrer Mutter im Garten vor dem Salon blitzte vor ihr auf und sie kniff die Augen zusammen, um es zu vertreiben.

An ihre Mutter durfte sie jetzt nicht denken. Sie musste sich ins Gedächtnis rufen, wer sie hier zu sein hatte – nicht, wer sie wirklich war. Maud war Hardings Schwester, was bedeutete …

»Ich glaube, ich bin deine Cousine?«

»Ah, okay, also war deine Mum diejenige, die abgehauen ist?«

»Ich … ja, ich glaube schon. Sie – sie hat nie so richtig darüber gesprochen.«

»Echt cool«, sagte das Mädchen sichtlich neiderfüllt. Sie schob sich ein weiteres Weingummi in den Mund und sprach weiter. »Ich hab schon öfter drüber nachgedacht, aber man muss wohl mindestens achtzehn sein, um das durchzuziehen, sonst landet man ja garantiert auf der Straße, und ich hab bestimmt nicht vor, für irgendeinen Pädo-Zuhälter anschaffen zu gehen.«

»Ähm –« Hal wusste nicht, was sie darauf sagen sollte. Das Mädchen war so viel selbstsicherer, als sie es je gewesen war. »Ich … wie alt bist du denn?«

»Vierzehn. Rich ist fast sechzehn. Freddie zwölf. Totaler Schwachkopf, den kann man echt vergessen. Rich ist in Ordnung, wenn man ihn dazu kriegt, die Kopfhörer rauszunehmen. Und, klar, ich bin auf 'ner Mädchenschule, also muss ich mich gut mit ihm stellen, oder? Er ist meine Direktverbindung zu den älteren Jungs.«

»So hab ich das noch nie gesehen«, sagte Hal matt.

»Hast du einen Freund?«, fragte Kitty.

Hal schüttelte den Kopf.

»Oder Freundin?«

»Nee, ich bin – ich hatte in den letzten zwei Jahren nicht so den Kopf frei für eine Beziehung, ich war irgendwie immer woanders.«

»Verstehe«, sagte Kitty mit weiser Miene, nickte und steckte sich noch eine Haribo-Schlange in den Mund. »Probier's mal mit 'ner Dating-App. Da kann man über den Standort neue Leute finden.«

»So meinte ich das eigentlich –«, setzte Hal an, aber in diesem Moment ging die Tür zum Salon auf und Mitzi erschien im Türrahmen.

»Ach, Mädels. Ich wusste doch, dass ich Stimmen gehört habe. Kitty, wenn du mit nach Penzance willst, musst du dir jetzt die Schuhe anziehen und Richard sagen, er soll sich beeilen. Harriet, dein Onkel möchte dich sprechen.«

Hal nickte und blickte an Mitzi vorbei in den Salon, wo Harding mit dem Rücken zur Tür am Fenster stand und auf den wolkenverhangenen Himmel und den regennassen Rasen blickte. Das Meer dahinter war durch den Nebel nicht zu erkennen.

Mitzi trat zur Seite, um Hal vorbeizulassen, dann schloss sie die Tür, und Hal hörte, wie sie mit energischen Schritten den Flur entlangging und Kitty wegen irgendetwas eine Standpauke hielt.

Hal stand regungslos da, während sie nervös darauf wartete, dass Harding sich zu ihr umdrehte, was er jedoch nicht tat. Stattdessen ergriff er, den Blick noch immer nach draußen gerichtet, schließlich das Wort.

»Ah, Harriet. Ich wollte dich kurz sprechen. Wie du vielleicht Mr Treswicks Worten gestern entnehmen konntest, wird noch eine ganze Menge Papierkram zu erledigen sein, bevor es grünes Licht gibt und die Erbscheine ausgestellt werden können.«

»Ich, ja, also …«, stammelte Hal. Schon beim Gedanken an

den Papierkram rutschte ihr das Herz in die Hose. Konnte sie das Treffen irgendwie verschieben? Oder wäre es besser, hinzugehen, um herauszufinden, was genau sie von ihr brauchten, und dann zu behaupten, sie hätte es vergessen?

»Wir haben eine Menge zu besprechen«, fuhr Harding fort und wies mit einer Handbewegung aus dem Fenster. »All das hier« – er deutete mit dem Kopf auf den zum Meer hin abfallenden Garten – »all das bringt eine enorme Verantwortung mit sich und du wirst viele Entscheidungen treffen müssen, Harriet, und zwar bald. Aber dazu später – erst einmal haben wir einen Termin mit Mr Treswick in Penzance, und zwar in« – er warf einen Blick auf seine Uhr – »knapp vierzig Minuten, wir müssen uns etwas beeilen. Du bist nicht mit dem Auto hier?«

Vierzig Minuten? Hal blieb vor Schreck der Mund offenstehen. Das ging alles viel zu schnell. Sie merkte, dass Harding auf eine Antwort wartete.

»Äh – nein«, murmelte sie.

»Kein Problem. Wir rücken zusammen. Hinten in meinem Wagen ist noch ein Klappsitz.«

»Aber Onk-« Sie brachte das Wort nicht heraus und setzte erneut an. »Also, es gibt etwas, das ich –«

Aber Harding schnitt ihr das Wort ab: »Später, Harriet.« Für ihn war das Gespräch beendet. Er klopfte Hal so fest auf die Schulter, dass sie fast das Gleichgewicht verlor, und öffnete die Tür zum Flur. »Auf der Fahrt haben wir genug Zeit zu sprechen, aber jetzt müssen wir los, sonst kommen wir zu spät zu Mr Treswick. Der Termin ist um zwölf, und wir sind schon etwas spät dran.«

Mit einem flauen Gefühl im Magen folgte ihm Hal nach draußen, wo das Auto schon wartete, die drei Kinder angeschnallt auf dem Rücksitz.

»Einen Moment noch, Harriet, ich klappe dir hinten den Sitz runter«, rief Harding, doch als er die Kofferraumklappe des

Kombis aufmachte, verfinsterte sich seine Miene. »Mitzi, wo sind die Klappsitze?«

»Was?« Mitzi drehte sich um. Der Motor lief schon, und die Ungeduld war ihr anzusehen. »Wovon redest du, Harding?«

»Die Klappsitze. Wo sind die? Harriet fährt bei uns mit.«

»Aber das geht nicht – wir haben keinen Platz. Wir haben die Sitze doch rausgenommen, damit die Koffer reinpassen, weißt du nicht mehr?«

»Ach, verdammt noch mal. Kann in dieser Familie niemand zwei Schritte vorausdenken?«, erwiderte er gereizt. »Gut, es gibt eine einfache Lösung, Freddie muss hierbleiben.«

»Erstens, Darling« – Mitzis Stimme klang brüchig wie Glas – »war es deine Idee, die Sitze rauszunehmen, wenn du dich richtig erinnerst. Und zweitens kann Freddie nicht hierbleiben, er ist einer der Erben. Mr Treswick muss seinen Ausweis prüfen.«

»Oh, verdammt!«, fluchte Harding. Hal fühlte einen Funken Hoffnung in sich aufkeimen. Würde sie vielleicht doch noch aus der Nummer herauskommen?

Gerade wollte sie anbieten, hierzubleiben, als sich hinter ihr eine Stimme erhob.

»Hallo zusammen.«

Hal und Harding drehten sich gleichzeitig um, und Hal hörte, wie Harding einen Seufzer ausstieß, ein explosives Schnaufen, wie bei einem Wal, der zum Luftholen auftaucht.

»Ezra«, sagte er matt.

Mit den Händen in den Hosentaschen und einem breiten Lächeln stand Ezra vor ihnen. »Ja, ich bin's, Bruderherz. Na, Harriet? Das ist ja reizend von Harding, dass er dich sicher in der Knautschzone verstauen will. Harding, hast du schon recherchiert, was aus dem Erbe wird, wenn Harriet die Fahrt nicht überlebt?«

»Ezra!«, fuhr Harding ihn an. »Das findest du wohl witzig, was? Und nein, Harriet wird nicht im Kofferraum mitfahren, da irgendjemand« – er ignorierte Mitzis entnervtes Augenrollen auf dem Fahrersitz – »der Meinung war, dass wir die Klappsitze nicht brauchen. Wir überlegen gerade, wie wir es machen sollen.«

»Na, ich hätte eine Lösung«, sagte Ezra. »Ich werde Harriet mitnehmen.«

»Oh.« Harding schien – so kam es Hal jedenfalls vor – fast enttäuscht, dass ihm der Grund für seinen Ärger genommen wurde. »Hm. Das ist ja eine … praktische Lösung. Wunderbar.«

Er knallte die Kofferraumklappe zu und strich seine Barbour-Jacke über seinem Bauch glatt. »Also gut. Kennst du den Weg noch, Ezra?«

»Jawohl.« Ezra ließ den Ring seines Autoschlüssels um den Finger kreisen. »Ich wohne zwar schon eine Weile außer Landes, aber Penzance ist nicht so groß, dass man schnell die Orientierung verliert. Wir sehen uns dort, Harding.«

»Sehr gut. Hast du meine Handynummer?«

»Irgendwo wahrscheinlich schon«, sagte Ezra gleichgültig. »Aber da ich bis jetzt ohne sie ausgekommen bin, kriegen wir das bestimmt auch so hin.«

Harding brummte etwas vor sich hin und zog sein Portemonnaie aus der Innentasche seiner Jacke. Darin befand sich ein kleiner Stapel Visitenkarten. Er nahm eine heraus und überreichte sie Hal.

»Ich verlasse mich auf dich, Harriet, da ich nur wenig Vertrauen in Ezras organisatorische Fähigkeiten habe. Hier steht meine Handynummer drauf, für den Notfall. Verlier sie nicht. Und seid pünktlich.« Er öffnete die Beifahrertür und stieg ins Auto. »Wir sind um zw-«

Doch seine letzten Worte wurden vom Knirschen der Reifen übertönt, als Mitzi losfuhr. Hal hörte noch ein schwaches »Tschüs, Harriet!« aus ihrem Fenster, bevor der Wagen durchs Tor und die Auffahrt hinunterrollte und einen Schwarm empörter Elstern aufscheuchte.

21

»Also …« Ezra, der durch das gewölbte Tor voranging und Hal am Pferdestall vorbei auf einen Hinterhof voller Gräser und Unkraut führte, zog das Wort extra in die Länge. »Du bist also meine … Nichte, wenn ich mich nicht täusche?«

»Ja«, sagte Hal, doch das Wort ging im Knirschen ihrer Tritte auf dem Kies und im Pfeifen des Winds in den Bäumen fast unter, und als Ezra sich nicht umdrehte, wiederholte sie, lauter diesmal und mit mehr Überzeugung: »Ja.«

»Soso«, sagte Ezra, schüttelte den Kopf, ohne weiter darauf einzugehen, und richtete wortlos seinen Funkschlüssel auf den tiefergelegten dunklen Sportwagen unter den Bäumen am hinteren Ende des Hofs. Es piepte, und die Lichter blinkten auf. Als sie sich dem Auto näherten, stieß Ezra ein kurzes, freudloses Lachen aus und blickte hinauf in den Baum über ihren Köpfen.

»Elende kleine Biester«, sagte er. »Mutter hätte sie vergiften lassen sollen.«

Hal wusste erst nicht, wovon er redete. Sie folgte seinem Blick nach oben und sah die Elstern, die sich zum Schutz gegen den Küstenwind ins Geäst des Baums gehockt hatten. Mit ihren glänzenden, wachsamen Knopfaugen verfolgten sie jede ihrer Bewegungen. Erst als sie den Blick wieder auf das Auto richtete, begriff sie, was Ezra meinte. Von hinten sah der Wagen in Ordnung aus, doch beim Näherkommen erkannte sie, dass die Windschutzscheibe, die teure Mattlackierung der Motorhaube, die Teile des Autos also, die direkt unter den Bäumen standen, mit einer dicken schwarzen Schicht von etwas Undefinierbarem überzogen waren.

»Was ist das denn?«, fragte Hal noch im Moment, als sie den

Blick wieder auf die Vögel über sich richtete, und verzog dann das Gesicht. »Tut mir leid, blöde Frage.«

»Richtig geraten«, sagte Ezra etwas grimmig. »Ich hätte daran denken sollen, hier besser nicht zu parken. Harding hatte es offenbar nicht vergessen. Gut, dann legen wir eine kleine Pause ein, während ich einen Eimer hole. Es tut mir leid, wir werden wohl ein bisschen zu spät kommen, aber so würde ich beim Fahren nichts sehen, außerdem frisst es sich in den Lack, wenn man es drauflässt. Bleib hier, ich bin so schnell wie möglich zurück.«

»Kein Problem«, sagte Hal, und Ezra lief durch den Hof davon und ließ sie allein mit dem Auto und dem Krächzen der Elstern zurück.

Einige Minuten später war er mit einem Eimer Wasser zurück.

»Geh am besten aus dem Weg«, forderte er sie auf, und sie trat hastig zur Seite, gerade rechtzeitig, bevor Ezra den Eimer über dem Wagen auskippte, was die Vögel in Aufruhr versetzte, schnatternd und kreischend stoben sie in die Luft, ließen sich aber kurz darauf wieder auf dem Baum nieder.

»Besser geht es wohl nicht ohne richtige Autowäsche«, sagte er schließlich. »Steig ein, dann machen wir die Fliege, solang wir noch können.«

Als sie durch das schmiedeeiserne Tor auf die offene Straße fuhren, fühlte sich Hal, als würde ihr eine enorme Last von den Schultern genommen, aber dass sie in ihrer Erleichterung hörbar aufgeatmet hatte, wurde ihr erst bewusst, als Ezra sie von der Seite ansah und den Mundwinkel zustimmend zu einem schiefen Lächeln verzog.

»Ich merke, dass ich nicht der Einzige bin.«

»Oh.« Hal merkte, dass sie rot wurde. »Ich wollte nicht –«

»Ach, bitte. Von Heuchelei halte ich nichts. Ein schrecklicher Ort. Was glaubst du, warum wir alle von hier weggegangen sind, sobald wir konnten?«

»Es tut mir leid«, sagte Hal. Sie wusste nicht genau, was sie sagen sollte. »Es ist – eigenartig, denn irgendwie ist es ein wirklich schönes Gebäude.«

»Es ist nur ein Haus«, sagte Ezra knapp. »Ein Zuhause war es nie – nicht einmal, als ich dort noch gewohnt habe.«

Hal sagte nichts. In ihrem Kopf hallten Hardings Worte an Mitzi wider – *Meine Mutter war eine verbitterte alte Giftspritze, deren einziges Lebensziel darin bestand, dieses Gift möglichst weiträumig und nachhaltig in der Welt zu verteilen …* Ezra war mit diesem Gift aufgewachsen. Wie sie alle.

Hatte Harding womöglich recht? War die Entscheidung, Hal das Haus zu vermachen, der letzte Racheakt seiner Mutter?

»Ich habe keinerlei Interesse an dem Haus«, sagte Ezra und schaute konzentriert nach vorn, als sie in eine unübersichtliche Kurve fuhren. »Ich bin nur gekommen, um meine Mutter zu beerdigen. Ich sage dir das, Harriet, damit du verstehst, dass es von meiner Seite aus keinen Unmut über das Testament gibt. Verstehst du? Mein einziger Wunsch ist es, diesen Ort jetzt und für immer zu verlassen. Was mich betrifft, kannst du damit machen, was du willst. Verkaufen. Abreißen lassen. Mir völlig egal.«

»Verstanden«, sagte Hal leise. Schweigen erfüllte den Wagen, während sie nach den richtigen Worten suchte, irgendetwas, um den Fragen zuvorzukommen, die mit Sicherheit kommen würden, wenn sich die Stille noch länger hinzog. *Lenke das Gespräch,* hörte sie die Stimme ihrer Mutter. *Du musst am Steuer sitzen, nicht der Kunde.* Plötzlich spürte sie das überwältigende Bedürfnis, etwas über die Vergangenheit ihrer Mutter zu erfahren, über ihre Beziehung zu diesem Ort. Wie war es für sie, als verwaiste Cousine hierherzukommen? Hatte ihre Mutter diesen Ort als ebenso bedrückend empfunden wie Ezra, wie Hal selbst? Wie lang war sie hier gewesen? Eine Woche? Einen Monat? Ein Jahr?

Wenn sie nur Ezra fragen könnte. Er hatte sie sicher gekannt.

Das Foto, das sie in ihrer Hosentasche fühlte, war der Beweis – dafür, dass sie sich kannten und miteinander gesprochen hatten.

»Dein – dein Auto«, sagte Hal schließlich, weil ihr kein besseres Thema einfiel. »Warum hat es Linkssteuerung? Lebst du im Ausland?«

»Ja«, antwortete er. Er schien keine Lust zu haben, mehr zu sagen, fuhr aber dann doch fort: »Ich wohne in Südfrankreich, in der Nähe von Nizza. Ich habe da eine kleine Fotogalerie.«

»Wie schön«, sagte Hal, und der neidische Unterton war nicht gespielt. »Ich bin einmal in Nizza gewesen, mit der Schule. Wirklich wunderschön.«

»Das ist es, ja«, sagte Ezra knapp.

»Wohnst du schon lange da?«, fragte Hal.

»Fast zwanzig Jahre«, gab er zur Antwort. Hal rechnete in Gedanken nach. Älter als vierzig konnte er nicht sein, was bedeuten würde, dass er England kurz nach dem Schulabschluss verlassen hatte. London war ihm wohl nicht weit entfernt genug gewesen.

»Und du lebst in Brighton?«, erkundigte er sich.

»Ja. Da ist es auch schön – der Strand ist zwar nicht ganz so spektakulär wie in Nizza, aber … na ja. Ich kann mir nicht vorstellen, weit weg vom Meer zu leben.«

»Ich auch nicht.«

Eine Weile sprachen sie nicht mehr. Als sie den Stadtrand von Penzance erreichten, fiel Hal plötzlich etwas ein.

»Onk-« Die Bezeichnung fühlte sich seltsam und falsch auf ihrer Zunge an, aber sie riss sich zusammen. »Onkel Ezra, sprichst du … kannst du Französisch?«

Für einen kurzen Moment wandte er den Blick von der Straße ab und musterte Hal mit einem leicht argwöhnischen Ausdruck, den sie nicht näher einordnen konnte.

»Ja. Warum fragst du?«

»Ich habe mich gefragt ... ich habe einen Ausdruck gehört ... *Après moi le déluge.* Was bedeutet das genau?«

Er warf ihr noch einen Seitenblick zu, bevor er den Blinker setzte. »Es ist ein geflügeltes Wort, das meist Ludwig XV. zugeschrieben wird, der es auf dem Sterbebett gesagt haben soll. Er hinterließ seinem Enkel Ludwig XVI., dem letzten König vor der Französischen Revolution, ein schwieriges Erbe. Übersetzt lautet das Sprichwort: *Nach mir die Sintflut.* Was entweder bedeutet: Wenn ich nicht mehr bin, versinkt alles im Chaos, weil ich der Einzige war, der den Damm noch sichern konnte – oder etwas, das noch düsterer ist.«

»Noch düsterer? Das kommt mir schon düster genug vor.«

»Es kommt aber drauf an, wie man es interpretiert. Heißt es: Ich liege im Sterben, ich habe getan, was in meiner Macht steht, um etwas zu verhindern, aber jetzt müssen die Dinge ihren Gang gehen? Oder bedeutet es eher ...« Er brach ab, während er auf eine Lücke im Verkehr wartete, um sich einzufädeln, aber Hal ahnte bereits, worauf er hinauswollte.

»Oder schwingt da etwas mit von ... dass man nicht nur ahnt, was kommen wird, sondern dass man will, dass es passiert«, sagte sie. »Dass man es vielleicht sogar selbst mit herbeigeführt hat. Meinst du das?«

»Genau das.«

Hal wusste nicht, was sie darauf erwidern sollte. Wieder stieg das Bild einer alten Frau vor ihr auf, die weiß, dass das Ende naht, und sich die Hände reibt, während sie ein Testament aufsetzt, das ihre Hinterbliebenen dazu bringen wird, sich gegenseitig an die Gurgel zu gehen. War es wirklich so gewesen, so kalkuliert und böswillig?

Harding und Ezra waren sich alles andere als grün, um das zu erkennen, musste man keine Wahrsagerin sein. Aber was war ihre eigene Rolle bei alldem?

»So, da wären wir. Es gibt nur einen kleinen Haken.«

»Und der wäre?«

»Es ist 12.20 Uhr. Ich glaube, wir haben den Termin verpasst.«

»Oh«, sagte Hal. Sie blickte auf die digitale Uhr am Armaturenbrett und wurde auf einmal von einer Welle widersprüchlicher Gefühle überrollt – einer dumpfen Erleichterung darüber, Mr Treswick heute nicht begegnen zu müssen, aber auch Angst beim Gedanken an Hardings Reaktion und an die Tatsache, dass die Begegnung nur verschoben war. »Scheiße.« Das Wort war ihr unüberlegt herausgerutscht und sie biss sich auf die Zunge. Es entsprach nicht dem Bild, das sie den Westaways von sich vermitteln wollte – das der demütigen, bescheidenen kleinen Harriet, die kein Wässerchen trüben konnte. Fluchen gehörte ganz bestimmt nicht dazu, und sie ärgerte sich so sehr über sich selbst, als hätte sie in Gegenwart eines Kunden geflucht. »Tut mir leid, das war –«

»Ach, meine Güte, du bist doch erwachsen. Ich bin nicht dein Aufpasser. Und wo wir schon dabei sind, können wir dieses Onkel-Ezra-Getue lassen? Ich bin nicht dein Onkel.«

Hal zuckte unwillkürlich zusammen, was Ezra offenbar bemerkt hatte, denn er korrigierte sich: »Das sollte nicht so kalt rüberkommen, wie es klang. Aber wir sehen uns doch zum ersten Mal. Wie ich schon einmal sagte, hat Harding in dieser Familie das Monopol auf Heuchelei. Ich mache das nicht mehr mit.«

»Okay …«, sagte Hal.

»Ich bin also Ezra«, sagte er und öffnete die Wagentür.

»Warte«, sagte Hal aus einem Impuls heraus. »Wenn wir schon dabei sind …«

»Ja?«

»Alle hier nennen mich Harriet, aber so hat mich meine …« Sie stockte. Beinah hätte sie gesagt, *So hat mich meine Mutter nie genannt*, aber das Wort blieb ihr im Hals stecken. »So nennen mich meine Freunde nicht«, schloss sie stattdessen.

Ezra zog fragend eine Augenbraue hoch. »Und wie nennen sie dich?«

»Hal«, sagte sie. Ihr Herz schlug so schnell, als hätte sie soeben sehr viel von sich preisgegeben. Es gab keinen logischen Grund dafür – diese Leute kannten ihren wahren Namen, wussten, wer sie war, sogar, wo sie lebte, Mr Treswick sei Dank. Angesichts der Dinge, die sie bereits über sich verraten hatte, konnte der Spitzname nichts weiteres zu ihrer Identifikation oder irgendeinem Risiko beitragen, und doch fühlte es sich wie ein Vertrauensvorschuss an, mehr als alles andere zuvor. »Sie nennen mich Hal.«

»Hal«, sagte Ezra so gedehnt, als ließe er sich das Wort auf der Zunge zergehen. »Hal.« Dann verzog sich sein braungebranntes Gesicht zu einem Lächeln – einem herzlichen, charmanten Lächeln, das so ganz anders war als sein normaler, stets ein wenig süffisanter Gesichtsausdruck. »Gefällt mir. Na dann, sollen wir reingehen und uns unseren Rüffel abholen?«

»Ja«, sagte Hal. Sie atmete tief ein und öffnete die Autotür. Sie spürte die harten Kanten der kleinen Dose mit den Tarotkarten in ihrer Hosentasche und dachte an den Buben und die Sturmwolken, die sich über ihm zusammenbrauten, und die rauen Wellen zu seinen Füßen, die ansteigende Flut. *Après moi le déluge …*

»Ja. Gehen wir.«

22

»Na, großartig.« Hardings Stimme war voller Sarkasmus. »Dir ist klar, was du angerichtet hast, nicht wahr, Harriet?«

»Ich?« Hal spürte einen Anflug von Wut über die ungerechte Bemerkung, doch sie schluckte sie hinunter in Anbetracht ihrer Rolle als demütige, fügsame Nichte. Sie bemühte sich um einen zerknirschten Gesichtsausdruck, als Ezra mit gelangweilter Stimme dazwischenging.

»Harding, wenn hier irgendjemand die Schuld trägt, dann ich. Beziehungsweise die Scheißelstern.«

»Zum Teufel mit den Elstern. Heute ist Freitag, falls dir das entgangen sein sollte. Das Notariat ist Samstag und Sonntag geschlossen. Eurer Trödelei haben wir es zu verdanken, dass wir alle hier bis Montag herumhängen müssen, um die Gespräche fortzusetzen.«

»Lass mich raten«, sagte Ezra, und in seiner Stimme schwang jetzt eine Schärfe mit, die Hal noch vom Frühstück im Ohr klang. »Du willst mir das Taschengeld streichen und mir die Xbox verbieten?«

»Montag? Ganz sicher nicht!«, unterbrach Mitzi. »Warum können wir nicht heute Nachmittag wiederkommen?«

Sie standen vor Mr Treswicks Büro in einer schmalen Gasse mit Blick auf das unruhige Hafenwasser.

»Mr Treswick hat heute Nachmittag einen unaufschiebbaren Termin in Truro, weshalb er frühestens Montagmorgen wieder Zeit hat. Und selbst wenn die Legitimationsnachweise ohne Zweifel auch per Post erledigt werden könnten, es gibt trotzdem noch viele Formulare zu unterschreiben und Fragen zu klären, was nur bei einem persönlichen Termin möglich ist. Nicht zuletzt die leidige Frage nach Mrs Warren.«

»Aber die Kinder müssen am Montag wieder in die Schule!«, protestierte Mitzi.

Harding gab einen tiefen Seufzer von sich. »Tja, so ärgerlich ich es finde, aber die einzig vernünftige Lösung scheint mir zu sein, dass du mit den Kindern zurückfährst, während Ezra, Abel, Harriet und ich hierbleiben, bis alles geregelt ist.«

»Du vielleicht«, sagte Ezra. Seine Stimme klang jetzt wieder gelangweilt, die Gereiztheit hatte er offenbar unter Kontrolle, auch wenn Hal das Gefühl hatte, dass sie jederzeit wieder durchbrechen konnte. »Ich habe bestimmt nicht vor, hier weiter herumzuhängen, und Abel wahrscheinlich auch nicht. Wir stehen ja auch nicht im Testament, warum sollten wir?«

»Leider«, sagte Harding, und er klang bitter, »sieht es aber so aus, als stündest du doch drin. Genau wie ich. Genau wie Abel. Zwar nicht als Begünstigte, doch eine kurze Unterredung mit Mr Treswicks Assistentin hat noch ein entzückendes kleines Detail zutage gefördert, das er uns leider vorenthalten hatte. Aus irgendeinem Grund hielt Mutter es nämlich für eine gute Idee, uns drei mit Mr Treswick zusammen zu Testamentsvollstreckern zu ernennen.«

»Was?« Ezra machte ein ungläubiges Gesicht.

»Du hast richtig gehört.«

»Du machst wohl Witze! Wollte sie uns alle hierhaben, damit wir einander an die Gurgel springen?«

»Daran habe ich keinerlei Zweifel«, sagte Harding. »Ich möchte behaupten, dass sie die gesamte Situation in genau dieser Absicht herbeigeführt hat.«

»Ich mache da nicht mit«, sagte Ezra. Seine Miene war starr, die dunklen Brauen gerunzelt, was ihm einen finsteren Ausdruck verlieh. »Ich verzichte. Man kann nicht gezwungen werden, als Vollstrecker zu fungieren.«

»Da hast du vielleicht recht«, gab Harding entnervt zu, »aber es wäre sicher geboten, Mr Treswick darüber zu informieren – und ich bin sicher, dass mit dem Verzicht auf diese Funktion ebenfalls einige Formalitäten einhergehen werden. Ich bezweifle stark, dass du einfach so in deinen Saab steigen und nach Nizza abdampfen kannst, ohne Bescheid zu geben.«

»Dieses verdammte Miststück«, fluchte Ezra. In das betretene Schweigen, das folgte, platzte Freddie mit einem albernen Kichern.

»Und du hältst die Klappe«, fuhr Ezra ihn an.

»Ezra!«, rief Mitzi empört aus. Freddie blieb vor Schreck der Mund offenstehen. Hal sah, dass Kitty, die hinter ihm stand, sich ein Lachen verkneifen musste.

Ein paar Sekunden verstrichen, dann schwang Mitzi sich die Tasche über die Schulter und richtete sich, klein, wie sie war, zu voller Höhe auf.

»Also dann. Das reicht jetzt. Richard, Katherine, Frederick, kommt bitte mit.«

»Aber –«, protestierte Richard.

»Ich sagte, wir gehen«, blaffte Mitzi ihn an. »Wir suchen uns ein Café zum Mittagessen. Harding – ich schreib dir, wenn wir eins gefunden haben.«

Harding gab ein Brummen von sich, das sowohl Zustimmung als auch Missbilligung ausdrücken konnte, und dann schritt Mitzi mit den Kindern im Schlepptau durch die enge Gasse davon.

Hal widerstand dem Drang, ihnen hinterherzulaufen, und sah zu, wie der kleine Trupp am Ende der Straße um die Ecke bog und verschwand.

»Verdammt«, sagte Ezra. Er strich sich mit der Hand über das unrasierte Kinn und fuhr sich durch die Haare, bis seine Locken in alle Richtungen abstanden. »*Verdammt.* Harding, es tut mir leid. Das war absolut nicht in Ordnung. Ich hätte das nicht –«

Harding zuckte mit den Schultern. »Bei mir musst du dich

nicht entschuldigen, aber es wäre sicher nicht verkehrt, vor Mitzi ein bisschen zu Kreuze zu kriechen. Ich gehe davon aus, dass Freddie in der Schule schon Schlimmeres gehört hat, also wird er es wohl überleben.«

»Tut mir leid«, wiederholte Ezra. »*Scheiße.*«

»Pass auf«, sagte Harding mit einer Spur Ungeduld in der Stimme. »Um Freddie mache ich mir gerade weniger Sorgen. Du hast die Beherrschung verloren. Davon geht die Welt nicht unter. Mir geht es mehr darum, was wir jetzt mit dieser verdammten Treswick-Geschichte machen. Ich will genau wie du alles möglichst schnell über die Bühne bringen, Ezra. Aber jetzt abzuhauen wird noch mehr Probleme verursachen. Wenn du darauf bestehst, nach Hause zu fahren, kann ich dich natürlich nicht davon abhalten. Aber meine Einschätzung ist, dass es auf lange Sicht zeitsparender und einfacher sein wird, das alles hier und jetzt zu erledigen, als ewig lang Papiere und Urkunden über den Ärmelkanal hin und zurück zu verfrachten. Harriet« – er wandte sich ihr zu – »diese Unannehmlichkeit tut mir leid, aber ich hoffe, du kannst dir unter diesen Umständen noch einen Tag freinehmen?«

»Ich – ich weiß nicht«, sagte Hal und fühlte die Blicke der beiden auf sich. Wieder kam sie sich vor wie eine in die Enge getriebene Ratte, die verzweifelt nach einem Ausweg scharrt.

»Falls dein Arbeitgeber eine Erklärung benötigt –«

»Nein, kein Problem«, wehrte Hal hastig ab. »Ich bin selbstständig, ich kann das allein verantworten.«

Wahrscheinlich sollte sie Mr White anrufen und um ein Hinweisschild an ihrem Stand bitten, damit die Laufkundschaft informiert war. Aber bei einem Trauerfall in der Familie würde er sicher keinen Stress machen. Und unter der Woche Anfang Dezember würde sie sowieso niemand vermissen, außer Reg vielleicht.

»Selbstständig?« Harding zog eine Augenbraue hoch, während er sich den Mantel zuknöpfte. »Stimmt, ich habe ja noch gar nicht gefragt, Harriet, was machst du eigentlich beruflich?«

»Ich – ich arbeite auf einem Pier«, sagte Hal. Sie mochte diese Frage nicht. Immer wenn ihr Beruf zur Sprache kam, rückte sie ins Zentrum der Aufmerksamkeit, und das auf eine sehr unangenehme Art. Die Reaktionen unterschieden sich je nach Situation. In flüchtigen Unterhaltungen war es meist irgendetwas zwischen höflichem Interesse und verkappter Belustigung. Auf Partys und im Pub erntete sie entweder nur schallendes Gelächter oder sie wurde johlend um eine Sitzung angebettelt. Sie hatte schnell gelernt, das Wort »Wahrsagerin« gar nicht erst in den Mund zu nehmen, wegen der aggressiven Forderungen, an Ort und Stelle eine Spontanweissagung zu machen. »Sag mir, woran ich gerade denke«, erinnerte sich Hal an einen jungen Mann in einer Kneipe, sein Gesicht aufdringlich nah an ihrem. »Na los. Sag mir, woran ich denke, wenn du wirklich so eine Orakelmieze bist!«

Er hatte ihr direkt auf die kleinen Brüste gestarrt und Hal dachte nur: *Ich weiß genau, woran du denkst.* Doch sie sagte nichts.

Wenn man sie jetzt fragte, antwortete sie nur, dass sie Tarotkarten legte, und wenn jemand sie um eine Lesung bat, konnte sie diese Bitte einfach mit der Ausrede abwimmeln, sie habe ihre Karten nicht dabei.

Ehe Harding weitere Fragen stellen konnte, summte glücklicherweise sein Handy, und als er es aus der Tasche zog, hellte sich sein Gesicht auf.

»Ah, Mitzi schreibt. Sie hat ein Café gefunden. Also, Harriet, wollen wir?«

Im Auto zurück nach Trepassen House schwieg Hal. Ezra hatte einen Banktermin und war nicht mit zum Mittagessen gekommen, und sie hatte anschließend am vereinbarten Treffpunkt über eine Stunde auf ihn gewartet. Als Ezra endlich auftauchte, roch sein Atem nach Whiskey. Seine Fahrtüchtigkeit schien zwar nicht beeinträchtigt, aber Hal zuckte dennoch zusammen, als er knapp vor einem heranrasenden Landrover rechts abbog.

Sie hatten Trepassen House fast erreicht, als Ezra das Wort ergriff.

»Alles in Ordnung? Du bist so still.«

»Tut mir leid«, sagte Hal. Sie setzte sich aufrechter hin und rang sich ein Lächeln ab. *Denk dran, du bist eine Maus, keine Ratte. Kleines Mäuschen Harriet.* »Ich war nur … in Gedanken.«

»Worüber?«

»Es ist …« Sie stockte, wollte etwas sagen, was der Wahrheit entsprach, aber zugleich nicht die Wahrheit war, doch schließlich kamen die Worte wie von selbst, ohne dass sie etwas dagegen tun konnte. »Es ist nur … wegen Harding und seiner Familie. Anscheinend ist ihnen gar nicht bewusst, wie glücklich sie sich schätzen können.«

Ezra sagte nichts, doch er blickte sie aus dem Augenwinkel an und schaltete dann einen Gang herunter, bevor er um eine Kurve bog.

»Sie können sich wirklich glücklich schätzen«, antwortete er schließlich. »Und du hast recht, sie wissen es nicht. Vielleicht habe ich deshalb vorhin den armen Freddie so angefahren.« Er rieb sich mit der Hand übers Gesicht und seufzte, wieder drang Hal der leichte Whiskeygeruch in die Nase. »Trotz all seiner Fehler – und Harding hat weiß Gott einige davon – ist er ein guter Vater, besser als die meisten.«

»Ich hatte eine wunderbare Mutter«, sagte Hal. Ihre Stimme bebte dabei, aber sie presste die Zähne aufeinander und sagte sich: *Ich werde nicht weinen. Nicht jetzt. Nicht hier. Ich benutze ihren Tod nicht, um mir sein Mitleid zu erschleichen.* Doch sie konnte nicht verhindern, dass ihr eine einzelne Träne über die Wange kullerte. Mit einer heftigen Bewegung wischte sie sie weg. »Wenigstens hatte ich achtzehn Jahre mit ihr, was immer mir jetzt auch fehlt. Ich hätte in all der Zeit nichts ändern wollen.«

Ezra schaltete erneut und sagte: »Harriet, Abel hat mir erzählt –« Es fiel ihm sichtlich schwer weiterzusprechen. »Was … was mit Maud passiert ist, der Unfall. Er hat gesagt –«

Er verstummte und Hal sah, dass sein Gesicht von Kummer verzerrt war.

»Ich habe es nie erfahren.« Seine Stimme klang heiser, und Hal hatte zum ersten Mal das Gefühl, dass es endlich jemanden gab, dessen Trauer ebenso echt und unmittelbar war wie ihre eigene. »Ich habe jahrelang nach ihr gesucht und nicht gewusst, dass sie die ganze Zeit am Leben war, dass es ihr gutging, dass sie direkt auf der anderen Seite des Kanals lebte und es – Gott, es tut so weh. Ich bin so wahnsinnig wütend auf sie. Wie konnte sie das tun?«

»Ich weiß es nicht«, flüsterte Hal. Und wieder spürte sie die quälende Scham über den Vertrauensmissbrauch, über die Lüge, die sie hier weiter aufrechterhielt. Als sie in diesen Zug eingestiegen war, hatte sie nicht geahnt, was sie in Gang setzen würde. Die Lügen über sich, über ihre Herkunft, das ganze Theater mit Mr Treswick – all das fühlte sich an wie ein Spiel. Doch mit den Tragödien anderer Menschen zu spielen war nicht das, was sie sich vorgestellt hatte.

Wie es wohl war, wenn man seinen Zwilling, seine zweite Hälfte, verlor?

»Tut mir leid«, sagte sie, und ihre Stimme klang heiser von der Anstrengung, die Tränen zurückzuhalten. »Ich hätte das Thema nicht ansprechen sollen – ich wollte nicht –«

Sie stockte, und Ezra schüttelte den Kopf, aber nicht tadelnd. Stattdessen schien er damit etwas ausdrücken zu wollen, wofür beiden die Worte fehlten.

Schließlich räusperte er sich und fragte: »Und was ist mit deinem Vater?«

Sie hatten den Hohlweg verlassen und befanden sich jetzt auf der Steilküstenstraße, die sich landeinwärts nach Trepassen House schlängelte. Hal sah aus dem Fenster und blickte auf die dunkle Weite des Meeres, seltsam und feuersteinfarben und so anders als die kreidige, milchige Brandung zu Hause in Brighton.

»Ich habe ihn nie kennengelernt«, sagte sie. Ihre Stimme war fest. Dieser Teil wenigstens schmerzte nicht. Mit dieser Geschichte würde sie niemanden hintergehen, außerdem hatte sie diese Frage schon so oft beantwortet. »Er war ein One-Night-Stand. Meine Mutter kannte noch nicht einmal seinen Namen.«

»Also könnte er irgendwo da draußen sein?«, fragte Ezra.

Hal zuckte mit den Schultern. »Ja, vermutlich. Aber ich hätte keine Chance, ihn ausfindig zu machen, selbst wenn ich wollte.«

»Du willst es also nicht?«

»Eigentlich nicht. Was man nie hatte, vermisst man auch nicht.«

Das entsprach gewissermaßen der Wahrheit. Doch Hal musste auch an Harding denken, wie er beim Mittagessen seinen Arm um Kitty gelegt und sie fest in den Arm genommen, vor der Zugluft geschützt hatte. Und sie wusste … es war nur die halbe Wahrheit.

8. Dezember 1994

Abel ist heute aus Oxford zurückgekommen. Die Vorlesungen sind seit einer Woche zu Ende, aber er hat noch einen Umweg über Wales gemacht, um einen Freund zu besuchen, und vielleicht auch, um die Heimkehr hinauszuzögern. Ich kann es ihm nicht verübeln. Harding, den ich immer noch nicht kennengelernt habe, hat nur knapp mitgeteilt, dass das Steuerbüro, für das er in London arbeitet, ihn nicht entbehren könne und dass er deshalb zu Weihnachten nicht nach Hause käme. Und Ezras Schulferien beginnen erst nächste Woche.

Das Erste, woran ich merkte, dass er angekommen war, war Maud, deren Kopf in die Höhe fuhr wie der eines Hirtenhundes, den ein Geräusch aufgeschreckt hatte. Wir saßen im Salon, dem einzigen warmen Zimmer im ganzen Haus, abgesehen vom Wohnzimmer meiner Tante. Wir hatten es uns in der Nähe des Feuers gemütlich gemacht, ich mit meinem Patience-Spiel und Maud mit einem Buch und ihrem Walkman. Ich grübelte gerade über einer besonders kniffligen Auslage, als sie die Kopfhörer abnahm.

»Meine Güte«, sagte sie. »Wir geben ja hier ein Bild ab wie Betty und ihre Schwestern. *Was –«.*

Sie verstummte und horchte einen Moment lang. Und noch bevor ich fragen konnte, was sie gehört hatte, rannte sie schon aus dem Salon und durch den Flur zur Eingangstür.

»Al!«, hörte ich sie rufen und dann seine Antwort, und ich lief ihr hinterher und sah, wie sie sich in die Arme fielen. Er hob sie hoch und wirbelte sie unter ihrem kreischenden und lachenden Protest ungestüm durch die Luft.

»Hi, Abel«, sagte ich, mit einem Mal schüchtern, und er

nickte mir über Mauds Kopf hinweg zu, bevor er sie auf dem Teppich wieder absetzte.

»Hi, Maggie.«

Und das war's. Diese Art der Begrüßung hat man für einen Fremden oder eine flüchtige Bekannte übrig. Er nahm seinen Koffer, legte einen Arm um Mauds Schulter, und schon waren die beiden in ein Gespräch vertieft – über die Schule, über irgendein Mädchen, das er kennengelernt hatte, und ich spürte … ich weiß nicht, was. Eine Art wütende Trauer wahrscheinlich. Enttäuschung darüber, dass er es nach allem, was im Sommer geschehen war, nicht einmal fertigbrachte, sich nach mir zu erkundigen, nachzufragen, was in meinem Leben so passiert war. Dabei hatte es sich angefühlt, als stünden wir uns nahe, wir alle, in diesen trägen Sommertagen. Und die Beziehung zwischen Maud und mir war in den Wochen und Monaten danach sogar noch enger geworden – wir waren wie Schwestern. Aber in diesem Moment war es offensichtlich, dass ich in dieser Familie, zumindest für Abel, eine Außenseiterin bin. Vielleicht wird das immer so bleiben.

Es war kein schöner Gedanke. Ich drehte mich um und ging zurück in den einigermaßen warmen Salon, um meine Möglichkeiten durchzuspielen.

Bald wird die Wahrheit ans Licht kommen, ob ich es will oder nicht. Die Frage ist, werden sich dann die Reihen gegen mich schließen?

Als ich hier ankam, glaubte ich, eine zweite Familie zu finden, einen Ersatz für die, die ich verloren habe. Aber jetzt bin ich mir da nicht mehr so sicher. Maud und Abel Arm in Arm zu sehen, wie sie miteinander lachten und mich – nicht einmal in böser Absicht – ausschlossen … Es führte mir schmerzhaft eine Wahrheit vor Augen, die ich nie hätte vergessen dürfen: Ganz gleich, was uns sonst verbindet, Blut ist dicker als Wasser. Und wenn sie sich gegen mich verbünden, habe ich keinen Ort, an den ich gehen kann.

23

Hal stolperte beim Aussteigen aus Ezras Wagen. Die Blechdose rutschte aus ihrer Hosentasche, schlug dumpf auf dem Kies auf, und die Karten fielen heraus.

»Verdammt!« Sie bückte sich hastig, um die abgenutzten Spielkarten zusammenzuraffen, bevor der Wind sie davonfegte.

Ezra schlug die Fahrertür zu und kam um das Auto herum.

»Ist dir was runtergefallen?«, fragte er, bevor er eine der Karten aufhob und neugierig in Augenschein nahm. Seine Miene veränderte sich, einen Moment wirkte er, als hätte er einen Geist gesehen, doch dann schien er sich wieder zu fangen und lachte auf.

»Tarot!«

»Das ist mein Job«, sagte Hal knapp. Eine Karte klemmte unter dem Reifen des Saab, und sie versuchte, sie hervorzuziehen, ohne sie zu beschädigen. »Ich arbeite als Kartenlegerin auf einem Pier in Brighton.«

»Das gibt's ja nicht!« Jetzt lachte er aus vollem Hals. »Im Ernst? Das hast du aber gut geheim gehalten.«

»Eigentlich nicht.« Sie beugte sich vor und warf einen prüfenden Blick unter den Wagen. Dort lagen zwei weitere Karten, von denen sie die erste aufhob, aber an die zweite kam sie nicht heran. »Könntest du – kommst du an die Karte da in der Mitte dran?«

Ezra bückte sich und schaute nach, bevor er seinen langen Arm unter den Wagen schob und nach der Karte tastete.

»Hab sie.«

Doch als er sich wieder aufgerichtet und seine Hose abgeklopft hatte, betrachtete er das Objekt in seiner Hand, und Hal sah, dass es keine Karte war. Es war das Foto, das Abel ihr gegeben hatte.

»Hm.« Er hielt es einen Moment lang in den Händen und wischte etwas Schmutz aus den Knicken im Papier. »Wo hast du das her?«

»Abel hat es mir gegeben.« Hal biss sich auf die Lippe. »Er – er dachte – er dachte, ich würde es haben wollen. Ich habe nämlich nicht viele Bilder von meiner Mutter.«

»Verstehe.« Mehr sagte Ezra nicht, sondern starrte nur das Foto an und strich mit dem Daumen behutsam über das Gesicht seiner Schwester, das ihn anlachte. »Du –« Er schluckte mühsam. »Sie fehlt dir bestimmt.«

»Ja. Ja, das tut sie.«

Es schnürte ihr die Kehle zu. Die Zeit heilt alle Wunden, sagt man, doch das stimmte nicht, zumindest nicht ganz. Die einst schmerzhaft offene Wunde war zwar geschlossen, doch sie hatte eine Narbe zurückgelassen, die niemals ganz verheilen würde. Sie würde immer empfindlich, immer schmerzhaft bleiben.

Ezra wischte erneut ein imaginäres Sandkorn von dem Foto, bevor er es ihr zurückgab, fast zögernd, wie es Hal schien, und mit einem Lächeln, in dem etwas von ihrem eigenen, nur notdürftig verhüllten Kummer zu sehen war. Sie steckte es hastig mit den Karten in ihre Manteltasche.

»Mir auch«, sagte er. Dann drehte er sich um und ging zurück zum Haus, als könnte er es nicht ertragen, weiter darüber zu sprechen.

24

»Alles in allem sieht es also danach aus, als würden wir bis Montag hier festsitzen«, sagte Harding resigniert und ließ sich aufs Sofa des Salons fallen. Er nahm eine Tasse Tee von dem Tablett, das Mitzi gerade vor ihm abgestellt hatte, und trank einen großen Schluck.

»Ist nicht dein Ernst.« Abel schüttelte den Kopf. »So lange kann ich nicht wegbleiben. Ich habe Kundentermine am Montagnachmittag.«

»Dann schlage ich vor, dass du sie verschiebst«, sagte Harding gereizt. Er strich sich das Hemd glatt, das in der Mitte offenstand und den Blick auf ein Stück weiße Haut freigab. »Darf ich daran erinnern, dass das Ganze zum Teil auch deine Schuld ist, nachdem du zu dem Termin gar nicht erst erschienen bist? Ich habe das Gefühl, dass ich der Einzige von uns dreien bin, der versucht, aus diesem Schlamassel wieder herauszukommen.«

»Ich hatte doch überhaupt keine Ahnung, dass Mutter mich zum Vollstrecker gemacht hat«, rief Abel aus. »Was hat sie da bloß geritten?«

»Das frage ich mich schon die ganze Zeit«, entgegnete Harding.

»Schiere Boshaftigkeit, ganz einfach«, sagte Ezra aus der Ecke des Zimmers. Er stand auf und nahm sich eine Tasse vom Tablett und einen Keks vom Teller. »Der Gedanke an die Unannehmlichkeiten, die sie hinterlassen würde, hat ihr garantiert noch auf dem Totenbett Freude bereitet.«

Abel nickte bitter. »Das glaube ich auch. Und wahrscheinlich dachte sie, dass diese Unannehmlichkeiten sich durch einen langwierigen Rechtsstreit, der auch noch den gesamten Nachlass verschluckt, jahrelang hinziehen würden.«

Langwieriger Rechtsstreit. Bei diesen Worten durchzuckte Hal Panik. In Gedanken sah sie sich schon vor Gericht, hörte den Staatsanwalt in gespielter Verwirrung sagen: »Erklären Sie es mir noch mal, Miss Westaway. Sie haben also aufrichtig geglaubt, dass Ihre Großmutter Marion sich in Hester umbenannt hatte und von einer bescheidenen Sozialwohnung in Surrey auf einen Landsitz in Cornwall gezogen war, und zwar *nach ihrem eigenen Tod?*«

Es gab nur einen Ausweg. Der würde sie zwar nicht vor Mr Smith schützen – aber ohnehin würde sie nichts vor ihm schützen, das wurde ihr jetzt immer klarer. Denn selbst wenn sie wie durch ein Wunder an falsche Papiere käme, die gut genug waren, um der Überprüfung standzuhalten, und wenn sie sich irgendwie durch die Befragungen mogeln könnte, vor Ablauf der Zahlfrist würde kein Geld fließen.

Nein. Sie musste jetzt Schadensbegrenzung betreiben und sich aus dem Staub machen, solange sie noch konnte.

Sie erhob sich und holte tief Luft. »Hört mal, ich habe nachgedacht und –«

»Ach, nicht jetzt, Harriet«, unterbrach Harding sie. Er tunkte seinen Keks in den Tee und sah zu, wie der Rand wegbröckelte.

»Doch, jetzt!«, widersprach Hal mit fester Stimme. Ein Gefühl der Verzweiflung schnürte ihr die Kehle zu – das Wissen, dass sie sich mit jedem Tag tiefer in die Sache verstrickte und dass es schon sehr bald keinen Ausweg mehr geben würde. »Ich habe nachgedacht – über das Erbe, ich will nicht –«

Sie stockte, rang nach Worten. Doch bevor sie die Sprache wiedergefunden hatte, durchbrach Ezra die Stille.

»Also, Abel hat recht. Mutter wollte sehr wahrscheinlich wirklich, dass wir das Erbe für Anwälte und Prozesskosten verschwenden. Ich kann keinen anderen Grund erkennen, warum sie es sonst getan hätte. Aber seien wir mal ehrlich – steht irgendeinem von uns auch nur ein Penny von ihr zu?« Er blickte erst Harding an, dann Abel. Abel zuckte mit den Schultern. »Und *wollen* wir überhaupt einen Penny? Ich sicher nicht. Wäre es nicht das Beste, wenn wir Mutters Pläne vereiteln und jetzt einfach … loslassen?«

Auf dem Sofa summte Kitty jetzt die Melodie des Titelsongs aus *Frozen*.

Abel lachte.

»*Let it go*. Das gefällt mir, Kitty. Die Idee hat doch etwas immens … Befreiendes. Ich jedenfalls hatte sowieso nichts erwartet, und ich will Trespassen bestimmt nicht wie einen Mühlstein um den Hals hängen haben. Ich finde es völlig in Ordnung, wenn es an Harriet geht.«

»Nein! Ihr versteht nicht. Ich will das – ich will es doch gar nicht«, protestierte Hal verzweifelt.

»Wie bitte?« Harding wandte sich ihr zu und zog fragend eine Augenbraue hoch.

»Ich will das nicht – das alles hier.« Hal deutete mit einer ausladenden Geste auf das Haus und das Grundstück vor dem Fenster. »Das hatte ich nicht im Sinn, als ich hierhergekommen bin. Als ich Mr Treswicks Brief bekam, das gebe ich zu, ja, da habe ich auf eine Erbschaft gehofft.« Die Worte purzelten nur so heraus, kamen direkt aus dem Herzen, zu schnell, um noch abzuwägen, ob es klug war, was sie da tat. »Aber doch nicht das hier – nicht alles. Ich wollte nie so eine riesige Verantwortung tragen – alles, was ich wollte, war, meine Heizkosten bezahlen und ein paar meiner Schulden begleichen zu können. Gibt es keine Möglichkeit, wie ich – ich weiß nicht – kann ich das Ganze nicht ablehnen?«

Es folgte eine lange Stille, nur durchbrochen von Kitty, die immer noch leise *Let it go* summte, und dem dumpfen Rauschen aus Freddies Kopfhörern.

»Na«, sagte Mitzi schließlich mit leicht brüchiger Stimme. »Das nenne ich anständig, Harriet.«

»Es ist … auf jeden Fall eine Überlegung wert«, sagte Harding. Er stand auf, stopfte sein Hemd fester in seine Bundfaltenhose und trat ans Fenster. »Ich glaube, es gibt so etwas wie einen Erbabtretungsvertrag, wobei die Nachlassempfänger – vorausgesetzt, alle Beteiligten sind sich einig – ihren Erbanteil ändern können … aber natürlich müssten wir uns fragen, ob es moralisch richtig wäre, in Anbetracht von Mutters letztem Willen …«

»Ich will ihr Geld nicht«, sagte Ezra geradeheraus. »Ich will es nicht von ihr und ich will es nicht von Harriet.«

»Hör mal«, sagte Abel. Er legte Hal einen Arm um die Schulter und drückte sie fest. »Das ist eine sehr liebe Geste, kein Zweifel, und ich finde das großartig von Harriet. Aber so eine Entscheidung darf man nicht auf die leichte Schulter nehmen. Ich schlage vor, wir alle, nicht zuletzt Harriet, schlafen eine Nacht darüber, und vielleicht sollten wir« – er warf seinen Brüdern einen Blick zu – »die Sache auch unter uns besprechen. Und es dann vor dem Termin mit Mr Treswick am Montag gemeinsam entscheiden. Einverstanden?«

»Einverstanden«, sagte Harding. »Harriet?«

»Okay«, sagte Hal. Sie merkte, dass sie die Hände noch immer zu Fäusten geballt hatte und ihre angespannten Muskeln Abels Berührung widerstanden. »Aber ich werde meine Meinung nicht ändern.«

25

Einige Stunden später spazierte Hal in der zunehmenden Dämmerung über das Grundstück und grübelte darüber nach, was zum Teufel sie tun sollte. Ihr kühnes Robin-Hood-Gefühl war komplett verflogen und einer wachsenden Beklemmung gewichen.

Abel hatte sie nach dem Tee beiseitenehmen und mit ihr reden wollen, doch sie hatte sich entzogen, unfähig, sich gutgemeinte Ratschläge anzuhören. Sie hatte das Gefühl gehabt, unter all dem Schulterklopfen, den Plattitüden, den übertrieben herzlichen Umarmungen ersticken zu müssen, und so hatte sie sich mit dem Vorwand, müde zu sein, in ihr Zimmer zurückgezogen.

Doch oben verstärkte sich das Gefühl der Bedrängnis nur noch, und als sie auf dem schmalen Metallbett lag, kamen ihr die Stäbe des Gestells wie die Gitterstäbe einer Zelle vor. Ihre Gedanken kehrten immer wieder zu den Riegeln an der Tür und dem winzigen Hilferuf auf der Fensterscheibe zurück. Was war hier passiert? Warum hatte ihre Mutter diesen Abschnitt ihres Lebens nie erwähnt? War etwas so Schlimmes passiert, dass sie es nicht über sich gebracht hatte, darüber zu sprechen?

Schließlich war sie aufgestanden und auf Zehenspitzen nach unten geschlichen, vorbei am Salon, wo Mitzi ihren Kindern gerade eine Predigt über Hausaufgabendisziplin hielt, und dann hinaus in den dämmrigen Garten.

Auf den Grashalmen lag Feuchtigkeit, die dem Rasen in dem Licht, das durch die Salonfenster schien, einen silbrigen Schimmer verlieh, und als Hal zurückblickte, sah sie die Spur, die ihre Schritte auf der Anhöhe hinterlassen hatten. Die Haut an ihren

Beinen war feucht, dort, wo das Wasser durch die Stiefel und den Stoff ihrer Jeans gedrungen war.

Sie ging weiter, ohne Absicht und Ziel, bis sie sich vor dem Wäldchen wiederfand, das sie beim letzten Mal entdeckt hatte, bevor Abel sie auf das Labyrinth aufmerksam machte.

Diesmal sah sie deutlich das Glitzern von Wasser durch die Bäume hindurch. Sie schlängelte sich durch den überwachsenen Pfad, vorbei an Nesseln und Brombeersträuchern, bis sie das Ufer eines kleinen Sees erreichte. Früher, dachte sie, war das sicher mal ein sehr idyllischer Ort. Aber jetzt, so kurz vor Einbruch der Nacht und mitten im Winter, war der Anblick eher traurig, der See war torfbraun und erstickte fast unter den faulenden Blättern, das Ufer nur ein unwegsamer Streifen aus schwarzem Morast. In der Mitte des Sees befand sich eine kleine, mit Bäumen und Sträuchern wild überwucherte Insel, und dahinter war ein dunkles Gebilde zu erkennen, eine Art Haus, dachte Hal, doch im Dämmerlicht war kaum etwas auszumachen.

Sie setzte ihre Brille ab und putzte die Gläser, um das Gebäude genauer in Augenschein zu nehmen, als es hinter ihr plötzlich knackte. Sie fuhr herum und sah die Silhouette einer großen Gestalt, die sich gegen die Lichter des Hauses abzeichnete.

»Wer –«, brachte sie mit heftig klopfenden Herzen hervor und hörte dann ein tiefes, belustigtes Lachen.

»Tut mir leid«, sagte eine Männerstimme. Hal setzte sich eilig die Brille wieder auf, und als die Gestalt näher trat, erkannte sie Edward. »Ich wollte dich nicht erschrecken. Es gibt gleich Abendessen – hast du den Gong nicht gehört?«

»Wie –« Hal spürte, dass sie zitterte, dabei war ihr klar, dass ihr Schreck über Edwards Auftauchen völlig übertrieben war. »Woher w-wusstest du, dass ich hier bin?«

»Ich bin deiner Fußspur im Gras gefolgt. Was in aller Welt hat dich hierhergetrieben? Das ist ein ziemlich bedrückender Ort.«

»Keine Ahnung«, sagte Hal. Ihr Herz pochte immer noch wild. »Ich – ich wollte spazieren gehen. Ich musste mal raus.«

»Das wundert mich nicht«, sagte Edward. Er schob die Hände in die Taschen, schien nach etwas zu suchen, und Hal rätselte kurz, was es wohl sein könnte, aber dann zog er eine Zigarette heraus, legte den Zeigefinger verschwörerisch an die Lippen und zündete sie an. »Kein Wort zu Abel. Er mag das nicht.«

Der Rauch zog nach oben, ein blasser Streifen am dunkler werdenden Himmel. Hal fiel ein, dass sie Edward seit seiner Ankunft gestern kaum gesehen hatte. Wo hatte er die ganze Zeit gesteckt?

»Gehen wir zurück?«, fragte sie, und er nickte.

»Aber langsam, ich muss die zu Ende rauchen.« Er nahm noch einen Zug, während Hal sich umwandte und voranging. Inzwischen war der Pfad unter ihren Füßen kaum mehr zu erkennen. Eine Brennnessel streifte ihren Arm und sie schrie leise auf.

»Dornen?«, fragte Edward hinter ihr.

»Brennnessel«, antwortete Hal knapp. Sie lutschte an ihrem Handrücken, konnte die Stichbläschen mit ihrer Zunge erfühlen. Das würde noch eine Weile wehtun.

»Autsch«, kommentierte Edward, gefolgt von einem leisen Knistern, als er einen Zug von seiner Zigarette nahm.

»Sag mal«, sagte sie, weniger aus Neugier als aus dem Wunsch heraus, sich von ihrer brennenden Haut abzulenken, »was ist das für ein Gebäude auf der anderen Seite des Sees?«

»Oh, das … das war mal ein Bootshaus«, sagte Edward. »Früher. Ich bezweifle aber, dass man heute noch mit einem Boot über den See käme, bei all den Algen.« Er warf die Zigarettenkippe hinter sich, die mit einem Zischen in einer Pfütze landete. »Er müsste ausgebaggert werden. Im Sommer stinkt er gewaltig.«

»Ich dachte, ihr kommt nie hierher?«, sagte Hal überrascht. Die Worte waren draußen, bevor sie es sich anders überlegen konnte, doch Edward schien sich nicht daran zu stören. In der Dunkelheit hörte sie ihn lachen.

»Ein wenig dichterische Freiheit, die Abel sich da herausgenommen hat. Es stimmt, seine Mutter hatte ihn wirklich verstoßen, und es herrschte längere Zeit Funkstille zwischen den beiden. Aber in den letzten Jahren hat es so etwas wie eine Annäherung gegeben.«

»Im Alter werden viele Menschen etwas milder, stimmt's?«, fragte Hal vorsichtig. Gerade verließen sie das Wäldchen und Edward schloss zu ihr auf.

»Schon möglich«, sagte er. »Aber ich glaube, das war es nicht. Im Gegenteil, Hester wurde meines Erachtens mit zunehmendem Alter eher noch unleidlicher. Aber Abel ... tja, er ist da seltsam. Nachsichtiger, als gut für ihn ist. Böses Blut zwischen sich und anderen kann er nicht ertragen. Er würde alles tun, um offene Feindseligkeiten zu vermeiden – Beleidigungen lieber runterschlucken, über glühende Kohlen laufen, sich selbst erniedrigen. Nicht gerade seine beste Seite, andererseits macht es das Leben oft leichter. In den letzten Jahren ist er recht häufig hierhergekommen.«

Hal wusste darauf nichts zu sagen. Sie hatte den Eindruck, dass Edward seinen Partner nicht besonders mochte. Aber vielleicht war es nur die Nebenerscheinung einer Langzeitbeziehung.

Als sie den Rasen überquerten, sah Hal, dass die Läden an den Fenstern des Esszimmers geschlossen waren und von innen kein Licht herausdrang. Sie war fast erleichtert, als Edward auf dem Kiesweg nach links abbog und sie entlang der Fassade zum Wintergarten führte. Hier betraten sie das Haus und gingen zu dem Raum, in dem sie am Morgen gefrühstückt hatten.

Dort saßen die anderen bereits, Harding am Kopf des Tisches, Freddie auf dem Stuhl zusammengesackt und mit seiner Spielekonsole beschäftigt, während die beiden anderen Kinder unter dem Tischtuch verstohlen auf ihren Handys herumtippten.

Mitzi saß neben Abel und erzählte von ihren Plänen für die Rückreise. Nur Ezra fehlte noch.

In der Hoffnung, möglichst wenig Aufmerksamkeit zu erregen, nahm Hal auf dem freien Stuhl neben Richard Platz und hängte schweigend ihren Mantel über die Lehne. Kaum war sie mit ihrem Stuhl an den Tisch gerückt, schwang die Tür auf und Mrs Warren kam mit einem riesigen Schmortopf hereingehumpelt.

»Oh, Mrs Warren!«, rief Mitzi und sprang auf. »Warten Sie, ich helfe Ihnen.«

»*Warten Sie, ich helfe Ihnen,* sagt sie«, äffte Mrs Warren Mitzi und ihre geschliffene Aussprache nach. Dann knallte sie den Topf auf den Tisch, wobei dünne Bratensoße auf die Tischdecke schwappte. »Davon war nichts zu hören, als ich heute den ganzen Nachmittag in der Küche gestanden habe.«

»Mrs Warren«, sagte Harding kühl, »dieser Ton ist nicht nötig. Meine Frau war mit uns allen heute Nachmittag damit beschäftigt, die Testamentssache zu klären. Wenn Ihnen die Bewirtung zu viel wird, sagen Sie es nur, dann helfen wir Ihnen selbstverständlich gern.«

»Ich dulde keine fremden Leute in meiner Küche«, gab Mrs Warren zurück.

»Also bitte, Mrs Warren, wir sind wohl kaum als fremde Leute zu bezeichnen!«, rief Harding entrüstet, aber da hatte Mrs Warren schon das Zimmer verlassen. »Meine Güte, sie wird immer unausstehlicher.«

Mit einem Knall fiel die Tür ins Schloss.

»Sie ist schon sehr alt, Darling«, sagte Mitzi beschwichtigend. »Und sie hat sich wirklich aufopferungsvoll um deine Mutter gekümmert. Allein dafür sollten wir doch ein Auge zudrücken, meinst du nicht?«

»Ja, natürlich, aber wir müssen uns langsam mit der Frage auseinandersetzen, was wir mit –«

Er verstummte, denn in diesem Moment kam Mrs Warren

mit einem Teller Ofenkartoffeln zurück, stellte ihn mit einem Scheppern auf den Tisch und verschwand wortlos wieder.

Mitzi seufzte und bedeutete Freddie, ihr seinen Teller zu geben.

»Na los, langen wir zu, bevor alles kalt wird.«

Der gräuliche Eintopf sah unappetitlich aus, und als Mitzi Freddie den Teller zurückgab, auf dem knorrige braune Klumpen in einer wässrigen Flüssigkeit schwammen, sah er seine Mutter entgeistert an.

»Mama, bäh, das sieht total ekelhaft aus.«

»Tja, es ist dein Abendessen, Freddie, da musst du jetzt durch. Nimm dir eine Kartoffel«, forderte Mitzi ihn auf. Sie schöpfte eine Portion Eintopf auf Kittys Teller. Die nahm sich mit den Fingern eine Kartoffel und verzog das Gesicht, als sie sie auf dem Teller ablegte.

»Die Kartoffeln sind steinhart. Die sehen aus wie Dinosauriereier.«

»Himmel noch mal!«, fuhr Mitzi sie an. Sie stellte Richard seinen Teller hin und tat dann Edward auf.

»Ich muss zugeben, es riecht schon etwas unappetitlich«, sagte Edward vorsichtig, als sie ihm den Teller reichte. Er nahm ein Stück Fleisch – Rind, vermutete Hal, doch von Hammel bis Hirsch schien alles möglich – und kaute vorsichtig darauf herum. »Meint ihr, ich kann es wagen, um Senf zu bitten?«, fragte er mit vollem Mund.

»Ich persönlich würde es nicht riskieren«, sagte Abel, der mit grimmiger Entschlossenheit an seinem Stück Fleisch herumsägte und das Gesicht verzog, als er es sich in den Mund steckte. »So schlimm ist es eigentlich gar nicht«, murmelte er.

»Was hab ich verpasst?« Die Stimme kam von der Tür. Hal drehte sich um und sah Ezra im Türrahmen lehnen.

»Ach, du bist's!«, sagte Harding in einem säuerlichem Ton. »Wie nett, dass du uns beehrst.«

»Abels Gesichtsausdruck nach zu urteilen ist mir nicht viel

entgangen«, sagte Ezra. Er setzte sich auf den freien Stuhl neben Hal und legte seine gebräunten Arme auf die Lehne. »So. Was gibt es denn?«

»Graue Kotze mit Dinosauriereiern«, sagte Kitty mit einem Kichern.

»Kitty, es reicht!«, wetterte Harding. »Ich habe jetzt die Faxen dicke.«

»Meine Güte, Harding.« Mitzi knallte ihm seinen Teller hin. »Lass das Kind in Ruhe. Es ist nicht ihre Schuld, dass du schlechte Laune hast.«

»Ich habe keine schlechte Laune«, knurrte Harding. »Ich wünsche mir nur ein Minimum an Tischmanieren.«

»Mrs Warren ist sehr alt und sie hat ihr Bestes –«, begann Abel an Kitty gewandt, doch Ezra unterbrach ihn.

»Ach, hör doch auf, Abel. Das Kind hat ja recht. Mrs Warren hat schon immer grauenvoll gekocht, bloß hatten wir als Kinder eben nur die Internatskantine als Vergleich, weshalb wir nicht begriffen, wie schlecht das Essen hier wirklich war. Hardings Kinder können sich glücklich schätzen, etwas höhere Standards zu kennen.«

Inzwischen hatte auch Hal ihren Teller bekommen. Sie stocherte eine Weile an dem grauen Fleischklumpen herum und wandte sich dann lieber der Ofenkartoffel zu. Die Schale war schrumpelig, aber beim Aufschneiden stellte Hal fest, dass sie in der Mitte noch roh war.

»Tja, ich esse das nicht«, sagte Kitty bestimmt und schob ihren Teller von sich. »Mama hat doch in Penzance heute Kekse gekauft.«

Ein Dessert gab es nicht. Nach dem Essen begab man sich in den Salon, wo auf dem Tisch vor dem Kaminfeuer eine Kanne mit lauwarmem Kaffee bereitstand. Mitzi ging hinaus, kam kurz darauf mit drei Kekspackungen zurück und verteilte die Kekse auf Tellern. Ihre Kinder machten sich darüber her wie hungernde Waisenkinder. Hal nahm einen Schokokeks und tunkte ihn in die Tasse Kaffee, die Edward ihr eingeschenkt hatte. Der aufgeweichte Keks schmeckte nach Zuhause, und einen Augenblick lang fühlte sie sich wie an den Sonntagen ihrer Kindheit, als sie morgens neben ihrer Mutter im Bett gelegen und verstohlen ihre Kekse in deren Kaffee getunkt hatte.

Mitzis Stimme riss sie aus ihren Gedanken. »Alles in Ordnung, Harriet? Du scheinst gerade ganz woanders zu sein.«

Hal schluckte ihren Keks hinunter und rang sich ein Lächeln ab. »Ja, alles in Ordnung. Tut mir leid. Ich hab nur über etwas nachgedacht.«

»Ich habe heute etwas über Hal erfahren«, verkündete Ezra unerwartet vom anderen Ende des Zimmers. Er nahm einen Schluck von seinem Kaffee und blickte Hal direkt an. »Etwas, das sie bisher für sich behalten hat.«

Erschrocken ging Hal in Gedanken das Gespräch im Auto noch einmal durch, die Dinge, die sie über ihre Mutter gesagt hatte. War ihr dabei etwas rausgerutscht? Ihre Hand bebte leicht, als sie ihre Tasse auf der Untertasse abstellte, sodass ein Klirren zu hören war.

»Und zwar?« Mehr brachte sie nicht heraus.

»Ach … ich glaube, du weißt, worauf ich hinauswill, Hal«, sagte Ezra. Sein Lächeln hatte etwas Verschmitztes. »Warum erzählst du es ihnen nicht?«

Das war's, dachte Hal. Er weiß Bescheid. Er hat es herausgefunden und gibt mir jetzt die Chance, alles zu gestehen, bevor er ihnen von meiner Vergangenheit erzählt.

»Du hast recht«, sagte Hal. Ihr Mund fühlte sich auf einmal staubtrocken an. »Es gibt – da ist etwas, das ich euch nicht gesagt habe. Onkel Harding, ich –«

Ezra legte etwas auf den Beistelltisch.

Eine alte Tabakdose der Marke Golden Virginia. »Sie lag unter dem Esstisch. Anscheinend fällt sie dir gewohnheitsmäßig aus der Tasche«, sagte er.

Hal schoss das Blut in die Wangen, als sie begriff, was für einen riesigen Fehler sie beinahe begangen hätte.

»Harriet ist Tarotkartenlegerin«, erklärte Ezra. »Stimmt's, Hal?«

»Oh!« Eine seltsame Mischung aus Erleichterung und Ernüchterung durchströmte sie. Sie hätte am liebsten aufgelacht. »Mir war nicht klar, dass du darauf hinauswolltest – ja. Es stimmt.«

»Tarot?«, rief Mitzi aus und klatschte in die Hände. »Wie exotisch! Harriet, warum hast du uns nichts davon erzählt?«

»Keine Ahnung«, antwortete Hal wahrheitsgemäß. »Vielleicht weil … manchmal reagieren die Leute ein bisschen komisch.« Sie musste an Mrs Warren denken, an den Zorn in ihrem Ausdruck, als sie die Karten entdeckt hatte.

»Weißt du«, sagte Abel, »es ist irgendwie … seltsam. Ich hätte nie gedacht, dass Mauds Tochter einmal so etwas machen würde. Maud war ein durch und durch skeptischer Mensch.«

Hal sah zu ihm auf, doch in seinem Ton oder Ausdruck konnte sie keine Streitlust erkennen. Er wirkte nur ein bisschen traurig, so als erinnerte er sich gerade an glücklichere Zeiten.

»Sie war … na, das weißt du bestimmt besser als wir, aber sie war ein sehr rationaler Mensch«, fuhr er fort. »Für esoterischen Quatsch, wie sie es wohl genannt hätte, hatte sie nichts übrig. Tut mir leid, Harriet«, fügte er hastig hinzu, wobei er ihr die Hand auf den Arm legte. »Das sollte nicht so abwertend rüberkommen, wie es geklungen hat. Ich wollte dich nicht beleidigen.«

»Kein Problem.« Hal musste fast unwillkürlich lächeln. »Ich bin nicht beleidigt. Und ehrlich gesagt … ich glaube selbst nicht daran.«

»Im Ernst?« Mitzi klang kritisch. »Wie passt das denn zusammen? Hast du kein schlechtes Gewissen, den Leuten Geld abzunehmen, wenn du denkst, dass es sowieso Humbug ist?«

Hal spürte, dass sie rot wurde. Vor Menschen, die sie kaum kannte, gab sie es nur selten zu.

»Das klang jetzt vielleicht zynischer, als ich es gemeint hatte – aber … ich bin nicht abergläubisch. Ich glaube nicht ans Klopfen auf Holz, an Kristallkugeln oder schwarze Katzen von rechts. Ich glaube nicht, dass die Karten irgendwelche übersinnlichen Kräfte haben, auch wenn ich das meinen Kunden vielleicht nicht so direkt sagen würde. Trotzdem …« Sie hatte Mühe, in Worte zu fassen, was sie noch nicht besonders gründlich durchdacht hatte. »Sie haben trotzdem eine Bedeutung – auch wenn man nichts über Tarot weiß, kann man den Reichtum der Symbole und der Bildsprache erkennen. Die Vorstellungen hinter den Karten … das sind universale Kräfte, die im Leben jedes Menschen wirken. Ich glaube zwar nicht daran, dass die Karten uns irgendetwas sagen können, was wir nicht schon wissen, oder dass sie auf unsere Fragen magische Antworten geben – doch sie zeigen uns – sie eröffnen uns den Raum, damit wir die Fragen überhaupt stellen … Ergibt das einen Sinn? Ob meine Aussagen in einer Lesung nun wahr oder falsch sind, sie geben den Kunden die Gelegenheit, diese Kräfte in ihrem Leben zu reflektieren, ihre Instinkte zu hinterfragen. Ich weiß nicht, ob ich es richtig erkläre.«

Mitzi nickte, die perfekten Brauen nachdenklich gerunzelt. »Jaaaa …«, sagte sie gedehnt. »Ja, ich verstehe, was du meinst.«

»Machst du jetzt eine Lesung?«, fragte Kitty. Sie setzte sich gerade hin, die Augen weit aufgerissen vor Aufregung. »Bitte, nimm mich zuerst dran!«

»Kitty«, schimpfte Mitzi, »Harriet ist nicht bei der Arbeit.«

»Blödsinn«, sagte Ezra und grinste Hal zu. »Sie hätte die Karten ja nicht mitbringen müssen, oder?«

Hal verschränkte die Arme, unschlüssig, wie sie reagieren sollte. Schließlich war da was dran. Sie hatte freiwillig ihre Karten, *diese* Karten mitgebracht. Aber legen wollte sie nicht, nicht hier, nicht jetzt und nicht diese Karten. Denn die Karten zu legen bedeutete immer, etwas zu offenbaren – und das nicht nur, was die Kunden betraf. Hal war sich bewusst, dass sie in ihren Äußerungen fast ebenso viel von sich selbst preisgab.

Doch Kitty sah sie weiter bettelnd an und rang in freudiger Erwartung die Hände. Hal brachte es nicht über sich, sich zu weigern, zumindest fehlte ihr das Talent, es auf diplomatische Weise zu tun – in diesem Haus, in dem sie nur Gast war.

»Okay«, stimmte sie schließlich zu. »Ich mache eine Lesung mit dir.«

»Genial!«, rief Kitty aufgeregt. »Was brauchst du dafür? Irgendeinen Spezialtisch oder so?«

Hal schüttelte den Kopf. »Nein, ein gewöhnlicher Tisch reicht völlig aus. Setz dich mir gegenüber.«

Kitty kniete sich auf den Teppich gegenüber. Hal öffnete die Dose und nahm die Karten heraus.

»Oooh …« Kitty sah fasziniert zu, wie Hal die Karten in einem Schwung auf dem Tisch ausbreitete. Ihr Blick huschte von einer Karte zur nächsten, da waren die Zwei der Stäbe … der Eremit … die Königin der Kelche. »Was ist das für eine?«, fragte sie und deutete auf den Stern.

»Die hier?« Hal hob sie auf. In ihrem Deck zeigte die Karte eine badende Frau in einem Waldsee bei Nacht, die sich im Licht der Sterne Wasser über den Körper goss. Die Karte war wunderschön, sie strahlte Gelassenheit und Ruhe aus. »Das ist der Stern«, erklärte Hal. »Er steht für Erneuerung der Zuversicht, Frieden, innere Einkehr, Gelassenheit. Verkehrt herum liegend bedeutet sie das Gegenteil – sich entmutigen lassen und den negativen Dingen nachhängen.«

»Und was ist mit der hier?« Kitty deutete auf eine Karte am Rand. Sie zeigte ein Mädchen, das durch eine verschneite Landschaft kroch. Aus einem dunklen Himmel fielen Schneeflocken herab, deren friedliche Anmutung einen scharfen Kontrast zu der Szene am Boden darstellte, wo die junge Frau in ihrem endlosen Kampf gefangen war. Ihre blutigen Finger hatten tiefe

Kratzspuren im Schnee hinterlassen, und in ihrem Rücken steckten neun Schwerter, jedes ein wenig anders, manche lang, manche kurz, manche mit polierten Klingen und fein ziselierten Griffen, andere fast nur einfache Holzpfähle. Das zehnte, ein langer Glas- oder vielleicht Eissplitter, befand sich in ihrer Hand.

»Das ist die Zehn der Schwerter«, sagte Hal. Obwohl sie die Karte in all ihren Details kannte, nahm sie sie jetzt in die Hand und begutachtete sie erneut, bevor sie sie umdrehte, damit Kitty das Bild besser erkennen konnte. Diese Karte war eine der düstersten im ganzen Deck – und eine, die Hal immer ein wenig zusammenzucken ließ, wenn sie in einer Legung aufgedeckt wurde. »Sie steht für … Verrat, Hinterhalt, Schluss … doch sie kann auch bedeuten, dass eine Zeit der Prüfung zu Ende geht. Dass Frieden einkehren wird, wenn auch vielleicht zu einem hohen Preis.«

»Weil sie sterben wird, meinst du?« Kitty sah sie mit großen Augen an.

»Auf der Karte, ja«, sagte Hal. »Doch die sollte man nicht wörtlich nehmen. Und jetzt …« Sie nahm die Karten auf und mischte sie. »Jetzt werde ich das Deck ausbreiten und dich dann bitten, zehn Karten auszuwählen. Du darfst sie nicht berühren – zeig nur mit dem Finger darauf.«

Das vertraute Ritual hatte etwas Beruhigendes. Das Keltenkreuz beherrschte Hal fast im Schlaf, und während sie die Karten auslegte und dabei die üblichen Anweisungen und Erklärungen durchging, fühlte sie, wie ihr Kopf klarer wurde.

Sie erkundigte sich nicht nach Kittys Frage an die Karten, aber an Kittys leuchtendem, errötendem Gesicht war leicht zu erraten, wie die Frage lautete – sie hatte todsicher mit einem Jungen zu tun. Oder vielleicht einem Mädchen. Aus Kittys Gesicht sprach keine Angst, kein Zweifel und keine Hoffnungslosigkeit, wie es bei Menschen der Fall war, denen es um Leben und Tod ging, um die Sicherheit eines Kindes oder die Gesundheit eines Angehörigen.

Für Kitty war es einfach ein kleiner Spaß. Er liebt mich, er liebt mich nicht. Und genau so sollte es sein in ihrem Alter.

Irgendwann waren sie bei der letzten Karte angelangt, und Hal deckte sie auf. Es waren die Liebenden, aufrecht, ein nacktes Paar in einer Umarmung, in Sonnenlicht getaucht, seine Hand auf ihrer Brust. Und an der tiefroten Färbung von Kittys Hals und Wangen erkannte Hal, dass sie richtiggelegen hatte.

Hal musste lächeln, so ansteckend war Kittys verschämtes Entzücken. »Diese Karte«, erklärte sie, »steht für das Ergebnis – sie überlagert alle anderen Karten einer Legung, und sie bietet die direkteste Antwort auf deine Frage. Du hast dich für die Liebenden entschieden – eine Trumpfkarte und eine der mächtigsten Karten im Deck. Und sie steht für Liebe. Liebe und Einheit und menschliche Beziehungen. Was die Karte uns hier, in dieser Position, sagt, ist, dass deine Zukunft Liebe und, ja, Glück bereithält. Ich sehe hier eine sehr wichtige Beziehung, eine, die dir sehr viel bedeuten und viel Freude bringen wird. Aber« – etwas an Mitzis geschürzten Lippen ließ sie ergänzen – »diese Karte steht auch für Entscheidung – die Entscheidung zwischen richtig und falsch, zwischen dem richtigen und dem falschen Weg. Die Karte zeigt das Gleichgewicht zwischen den verschiedenen Kräften in deinem Leben und verweist darauf, wie wichtig es ist, den richtigen Weg zu wählen – den Weg, auf dem all diese Kräfte in einem ausgewogenen Verhältnis zueinander stehen. Die romantische Liebe ist nur eines dieser Elemente – und nicht immer wird sie dich auf den richtigen Weg führen. Du musst aufpassen, dass sie nicht alles andere in deinem Leben dominiert. Zufriedenheit aus anderen Quellen – Arbeit und Familie zum Beispiel – ist ebenso wichtig und kann dir ebenso viel Glück bringen. Und was diese Karte mir sagt, ist, dass du immer geliebt werden wirst –« Sie hielt inne, als sie an Mitzi und Harding dachte und an den warmen, sicheren Kokon, der ihre Kinder umgab. »Es wird immer jemand für dich da sein. Du kannst dich in die Welt aufmachen, gestärkt in dieser Liebe, gestärkt in dem Wissen, dass die Liebe dich finden wird.«

Sie verstummte, und nach einer kurzen Pause gab es Applaus von den anderen.

»Wie schön, Harriet«, sagte Mitzi. Kitty war rosarot im Gesicht, ihre Augen leuchteten, und auf einmal war Hal froh, der Lesung zugestimmt zu haben.

»Noch jemand?«, fragte sie eher im Scherz und war überrascht, als Abel grinsend die Hand hob.

»Also dann«, sagte er. »Ich würde auch gern.«

Hal warf einen Blick auf die Uhr auf dem Kaminsims. Es war schon fast zehn, Kittys Lesung hatte länger gedauert als erwartet.

»Okay«, sagte sie. »Aber für dich gibt es eine schnellere Variante – das Keltenkreuz dauert immer sehr lang. Das hier ist leichter, man nennt es Drei-Karten-Orakel. Man kann es für unterschiedliche Zwecke nutzen, etwa um eine Frage zu beantworten, ein Dilemma aufzulösen oder sogar, um frühere Leben zu erkunden, wenn man an solche Dinge glaubt – aber für den Moment schlage ich eine Lesung zu Vergangenheit, Gegenwart und Zukunft vor. Das ist schön einfach und gut geeignet für den Einstieg, damit fangen viele Leute an.«

Dann mischte sie das Deck und folgte erneut dem gewohnten Muster – bat Abel, sich eine Frage zu überlegen, das Deck abzuheben und drei Karten auszuwählen. Diese legte sie aus, mit der Abbildung nach unten – Vergangenheit, Gegenwart, Zukunft – und hielt einen Moment inne, um ihre Gedanken zu sortieren und der Stille zu lauschen, die sich über den Raum gelegt hatte, dem Knistern des Feuers, dem Pfeifen des Winds im Kamin und dem Ticktack der Uhr auf dem Sims.

Schließlich, als ihre Gedanken ruhig und klar waren, deckte Hal die erste Karte auf, die der Vergangenheit. Die anderen traten neugierig an den Tisch heran, um zuzuschauen – und lachten kurz auf, als sie das Bild aus Kittys Lesung wiedererkannten. Die Liebenden.

Hal schüttelte lächelnd den Kopf. »Ich weiß, was ihr denkt – dass dies dieselbe Karte ist, die Kitty gezogen hatte, und dass ich dieselben Dinge dazu sagen werde, doch hier ist es anders – du hast die Karte umgekehrt gezogen.«

»Was bedeutet das?«, fragte Abel. Hal betrachtete sein Gesicht, als er die Karte in Augenschein nahm, und versuchte, seine Reaktion einzuschätzen. Sein Ausdruck war schwer zu deuten, doch sie glaubte eine leichte Belustigung darin zu erkennen. Sein Mund war ernst, aber die Lippen hatte er zusammengekniffen, als versuchte er, ein Grinsen zu unterdrücken. Hal hatte kein Problem mit Leuten, die die Lesungen nicht ernst nahmen – offene Anfeindungen waren unangenehm, aber Belustigung machte ihr nichts aus. Jetzt runzelte sie die Stirn, während sie das Bild betrachtete, versuchte, ihre Gedanken zu ordnen und in Worte zu fassen.

»Du hast gehört, wie ich zu Kitty gesagt habe, dass die Liebenden für eine Entscheidung stehen«, fing sie an. »Nun, diese Karte steckt voller krasser Gegensätze – männlich und weiblich, Himmel und Erde, das Feuer der Sonne und das Wasser des Flusses dahinter, der hohe Weg über den Berg und der tiefe durchs Tal. In der Vergangenheit hattest du eine Entscheidung zu treffen – eine ziemlich schwere. Es ging um einen Scheideweg in deinem Leben – um eine Entscheidung, bei der du …« Sie hielt inne, als sie bemerkte, wie Abels Hände sich verkrampften, er mit den Fingern der einen über den Ring am vierten Finger der anderen Hand fuhr. Sie hatte einen Nerv getroffen. »Ich glaube … vielleicht hatte es mit … mit einer Beziehung zu tun? Deine damals getroffene Entscheidung schien zu diesem Zeitpunkt die richtige zu sein, die einzig mögliche … doch jetzt …«

Mit einem Mal verstummte sie, als ihr bewusst wurde, auf welch heiklem Terrain sie sich bei dieser Lesung bewegte.

Aus Abels Gesicht war jeglicher Spott verschwunden, und Hal sah, dass sich auch Edward, der hinter ihm stand, etwas unbehaglich rührte. Sie biss sich auf die Lippen. Hatte sie schon zu viel gesagt?

Um den Moment der Verwirrung zu beenden, deckte Hal die nächste Karte auf. Es war die Zehn der Schwerter. Abel rückte mit seinem Stuhl ein wenig vom Tisch ab und kreuzte defensiv die Beine. Irgendetwas stimmte hier ganz und gar nicht, sie konnte die Anspannung, die von ihm ausging, förmlich spüren, und sie wusste, dass sie sehr vorsichtig vorgehen musste. Sie war hier offensichtlich auf etwas gestoßen, das sie nicht verstand, das ihr aber jeden Moment um die Ohren fliegen konnte.

»Das hier … das ist die Gegenwart«, sagte sie bedächtig. »Das Problem, das dich derzeit umtreibt. Es geht um … einen Verrat –«

Sie verstummte. Abel war aufgestanden und lief an ihr vorbei zur Tür.

»Tut mir leid, Hal«, rief er ihr über die Schulter zu, »aber ich glaube, ich kann das nicht.«

Die Tür des Salons knallte hinter ihm zu.

»O Gott.« Edwards Gesicht war bleich und verzerrt. Der Blick, den er Hal zuwarf, war eine Mischung aus Wut und Bestürzung. »*Vielen* Dank dafür«, sagte er noch, bevor er Abels Stuhl aus dem Weg stieß und seinem Partner hinterherrannte. »Abel!«, hörte Hal ihn vom Ende des Korridors rufen. »Abel, warte!«

Mitzi blickte erst Ezra und dann Harding an und atmete tief aus. »Oje.«

»Was war denn?« Hal blickte mit wachsender Bestürzung in die Runde. »Was habe ich gesagt?«

»Das konntest du nicht wissen, Harriet«, sagte Mitzi. Sie stand auf und hob den Stuhl auf, den Edward umgeworfen hatte. »Aber warum Abel jetzt so reagiert hat, weiß ich nicht …«

»Was Hal gesagt hat, war doch völlig allgemein gehalten«, sagte Ezra. »Wenn Abel nicht wie ein hysterischer Teenager reagiert hätte –«

»Ihr geht jetzt ins Bett, Kinder«, sagte Mitzi entschieden. Richard, Kitty und Freddie protestierten im Chor, was Mitzi umgehend in den Griff bekam, indem sie ergänzte: »Ihr dürft ausnahmsweise die Handys mit hochnehmen. Ich hol sie ab, bevor wir das Licht ausmachen. Ab jetzt!«

Sie wartete, bis alle Kinder schlurfend den Raum verlassen hatten, schloss die Tür hinter ihnen und wandte sich Hal zu.

»Harriet, normalerweise würde ich das nicht ausplaudern, aber vielleicht ist es in dieser Situation besser, wenn du Bescheid weißt. Soweit ich verstanden habe, hat Abel Edward letztes Jahr einen Heiratsantrag gemacht, aber dann ...«

Sie zögerte, blickte zu Harding hinüber, der nur die Hände hob, als wollte er sagen: *Guck nicht mich an! Du hast damit angefangen!*

»Aber dann stellte sich heraus, dass Edward seit etwa vier Jahren mit irgendeiner Frau herumvögelte«, beendete Ezra den Satz unverblümt. »Da, jetzt habe ich's gesagt. So war es doch, oder?«

Mitzi nickte betrübt. »Ja, so habe ich es auch verstanden. Im letzten Jahr hatten Edward und ich mal ein ziemlich wirres Gespräch darüber, er war betrunken und stellte es so dar, als habe er sich ein bisschen ausprobieren wollen, aber darüber hätte er natürlich schon längst hinaus sein müssen. Mit achtzehn so was zu machen ist eine Sache, eine ganz andere, wenn man über vierzig und in einer festen Beziehung ist. Langer Rede kurzer Sinn: Die beiden haben wohl eine ziemlich heftige Zeit hinter sich. Ich dachte eigentlich, es hätte sich inzwischen wieder eingerenkt, aber ganz offensichtlich sind gerade ein paar schmerzhafte Erinnerungen hochgekommen. Das konntest du nicht wissen, Harriet.«

»O Gott«, sagte Harriet, die sich ganz elend fühlte. »Es tut mir so leid. Ich wünschte, ich hätte das nicht gemacht.«

»Ist nicht deine Schuld, Hal«, sagte Ezra und schüttelte den Kopf.

»Du nennst sie die ganze Zeit so«, sagte Mitzi mit heiterem Ton. Ihr Versuch, das Thema zu wechseln, wirkte etwas forciert, aber Hal war ihr dankbar. Mitzi hielt ihr die Dose hin, und Hal sammelte die Karten zusammen und legte sie hinein. »Ist das ein Spitzname?«

»Ja«, sagte Hal. »Es ist – so hat meine Mutter mich immer genannt.«

»Du vermisst sie sicher schrecklich«, sagte Mitzi. Sie legte Hal die Hand auf den Arm. Zu ihrem Entsetzen fühlte Hal, wie Tränen in ihr aufstiegen. Sie drehte sich weg unter dem Vorwand, eine fehlende Karte zu suchen, schluckte kräftig gegen den plötzlichen Kloß in ihrem Hals an und blinzelte die Tränen in ihren Augen fort.

»Ich – ja, sehr«, brachte sie heraus. Gegen das Krächzen in ihrer Stimme war sie machtlos.

»O, Hal, Liebes, komm her«, sagte Mitzi. Sie streckte die Arme aus, und gegen ihren Willen gab Hal sich der Umarmung hin.

Wie fremd es sich anfühlte – Mitzis schmale, drahtige Figur, kaum größer als Hal selbst, der Duft ihres Parfüms und Haarsprays, der ihr in die Nase strömte, der schmerzhafte Druck ihrer klobigen Halskette auf Hals Brustkorb. Doch in dieser Geste lag etwas so Direktes, so instinktiv Mütterliches, dass sie es nicht fertigbrachte, sich loszumachen.

»Ich wollte dir nur sagen –«, flüsterte Mitzi ihr ins Ohr, nicht unbedingt, um zu verbergen, was sie sagte, sondern um sich direkt an Hal zu richten und nicht an die Allgemeinheit, »dass du ein echter Schatz gewesen bist vorhin, als du das mit der Erbteilsübertragung gesagt hast. Wofür du dich auch entscheidest – lass dich in den ganzen Unsinn hier nicht hineinziehen und fühl dich nicht verantwortlich für das, was deine Großmutter getan hat. Es war sehr nobel von dir, überhaupt daran zu denken.«

»Danke«, sagte Hal. Ihre Kehle fühlte sich heiser und rau an. Teils wollte sie sich entziehen, teils konnte sie nicht anders, als die Umarmung zu erwidern, und so ließ sie ihre Hand unschlüssig auf Mitzis Schulter ruhen.

»Wir werden nicht zulassen, dass du dich selbst enterbst«, sagte Mitzi streng, als sie Hal losließ. »Das steht außer Frage. Und ganz gleich, was passiert, du hast jetzt eine Familie, vergiss das nicht.«

Hal nickte und zwang sich zu lächeln, trotz der Tränen, die ihr immer noch die Wange herunterliefen. Und dann nahm sie die Dose mit ihren Karten, entschuldigte sich und verschwand, so schnell sie konnte, nach oben in ihr Bett.

11. Dezember 1994

Meine Tante weiß Bescheid. Keine Ahnung, woher – aber sie weiß es. Ob Maud es ihr verraten hat? Das scheint mir unmöglich – ich bin ganz sicher, sie würde nichts sagen, nicht nach ihrem Versprechen. Lizzie vielleicht? So, wie sie mich manchmal anschaut, habe ich zwar den schlimmen Verdacht, dass sie längst eins und eins zusammengezählt hat, aber ich kann mir nicht vorstellen …

Letzten Endes ist es auch egal. Sie hat es irgendwie herausbekommen.

Beim Zubettgehen heute Abend platzte sie plötzlich ohne anzuklopfen in mein Zimmer.

»Ist es wahr?«

Ich hatte mich schon halb ausgezogen und hielt mir unter dem Vorwand der Schüchternheit schnell die Bluse vor den Oberkörper, um meine prallen Brüste und den runden Bauch zu verdecken. Ich tat so, als wüsste ich nicht, was sie meinte, da holte sie aus und gab mir eine so heftige Ohrfeige, dass mein Kopf nach hinten fiel, meine Ohren anfingen zu klingeln und meine Wange von der Wucht des Schlags brannte. Die Bluse fiel zu Boden, und meine Tante musterte mich und meinen veränderten Körper von oben bis unten, wobei ihre Lippen sich kräuselten, als ihr klar wurde, dass ihre Frage überflüssig gewesen war.

»Du widerliches kleines Flittchen. Ich habe dich hier aufgenommen und das ist der Dank?«

»Wer hat es dir verraten?«, fragte ich bitter. Ich hob die Bluse vom Boden auf und zog sie wieder an, wobei mich der stechende Schmerz in meiner Wange zusammenzucken ließ.

»Das geht dich nichts an. Wer ist es?«, fuhr sie mich an, und als ich nicht sofort antwortete, packte sie mich an den Schultern und schüttelte mich wie eine Ratte, sodass meine Zähne klapperten. »Wer ist der Junge?«, rief sie.

Wieder schüttelte ich den Kopf, wobei ich versuchte, mich nicht vor ihrer Wut zu ducken, ihr meine Angst nicht zu zeigen. Ich fand meine Tante schon immer furchteinflößend – aber so wie heute hatte ich sie noch nie gesehen, und plötzlich verstand ich, warum Maud sie so sehr hasste.

»Das w-w-werde ich dir nicht sagen«, presste ich schließlich zwischen den klappernden Zähnen hervor. Ich kann es ihr nicht sagen. Ihre Wut wäre grenzenlos, und ich würde ihn nie wiedersehen.

Sie starrte mich lange wortlos an und machte dann auf dem Absatz kehrt.

»Ich kann dir nicht vertrauen. Das hast du mir bewiesen. Du bleibst ab sofort in deinem Zimmer, das Abendessen lasse ich dir nach oben bringen. Du bleibst hier und kannst darüber nachdenken, was du getan hast und welche Schande du über diese Familie bringst.«

Damit warf sie die Tür hinter sich zu. Gleich darauf hörte ich ein kratzendes Geräusch, als schabte oben und unten etwas über die Türfläche. Es dauerte einen Augenblick, bis ich begriff, und zuerst konnte ich es gar nicht glauben. Hatte sie mich gerade eingesperrt?

»Tante Hester?«, rief ich, und als ich ihre klappernden Absätze über den Flur verschwinden hörte, rannte ich zur Tür, rüttelte am Griff, hämmerte mit den Fäusten dagegen. Sie ging nicht auf. »Tante Hester? Das kannst du nicht machen!«

Doch es kam keine Antwort. Falls sie mich noch hörte, reagierte sie zumindest nicht darauf.

Immer noch ungläubig versuchte ich, die Tür aufzustemmen, indem ich mich mit ganzer Kraft dagegenwarf, doch die Riegel hielten.

»Maud!«, schrie ich. »Lizzie?«

Ich wartete. Es kam keine Antwort, nur das Knallen einer Tür war zu hören; welche, wusste ich nicht, vermutlich war es die am Fuß der Dachbodentreppe. Ein Gefühl völliger Hoffnungslosigkeit überkam mich dabei. Es war schon fast acht. Lizzie war bestimmt schon vor langer Zeit nach Hause gegangen.

Und Maud – keine Ahnung, wo sie steckte. Im Bett? Unten? Egal, es war jedenfalls mehr als unwahrscheinlich, dass meine Stimme in diesem weitläufigen Haus durch zwei dicke Türen und das Labyrinth der Gänge getragen wurde.

Nach Mrs Warren rief ich nicht. Das würde sowieso nichts bringen. Selbst wenn sie mich hören könnte, sie würde nicht kommen.

Ich trat ans Fenster und blickte hinaus in die stille, mondhelle Nacht – ein entsetzlicher Kontrast zu meiner schmerzenden Kehle und meinen vom Hämmern wunden Fingern.

Und dann kam mir die eine Erkenntnis.

Ich bin gefangen. Ich sitze in der Falle. Sie kann Maud ins Internat schicken, Lizzie feuern und mich hier festhalten, so lange … wie lange? So lange, wie sie will – das ist die Wahrheit. Sie könnte mich festhalten, bis das Baby kommt. Oder mich so lange hungern lassen, bis ich es verliere.

Die Erkenntnis macht mir Angst, und diese Angst macht mich schwach. Ich sollte stark sein – für mich selbst und für mein Kind. Doch das bin ich nicht. Dieses Haus birgt Geheimnisse, das weiß ich jetzt. Ich bin schon lange genug hier, um die Geschichten zu kennen, von dem unglücklichen Dienstmädchen, das sich in der Spülküche erhängt hat, von dem kleinen Jungen, der im See ertrunken ist.

Meine Tante ist jemand. Und ich bin ein Niemand. Ich habe keine Freunde hier. Wie leicht wäre es, zu behaupten, ich sei einfach … abgereist. In der Nacht davongelaufen. Niemand würde Alarm schlagen. Maud würde vielleicht Fragen stellen, aber Mrs Warren würde schwören, sie habe mich gehen sehen, da bin ich sicher.

Wenn sie will, kann sie einfach die Tür zusperren und den Schlüssel wegwerfen. Und ich könnte nichts dagegen tun.

Am Fenster sank ich auf die Knie, Mondlicht flutete in den Raum, und ich legte mein Gesicht in die Hände, spürte die feuchten Tränen und den harten kühlen Ring, den ich immer noch trage, den Verlobungsring meiner Mutter. Es steckt ein Diamant darin – nur ein winzig kleiner. Und als ich dort so im Mondschein kniete, überkam mich das Bedürfnis, eine Spur zu hinterlassen, und sei sie auch noch so klein, etwas, das sie nicht auslöschen kann, ganz gleich, was sie mir noch antut.

Ich zog den Ring ab und begann, sehr langsam, Buchstaben in das Fensterglas zu ritzen, die der Mond wie weißes Feuer erleuchtete. H…I…L…F…E

26

Oben in ihrem Zimmer lag Hal flach auf dem Rücken, den Unterarm über die Augen gelegt, um sie gegen das Mondlicht abzuschirmen, aber sie konnte nicht einschlafen.

Es war nicht nur das Licht, das schmerzhaft hell durch die dünnen Vorhänge schien. Es war auch nicht die Lesung vorhin, die sie belastete, oder zumindest nicht nur. Es war alles zusammen. Abels Gesichtsausdruck, als er wegstürmte. Edwards Ärger. Mitzis Flüstern, als sie Hal im Arm gehalten hatte …

Die »Erbteilsübertragung«. Der Gedanke daran lag ihr wie eine Schlinge um den Hals, noch nicht fest, aber so, dass das Atmen bereits schwerfiel. Ihr Vorschlag war ihr wie eine gute, simple Lösung vorgekommen – sie würde das Erbe ausschlagen, sich wieder nach Brighton verziehen und aus dem Leben dieser Familie verschwinden.

Mitzis letzte Worte aber – so lieb sie gemeint waren – hatten ihr klargemacht, dass es so nicht laufen würde. Selbst wenn sie das Erbe ausschlug, hinge sie immer noch in einem bürokratischen Netz aus Formularen und Papieren fest – in diesem Wirrwarr aus familiären Loyalitäten und Feindseligkeiten, das sie, genau wie die anderen, nicht mehr freigeben würde. Aber was konnte sie tun? Der einzige Ausweg war, ihren Schwindel zuzugeben.

Seufzend drehte Hal sich auf den Bauch und presste das Gesicht in den frischen weißen Kissenbezug, um dem Licht zu entkommen, das durch die Vorhänge drang. Die Gitterstäbe warfen lange schwarze Schatten aufs Bett, und als Hal die Augen zumachte, stellte sie sich vor, wie sie auf jemanden wirken musste, der sie vom anderen Ende des Raums beobachtete – wie das Mädchen auf der Zehn der Schwerter.

Verrat. Dolchstoß. Niederlage.

Angst durchzuckte sie, plötzlich konnte sie nicht mehr still liegen. Sie stand auf und trat zum Fenster. Durch die Gitterstäbe blickte sie hinaus auf die vom Mond beschienene Landschaft.

Alles sah anders aus bei Nacht. Was zuvor smaragdgrün und blau geleuchtet hatte, präsentierte sich nun in tausend Schwarztönen, und das Mondlicht diente allein dazu, lange, verzerrte Schatten auf die Landschaft zu werfen, die vertraute Formen wirkten verschwommen und fremd, da sie ihre Brille nicht aufgesetzt hatte. Auch die Geräusche waren anders. Von der Küstenstraße kam kein Autogeräusch mehr, und auch das Geschrei der Elstern war verstummt – nur das entfernte Tosen der Wellen und der Ruf einer jagenden Eule waren noch zu hören. Hal umschloss die Fensterstäbe mit den Fingern und presste die Stirn gegen die Scheibe, wünschte sich, hundert Meilen weit weg zu sein, zu Hause in Brighton, weg von diesem albtraumhaften Gewirr aus Lügen und Spekulationen.

HILFE

Hell und klar hoben sich die Buchstaben im Mondlicht ab, und plötzlich hatte Hal keinerlei Zweifel mehr, dass sie in einer Nacht wie dieser eingeritzt worden waren, von jemandem, der noch verzweifelter gewesen war als sie selbst.

Vielleicht hatte dieses Mädchen noch weniger Glück gehabt als sie. Vielleicht waren ihre Fesseln nicht nur emotionale gewesen, sondern tatsächliche. Vielleicht hatte sie hier gesessen und auf den eisigen Rasen geblickt und sich gefragt, wie oder ob sie überhaupt entkommen konnte.

Nun, Hal war keine Gefangene. Noch nicht. Ihr blieb noch Zeit.

So zog sie ihren Schlafanzug aus und schlüpfte wieder in Jeans, T-Shirt und Kapuzenpulli. Dann zog sie vorsichtig ihren Koffer unter dem Bett hervor.

Darin lag ihre übrige Kleidung, sauber in frisch und getragen sortiert. Sie musste nur noch ihren Kosmetikbeutel, ihr Buch und ihren Laptop einpacken. Dann zog sie den Reißverschluss zu. Würde sie das wirklich durchziehen?

Du schuldest ihnen nichts, sagte sie sich. *Du hast ihnen nichts weggenommen. Noch nicht.*

Außerdem, was sollten sie schon tun? Sie hatten zwar ihre Adresse, aber es war ohnehin unwahrscheinlich, dass sie dort weiterhin wohnen konnte, nicht, nachdem Mr Smiths Handlanger sie aufgespürt hatten. Vielleicht wäre es das Beste, ganz unterzutauchen, einfach ihre Sachen zu holen – die wichtigsten Papiere, die Fotos von ihrer Mutter – und sich in ein neues Leben aufzumachen. Es gab noch andere Städte. Andere Piers.

Die Vorstellung, irgendwo neu anzufangen, war beängstigend, sie musste an die zusammengekauerten Gestalten auf den Bürgersteigen in Brighton denken, Menschen wie sie, die einen Sprung ins Ungewisse gewagt hatten – und abgerutscht, durchs Raster gefallen waren und am Ende ohne Wohnung, ohne Freunde, allein dastanden.

Es war ein Risiko – ein großes Risiko. Hal hatte kein Sicherheitsnetz, das sie auffangen würde, falls sie abstürzte. Einen kurzen Moment lang war ihr Mr Treswicks Brief wie die Verheißung einer ganz anderen Existenz vorgekommen. Doch dieser Moment, diese Verheißung, war längst vergangen. Und ob es nun an Mitzis Worten vorhin oder der Schrift auf der Fensterscheibe lag, die kalte, harte Erkenntnis war nicht mehr zu unterdrücken: Sie musste hier weg.

Sie setzte ihre Brille auf und schob die Dose mit den Tarotkarten in ihre Hosentasche.

Dann drehte sie am Türknauf und drückte gegen die Tür.

Nichts geschah.

Die Luft blieb ihr weg, und mit einem Mal schlug ihr Herz heftig und schmerzhaft.

Die Riegel. Die Riegel an der Außenseite.

Aber nein – das war nicht möglich. Sie hätte etwas gehört. Sie hätte doch bestimmt etwas gehört? Und wer – *warum*?

Wilde Panik stieg in ihr auf.

Sie zwang sich zur Beherrschung, stellte den Koffer auf den Boden, wischte sich die feuchten Handflächen an ihrer Jeans ab und versuchte es erneut.

Der Knauf ließ sich drehen, aber die Tür gab unter ihrem Druck nicht nach. Oben bog sie sich zwar leicht, unten aber klemmte es.

Hal zwang sich, ruhig zu bleiben und klar zu denken. *Niemand hätte einen Grund, dich hier einzusperren. Du hast nur Angst, weil du die Riegel an der Tür gesehen hast. Gestern wärst du gar nicht auf den Gedanken gekommen. Du weißt doch, was Mrs Warren gesagt hat – bei Feuchtigkeit verzieht sich der Rahmen.*

Sie holte tief Luft, drehte erneut am Knauf und drückte gegen die Tür, bis am Rand ein Spalt zu sehen war. Dann stemmte sie einen Fuß gegen den unteren Teil, der noch klemmte, lehnte sich langsam und gleichmäßig und mit so viel Kraft, wie sie sich traute, dagegen, wobei sie jede ruckartige Bewegung vermied, um niemanden zu wecken.

Die Tür protestierte mit einem langgezogenen Knarren, bevor sie abrupt mit einem lauten Krachen aufflog, sodass Hal ins Stolpern geriet und sich erschrocken die Hand vor den Mund schlug.

Sie wartete ab, horchte, ob Stimmen oder Schritte zu hören waren … aber nichts geschah, und schließlich fasste sie sich ein Herz, nahm ihren Koffer und ging auf Zehenspitzen hinaus. Vor dem kleinen kargen Zimmer konnte sie nicht umhin, noch einen Blick auf die Tür zu werfen, um zu sehen, ob …

Aber nein. Reine Paranoia. Die Riegel waren zurückgeschoben, unversehrt. Es war genau, wie Mrs Warren gesagt hatte – die Feuchtigkeit, nichts weiter.

Trotzdem. Ein Haus mit Riegeln an den Außenseiten der Türen war keines, in dem Hal noch weiter übernachten wollte.

Auf der engen Treppe trug sie ihren Koffer wie einen Schutzschild vor sich her, schlich so leise und schnell sie konnte nach unten in den Flur darunter und von dort weiter die lange, geschwungene Treppe hinab ins Erdgeschoss und in die Freiheit.

13. Dezember 1994

Ich muss weg.

Ich muss UNBEDINGT weg von hier.

Der Hilferuf, den ich ins Fenster geritzt habe, klingt wie bitterer Hohn. Mir wird niemand helfen, das kann nur ich selbst.

Seit drei Tagen bin ich hier eingeschlossen, und ich habe, bis auf ein paar hastige, geflüsterte Worte mit Maud, mit niemandem außer meiner Tante gesprochen. Zu merkwürdigen Zeiten bringt sie mir ein Tablett nach oben, manchmal auch gar nicht, während ich ängstlich und hungrig hier sitze.

Und immer – immer dieselbe Frage. Wer ist es? Wer ist es? Wer ist es?

Heute hat sie mich wieder geschlagen, als ich den Kopf geschüttelt habe, und wieder schleuderte er nach hinten, diesmal mit einer solchen Wucht, dass es im Nacken knackte. Mein ganzes Gesicht brannte, und in meinen Ohren begann wieder dieses Klingeln.

Ich taumelte gegen das Bettgestell und blickte zu ihr hoch, die eine Hand um das Gitter gekrampft, die andere an mein Gesicht gepresst, als müsste ich alle meine Knochen zusammenhalten. Im ersten Moment wirkte sie fast erschrocken – nicht wegen mir, sondern wegen dem, was sie getan hatte, wegen dem, was hätte passieren können. Sie muss die Kontrolle verloren haben – vielleicht zum ersten Mal, seit ich sie kenne.

Dann machte sie auf dem Absatz kehrt und verschwand, und ich hörte das Schaben der Riegel über der Tür, gefolgt von den Schritten auf der Treppe.

Ich sank zurück aufs Bett. Meine Hände zitterten, ich wurde von wellenartigen Krämpfen erfasst und schließlich von heftiger Übelkeit. Erst hatte ich Angst, ich würde das Baby verlieren, doch ich blieb still sitzen, bis die Schmerzen nach einiger Zeit abebbten, auch wenn das Brennen in meiner Wange und der schrille Tinnitus einfach nicht aufhörten.

Ich wollte in mein Tagebuch schreiben, wie ich es immer tue, wenn alles zu viel wird – es ins Papier fließen lassen, wie eine Art Aderlass, das Papier mit der Tinte all die Trauer, den Ärger und die Angst aufsaugen lassen, bis ich die Situation wieder ertragen könnte.

Doch als ich das Buch aus seinem Versteck unter der losen Diele hervorzog, überlegte ich es mir anders.

Ich kann ihr die Wahrheit nicht sagen. Nicht nur, weil ich ihn sonst nie wiedersehen würde. Sondern weil ich langsam ernsthaft befürchte, dass sie mich wirklich umbringen könnte, wenn sie es erfährt. Seit heute glaube ich zum ersten Mal, dass sie dazu fähig ist.

Sie kann mich nicht zwingen, es ihr zu sagen – aber das braucht sie auch nicht, sie muss nur mein Zimmer durchsuchen, es steht alles hier drin.

Also werde ich nach diesem Eintrag ein Feuer machen und jede einzelne Seite über ihn, jede Anspielung herausreißen, seinen Namen durchstreichen, jeden Hinweis verbrennen.

Dann muss ich nur durchhalten, bis ich ihn wiedersehe – und wir entscheiden können, was zu tun ist. Gemeinsam. Irgendwie werde ich ihm die Nachricht schon zukommen lassen können. Vielleicht kann ich Maud einen Brief mitgeben. Papier und Stifte habe ich schließlich hier. Und ihr kann ich vertrauen … wenigstens ihr, hoffentlich.

Und er wird bestimmt kommen, sobald er den Brief gelesen hat. Er wird kommen. Er muss. Und dann – dann gehen wir irgendwohin, laufen zusammen weg. Wir finden eine Lösung.

Ich muss mich an diesem Gedanken festhalten.

Ich muss mich nur festhalten.

27

Auf dem Weg nach unten knarzten die Stufen unter ihren Füßen. Bei jedem Geräusch hielt Hal den Atem an, beim Ruf einer Eule im Garten, dem entfernten Tröpfeln eines undichten Wasserhahns.

Im Erdgeschoss angekommen, schlich sie, den Koffer in der Hand, damit die Rollen keinen Lärm machten, auf Zehenspitzen in die Diele, wo das Mondlicht durch die halbmondförmigen Fensterscheiben über der Tür Sicheln auf die holzvertäfelten Wände warf.

Die Tür war oben und unten verriegelt, und Hal hatte Mühe mit den schweren Riegeln, doch nach einer gefühlten Ewigkeit hatte sie sie endlich zurückgeschoben und drückte die Klinke.

Die Tür war verschlossen. Und ein Schlüssel war nicht zu sehen. Hal suchte den Eingangsbereich ab – suchte unter dem Silberteller mit den Briefen und Rechnungen. Hinter der verstaubten Vase mit den getrockneten Blättern. Auf dem Türsturz. Kein Schlüssel. *Kein Schlüssel.*

Ihr Herz raste. Zu fliehen war nicht länger ein Bedürfnis, sondern eine Notwendigkeit. Falls jemand sie jetzt dabei beobachtete, wie sie sich wie ein Dieb in der Nacht davonstahl, würde er wahrscheinlich die Polizei rufen. Aber das zählte jetzt nicht mehr. Das Einzige, was zählte, war, hier wegzukommen.

Sie sah sich um, nahm ihren Koffer und verschwand in den Salon. Die hohen Fenster waren geschlossen und die Fensterläden zu, aber zum Glück befanden sie sich auf der Innenseite, und nach längerem Rütteln am Riegel gingen sie schließlich auf. Das Fenster war ganz einfach mit dem Griff zu öffnen, wie Hal erleichtert feststellte. Sie zog es auf, und sofort wehte ein

Stoß eisiger Luft herein. Hal spähte in die Nacht hinaus, um sicherzugehen, dass sie nicht gleich zwei Meter in die Tiefe springen würde.

Es ging zwar in die Tiefe – aber nur etwa einen halben Meter hinunter zur Veranda, und so hievte sie vorsichtig ihren Koffer nach draußen, bevor sie sich daranmachte, selbst hinauszuklettern.

Sie war schon mit einem Bein über der Fensterbank, als vom anderen Ende des Zimmers eine Stimme in der Dunkelheit zu hören war.

»Ach, schleicht sie sich im Dunkeln davon. Feigling.«

Hals Kopf fuhr in die Höhe.

»Wer ist da?«, rief sie, wobei der Schreck sie aggressiver klingen ließ als beabsichtigt. Aber die Stimme lachte nur, und im nächsten Moment trat die Gestalt ins Licht.

Eigentlich hätte Hal gar nicht fragen müssen. Wer sonst würde so lautlos mitten in der Nacht durch die dunklen Zimmer schleichen?

Mrs Warren.

»Sie können mich nicht aufhalten«, sagte Hal und hob trotzig das Kinn. »Ich gehe.«

»Wer sagt, dass ich Sie aufhalten will?«, fragte Mrs Warren. Ihre Oberlippe war gekräuselt und in ihrer Stimme schwang ein verächtliches Lachen mit. »Ich habe Ihnen schon einmal gesagt, dass Sie verschwinden sollen, und ich sage es noch einmal. Auf Nimmerwiedersehen! Scheren Sie sich zum Teufel, wie Ihre Mutter, dieses Flittchen, vor Ihnen.«

»Was fällt Ihnen ein.« Hals Stimme schwankte – nicht vor Angst, sondern vor Zorn. »Was wissen Sie schon über meine Mutter?«

»Mehr als Sie«, sagte Mrs Warren. Sie trat auf Hal zu, und die Gehässigkeit in ihrer Stimme ließ Hal zurückweichen. »Sie war ein raffgieriges, hinterhältiges Ding, genau wie Sie.«

Hal kletterte rückwärts aus dem Fenster, taumelte und landete auf ihren Knien. Sie war so wütend, dass das Blut in ihren Ohren rauschte.

»Wagen Sie es nicht, so über meine Mutter zu reden. Sie haben keine Vorstellung, was sie durchmachen musste, um mich großzuziehen –«

»Reden Sie mit mir nicht über Dinge, von denen Sie keine Ahnung haben«, fauchte Mrs Warren. »Verschwinden Sie. Sie hätten nie hierher zurückkommen dürfen.«

Damit schlug sie das Fenster zu, so plötzlich, dass Hal gerade noch rechtzeitig ihre Finger wegziehen konnte, damit sie nicht eingequetscht wurden.

Sie erhaschte noch einen Blick auf Mrs Warrens hasserfülltes Gesicht, bevor auch die Fensterläden zuknallten, und gleich darauf hörte sie, wie der Riegel vorgeschoben wurde.

Sie blieb einen Moment stehen, das Herz schlug ihr bis zum Hals. Sie zwang sich, langsamer und tiefer zu atmen, allmählich beruhigte sich ihr Puls.

Gott sei Dank. Gott sei Dank war sie diesem furchtbaren Haus und dieser schrecklichen Frau entkommen. Sollten sie ihr doch schreiben. Sollten sie ihr folgen, was kümmerte es sie. Sie konnten sie nicht zwingen, zurückzukommen. Sie konnten sie auch nicht zwingen, irgendwelche Dokumente vorzulegen. Sie könnte umziehen, sich eine neue Adresse zulegen – zur Not auch einen neuen Namen.

In einem Punkt hatte Mrs Warren recht, dachte sie, als sie sich mit ihrem Koffer auf den langen Weg über die Zufahrt zur Hauptstraße machte, um per Anhalter nach Penzance zu kommen. Sie hätte nie hierherkommen dürfen.

Erst später, viel später, nach der Fahrt in einem LKW, der auf dem Weg nach St. Ives war, und einem Vortrag des Fahrers über die Gefahren des Trampens, als sie, den Mantel fest um sich geschlungen, vor dem Eingang des Bahnhofs in Penzance kauerte und darauf wartete, dass sich die Türen öffneten und der erste

Zug nach London einfuhr, hatte sie Zeit, über Mrs Warrens Worte nachzudenken und ihre Bedeutung zu erfassen.

Raffgieriges, hinterhältiges Ding.

Wie Sie und Ihre Mutter, dieses Flittchen, vor Ihnen.

Die Worte konnten nur eines bedeuten: Mrs Warren wusste Bescheid.

Sie wusste, dass Hals Mutter nicht Mrs Westaways Tochter gewesen war, sondern die Cousine, das dunkeläugige Kuckuckskind, das als Waise in die Familie aufgenommen worden war.

Also wusste sie auch, dass Hal selbst eine Schwindlerin war.

Aber sie hatte nichts gesagt. *Warum?*

Das Rätsel spukte die ganze Nacht über in ihrem Kopf herum, drehte und wendete sich zu einem Dutzend verschiedener Möglichkeiten. Doch erst als die Bahnhofstüren aufgingen und Hal sich steifbeinig erhob, ihre verkrampften, unterkühlten Glieder streckte und dabei versuchte, dem Bahnhofsmitarbeiter zuzulächeln, klangen auch die letzten Worte von Mrs Warren in ihrem Kopf wie ein bitteres Echo.

Sie hätte nie herkommen dürfen. Das stimmte zwar. Aber es war nicht ganz das, was Mrs Warren gesagt hatte.

Was sie gesagt hatte, war: Sie hätten nie *zurück*kommen dürfen.

28

Die Worte ließen sie nicht mehr los, nagten an ihr auf der langen Fahrt zurück nach London.

Zurückkommen. Was hatte sie damit gemeint? Hatte sie sich versprochen?

War es möglich, dass Hal als Kind in Trepassen House gewesen war, zu klein, um sich daran zu erinnern? Wenn ja, kannte Mrs Warren die Wahrheit über ihre Mutter nur allzu gut. Aber warum hatte sie nichts gesagt? Hatte sie selbst etwas zu verbergen?

Hal wünschte, sie wäre schon zurück in Brighton. Nicht nur, um zu Hause zu sein – sondern auch, um die Dokumente durchzusehen, die unter ihrem Bett lagerten.

Da gab es so vieles, worauf sie nie einen Blick geworfen hatte – Schachteln voller Papiere und alter Briefe, Kalender, Postkarten –, Dinge, die sie nach dem Tod ihrer Mutter nicht hatte lesen können, es wäre zu schmerzhaft gewesen, aber sie wegzuwerfen hätte sie auch nicht über sich gebracht. So hatte sie sie weggepackt und unter dem Bett verstaut, aus den Augen, aus dem Sinn, doch stets griffbereit für den Moment, in dem es einen Grund geben mochte, sich damit auseinanderzusetzen.

Und jetzt war dieser Moment gekommen. Denn in einem war Hal sich sicher. Ihre Mutter hatte sehr wohl eine Verbindung zu diesem Haus. Genau wie Hal selbst. Sie war nicht Mrs Westaways Enkelin, so viel stand fest. Aber es gab eine Verbindung. Und sie war fest entschlossen, herauszufinden, worin sie bestand.

Erst am Nachmittag erreichte Hal ihre Wohnung, mit schmerzenden Füßen, weil sie den ganzen Weg vom Bahnhof mit ihrem Koffer zu Fuß zurückgelegt hatte. Für ein Taxi hatte sie kein Geld gehabt, und ihre Dauerkarte für den Bus war abgelaufen.

Als sie sich Marine View Villas näherte, zischte es im Takt mit ihren Schritten in ihrem Ohr: … *ausgeschlagene Zähne … gebrochene Knochen …*

»Hör auf.« Offenbar hatte sie die Worte beim Überqueren der Straße laut ausgesprochen, denn ein Junge von etwa fünfzehn Jahren warf ihr einen mürrischen Blick zu.

»Ich bin achtzehn, kapiert? Geht dich gar nichts an, was ich tue.«

Hal schüttelte den Kopf und wollte ihm sagen, dass sie keinen blassen Schimmer hatte, wovon er sprach, und dass es ihr außerdem egal war. Doch da war er schon weg, und sie bog in ihre Straße ein.

Die schmale Haustür wies keinerlei Einbruchspuren auf, trotzdem schloss sie nicht auf, sondern drückte auf die Klingel der Erdgeschosswohnung.

Der Mann, der ihr öffnete, schien überrascht, und das mit gutem Grund. Hal hatte ihn noch nie gesehen.

»Ja? Was gibt's?«

»Oh … tut mir leid.« Hal war verwirrt. Eigentlich hatte sie Jeremy, der hier wohnte, bitten wollen, sie hinauf in ihre Wohnung zu begleiten. »Ich wusste nicht – ist Jeremy da?«

»Hat der hier vorher gewohnt? Ich weiß nicht. Ich bin erst diese Woche eingezogen. Freund von dir?«

»Ja – nein. Nicht wirklich«, sagte Hal. Ihre Füße taten weh und sie zog den Koffer ein wenig näher heran. »Ich wohne hier, ganz oben.«

»Oh. Verstehe. Na dann, denk nächstes Mal an deinen Schlüssel, ja? Ich hatte mich gerade kurz aufs Ohr gelegt.«

»Ich habe meinen Schlüssel«, sagte Hal. »Darum geht es

nicht. Ich dachte nur – haben Sie zufällig jemanden hier herumlungern sehen? Glatze, Türstehertyp?«

»Glaub nicht«, antwortete er knapp. Er war schon dabei, sich hinter seine Wohnungstür zurückzuziehen, offensichtlich hatte er es eilig, wieder ins Bett zu kommen. »Dein Ex?«

»Nein.« Hal überlegte, wie ehrlich sie sein sollte, wechselte den Koffer von der einen in die andere Hand. »Nein, ich … also, ich schulde ihm Geld. Und er reagiert nicht besonders … verständnisvoll.«

»Oh, oh.« Der Mann hob abwehrend die Arme, die Handflächen dabei auf Hal gerichtet, und machte einen Schritt zurück. »Also, da misch ich mich nicht ein, meine Gute. Dein Geld, deine Angelegenheit.«

»Ich will doch gar nicht, dass Sie sich einmischen«, sagte Hal verdrossen. »Ich wollte nur wissen, ob Sie irgendwen gesehen haben.«

»Nein«, sagte der Mann und schlug ihr die Tür vor der Nase zu.

Hal seufzte. Das war zwar nicht besonders beruhigend, aber mehr konnte sie wohl nicht erwarten.

Während sie die Treppe hinaufstieg, den Koffer vor sich hertragend wie einen Schild, schob sich auf einmal ein Bild vor ihr inneres Auge, klar und scharf, von der schmalen Treppe in Cornwall und einem Mädchen, das nach oben in die Dunkelheit verschwand. Dass sie plötzlich zitterte, lag nicht nur an ihrer Furcht vor dem, was sie oben vorfinden könnte.

Vor ihrer Tür blieb sie stehen und lauschte, ob aus der Wohnung irgendwelche Geräusche zu hören waren. Die Tür war geschlossen und es gab keine Anzeichen gewaltsamen Eindringens, aber beim letzten Mal schien ja auch erst alles in Ordnung gewesen zu sein. Wer es einmal reingeschafft hatte, schaffte es jederzeit wieder.

Das Handy wie eine Waffe gezückt, mit den Fingern über dem Ziffernfeld, um sofort den Notruf wählen zu können, steckte sie schließlich so leise sie konnte den Schlüssel ins Schloss, öffnete in einer einzigen geschmeidigen Drehung die Tür und stieß sie so schwungvoll auf, dass sie mit einem Knall, der durch das Treppenhaus hallte, gegen die Wand schlug.

Leer und still lag der Raum vor ihr, das Pochen in ihrer Brust war das einzige hörbare Geräusch. Niemand stürzte sich auf sie. Trotzdem legte sie ihr Handy so lange nicht ab, bis sie auch noch den letzten Winkel durchsucht hatte, vom Bad über den Kleiderschrank bis hin zur Nische hinter der Wohnzimmertür, wo der Staubsauger stand.

Dann, erst dann, schloss sie die Tür, schob Kette und Riegel vor und ließ sich aufs Sofa sinken, wo sie sich mit bebenden Händen übers Gesicht fuhr.

Hier konnte sie nicht bleiben, so viel war klar.

Hal weinte selten, doch als sie jetzt auf dem alten, abgewetzten Sofa saß, auf dem sie als Kind herumgehüpft war, vor dem kalten Gasofen, den ihre Mutter an so vielen Nachmittagen nach der Schule angefacht hatte, schnürte es ihr die Kehle zu und ein paar Tränen des Selbstmitleids liefen ihr über die Wangen. Sie wischte sie weg. Das konnte sie sich nicht erlauben. Es half nichts. Sie musste fort.

Vorher aber musste sie die Wahrheit herausfinden, die Antworten auf die Fragen, die sie sich gestellt hatte, seit sie Mr Treswicks Brief bekommen hatte. Sie hatte genug von den Lügen der anderen und auch von ihren eigenen. Es war Zeit für die Wahrheit.

Ihr Magen knurrte. Sie machte sich eine Scheibe Toast, die sie mit ins Schlafzimmer nahm. Dort zog sie den Karton unter dem Bett hervor, kippte den Inhalt auf dem Teppich aus und begann mit der Sichtung.

Jetzt lagen die ältesten Dokumente oben – abgelaufene Reisepässe, Zeugnisse, alte Briefe, Fotos –, allerdings waren sie ziemlich durcheinander, zu oft waren sie von Schublade zu Schublade gewandert. Auf gut Glück öffnete Hal einen Umschlag, der aber nichts Interessantes enthielt, nur ein paar alte Kontoauszüge ihrer Mutter. Darunter befand sich ein Stapel Babyfotos – sie selbst, vermutlich im Alter von etwa sechs Monaten, in die Kamera strahlend. Ein weiterer Umschlag enthielt den ursprünglichen Mietvertrag für die Wohnung, auf dem die Tinte schon verblasst war und die Heftklammer in der Ecke angerostet. Er war auf Januar 1995 datiert, einige Monate vor Hals Geburt. 60 Pfund pro Woche hatte ihre Mutter vereinbart. Das schien selbst für damalige Verhältnisse eine unerhört niedrige Summe zu sein, und Hal hätte beinah aufgelacht, wäre sie den Tränen nicht so nah gewesen.

Das ging so nicht. Sie durfte nicht in Selbstmitleid verfallen. Morgen würde sie einen Plan fassen – sich überlegen, wohin sie gehen sollte. Jetzt aber musste sie sich auf die Aufgabe konzentrieren, die vor ihr lag. Sie würde nicht alles mitnehmen können, mit ihren Kleidern und anderen notwendigen Habseligkeiten hätte sie schon genug Gepäck. Also dann – ein Stapel für alles, was ins Altpapier konnte. Und auf die andere Seite die Dinge, die es aufzubewahren galt: ein Stapel mit Schriftstücken, die mit ihrer Mutter zu tun hatten, einen mit den Wohnungsunterlagen, einen mit den wichtigsten Papieren – Reisepässe, Geburtsurkunden, alles, was sie brauchen würde, um ihr neues Leben zu beginnen. Und auf das Bett kam alles, was auch nur im Entferntesten mit Cornwall und Trepassen House zu tun hatte. Vielleicht würde sie ja etwas finden, irgendeine Verbindung zu den Westaways, die ihr aus diesem Schlamassel heraushelfen könnte.

Das Erste, was auf dem Bett landete, war eine Ansichtskarte. Die Textseite war leer, auf der Vorderseite jedoch war Penzance zu sehen. Sie erkannte den Hafen. Die Karte zeigte vier Fotos, links unten Penzance, oben rechts die Gezeiteninsel St. Michael's Mount, außerdem zwei nicht benannte Landschaftsbilder. Nur ein kleiner Anknüpfungspunkt zwar, aber immerhin.

Was ihr Herz dann allerdings wirklich kurz aussetzen ließ,

waren Briefe – ein ganzer Stapel davon, mit einer Schnur zusammengebunden. Adressiert an Mrs Margarida Westaway, an eine Anschrift in Brighton, die Hal nichts sagte. Der Poststempel war Penzance. Einen Absender konnte Hal nicht erkennen, und als sie den ersten Brief öffnete, war die Tinte so verblichen, dass sie die Worte kaum entziffern konnte.

Ich schreibe Dir über Lizzie … dann etwas Unleserliches … *bitte mach Dir keine Sorgen wegen der Kaution – ich habe noch etwas Geld von meinen Eltern, und danach werde ich – ach Gott, ich weiß es nicht. Ich werde Wahrsagerin auf dem Pier von Brighton oder biete Handlesen am Strand an. Alles, solange ich nur hier wegkomme.* Da waren noch mehr Briefe, viele. Aber es würde Stunden dauern, sie alle durchzugehen und die verblichenen Buchstaben zu entziffern. Entschlossen legte sie sie aufs Bett und sichtete weiter.

Die Hälfte hatte sie geschafft, als sie auf einen mit einem alten Geschirrtuch eingewickelten Gegenstand stieß. Er fühlte sich an wie ein Buch. Sie schlug das Tuch zurück. Es war ein Tagebuch.

Hal hob es vorsichtig auf und begann zu blättern. Große Teile waren herausgerissen worden – nur fransige Papierfetzen waren davon übriggeblieben, die verbliebenen Seiten waren lose. Der erste vollständige Eintrag war von Ende November, doch aufgrund seiner Position vermutete Hal, dass das Tagebuch schon im Oktober oder September begonnen worden war, vielleicht sogar noch früher. Die restlichen Seiten – weniger als die Hälfte, schätzte Hal – waren dicht beschrieben, doch selbst hier waren Abschnitte durchgestrichen, Namen geschwärzt, ganze Absätze unleserlich gemacht worden.

Die Einträge endeten am 13. Dezember, und die folgenden Seiten waren zwar intakt, aber leer. Nur eine einzige Seite ganz hinten im Buch war noch entfernt worden. Die Verfasserin hatte offenbar irgendwann einfach aufgehört zu schreiben.

Hal blätterte langsam wieder zurück zum Anfang, entlang

der Textfragmente, wobei sie immer wieder mit dem Finger über die dick durchgestrichenen Passagen fuhr. Wer hatte das getan? Die Schreiberin selbst? Oder jemand anders, jemand, der fürchtete, was diese Seiten enthüllen konnten?

Die viel wichtigere Frage war aber: War es tatsächlich das Tagebuch ihrer Mutter? Die Schrift ähnelte der ihren, war aber unreifer, unrunder. Und auf dem Umschlag stand kein Name.

Schließlich kehrte sie zurück zum ersten vollständigen Eintrag und begann mit zusammengekniffenen Augen zu lesen.

29. November 1994, stand da in der schwer entzifferbaren krakeligen Handschrift. *Die Elstern sind zurück …*

29

Es war schon fast dunkel, als Hal schließlich aufsah und blinzelte. Sie hatte nicht bemerkt, wie die Dämmerung hereinbrach.

Aber endlich hatte sie die Antworten, nach denen sie gesucht hatte, zumindest einige davon.

Es war das Tagebuch von Hals Mutter. Sie war schwanger gewesen – mit ihr. Und nur fünf Monate nach dem letzten Eintrag war Hal auf die Welt gekommen.

Doch während sie das Licht einschaltete und den Wasserkocher anmachte, dachte sie über das Gelesene nach. Sie nahm das Tagebuch erneut zur Hand, um den Eintrag vom 6. Dezember noch einmal zu lesen. Und eine kalte Gewissheit ergriff sie.

Ihre Mutter hatte ihr nicht die Wahrheit über ihren Vater gesagt. Und: Hal war dort, in Trepassen House, gezeugt worden.

Alles, was ihre Mutter ihr erzählt hatte – die Geschichte vom spanischen Studenten, dem One-Night-Stand –, alles Lügen.

Dieses Tagebuch erklärte vieles. Die Verwechslung der Namen. Den Grund, warum Mrs Westaway Mr Treswick nie von diesem schwarzen Schaf erzählt hatte, der Cousine, die denselben Namen trug wie ihre Tochter. Sie hatte ihre Nichte verstoßen, denn sie war eine Schande für die Familie gewesen, und niemand hatte je wieder von ihr gesprochen.

In anderer Hinsicht jedoch erklärte es gar nichts.

Warum hatte ihre Mutter gelogen?

Und wer war ihr Vater?

Warum, dachte Hal, warum nur hast du seinen Namen und alles über ihn zerstört? *Warum?*

So oft hatte sie die Stimme ihrer Mutter noch im Ohr – belehrend, ermahnend oder ermutigend –, aber jetzt, da sie sie am meisten brauchte, schwieg diese Stimme.

»Warum?«, sagte Hal und hörte die Verzweiflung in ihrer eigenen Stimme, hörte das Wort in der stillen Wohnung widerhallen. »*Warum?* Warum hast du das getan?« Es war ein Hilferuf, auf den keine Antwort folgte, nur das kaum vernehmbare Ticken der Uhr und das Knistern des Papiers, als ihre Finger sich um das Tagebuch krampften.

Die Symbolik war auf schmerzhafte Weise offenkundig – wenn es eine Antwort gibt, Hal, dann liegt sie in deiner Hand. Sie konnte ihre Mutter fast hören, den leichten Spott in ihrer Stimme. Eine Welle der Wut durchfuhr sie, Wut darüber, die Wahrheit so greifbar nah vor sich zu haben, nur damit sie ihr gleich wieder weggenommen wurde, genau wie das Erbe, das sie wie eine schimmernde Fata Morgana erst angelockt und sich dann wieder in nichts aufgelöst hatte.

Die Antwort stand nicht im Tagebuch. Wenn doch, dann auf den herausgerissenen Teilen.

Und sie hatte keine Zeit. Morgen musste sie weg, bevor Mr Smiths Männer merkten, dass das Mädchen, das sie jagten, zurück war.

Langsam. Wieder die Stimme ihrer Mutter, sanfter diesmal. *Überlege gründlich.*

Langsam?, wollte sie rufen. Es *geht nicht* langsam.

In der Ruhe liegt die Kraft.

Nun gut. Sie musste die Frage ruhig und überlegt angehen.

So viele kamen ja nicht in Frage. Wer hatte sich wohl in jenem langen Sommer auf dem Landgut aufgehalten? Die Brüder?

Der Eintrag vom 6. Dezember lag noch immer aufgeschlagen in ihrem Schoß, es war die Schilderung des Abends, an dem ihre Mutter wahrscheinlich schwanger geworden war. Hal las die Zeilen ein weiteres Mal, und diesmal hielt sie an einer Stelle inne: *Unsere Augen – blau und dunkelbraun – trafen sich.*

Hals Mutter hatte dunkle Augen gehabt – wie sie selbst. Was bedeutete, dass derjenige, mit dem sie geschlafen hatte, ein Mann mit blauen Augen gewesen sein musste.

Ezras Augen waren dunkel – ganz eindeutig.

Abel … tja, das war schon schwieriger. Er war ein heller Typ, aber waren seine Augen … Hal schloss ihre eigenen und versuchte, sich zu erinnern. Grau? Haselnussbraun?

Blaue Augen konnten im richtigen Licht grau aussehen, aber sosehr sie sich auch anstrengte, sie konnte sich Abels liebenswürdiges bärtiges Gesicht weder mit blauen Augen vergegenwärtigen, noch konnte sie sich ihn in den Armen ihrer Mutter vorstellen.

In ihrer Verzweiflung zog sie das Foto aus der Tasche, das Abel ihr gegeben hatte und das an genau dem Nachmittag aufgenommen worden war, über den ihre Mutter geschrieben hatte.

Da war Ezra mit zurückgeworfenem Kopf und einem offenen Lachen, das so im Widerspruch zu seinem heutigen Zynismus stand, dass es Hal fast das Herz brach. Von seinen dunklen Augen waren nur fröhliche Schlitze zu sehen. Dort neben ihm stand seine Zwillingsschwester Maud, deren blondes Haar sich sanft ihren Rücken hinabwellte.

Und auch Abel war dabei, dessen dunkelblonder Schopf in der Sonne schimmerte. Hal beugte sich näher heran, versuchte angestrengt, unter den verblassten Farben auf dem gealterten, knittrigen Papier sein Gesicht auszumachen, als könnte sie durch das Papier hindurch in die Vergangenheit und zu den Menschen sehen, die heute noch lebten.

War das möglich? War sie Abels Kind?

Aber dann … Sie hielt inne, spürte plötzlich eine Kälte im Nacken, als hätte jemand seine eiskalte Hand dort platziert. Wenn sie Abels Tochter war, war das Erbe womöglich gültig. Hatte Mrs Warren deshalb nichts gesagt? Weil Hal das Erbe eben doch zustand?

Es hätte eigentlich ein willkommener Gedanke sein müssen, aber aus irgendeinem Grund fühlte Hal sich, als hätte sich in ihrem Magen ein Loch aufgetan.

Bevor sie das Foto wieder zusammenfaltete, warf sie ganz bewusst noch einen Blick auf die vierte Person im Bild, deren Anblick sie bis jetzt vermieden hatte – ihre Mutter, die sie mit ihren dunklen Augen durch die Jahre hindurch unverwandt anstarrte.

Was willst du mir sagen?, dachte Hal verzweifelt. Ihre Finger umschlossen das alte, fragile Stück Papier, dessen Pigmente sich unter ihren Fingerkuppen ablösten, jetzt noch fester.

Was willst du mir sagen?

Ihr war, als würde ihre Mutter sie direkt ansehen.

Aber nein.

Nicht sie.

Sondern …

Mit fahrigen Fingern legte sie das Foto zur Seite und blätterte wieder im Tagebuch, zurück … nein … zu weit … vor …

Und da, endlich, war es.

Im bröckelnden Bootshaus machte Maud das flache Ruderboot los und wir ruderten auf dem bräunlichen Seewasser zur Insel hinaus. Maud band das Boot an einem provisorischen Steg fest und wir kletterten raus. Maud war auch diejenige, die von dem morschen Holzsteg aus als Erste eintauchte – ihr Körper glich einem scharlachroten Strahl, als sie langsam unter der goldbraunen Wasseroberfläche entlangglitt.

»Los, Ed«, rief sie, und Ed stand auf und grinste mir zu, bevor er ihr zum Ufer folgte und mit Anlauf hineinsprang.

Und dann, nur ein paar Zeilen später …

»Mach doch mal ein Foto«, sagte Maud träge. Sie streckte sich, ihre gebräunten Beine schimmerten honiggolden auf dem aus-

geblichenen blauen Handtuch. »Ich will diesen Tag in Erinnerung behalten.«

Ed stöhnte zwar, stand aber gehorsam auf, um seine Kamera zu holen. Ich sah ihm zu, wie er am Objektiv herumhantierte.

»Warum so ernst?«, fragte er, als er aufsah, und da erst fiel mir auf, dass ich vor lauter Konzentration die Stirn runzelte, um mir sein Gesicht ins Gedächtnis zu brennen.

Zunächst hatte Hal sich nur vier Personen in dieser Szene vorgestellt. Ihre Mutter, Maud, Ezra und Abel – die vier Personen auf dem Bild. Aber das war natürlich nicht die ganze Wahrheit. Jemand hatte dieses Foto schließlich gemacht. Und diese Person war es, die ihre Mutter anblickte. Dieselbe Person, mit der sie später am Abend an den Strand gegangen war. Ihr Geliebter. Hals Vater.

Hal starrte das Foto an, begegnete dem scharfen, unverwandten Blick ihrer Mutter – und zum ersten Mal las sie etwas anderes in der Intensität dieses Blicks. Nicht Misstrauen. Nicht Feindseligkeit. Sondern – Sehnsucht.

Von allen in der Gruppe war ihre Mutter die Einzige, die den Fotografen direkt ansah, ihn mit ihrem Blick herauszufordern schien, ihn nicht aus den Augen ließ.

Hal hatte diesen Blick ganz anders interpretiert – hatte die Verbindung zwischen ihrer Mutter und dem Betrachter auf sich selbst bezogen, als erwiderte sie den Blick ihrer Tochter aus der Vergangenheit.

Aber jetzt verstand sie. Nicht sie war es, die ihre Mutter ansah – wie konnte sie auch? Es war der Fotograf. Hals Vater. Ed.

30

Noch nie hatte sich ihr Bett wohliger und weicher angefühlt als in dieser Nacht. Sie kroch unter die Decke und schloss die Augen, doch der Schlaf wollte nicht kommen. Was nicht daran lag, dass sie nicht müde war – ihr war fast schlecht vor Müdigkeit. Auch der Gedanke an Mr Smiths Männer war nicht schuld. Sie hatte zur Sicherheit eine Kommode vor die Wohnungstür gerückt, und nicht einmal diese Typen würden mitten in der Nacht lärmend hier eindringen und riskieren, die Nachbarn zu wecken, die dann die Polizei rufen würden.

Was sie vom Schlafen abhielt, war die Erinnerung. Jedes Mal, wenn sie die Augen zumachte, fühlte sie sich zurückversetzt – zurück zwischen die Seiten des Tagesbuchs, zurück in die Enge des kleinen Dachzimmers. Das Bild war gestochen scharf – der schmale Raum, das vergitterte Fenster, die Eisenriegel, einer oben, einer unten … wenn sie die Augen schloss, stand ihr all das so plastisch vor Augen, als wäre sie wieder zurück, ein Gefühl, das ihr einen kalten Schauer über den Rücken jagte. Nicht nur aus Mitleid mit ihrer Mutter – die ja immerhin hatte fliehen können, die nach Brighton gezogen war und für sich und ihr Kind weit weg von Trepassen ein neues Leben aufgebaut hatte. Sondern auch mit den anderen Kindern – mit Abel und Ezra, die, als sie jung waren, in dieses Zimmer eingesperrt worden waren, als Strafe für welche kindlichen Missetaten auch immer. Und vor allem mit Maud.

Bei ihrer ersten Lektüre der Tagebucheinträge war sie noch auf der Suche nach ihrer Mutter gewesen – hatte versucht, sich die Person hinter den Zeilen vorzustellen und sie mit ihren eigenen Erinnerungen abzugleichen. Dann hatte sie sie erneut gelesen und nach Hinweisen auf den Jungen durchforstet, der ihr Vater sein musste. Ed. Edward? In ihrer Erinnerung sah sie das kühle, schöne Gesicht, die kritischen blauen Augen vor sich und versuchte, einzelne Merkmale auszumachen, die vielleicht auch zu ihr gehörten.

Los, Ed. Die Worte klangen in ihrem Kopf, als hätte ihre Mutter sie in diesem Moment lauthals in den kleinen Raum gerufen.

Ed. Ein verbreiteter Name. Es gab sicher Dutzende Edwards, Edgars und Edwins überall in Cornwall. Und doch …

Den ganzen Abend hatten sich ihre Gedanken im Kreis gedreht, immer und immer wieder hatte sie das Tagebuch nach Hinweisen der einen oder anderen Art durchkämmt, war mit sich im Widerstreit gewesen, hatte Argumente dafür und dagegen gefunden. Doch ihre Mutter hatte Wort gehalten, und so war, bis auf dieses kleine Versehen, jeder Hinweis auf den Namen ihres Vaters herausgerissen oder durchgestrichen worden.

Jetzt aber, in der Stille der Nacht, während sie die Worte, die sie sich eingeprägt hatte, wieder und wieder durchdachte, ertappte sie sich dabei, dass sie nicht etwa nach Hinweisen auf Ed, sondern auf Maud suchte.

Ihre eigene Mutter blieb dabei seltsam schemenhaft – vielleicht auch, weil sie in ihren Einträgen meist andere beschrieb, jedenfalls war es nicht leicht, die unsichere, romantische Tagebuchschreiberin von damals mit der starken, pragmatischen Frau in Einklang zu bringen, zu der sie in den Jahren als alleinerziehende Mutter geworden war. Hätte sie es nicht mit eigenen Augen gelesen, sie hätte sich niemals vorstellen können, dass ihre Mutter mit einer solchen Leidenschaft und Schwärmerei über einen Mann schreiben konnte. Vielleicht war es das erste und letzte Mal gewesen.

Doch Maud – Maud war irgendwie anders. Obwohl sie nur hier und da durch die Seiten huschte, schien ihre Persönlichkeit im Tagebuch allgegenwärtig, und so durchforstete Hal, als es längst nach Mitternacht war und der Regen gegen das Fenster prasselte, ihr Gedächtnis weiter nach Informationen über Maud.

Es lag nicht nur daran, dass es Mauds Erbe war, das ihr, Hal, auf dem Silbertablett serviert worden war. Sie hatte etwas an sich, das Hal direkt ansprach. Vielleicht war es ihre eiserne Entschlossenheit, ihre Weigerung, sich unterdrücken zu lassen, ihr Freiheitsdrang. Vielleicht war es ihr trockener Humor oder ihre Großzügigkeit. Denn die Liebe und Fürsorge, die Maud ihrer Cousine entgegenbrachte, durchzogen das Tagebuch wie ein goldener Faden, und selbst über die Kluft von zwanzig Jahren hinweg musste Hal über ihre Kommentare schmunzeln. Was hatte sie noch über die Tarotkarten gesagt? *Totaler Bullshit*, genau. Das entsprach in etwa dem, was Hal selbst manchmal in den Sinn kam, wenn sie ihren etwas ernsthafteren Kollegen begegnete, weshalb sie beim Lesen beinahe laut aufgelacht hätte.

Aber was war mit ihr passiert? Mit Maud – der richtigen Margarida Westaway? Wo war sie jetzt? Und warum sprach niemand über sie? War sie tot? Oder hatte sie nur ihren Schwur gehalten, auszubrechen? Vielleicht hatte sie sich ins Ausland abgesetzt, ihren Namen geändert, ein neues Leben begonnen. Hal hoffte es. Um Mauds willen, aber auch, weil Maud die Wahrheit kannte, weil sie wusste, was auf den herausgerissenen Seiten stand, was sich abgespielt hatte. Sie kannte die Wahrheit über Hals Mutter und ihren Vater.

Abel, Ezra, Harding, Mr Treswick – dank Hal glaubten sie alle, dass Maud in dem heißen Sommer vor drei Jahren bei einem Autounfall umgekommen war. Nur Hal kannte die Wahrheit – dass es nicht Maud war, die gestorben war, sondern Maggie, ihre Cousine.

Es war möglich, sogar wahrscheinlich, dass Maud noch am Leben war, irgendwo da draußen, und in ihrem Inneren die Wahrheit darüber bewahrte, was ihrer Cousine widerfahren war, und damit auch das Geheimnis von Hals Identität.

Um sie zu finden, müsste Hal zurückkehren. Zurück nach Trepassen House, wo sie noch einmal von vorn beginnen müsste, wo sie die Fäden von Mauds Leben von Anfang an aufnehmen würde. Hal fiel nur ein einziger Weg ein, wie sie das anstellen könnte.

31

Der nächste Tag war ein Sonntag. Um acht Uhr morgens schleppte Hal ihre Bettdecke ins Wohnzimmer und kuschelte sich mit einer Tasse Kaffee in der Hand und einem Stapel Briefe auf dem Schoß aufs Sofa.

Ganz oben lag Hardings Visitenkarte.

Sie wartete bis halb zehn, bevor sie die Nummer wählte, aber es ging nur die Mailbox an, und als sie die weiche weibliche Stimme der automatischen Ansage hörte, atmete sie erleichtert auf.

»Dies ist die persönliche Mailbox von –«

Gefolgt von Hardings eigener, leicht wichtigtuerischer Stimme, einen halben Ton tiefer als seine normale Stimmlage: »Harding Westaway.«

»Bitte hinterlassen Sie eine Nachricht nach dem Signalton«, fuhr die Frau fort, worauf ein Piepton ertönte.

Hal hüstelte. »Ähm … Onkel Harding, es ist – hier ist Hal. Harriet. Es tut mir sehr leid, dass ich gestern einfach so verschwunden bin, aber es ist –«

Sie schluckte. Seit dem Aufstehen hatte sie darüber nachgedacht, was sie sagen sollte, und am Ende beschlossen, dass es nur eines gab, was sie überhaupt sagen *konnte,* das Einzige, was ihr Handeln erklären würde. Die Wahrheit.

»Es ist so, mir – mir macht das Ganze eine panische Angst. Was auch immer ich mir vorgestellt hatte, als ich nach Cornwall gefahren bin, es war nicht das, was Mr Treswick vorgelesen hat, und es fällt mir sehr schwer, mit dem Testament meiner Großmutter ins Reine zu kommen. Freitagnacht konnte ich überhaupt nicht schlafen und da bin ich – ich bin einfach –«

Piep. Sie hatte zu lang gebraucht mit ihrer Erklärung.

Hal fluchte leise, legte auf und wählte erneut. Diesmal schaltete sich die Mailbox sofort ein.

»Tut mir leid, ich hab zu lange gesprochen und wurde unterbrochen. Also, kurz gesagt, es tut mir sehr leid, dass ich abgehauen bin, ohne vorher mit euch zu sprechen, aber ich habe Zeit gehabt, nachzudenken und – und ich möchte gern wiederkommen. Nicht nur, weil mir klar ist, dass ihr mich wahrscheinlich für die Anhörung bei Mr Treswick braucht, sondern auch … auch, weil ich eine Menge Fragen über meine Mutter habe und darüber, warum meine Großmutter das so regeln wollte und – also, das ist eigentlich alles. Ich hoffe, ihr verzeiht mir. Bitte ruf mich auf dieser Nummer zurück und sag Bescheid. Tschüs. Und noch mal: Tut mir echt leid.«

Als sie das Handy zur Seite legte, zog sich ihr Magen in einer Mischung aus Nervosität und Übelkeit zusammen. War es Wahnsinn – zurückzugehen?

Vielleicht. Aber wenn sie diese Brücken jetzt abriss, würde sie vielleicht nie herausfinden, was damals in Trepassen House geschah. Wer ihr Vater in Wirklichkeit war.

Aus irgendeinem Grund hatte ihre Mutter sich nicht nur dafür entschieden, Hal nichts über die Identität ihres Vaters zu sagen, sondern sogar noch einen Schritt weiterzugehen und eine Lügengeschichte zu erfinden. Der spanische Student – ein One-Night-Stand. Nichts davon hatte stattgefunden.

Warum so weit gehen, um Hal eine Wahrheit zu verheimlichen, auf die sie ein moralisches Anrecht hatte?

Bevor sie dem Rätsel weiter nachspüren konnte, vibrierte ihr Handy in ihrem Schoß, und eine Millisekunde später ertönte der schrille Klingelton. Beim Blick auf das Display rutschte ihr das Herz in die Hose. Harding.

»Ha-hallo?«

»Harriet!« Seine Stimme klang einschüchternd, auch wenn Erleichterung mitschwang. »Ich habe gerade deine Nachricht gehört. Junge Dame, du hast uns allen hier einen ordentlichen Schrecken eingejagt.«

»Ich weiß«, sagte Hal. »Es tut mir leid.« Es tat ihr wirklich und aufrichtig leid. »Es ist nur – wie ich in meiner Nachricht meinte, ich war einfach überwältigt von allem. Es ist nicht leicht, wenn man erst niemanden hat und niemandem Rechenschaft schuldet, dann über Nacht plötzlich – du weißt schon.«

»Du hättest wenigstens einen Zettel hinterlassen können«, sagte Harding. »Mitzi hat den Schreck ihres Lebens gekriegt, als sie nach oben ging, um dich zu wecken, und dann war dein Bett leer und deine Sachen waren verschwunden. Wir hatten keine Ahnung, was passiert ist.«

»Ich hab Mrs Warren auf dem Weg nach draußen noch gesehen. Hat sie nichts gesagt?« Die Erinnerung an diese absurde Begegnung hatte etwas Traumartiges. Hatte es sich wirklich so zugetragen? Hatte Mrs Warren wirklich die Dinge gesagt, an die sich Hal erinnerte? *Auf Nimmerwiedersehen! Scheren Sie sich zum Teufel, wie Ihre Mutter, dieses Flittchen, vor Ihnen.* Es schien unmöglich.

Am anderen Ende der Leitung herrschte einen Moment irritiertes Schweigen.

»Mrs Warren, sagst du?«, fragte Harding schließlich. »Nein. Nein, sie hat nichts gesagt. Wie merkwürdig.«

»Oh.« Hal fühlte sich überrumpelt. Sie war davon ausgegangen, dass Mrs Warren ihre Version der Geschichte sofort zum Besten geben würde – wie Hal sich wie ein Dieb in der Nacht davongeschlichen hatte, am besten noch mit dem Familiensilber unter dem Arm. »Ich hatte gedacht … egal, ich hätte früher anrufen sollen. Es tut mir leid, Onkel Harding.«

Onkel Harding. Seltsam, wie selbstverständlich das herauskam. Vor ein paar Tagen hatte sie sich noch regelrecht dazu zwingen müssen, das Wort Onkel über die Lippen zu bringen. Jetzt hatte sie sich schon fast daran gewöhnt. Sie begann, ihre eigenen Lügen zu glauben.

»Nun, dann wollen wir kein weiteres Wort mehr darüber verlieren, meine Liebe«, sagte Harding ein wenig geschwollen. »Aber renn um Himmels willen nicht noch einmal mitten in der Nacht davon. Jetzt haben wir dich nach all den Jahren gerade erst gefunden, und … ähm …« Er hielt inne, und Hal hörte eine Art Hüsteln am anderen Ende der Leitung, das wohl die Emotionen verdecken sollte, die Hal hinter der nüchternen Fassade spürte. »Schon allein Mitzi könnte die Sorge nicht ertragen. Sie war völlig außer sich gestern, wir hatten ja keine Möglichkeit, dich zu erreichen. Also – du sagtest, du kommst zurück?«

»Ja«, sagte Hal. Sie atmete tief durch. Mit der freien Hand nahm sie den Brief, der ganz oben auf dem Stapel in ihrem Schoß lag, faltete ihn und schob ihn zurück in den Umschlag, in dem er so viele Jahre lang gelegen hatte.

»Ja, ich komme zurück.«

32

Bis sie am Bahnhof in Brighton am Ticketschalter stand und ihre Karte abgelehnt wurde, hatte Hal sich keine Gedanken darüber gemacht, wie sie die Zugfahrkarte bezahlen sollte. Mit schamrotem Gesicht zog sie ihren Koffer vom Schalter weg und überlegte, welche Möglichkeiten sie hatte, wobei ihr nur eine sinnvolle einfiel – es wieder mit der App zu probieren und zu hoffen, dass die Website die Buchung ausführen würde, ohne bei ihrer Bank nachzufragen. Die Hoffnung war gering, aber es war ihre einzige.

In einer ruhigen Ecke neben dem Kaffeekiosk zog sie ihr Handy heraus und wollte gerade die App öffnen, als sie eine ungelesene Nachricht von Harding entdeckte.

Meine liebe Harriet, nach Rücksprache mit Mr Treswick möchten wir Deine Fahrtkosten zurück nach Trepassen übernehmen, da die Reise für die Abwicklung des Testaments notwendig ist. Anbei ein Code für eine im Voraus bezahlte Fahrkarte, der an allen Kartenautomaten funktionieren sollte. Falls es irgendwelche Probleme geben sollte, melde Dich bitte. Onkel Harding. PS: Abel wird Dich in Penzance abholen, bitte teile Deine Ankunftszeit mit.

Hal schloss die Nachricht mit einem äußerst seltsamen Gefühl, einer Mischung aus Geborgenheit und einem Erstickungsgefühl. Als wickelte jemand eine kuschelige Decke um ihren steifen, widerspenstigen Körper, aber ein kleines bisschen zu fest.

Denk daran, wer du bist, dachte sie, im Bewusstsein, dass sie eine überschwängliche Dankes-SMS schreiben sollte. *Denk an das kleine dankbare Mäuschen von Nichte.*

Aber je mehr die Realität ihrer eigenen Herkunft der Fiktion, die sie geschaffen hatte, in die Quere kam, desto schwerer fiel es ihr, die Rolle weiterzuspielen. Desto schwerer wurde es, es nicht zu vermasseln. War es Wahnsinn, dorthin zurückzukehren?

Während der Zug gen Westen brauste und es am Himmel immer dunkler wurde, war Hal sich bewusst, dass sie eigentlich hätte lesen, recherchieren, Namen googeln müssen, um sich darauf vorzubereiten, wieder in ihre Rolle zu schlüpfen. Es gab so vieles, was sie wissen müsste. Hatte Maud es nach Oxford geschafft? Wie war es ihr danach ergangen?

Doch sie konnte sich nicht dazu aufraffen. Sie lehnte den Kopf an die zerkratzte Fensterscheibe und starrte hinaus auf die vorbeirauschende Landschaft. Es war kalt und wurde immer kälter, je weiter sie sich von London entfernten und je länger sie durch das offene Land fuhren, vorbei an kahlen, mit Raureif überzogenen Bäumen, weißen Wiesen und schwarzgefrorenen Tümpeln. An jedem anderen Tag hätte Hal es wunderschön gefunden, aber heute dachte sie nur an all das, was sie zurückgelassen hatte und was sie vielleicht nie wieder sehen würde – die Wohnung, in der sie aufgewachsen war, ihre ganze Vergangenheit. Jetzt führte der Weg nach vorn, mit jedem Kilometer, den der Zug zurücklegte, nach vorn in eine ungewisse Zukunft, und ihr einziges Hab und Gut war der neben ihr stehende Koffer mit ihren Kleidern und Papieren.

Doch zugleich ging es auch rückwärts, zurück in eine andere Vergangenheit – und von all den unbeantworteten Fragen, die ihr im Kopf herumspukten, gab es eine, die ihr keine Ruhe ließ, die stocherte und stupste wie eine Zunge, die immer wieder den schmerzenden Zahn berühren musste.

Warum hatte ihre Mutter gelogen?

Alles, was im Tagebuch stand, war nachvollziehbar. Ihrer Tante konnte Maggie den Namen des Vaters nicht preisgeben, ohne zu riskieren, ihn nie wieder zu sehen.

Doch warum hatte sie Hal belügen müssen?

Immer verzweifelter wälzte sie diese Frage in ihrem Kopf hin und her und kam am Ende stets zu demselben Schluss. Um sie zu schützen.

Aber wovor?

Es war schon dunkel, als der Zug in Penzance einfuhr, und Hal war fast eingeschlafen, aber sie raffte sich auf und nahm ihren Koffer, spürte das Gewicht all der zusätzlichen Klamotten und Papiere, die sie hineingestopft hatte. Sie betrat den Bahnsteig mit einem seltsamen Gefühl von Déjà-vu, gepaart mit der beunruhigenden Erkenntnis darüber, was sich inzwischen alles geändert hatte. Da war er, derselbe Bahnsteig mit der riesigen Uhr und den hallenden Durchsagen – und da war sie selbst, in ihrer zerrissenen Jeans und mit dem geerbten Koffer, dem Haar, das ihr über die Augen fiel.

Und auch Abel war da, der vorn am Bahnsteig stand und die Ankunftstafel studierte und der Hal, als er sie hinter der Ticketsperre erspähte, mit einem Strahlen begrüßte und ihr mit seinem Autoschlüssel zuwinkte.

Nachdem Hal die Ticketsperre passiert hatte, fand sie sich plötzlich in einer gänzlich unerwarteten Umarmung wieder, und als Abel sie losließ, grinste er sie an, auf seinem braungebrannten Gesicht spiegelte sich Erleichterung.

»Harriet! Es ist so schön, dich zu sehen. Du hast uns einen ziemlichen Schreck eingejagt. Da hatten wir uns gerade an dich gewöhnt und schon – na ja …« Er brach ab und verzog den Mund zu einem schiefen Lächeln. »Sagen wir einfach, es ist gut zu wissen, dass mit dir alles in Ordnung ist.«

»Tut mir leid.« Hal ertappte sich dabei, wie sie ihn verstohlen von der Seite betrachtete, während sie langsam den Bahnsteig entlangliefen. *Kennst du meinen Vater?*, wollte sie fragen. *Ist es Edward?* Aber das war undenkbar. »Ich wollte wirklich niemandem Sorgen machen. Und die Verspätung tut mir auch leid.« Sie warf einen Blick auf die Bahnhofsuhr. Fast halb zehn. Der Zug hätte um halb neun eintreffen sollen.

»Mach dir keine Gedanken. Ich war ehrlich gesagt froh darüber, mal rauszukommen – und im Bahnhofscafé gab es überraschend guten Kaffee. Ich glaube, noch eine Tasse graues Spülwasser von Mrs Warren hätte ich nicht vertragen.«

Unter der Bahnhofsbeleuchtung wirkten Abels Augen eindeutig grau, doch Hal musste sich noch einmal vergewissern. Als sie den Parkplatz erreichten und Abel stehenblieb, um seinen schicken schwarzen Audi aufzuschließen, versuchte sie im Schein der Flutlichtstrahler erneut, seine Augenfarbe auszumachen.

Als Abel bemerkte, dass sie ihn anstarrte, wandte sie verlegen den Blick ab.

»Hab ich was am Kinn?«, fragte er lachend.

Hal schüttelte den Kopf. »Nein – es ist bloß – ich –« Sie spürte, wie sie rot wurde. »Ich muss mich immer noch an den Gedanken gewöhnen, dass ich so eine große Familie habe. Ich kann es noch nicht ganz fassen.«

»Ich kann nur ahnen, wie das wohl ist«, sagte Abel wie nebenbei. »Für uns ist es natürlich auch eine gewisse Umstellung, und dich gibt es nur einmal. Für dich muss es zig Mal merkwürdiger sein, gleich auf eine ganze Familie zu stoßen, von der du nichts wusstest.«

»Abel«, sagte sie, als sie aus der Parklücke rollten, »ich wollte mich noch mal bedanken, für das Foto von meiner Mutter. Ich habe nicht so viele Bilder von ihr in meinem Alter und es bedeutet … es bedeutet mir wirklich viel, wollte ich nur sagen.«

»Schon in Ordnung«, sagte Abel und winkte ab. »Gern geschehen. Ich habe leider auch nicht sehr viele Bilder aus der Zeit. Ich hatte früher mal mehr, aber die waren nicht immer mit glücklichen Erinnerungen verbunden, weshalb ich nicht so viele behalten habe, wie ich mir heute wünschte. Aber ich schaue mal zu Hause nach. Falls ich noch welche von deiner Mutter finde, kannst du sie gern behalten.«

»Danke«, sagte Hal leise. Sie schlängelten sich gerade durch die engen Straßen hinter dem Bahnhof, und plötzlich fasste sie sich ein Herz.

»Abel, kann ich dich was fragen?«

»Na klar.«

»Wer – wer hat das Foto gemacht? Das du mir gegeben hast?«

»Wer es gemacht hat?« Abel runzelte die Stirn. »Ich weiß gar nicht genau. Warum fragst du?«

»Ach, nur so ...« Hals Magen drehte sich mit, als sie etwas zu schnell in eine Kurve fuhren. »Ich weiß nicht, ich hab mich nur gefragt.« Sie fühlte sich, als hinge ihr Leben an dieser Frage. »Es war nicht vielleicht ... es war nicht Edward, oder?«

»*Edward?*« Abel warf ihr im Dunkel des Wagens einen Seitenblick zu, durch das gespenstisch grüne Licht vom Armaturenbrett wirkte sein Ausdruck fremd und war schwer zu deuten. »Wie in Gottes Namen kommst du denn darauf?«

Auf einmal war seine Stimme nicht mehr die des warmherzigen, besorgten Mannes, den sie in den letzten Tagen kennengelernt hatte. Ein kalter Unterton schwang darin mit, und Hal erstarrte wie eine Maus vor der Schlange. Plötzlich wusste sie, dass es extrem dumm von ihr wäre, das Tagebuch zu erwähnen.

»Ich –« Es fiel ihr nicht schwer, ihre Stimme dünn klingen zu lassen, sie war ohnehin nicht mehr als ein Fiepen. »Ich – ich weiß es nicht. Ich habe mich nur gefragt.«

»Ezra hat es gemacht«, sagte Abel ausdruckslos, richtete seine Aufmerksamkeit wieder auf die Straße und erklärte die Diskussion damit für beendet.

Aber das konnte nicht sein, dachte Hal, als der Wagen um eine Kurve bog. Ezra war mit auf dem Foto.

»Das ...«, fing sie an, doch Abel schnitt ihr das Wort ab, und Hal glaubte, Zorn in seiner Stimme zu hören.

»Harriet, das genügt jetzt. Es war nicht Edward. Ich kannte ihn damals noch gar nicht. Ende der Geschichte.«

Du lügst, dachte sie. *Sein Name steht im Tagebuch. Du musst also lügen. Aber warum?*

33

Als sie Trepassen erreichten, stellte Abel den Wagen ab, und Hal folgte ihm ums Haus herum zum Haupteingang. Nirgends war Licht zu sehen, das Haus wirkte fast verlassen, die blanken Fenster sahen aus wie schwarze, ausdruckslose Augen. Hal sah das Haus plötzlich vor sich, wie es in zwanzig oder dreißig Jahren aussehen könnte – das Dach eingefallen, die Fenster kaputt, Blätter, die über das faulende Parkett hinwegwehten.

Als sie hineingingen, rief Abel: »Wir sind wieder da!« Seine Stimme hallte durch den Korridor, und Hal spürte auf einmal eine schreckliche Beklemmung, ohne dass sie sagen konnte, warum. Doch als die Tür zum Salon aufschwang und Harding den Kopf heraussteckte, wusste sie es. Es war die Angst vor Mrs Warren. Sie kam nicht dazu, dieser Empfindung weiter nachzugehen, denn schon fand sie sich in Hardings steifer Umarmung wieder und fühlte den rauen Tweed seines Sakkos an ihrer Wange, während er ihr unbeholfen und unangenehm fest den Hinterkopf tätschelte, als wäre sie eine Kreuzung aus einem Labrador und einem Kleinkind.

»So so so«, sagte er, und dann noch einmal: »So so so.« Als er ein Stück von ihr abrückte, stellte Hal zu ihrer Überraschung fest, dass er offenbar irgendeine Gefühlswallung unterdrückte, denn seine hängenden Wangen waren gerötet und seine Augen wurden feucht. Er wischte sich hastig übers Gesicht und hüstelte. »Mitzi wird – ähem! Mitzi tut es sehr leid, dass sie dich verpasst hat, aber sie musste los, um die Kinder nach Hause zu bringen. Morgen ist Schule.«

»Oh«, sagte Hal kleinlaut. »Mir tut es auch leid, dass ich sie verpasst habe.«

»Edward musste auch schon weg«, sagte Abel. Hal spürte einen Stich, der anders war als das vage Schuldgefühl wegen Mitzi. Ihr wurde klar, dass sie sich an etwas festgeklammert hatte – an die Aussicht, Edward wiederzusehen, ihm in die Augen zu blicken und vielleicht eine Spur von sich selbst in seinem Gesicht zu entdecken.

»Schade«, sagte Hal. »Wird er – kommt er denn zurück?«

»Das bezweifle ich«, sagte Abel. Ihm schien plötzlich selbst aufzufallen, wie finster er dreinblickte. Mit einem gezwungenen Lächeln nahm er Hal den Mantel ab. »Es sei denn, wir stecken noch ein Wochenende hier fest, was ich wirklich nicht hoffe.«

»Hast du Hunger?«, meldete sich Harding zu Wort. »Wir haben leider schon vor einer Weile zu Abend gegessen, aber im Salon gibt es Tee und ich könnte Mrs Warren bitten, vielleicht ein Sandwich …«

Unschlüssig ließ er den Satz ins Leere laufen, aber Hal schüttelte mit Nachdruck den Kopf.

»Nein, danke, absolut nicht nötig. Ich habe im Zug gegessen.«

»Na, dann komm mit und trink wenigstens einen Tee, dann kannst du dich vor dem Schlafengehen noch etwas aufwärmen.«

Hal nickte und ließ sich von Harding in den Salon führen, wo auf einem kleinen Tisch der Tee bereitstand.

Das schwache Feuer im Kamin und das Licht der kleinen Lampen auf den Beistelltischchen verliehen dem Raum einen goldenen Schimmer, der die Spinnennetze und die Risse in der Vertäfelung, die zerschlissenen Vorhänge und den Schmutz, die Feuchtigkeit und die Verwahrlosung kaschierte. Zum ersten Mal wirkte der Salon geradezu heimelig, und Hal wurde plötzlich von Sehnsucht gepackt. Nicht unbedingt der Sehnsucht, hier zu bleiben, Trepassen war zu düster und beklemmend, um jemals einladend zu wirken. Es verströmte die Atmosphäre eines Hauses, in dem Menschen schweigend gelitten hatten, Mahlzeiten in Anspannung und Angst eingenommen worden, Geheimnisse verborgen geblieben waren und in dem meist Unglück und nicht Behaglichkeit vorgeherrscht hatte.

Vielleicht aber war es die Sehnsucht, Teil dieser Familie zu bleiben. Trotz seines großspurigen Gehabes hatte die Träne in Hardings Augenwinkel Hal irgendwie berührt. Aber es war nicht nur Harding. Ezra – Abel – Mitzi – die Kinder, jeder von ihnen hatte Hal auf eine ganz eigene Art willkommen geheißen, sich ihr vertrauensvoll geöffnet – und wie hatte sie es ihnen gedankt? Mit Lügen.

Nur Mrs Warren, dachte Hal beunruhigt. Nur sie hatte Hal nie über den Weg getraut.

Der Gedanke spukte ihr weiter im Hinterkopf herum, als sie an dem Tee nippte, den Harding ihr eingeschenkt hatte, und vorsichtig ein Plätzchen hineintauchte. Seit vorgestern Nacht, als Mrs Warren ihr diese Vorwürfe entgegengefaucht hatte, dachte Hal immer wieder über ihre Worte nach und kam stets zu demselben verstörenden Ergebnis: Mrs Warren wusste Bescheid.

Aber warum behielt sie alles für sich? Die einzige Erklärung – und es war keine besonders beruhigende – lautete, dass Mrs Warren selbst etwas zu verbergen hatte …

Als Hal den letzten Schluck Tee nahm, schlug die Uhr auf dem Kaminsims, und Harding und Abel blickten auf.

»Meine Güte«, sagte Harding. »Halb elf schon.«

»Tut mir leid«, sagte Hal. »Ich habe euch vom Schlafengehen abgehalten.«

»Nein, gar nicht«, wehrte Harding ab. Er streckte sich, wobei sein kariertes Hemd aus dem Hosenbund rutschte. »Aber heute war es wirklich … na ja, sagen wir mal, dieses ganze Wochenende hat mich ganz schön geschlaucht. Jetzt, wo Mitzi und die Kinder weg sind, werde ich ein bisschen Schlaf nachholen. Also, wenn es dir nichts ausmacht, werde ich mich jetzt wohl nach oben verziehen.«

»Ich gehe auch ins Bett«, sagte Abel mit einem Gähnen. »Wo ist eigentlich Ezra?«

»Weiß der Himmel. Nach dem Abendessen ist er verschwunden. Wahrscheinlich spazieren. Du kennst ihn doch.«

»Hat er einen Schlüssel dabei?«

»Hier darf ich auf meine vorherige Antwort verweisen«, sagte Harding leicht gereizt. »*Weiß der Himmel.* Schließlich reden wir über Ezra.«

»Dann schließe ich vorne nicht ab«, sagte Abel mit einem weiteren Gähnen. Er stand auf, klopfte sich unsichtbare Fussel von den Hosenbeinen. »Es gibt ja auch nicht viel zu stehlen hier. Also dann. Gute Nacht, Hal. Brauchst du Hilfe mit dem Koffer?«

»Gute Nacht«, sagte Hal. »Und nein, kein Problem.«

Die schmale Treppe zum Dachboden war unbeleuchtet, und Hal musste eine Weile suchen, bis sie den Lichtschalter fand.

Doch als sie ihn drückte, geschah nichts. Sie drückte erneut, immer noch kein Licht. Irgendwo tief in ihrer Handtasche steckte zwar ihr Handy, aber da sie keine Hand mehr frei hatte, musste sie sich im Dunkeln hinauftasten.

Sie stieg durch eine Finsternis nach oben, die von einem so tiefen, intensiven Schwarz war, dass sie meinte, sie schmecken zu können. Oben angekommen, tastete sie sich vorsichtig um die Ecke des Korridors und zum Zimmer vor – ihrem Zimmer, so fühlte es sich langsam an, auch wenn die Vorstellung ihr ein seltsames, mulmiges Gefühl einflößte, als würde sich ihr Leben im Kreis drehen und alles wieder von vorn beginnen.

Diesmal ging die Tür, obwohl sie erst ein bisschen klemmte, mit einem plötzlichen Ruck auf, sodass Hal nach hinten stolperte. Sie tastete nach dem Lichtschalter, doch auch hier ging kein Licht an, und jetzt spürte Hal einen Anflug von Ärger. Waren alle Sicherungen rausgeflogen oder was zum Teufel war hier los?

Hier drin war es nicht so schlimm, da die Vorhänge nicht zugezogen waren und der Mond genug Licht spendete, dass sie sich im Zimmer zurechtfinden konnte. Sie zog sich aus und schlüpfte ins Bett, zwischen die kalten Laken.

Eine Weile betrachtete sie das Schattenspiel des Mondes an der Wand und war schon fast eingeschlafen, als sie etwas bemerkte.

Es war keine durchgebrannte Sicherung. Jemand hatte die Glühbirne aus der Lampe in der Mitte des Raums geschraubt.

Von der Decke hing nur noch eine leere Fassung.

34

»Kann ich euch etwas fragen?«, sagte Hal beim Frühstück. Sie nahm sich eine Scheibe Toast von dem Stapel in der Mitte des Tischs, um sie mit Marmelade zu bestreichen, doch als sie das Glas aufschraubte, entdeckte sie eine dicke Schicht Schimmel auf dem Gelee und ihr verging der Appetit.

»Was?« Harding blickte von seinem eigenen Toast auf, den er kräftig mit Butter bestrich. »Fragen? Klar, was denn?«

»St. Piran, das Dorf. Wie weit ist es von hier?«

»Oh, hm … etwas über sechs Kilometer. Warum fragst du?«

»Ich dachte …« Hal drehte nervös am ausgefransten Saum ihres Pullovers herum. »Ich würde heute Morgen vielleicht gern einen Spaziergang machen. Habe ich genug Zeit? Wann treffen wir Mr Treswick?«

»Blöderweise erst morgen«, sagte Harding. Mit mehr Krafteinsatz als nötig schnitt er seine Toastscheibe in zwei Hälften, wobei er mit der Messerklinge quietschend über den Teller fuhr, ein Geräusch, das Hal zusammenzucken ließ. »Er ist offenbar ein vielbeschäftigter Mann. Du kannst heute also tun und lassen, was du willst. Aber es ist keine besonders schöne Strecke, nur als Vorwarnung. Zu dieser Jahreszeit werden die Felder gepflügt, sodass es ziemlich anstrengend ist, darüberzulaufen, und matschig ist es sowieso. An der Hauptstraße ist es einfacher, aber da muss man eben auf den Verkehr achten.«

»Das macht mir nichts aus«, sagte Hal. »Ich muss einfach – ich glaube, ich brauche etwas frische Luft. Ist es … schwer zu finden?«

»Eigentlich nicht«, sagte Abel. »Aber du scheinst mir nicht richtig angezogen zu sein.« Er musterte sie kritisch. Seine plötzliche Kälte vom Abend zuvor war verschwunden und der Beschützer in ihm zurückgekehrt, doch Hal fragte sich, ob hinter der fürsorglichen Fassade nicht doch irgendwo noch der Zorn lauerte. Was war das wahre Gesicht von Abel Westaway? »Es ist ziemlich frisch da draußen. Schnee gibt es zwar in diesem Teil von Cornwall nicht oft, aber letzte Nacht hat es gefroren.«

»Ich komme schon klar«, sagte Hal. Sie zog den Kragen ihres Kapuzenpullis hoch und schob die Hände in die Taschen. »Ich bin abgehärtet.«

»Nun, das sieht man dir wirklich nicht an«, sagte Abel und zwinkerte ihr zu. »Also, wenn du wirklich gehen willst, nimm meine Wanderjacke. Sie ist rot und hängt vorne neben der Eingangstür. Sie wird dir zwar zu groß sein, aber wenigstens ist sie wetterfest, und sollte es regnen, wirst du nicht völlig durchnässt. Für heute Nachmittag ist Regen vorhergesagt. Aber wenn du in St. Piran ankommst und es anfängt zu schütten oder deine Beine nicht mehr mitmachen, ruf mich an, dann komme ich und hole dich bei der Post ab.«

»Okay, danke«, sagte Hal. Sie stand auf. »Dann gehe ich am besten gleich los, während es noch trocken ist. Ist das in Ordnung?«

»Aber klar«, sagte Abel. Er hob die Hände und schenkte ihr ein leichtes Lächeln, das die Fältchen um seine Augen vertiefte. Im Morgenlicht wirkten sie auf einmal ziemlich blau. »Ich bin ja nicht dein Vater.«

Draußen vor der Tür nahm Hal ihr Handy heraus, öffnete Google Maps und tippte eine Adresse ein: 4 Cliff Cottages, St. Piran, Cornwall.

Das Programm berechnete die Distanz, dann erschien die vorgeschlagene Route – die Zufahrt runter und entlang der Hauptstraße.

Sie drehte sich zum eisigen Wind, schob das noch warme

Handy tief in die Tasche von Abels Jacke und machte sich auf den Weg.

Ich bin ja nicht dein Vater.

Warum hatte er das gesagt? Es kam ihren Spekulationen so beängstigend nah, dass ihr keine Antwort eingefallen war – sie hatte ihn nur mit offenem Mund angesehen und war dann eilig hinausgegangen, um ihren Schock nicht zu zeigen. Wusste er etwas? Hatten er und Ezra miteinander gesprochen? Hal hatte sich bei Ezras beiläufigen Fragen auf der Rückfahrt von Penzance nichts gedacht, aber jetzt fielen ihr seine Worte wieder ein und sie fragte sich, wie viel die Brüder wirklich wussten.

Oberflächlich betrachtet war Abels Bemerkung völlig einleuchtend gewesen, genau wie Ezras Frage einleuchtend gewesen war. Die Leute wollten nun einmal wissen, woher man kam, wer man war. Solchen Fragen war Hal schon immer ausgesetzt gewesen. »Wo ist dein Vater?«, »Was macht er?«. Fragen, die Kinder eben auf dem Spielplatz stellen, um sich gegenseitig abzuchecken. Dazu gehörte auch die schmerzhafteste aller Fragen: »Warum hast du keinen Vater?«

Erwachsene gingen so ein Verhör zwar taktvoller an, fragten etwa »Hast du Familie in der Nähe?« oder »Siehst du deine Eltern oft?«, aber es lief letztlich alles auf das Gleiche hinaus.

Wer bist du? Warum weißt du das nicht?

Als Hals Mutter noch lebte, hatten diese Fragen nicht so ein Gewicht gehabt. Damals hatte sie gewusst, wer sie war – oder zumindest hatte sie geglaubt, es zu wissen. Aber jetzt klangen sie so sehr wie ihre eigenen Gedanken, dass sie am liebsten geschrien hätte.

Denn das war das Allerschlimmste. Nicht der fehlende Vater. Nicht einmal das Nichtwissen.

Sondern die Lügen.

Wie konntest du mich so anlügen?, dachte sie, während sie die lange, gewundene Auffahrt entlangstapfte, vorbei an den knorrigen Eiben und unter den wachsamen Blicken der

Elstern, die in den Baumkronen hockten, und das Grundstück schließlich durch das einschüchternde Eisentor verließ.

Du wusstest es und du hast mich angelogen und verhindert, dass ich die Fragen stelle und die Antworten bekomme, auf die ich ein Recht habe.

Nie hatte sie ihre Mutter gehasst – niemals. Nicht, als sie kein Geld hatten und alle anderen Kinder die neusten Sneakers und Pokémon-Karten bekamen und sie sich mit praktischen Schuhen und selbstangefertigten Zeichnungen auf kleinen Zetteln begnügen musste. Nicht, als sie die Stromrechnung nicht bezahlen konnten und eine Woche bei Kerzenschein in der Wohnung hocken und auf einem geliehenen Gaskocher kochen mussten. Nicht, als ihre Schuhe voller Löcher waren, nicht, wenn ihre Mutter spät vom Pier heimkam, Elternabende und Theateraufführungen verpasste, weil sie es sich nicht leisten konnte, Kunden abzuweisen.

Sie hatte Verständnis gehabt – auch ihre Mutter hatte sich das alles nicht ausgesucht. Und das bisschen, was sie hatten, teilten sie miteinander – in guten wie in schlechten Zeiten. Wenn Geld da war, gönnten sie sich etwas. Wenn nichts da war, standen sie diese Zeit gemeinsam durch. Sie tat ihr Bestes. Sie tat es für Hal.

Aber das hier – das hatte sie nicht für Hal getan. Dieses Wissen hatte sie für sich behalten – ein Wissen, das sie hätte teilen können, aber stattdessen unter Verschluss hielt.

Und warum? Was war so Schlimmes an diesem Mann, der an jenem Tag die Kamera gehalten hatte, dem Mann, den ihre Mutter so unverwandt angeblickt hatte, dem Mann, den sie geliebt hatte?

In Hals Jeanstasche steckte das Bündel Briefe – die Briefe mit dem Penzance-Stempel, die sie unter dem Bett gefunden hatte. Sie hatte lange gebraucht, bis sie sie entziffert hatte, aber irgendwann hatte sie alle gelesen. Sie waren Teil eines Briefwechsels zwischen Maud und Maggie, die geplant hatten, gemeinsam wegzulaufen. Die Briefe waren undatiert, aber aus der Abfolge der Ereignisse schloss Hal, dass der oberste der letzte gewesen war – der, von dem sie beim Öffnen des Bündels einen Teil gelesen hatte. Jetzt, während sie weiter mit festen Schritten die Küstenstraße entlangging, zog sie ihn wieder hervor, den Wind im Gesicht, ihre Lippen gesprungen. Sie blieb stehen und biss sich auf die Lippe, die salzig schmeckte.

Liebe Maud,

ich schreibe Dir über Lizzie, ich traue mich nicht, den Brief in die normale Post zu geben. Ich bin so froh, dass Du eine Wohnung für uns gefunden hast. Bitte mach Dir keine Sorgen wegen der Kaution – ich habe noch etwas Geld von meinen Eltern, und danach werde ich – ach Gott, ich weiß es nicht. Ich werde Wahrsagerin auf dem Pier von Brighton oder biete Handlesen am Strand an. Alles, solange ich nur von hier wegkomme. Ich hätte nie geglaubt, dass ich das mal schreibe – aber ich habe wirklich Angst. Antworte mir über Lizzie, ihre Adresse steht unten. Sie bringt mir den Brief vorbei, wenn sie zum Saubermachen kommt – aber wenn Du ihn hierherschickst, würde DU WEISST SCHON WER ihn öffnen, und dann wär die Hölle los.
Ich hab Dich lieb. Und bitte beeile dich. Lange halte ich es hier nicht mehr aus.

Deine M.

Am unteren Rand stand eine Adresse: 4 Cliff Cottages, St. Piran, Cornwall.

Hal faltete den Brief wieder zusammen.

Ich habe wirklich Angst.

Als sie den Brief zum ersten Mal gelesen hatte, zusammengekauert auf dem Sofa und mit ihrem Handy im Schoß, hatte sie sich ihre Großtante vorgestellt, wie sie vor der Tür des kleinen Zimmers stand und die Riegel vorschob. Oder Mrs Warren mit ihrer Wut, ihrem Hass. Aber jetzt kam sie ins Grübeln. Denn ihre Mutter war … vielleicht nicht furchtlos, aber immer so tapfer gewesen. Hal konnte sich nicht daran erinnern, dass sie jemals aus Angst einer Situation ausgewichen wäre. Weil es dumm gewesen wäre – ja. Weil es riskant gewesen wäre und sie ein Kind zu beschützen und großzuziehen hatte – sicher. Aber nur, weil sie Angst gehabt hätte – nein, niemals. Wenn eine Sache schwierig, aber notwendig gewesen war, hatte ihre Mutter sich ihr gestellt.

Was hatte ihr solche Angst eingejagt, dass sie aus Cornwall geflohen war und nie wieder davon sprach?

Hal dachte nach. Und während sich der Himmel mit Schneewolken zuzog und die Kälte immer unerbittlicher wurde, wurde ihr etwas klar. Auch sie hatte Angst. Nicht nur vor dem, was sie im Begriff war zu tun. Sondern vor dem, was sie am Ende finden würde.

35

St. Piran war weniger ein Dorf als eine Ansammlung von Häusern, die wirkten, als seien sie wie Treibholz an den kleinen, zum Meer hinabführenden Straßen angespült worden. Hier ein Bauernhof und eine Herde robuster kleiner Schafe, die sich zum Schutz vor dem Wind an einer Reihe von Hecken zusammengekauert hatten. Dort eine Tankstelle, geschlossen und mit heruntergelassenen Läden, aber einem Pappschild mit der Aufschrift: *Für den Schlüssel zur Pumpe bitte anrufen bei Bill Nancarrow oder am Haus klopfen.*

Die Kirche, in der die Beerdigung stattgefunden hatte, konnte Hal nirgends sehen, doch als sie die Hauptstraße weiter entlangging, hörte sie aus der Ferne eine Kirchturmuhr zur vollen Stunde schlagen – zehn langsame, schwermütig klingende Schläge.

Schließlich entdeckte sie einen roten Postkasten, neben dem eine einsame Telefonzelle aufragte, und als sie um die Kurve bog, sah sie das Postamt, das Abel beschrieben hatte. In Abels Jackentasche vibrierte ihr Handy, ein Signal dafür, dass sie abbiegen sollte. Sie zog das Handy heraus und sah sich die Wegbeschreibung erneut an. Es ging nach links in eine kleine unbefestigte Straße, vorbei an einer Reihe bescheidener Backsteinhäuser mit zweckmäßigen Gärten, flachen Dächern und kleinen geschlossenen Vorbauten zum Schutz vor den Küstenwinden. *Cliff Cottages* stand auf dem Straßenschild an der Ecke, und Hal spürte, wie sich ihr Puls beschleunigte.

Vor Nummer vier lag ein gepflegtes, überfrorenes Rasenrechteck, und zur Haustür gelangte man über einen Pfad aus

Mosaikpflaster. Hal fuhr sich nervös übers Haar, bevor sie durch den Garten ging und klingelte.

Irgendwo im Haus ertönte eine Melodie, und Hal wartete angespannt, hörte die schlurfenden Schritte, die sich langsam näherten, bis hinter der Milchglasscheibe endlich jemand zu sehen war.

»Guten Tag.« Die ziemlich mollige Frau, die unter dem Vordach auftauchte, schien Ende vierzig oder Anfang fünfzig zu sein, die in einem unnatürlichen Gelb gefärbten krausen Locken hatten fast denselben Ton wie die nassen Spülhandschuhe, die sie noch trug. Aber da war etwas Liebenswürdiges in ihrem Gesichtsausdruck, und Hal fühlte, wie ihre Anspannung ein wenig nachließ. Sie holte tief Luft, wünschte, sie hätte sich ihre Worte vorher besser zurechtgelegt.

»Hallo ... ich ... ähm ... bitte entschuldigen Sie die Störung, aber kennen Sie jemanden namens Lizzie?«

»Das bin ich«, sagte die Frau. Sie verschränkte die Arme. »Was kann ich denn für Sie tun, Liebes?«

Ein Hoffnungsschimmer. Hals Herz schlug schneller.

»Ich –« Wieder leckte sie sich über die Lippen, schmeckte das Salz, das in der Gegend alles zu durchdringen schien. »Ich – ich glaube, Sie kannten meine Mutter.«

Auf dem Weg nach Cornwall hatte Hal hin- und herüberlegt, was sie sagen, wie sie ihre Fragen formulieren sollte. Sie hatte sich Cousins ausgedacht, falsche Namen, sogar mit dem Gedanken gespielt, ihr Pseudonym Lil Smith wieder auferstehen zu lassen.

Doch als die Tür aufging und Lizzie mit ihrem gütigen Gesicht und dem butterweichen Cornwall-Akzent persönlich vor ihr stand, waren all diese Überlegungen verschwunden, und Hal sagte auf einmal genau das, was sie um jeden Preis hatte vermeiden wollen. Die Wahrheit.

Jetzt saß sie also in Lizzies Wohnzimmer vor einer Tasse Tee, und die Geschichte purzelte so schnell aus ihr heraus, dass sie selbst kaum mitkam.

Der Tod ihrer Mutter, die Geldsorgen. Der Brief von Mr Treswick und die heimliche Hoffnung, der Irrtum könnte wahr sein – gefolgt von der wachsenden Gewissheit, dass es nicht so war. Die beunruhigende Erkenntnis beim Anblick des Fotos, die Riegel an der Tür zur Dachkammer, die nächtliche Flucht zurück nach Brighton. Und schließlich der Tagebuchfund unter den Dokumenten ihrer Mutter, die Briefe und die c/o-Adresse, die sie schließlich hierhergeführt hatte.

»Ach Gottchen!« Lizzies rundes rötliches Gesicht war von Sorge erfüllt, und als Hal ans Ende gekommen war, lehnte sie sich zurück in ein Kissen und fächerte sich Luft zu. »Meine Güte, wo bist du denn da hineingeraten? Und du hast ihnen noch nichts gesagt?«

Hal schüttelte den Kopf.

»Aber das werde ich noch. Ich muss. Ich wollte nur – ich will nicht …« Sie stockte. »Ich wollte erst so viel wie möglich herausfinden, bevor ich die Brücken hinter mir abbreche.«

»Na, ich erzähl dir alles, was ich weiß, aber viel ist es nicht. Es ist so lange her und ich habe die beiden nicht mehr gesehen, nachdem sie weggegangen waren, also kann ich dir nur davon erzählen, was hier passiert ist. Deine Mutter, die kam hier an … wann war das wohl? … 1994, glaube ich. Am Ende des Frühlings oder im Frühsommer, ich weiß noch, wie sie im Taxi aus Penzance ankam, an einem sehr kühlen Tag, und wie immer trieben die verdammten Elstern ihr Unwesen. Deine Ma war ein nettes Mädchen. Hübsch und freundlich und immer für einen Schwatz zu haben, aber ihre Cousins … ich weiß nicht. Die sind immer unter sich geblieben. Es herrschte eine Atmosphäre von: die auf der einen, wir Dörfler auf der anderen Seite. Das ist wohl schon immer so gewesen, die da oben in ihrem großen Haus und wir anderen hier unten, das waren sie so gewohnt. Aber deine Ma, die war woanders aufgewachsen, sie dachte nicht so. Wir haben immer miteinander geplaudert, wenn ich eigentlich putzen sollte, und Mrs Warren – Mann, die hatte Haare auf den Zähnen – kam vorbei und wischte mir eine mit dem Küchenhandtuch. Das tat ganz schön weh! Und dann schimpfte sie: *Zurück an die Arbeit, fürs Rumstehen und Plappern wirst du nicht bezahlt.* Aber ich hatte immer das Gefühl … na, ehrlich gesagt, ich glaube, deine Ma war ganz schön einsam. Sie hatte ihre Mutter und ihren Vater verloren, kam hierher und hoffte auf eine neue Familie – und was hat sie gekriegt? Das alte Dienstmädchenzimmer im Dachsparren und von ihrer Tante und ihren Cousins nur die kalte Schulter.«

»Aber nicht … von Maud doch nicht?«, sagte Hal. »Das Tagebuch liest sich so, als sei Maud ihre Freundin gewesen?«

»Später, ja. Aber Maud … ach, die war ein bisschen komisch, schon als kleines Mädchen. Ich hab mit etwa fünfzehn angefangen, dort zu putzen, und sie war damals vielleicht so fünf oder sechs. Ich weiß noch, wie sie mich einmal beobachtete, die Hände in die Hüften gestemmt, und dass ich, weil ich Freundschaft mit ihr schließen wollte, zu ihr sagte, ich mag dein Kleid, Maud, es sieht sehr hübsch aus. Und sie hat den Kopf nach hinten geworfen und ganz empört gesagt: »Ich würde lieber für meinen Verstand als für meine Kleider gelobt werden.« Und ich konnte nicht anders und musste laut lachen. Tödlich beleidigt war sie da. Hat wochenlang kein Wort mit mir gesprochen. Aber sobald man sie besser kannte, war sie unter der kratzbürstigen Schale ein ganz liebes Ding, das aber auch mal aufbrausen konnte, wenn sie irgendwo Unrecht vermutete. Ich war schon ein paar Jahre da, als es mal Ärger gab, weil Geld verschwunden war. Mrs Warren verhörte alle Angestellten, und ich war als Letzte in dem Zimmer gewesen, wo es angeblich gelegen hatte. Ich rechnete schon damit, gefeuert zu werden, als Maud plötzlich wie ein Racheengel in die Küche marschierte, Mrs Warrens Aufforderung, wieder zu gehen, einfach ignorierte und sagte: ›Verdammt, Mrs Warren, Abel hat das Geld genommen, und

Sie wissen das ganz genau. Wir alle wissen, dass er aus Mutters Portemonnaie klaut. Lassen Sie also Lizzie in Ruhe.‹« Und dann stürmte sie wieder hinaus. Da kann sie höchstens zehn gewesen sein. Aber jetzt quatsche ich dich ja zu. Das wolltest du ja alles gar nicht wissen.«

»Doch!«, sagte Hal. »Ehrlich gesagt hat meine Mutter nie über ihre Zeit hier gesprochen. Für mich ist es … richtig faszinierend, all das herauszufinden. Ich hatte keine Ahnung, dass sie eine Cousine mit dem gleichen Namen hatte, von Abel, Ezra, Harding und den anderen ganz zu schweigen. Ich wünschte, sie hätte es mir erzählt. Ich weiß nicht, warum sie es nicht getan hat.«

»Ich glaube nicht, dass diese Zeit eine besonders glückliche für sie war«, sagte Lizzie, und das Leuchten verschwand aus ihren freundlichen Augen, plötzlich wirkte sie traurig. »Sie ist nach dem Tod ihrer Eltern hierhergekommen und nur ein paar Monate später war sie in anderen Umständen – das muss dann wohl mit dir gewesen sein. Natürlich wussten wir am Anfang nichts davon, ich jedenfalls nicht. Erst ab Dezember wurde offen darüber gesprochen. Schon im Herbst war ihr die ganze Zeit schlecht gewesen, da ging das Gerede los, und in der Adventszeit konnte man bereits etwas sehen. Sie war ja so ein schmächtiges Ding, und trotz der weiten Sachen, die sie inzwischen trug, war klar, dass etwas nicht stimmte. Und sie hatte diesen gewissen Ausdruck – ich kann's nicht erklären, aber du weißt sicher, was ich meine. Ein bisschen fülliger im Gesicht, und diese typische Körperhaltung, sobald sie sich unbeobachtet glaubte. Ich kannte das schon, also wusste ich Bescheid. Ich glaube, Mrs Westaway war die Einzige, die keinen Verdacht schöpfte, und als sie es herausfand – oh, da war es plötzlich, als wären die zehn biblischen Plagen über das Haus gekommen. Und die arme kleine Maggie wurde wochenlang eingesperrt. Mrs Westaway sagte, sie könne ihren Anblick nicht ertragen, deshalb wurden Tabletts mit Essen nach oben und wieder nach unten getragen, und Maggie durfte kaum je raus. Wann immer sie die Erlaubnis bekam, brachte Maud ihr das Essen, und wenn ich sie dann manchmal auf dem Weg nach unten traf, sah sie aus, als hätte sie geweint. Vor Weihnachten sind wir dann alle nur noch auf Zehenspitzen herumgeschlichen, fragten uns, was jetzt passieren würde und wer der Vater war. Jemand aus der Schule, dachten wir, allerdings hat sie selbst, wenn sie es denn wusste, nie etwas gesagt.«

»So war es aber nicht«, unterbrach Hal sie mit Nachdruck. »Sie wusste es, und das ist einer der Gründe, weshalb ich hergekommen bin. Ich hatte gehofft, Sie könnten mir vielleicht helfen. Es war jemand, der in dem Sommer damals in Trepassen House zu Besuch war, wahrscheinlich im August. Ein Mann mit blauen Augen, oder eher ein Junge. Fällt Ihnen da jemand ein?«

»Besuch?« Lizzie runzelte die Stirn. »Davon weiß ich nichts. Ich kann mich nicht daran erinnern, dass eines der Kinder mehr als zwei- oder dreimal Freunde zu Besuch hatte. Ezra hatte mal einen Schulfreund zu Besuch, glaube ich, aber ich weiß nicht mehr, ob in dem Sommer oder in dem davor. An seine Augenfarbe kann ich mich nicht erinnern. Und Abel hatte ein paar Unifreunde, die in Cornwall und im Norden von Devon wohnten, von denen kam ab und zu mal einer einen Tag zu Besuch, vor allem, wenn Mrs Westaway nicht da war. Dann herrschte eine völlig andere Atmosphäre im Haus. Tut mir leid«, fügte sie hinzu, als sie Hals Miene sah. »Ich wünschte, ich könnte dir mehr sagen, aber ich müsste lügen, wenn ich behaupten würde, dass ich mich erinnere. Und als die Kinder dann etwas älter waren, bin ich auch nur noch ein paarmal pro Woche dort gewesen. Mrs Westaway hatte irgendwann nicht mehr genug Geld für eine tägliche Haushaltshilfe, außerdem hatte ich ja dann meine eigenen Kinder.«

»Kein Problem«, sagte Hal, und ihr Herz zog sich zusammen. All die Hoffnungen, die sie fast unbewusst immer noch gehegt hatte, waren zerplatzt.

»Erzählen Sie mir von … erzählen Sie mir, was danach passiert ist. Mit den Briefen.«

»Tja. Dann kam der richtige Skandal. Im Dezember wurde Maud zum Aufnahmegespräch an der Uni in Oxford eingeladen, und während sie weg war, wurde es wirklich schlimm zwischen Mrs Westaway und deiner Mutter. Es fällt mir nicht leicht, das zu sagen, aber ich war regelrecht froh, wenn ich am Ende des Tages wieder gehen konnte. Obwohl sie oben auf dem Dachboden waren, hörte ich, wie Mrs Westaway sie anschrie und ihr alles Mögliche androhte, damit sie den Namen des Vaters preisgab, und wie deine Mutter weinte und sie anflehte. Einmal traf ich sie auf dem Weg zum Bad, und sie hatte ein blaues Auge und eine aufgeplatzte Lippe. Heute wünschte ich, ich hätte damals etwas getan, aber …« Sie brach ab, blinzelte und wischte sich eine Träne aus dem Augenwinkel. »Na, und dann kam Maud zurück und war wie ausgewechselt. Sie erzählte mir, dass sie von irgendeinem College, einem Frauen-College nehme ich an, eine Zusage ohne Auflagen bekommen hatte, sodass sie praktisch nicht mehr lernen musste, oder so ungefähr. Ich sollte es ihrer Mutter aber nicht sagen … und im Januar wurde sie dann zum zweiten Gespräch eingeladen – zumindest sagte sie das. Hinterher habe ich mich dann gefragt, ob es dieses zweite Gespräch wirklich gegeben hat oder ob es nur eine Ausrede war, um von hier wegzukommen. Und dann kamen die Briefe. Maggie saß hier und schrieb an Maud – manchmal nach Oxford, manchmal nach Brighton. Und Maud schrieb zurück. Und ich kam mir manchmal vor wie eine verdammte Postbotin, das kann ich dir sagen. Aber zu diesem Zeitpunkt hatte ich schon richtig Angst um deine Mutter, Angst, dass Mrs Westaway zu weit gehen und irgendwann so fest zuschlagen würde, dass sie eine Fehlgeburt hätte oder so was in der Art. Also war ich froh, dass ich etwas tun konnte, um zu helfen.«

»Aber was in den Briefen stand, wissen Sie nicht?«, fragte

Hal. Sie hielt fast die Luft an, während sie auf die Antwort wartete, doch Lizzie schüttelte den Kopf.

»Nein, geöffnet hab ich sie nicht. Nur einen einzigen habe ich gesehen – weil deine Ma keinen Umschlag hatte und mich bat, einen zu besorgen. Es war der letzte.«

»W-was stand drin?«

Lizzie senkte den Blick, nestelte nervös an den Gummihandschuhen in ihrem Schoß.

»Ich hab ihn nicht gelesen«, sagte sie schließlich. »Ich mache so was nicht. Aber er war so gefaltet, dass ich, ohne es zu wollen, eine Zeile sehen konnte, und die ist mir nie wieder aus dem Kopf gegangen, sosehr ich sie abschütteln wollte. Sie lautete: *Ich hab's ihm gesagt, Maud. Es war schlimmer, als ich je erwartet hätte. Bitte, bitte mach schnell. Ich habe Angst davor, was jetzt passiert.*«

Eine Weile war es still, während Lizzie die Erinnerung erneut durchlebte und Hal in Gedanken die Worte auseinandernahm. Kalte Angst stieg in ihr auf.

»Wer …« Sie stockte.

»Wer mit ›ihm‹ gemeint ist?«, fragte Lizzie und Hal nickte nur. Lizzie zuckte mit den Schultern, wobei ihr fröhliches rundliches Gesicht ernst und traurig wirkte. »Ich weiß es nicht. Aber ich dachte immer …« Sie biss sich auf die Unterlippe, und Hal wusste, was sie sagen wollte, noch bevor die Worte ausgesprochen waren. »Ich dachte immer, sie hätte dem Vater endlich von der Schwangerschaft erzählt und dass er es war, vor dem sie Angst hatte. Es tut mir leid, du armes Ding.«

»Also …« Hals Lippen waren trocken und sie nahm einen Schluck von dem längst kalt gewordenen Tee. »Und … was ist dann passiert? Ich weiß, dass meine Mutter nach Brighton ging und mich bekam. Und Maud?«

»Tja, da gab es ganz schön viel Wirbel«, sagte Lizzie. Ihr Mund verzog sich zu einem Lächeln. »Es muss so Ende Januar oder Anfang Februar gewesen sein. Maud war aus Oxford zurück oder wo immer sie in Wirklichkeit gewesen war, aber ich wusste, dass das noch nicht das Ende war. Es gingen Briefe hin und her, ich hörte Maud oft am Telefon im Korridor flüstern, und sie erschreckte sich zu Tode, wenn ich um die Ecke kam. Bei jeder anderen hätte ich vermutet, dass ein Junge im Spiel war, aber ich wusste bereits genug, um mir im Klaren darüber zu sein, dass es darum nicht ging.

In der Nacht, in der sie verschwanden, war ich nicht da, aber als ich am nächsten Tag zur Arbeit kam, war das ganze Haus in Aufruhr. Die Mädchen hatten offenbar nur ihre Kleider mitgenommen und nicht einmal eine Nachricht hinterlassen. Mrs Westaway hat die Dachstube und Mauds Schlafzimmer komplett auseinandergenommen und dabei Dinge gesagt, die ich im Leben nie wieder hören möchte – widerliche Dinge über beide, auch über ihre eigene Tochter. Aber sie haben nie die Polizei eingeschaltet, das weiß ich, weil mein Schwager bei der zuständigen Dienststelle gearbeitet hat und meinte, dass es nie eine offizielle Vermisstenanzeige gegeben hätte. Vielleicht hatte sie Angst vor dem, was dann rauskommen könnte, ich weiß es nicht. Also hat sie sie am Ende in gewisser Weise doch gehen lassen, behaupte ich mal. Maud oder vielleicht Maggie, ich war mir nie sicher, hat noch einen Brief an das Haus geschickt – das weiß ich, weil ich den Umschlag auf dem Tisch in der Diele gesehen habe, und nach all den Tagen und Wochen des Briefe-hin-und-her-Tragens erkannte ich die Handschrift – sie hatten eine sehr ähnliche Schrift, aber es war definitiv eine von beiden. Was drinstand, weiß ich nicht, aber ich sah durch den Türspalt, wie Mrs Westaway ihn im Salon aufmachte und las. Sie zerriss ihn dann, warf die Fetzen ins Feuer und spuckte noch hinterher.«

»Und das war's?«, fragte Hal unsicher. »Sie haben nie wieder von ihnen gehört?«

»Das war's«, sagte Lizzie. »Zumindest fast. Eines Tages im März bekam ich eine Postkarte aus Brighton. Darauf stand nur »Danke, M.« ohne Adresse. Aber ich wusste, von wem sie war.«

»Und sie kamen nie zurück«, sagte Hal nachdenklich.

Lizzie schüttelte den Kopf. »Das habe ich nicht gesagt. Ich habe nie wieder von ihnen gehört, aber Maggie, die ist zurückgekommen.«

»*Was?* Wann?«

»Nachdem du geboren warst. Ich war nicht da, also weiß ich nicht, was genau passiert ist, aber ich weiß, dass sie zurückkam, weil Bill Thomas – der schon lange tot ist – damals einen Taxibetrieb in Penzance hatte, und er hat sie zum Haus gebracht, das hat er mir hinterher erzählt. Er sagte, er hätte sie abgesetzt und gefragt, ob er warten soll, aber sie hätte nein gesagt, sie würde ihn anrufen, wenn er sie wieder abholen sollte. Er meinte, sie hätte ausgesehen wie die Jungfrau von Orléans vor der Schlacht.«

»Aber warum?« Hal runzelte kopfschüttelnd die Stirn. »Warum sollte sie zurückgehen, nachdem sie so verzweifelt versucht hatte, zu fliehen?«

»Das weiß ich leider nicht, Liebes. Ich weiß nur, es war wirklich das letzte Mal, dass ich von ihr gehört habe. Oder von den beiden überhaupt. Keine von beiden ist danach zurückgekommen. Ich habe oft an sie gedacht – und an das Baby, das bist dann wohl du gewesen! Ich habe mich oft gefragt, wie es euch ergangen ist. Deine Mutter, hast du gesagt, ist Wahrsagerin geworden?«

»Tarotkartenlegerin«, verbesserte Hal. Sie fühlte sich wie benommen von all den Informationen, die gerade auf sie eingeprasselt waren. »Sie hatte eine Bude auf dem West Pier in Brighton.«

»Das überrascht mich nicht«, sagte Lizzie. Ein Lächeln legte sich auf ihr rundes Gesicht. »Oh, wie verrückt sie nach ihren Tarotkarten war, sie hat sie behandelt, als wären sie aus Porzellan. Sie hat sie oft für mich gelegt. Drei Kinder hat sie mir vorausgesagt, und drei Kinder sind's geworden. Und Maud? Ich dachte immer, die wird mal Professorin an einer Universität. Geschichte wollte sie studieren, daran erinnere ich mich. Sie hat mal zu mir gesagt: ›Nur aus der Geschichte lernt man, die Gegenwart zu verstehen, Lizzie. Deshalb mag ich das Fach so. So schlimm die Menschen heute auch sind, es hat schon schlimmere gegeben.‹ Also wird sie das sicher gemacht haben.« Sie nahm noch einem Schluck Tee und zwinkerte Hal über den Rand der Tasse hinweg aus ihren blauen Augen zu. »Wenn ich raten soll: Sie ist Professorin für Geschichte an der Londoner Universität. Hab ich recht?«

»Ich weiß es nicht«, sagte Hal. Ihre Kehle war wie zugeschnürt und ihre Stimme, als sie sie endlich wiederfand, klang rau und heiser. »Ich habe Maud nie getroffen, jedenfalls soweit ich mich erinnere. Meine Mutter hat sie nie erwähnt.«

»Also ist sie einfach … verschwunden?«, fragte Lizzie. Sie hob die Augenbrauen, blasse blonde Schatten, die fast unter ihrem gelben Pony verschwanden.

»So sieht es aus«, sagte Hal. »Aber wo immer sie hingegangen ist, sie ist so früh verschwunden, dass ich mich an ihr Gesicht nicht erinnern kann.«

36

Für den Weg zurück nach Trepassen brauchte Hal viel länger als für den Hinweg. Lizzies Angebot, sie zu fahren, hatte sie abgelehnt. Es ging bergauf, was mit ein Grund dafür war, dass sie so langsam vorankam, außerdem war der Weg am Straßenrand inzwischen rutschig vom Regen. Immer wieder musste sie anhalten und die Seite wechseln, um großen Pfützen auszuweichen, wenn sie nicht riskieren wollte, von vorbeifahrenden Autos nassgespritzt zu werden.

Andererseits ging sie absichtlich langsam, wollte Zeit gewinnen, um das Gedankenchaos zu ordnen, bevor sie Harding und seinen Brüdern entgegentrat, um ihnen die Wahrheit zu sagen.

Sie musste reinen Tisch machen – das war ihr schon vor dem Gespräch mit Lizzie klar gewesen. Eigentlich schon bevor sie nach Brighton zurückgefahren war. Sie war vor der ganzen Situation einfach weggelaufen – vor dem Geständnis, das sie machen musste.

Sie versuchte, es sich vorzustellen.

Ich habe gelogen.

Ich habe euch von Anfang an angelogen.

Meine Mutter war nicht eure Schwester.

Bei dem Gedanken wurde ihr ganz anders. In der Erleichterung, mit der Harding und Abel sie gestern wieder aufgenommen hatten, hatte etwas mitgeschwungen, fast als wäre sie die verschollene Schwester, die endlich nach Hause zurückgekehrt war. Und jetzt würde sie ihnen all das wieder nehmen – sie zurückwerfen in die jahrzehntelange Unsicherheit, die sie durchgemacht hatten, bevor Hal in ihre Leben getreten war. Wie sie wohl reagieren würden?

Harding würde toben. Abel würde den Kopf schütteln – Hal sah sein enttäuschtes Gesicht direkt vor sich. Ezra? Ezra konnte sie nicht einschätzen. Er war vielleicht der Einzige von den dreien, der gelassen reagieren würde, vielleicht sogar darüber lachen könnte. Aber dann fielen ihr die nur mühsam in Schach gehaltene Wut und die Trauer ein, die hinter der Fassade durchschimmerten, als er vom Verschwinden seiner Schwester sprach … und auf einmal war sie sich nicht mehr sicher.

Was auch immer passieren würde und so wütend sie auch immer auf Hal wären, zumindest Harding würde erleichtert sein, wenn er die Neuigkeit erst einmal verdaut hätte. Denn schließlich wäre Hals Erbe damit null und nichtig und daher … ja, was dann? Das Geld würde wohl zurück in den Topf wandern und vermutlich so verteilt werden, als hätte Hester Westaway nie ein Testament gemacht.

Zum Glück war Mitzi nicht da – allein der Gedanke, das alles in ihrer Gegenwart zu beichten, wo sie so freundlich zu ihr gewesen war … Hal hatte das Gefühl, das würde sie nicht fertigbringen.

Lizzie aber wusste Bescheid – und das war fast eine Erleichterung, denn jetzt gab es kein Zurück, keine Chance mehr, den Schwanz einzuziehen. Sie musste es jetzt durchziehen, ihre Entschuldigung vortragen … und dann musste sie wohl zu Mr Treswick gehen und ihm die ganze Situation erklären.

Andere, dunklere Gedanken mischten sich unter all diese Überlegungen. Denn der ganzen Situation lag eine einzige, unverrückbare Tatsache zugrunde: Maud war immer noch verschwunden – und niemand schien zu wissen, was mit ihr passiert war.

Seit dem März 1995 hatte niemand von ihrer Familie sie mehr gesehen. War sie aus freien Stücken abgetaucht? Oder verbarg sich dahinter eine andere, unheilvollere Wahrheit?

Während sie weiterging, dachte Hal über das Kind nach, dessen messerscharfe Intelligenz sowohl bei Lizzie als auch bei

Mr Treswick einen so großen Eindruck hinterlassen hatte. Über das Mädchen in Maggies Tagebuch, das sich mit Mrs Westaway angelegt und Maggies Geheimnis gehütet hatte. Und über die Frau, die sie hatte werden wollen – frei, gebildet, unabhängig. Ob sie es geschafft hatte? War das die Wahrheit – dass sie ihrer Cousine geholfen hatte, aus Trepassen House zu fliehen, um sich dann selbst aus dem Staub zu machen und woanders ein neues Leben anzufangen? Möglich war es. Aber es kam ihr so unwahrscheinlich vor – und so seltsam, dass ihre Mutter ihren Namen in all den Jahren nicht einmal erwähnt hatte. Auch wenn sie die unglücklichen Erlebnisse in Trepassen unbedingt hinter sich lassen wollte, schien es doch furchtbar kaltherzig, die Erinnerung an eine Frau, die ihr so sehr geholfen hatte, einfach auszulöschen.

Es gab nur eine andere Erklärung, und die war noch verstörender – Margarida Westaway war tot.

37

Sie war Abel zutiefst dankbar, dass er sie überredet hatte, seine Wanderjacke anzuziehen. Allerdings war die Kapuze viel zu groß und rutschte ihr immer wieder vom Kopf. Egal, wie eng sie die Bänder zog, der Wind wehte sie immer wieder zurück, sodass der Regen ihr den Nacken und den Rücken herunterrann.

Sie war durchnässt und durchgefroren, als sie schließlich an dem riesigen schmiedeeisernen Tor ankam. Die Scharniere quietschten, als sie das Tor aufstieß, ein tiefer, klagender Laut, der durch das Prasseln des Regens drang und sie auf eine Weise erschaudern ließ, die nicht nur mit der Kälte zu tun hatte. Es klang, als litte das Haus Todesqualen.

Auf der letzten Strecke zum Haus mischte sich Graupel in den Regen, winzige Eissplitter stachen ihr in die Wange und trieben ihr Tränen in die Augen, sodass sie trotz ihrer Angst vor dem, was kommen würde, erleichtert war, als sie endlich die Eingangsterrasse erreichte, wo der Wind abrupt nachließ und sie einen Großteil des Wassers abschütteln konnte. Drinnen zog sie die Jacke aus, und zu ihren Füßen bildete sich sofort eine Pfütze auf den Fliesen. Hal fühlte das schmerzhafte Kribbeln, als das Blut nach und nach in ihre steifgefrorenen Finger zurückkehrte.

Aus dem Salon waren Männerstimmen zu hören. Sie hängte die Jacke an den Kleiderhaken und machte sich auf den Weg durch die Diele zum Salon, dessen Tür angelehnt war.

»Hal?« Abel drehte sich zu Hal um, als sie zögernd eintrat. »Meine Güte, du bist ja patschnass. Warum hast du mich nicht angerufen?«

»Die kleine Wanderung hat mir Spaß gemacht«, antwortete sie. Sie trat näher ans Feuer und versuchte das Zähneklappern zu unterdrücken. Es war nicht ganz gelogen. Die Wanderung hatte ihr zwar keinen Spaß gemacht, trotzdem hätte sie nicht abgeholt werden wollen. Sie brauchte die Zeit, um den Kopf frei zu bekommen.

Am anderen Ende des Zimmers hatte Ezra es sich auf dem Sofa bequem gemacht und war mit seinem Handy beschäftigt. Er blickte auf, als Hal an ihm vorbeiging, und prustete los. »Ich habe noch nie jemanden gesehen, der so durchnässt ist, Respekt. Das Mittagessen hast du leider verpasst, aber wir könnten uns in die Höhle des Löwen wagen, falls du noch einen Tee möchtest, um dich aufzuwärmen. Ansonsten müsste das warme Wasser im Tank noch für eine Wanne reichen, falls du baden möchtest?«

»Das mache ich«, sagte Hal, dankbar für diesen Vorwand. Während sie die Sache einerseits endlich hinter sich bringen wollte, klammerte sich ein anderer, feigerer Teil von ihr an jeden Strohhalm, mit dem sie die unvermeidliche Katastrophe hinauszögern konnte. »W-wo ist Harding?«

»Ich glaube, in seinem Zimmer. Wahrscheinlich macht er ein Nickerchen. Warum?«

»Ach … nur so.«

Das Bad – tatsächlich das einzige im ganzen Haus – befand sich im ersten Stock und verfügte über eine riesige klauenfüßige und mit Grünspan überzogene Kupferwanne, die in der Mitte stand, und eine Toilette mit einem Kettenzug, der beim Ziehen so laut rasselte und quietschte, dass Hal an das metallische Klagen des Eingangstors denken musste.

Aber aus dem Hahn floss heißes Wasser, und als Hal schließlich in das dampfende Bad eintauchte, fühlte sie, wie ihre Anspannung wich.

Onkel Harding – ich bin nicht die, für die du mich hältst.

Nein. Viel zu theatralisch. Aber wie sollte sie es sonst sagen?

Als ich wieder zu Hause war, habe ich etwas entdeckt.

Und dann die Geschichte mit dem Tagebuch, als wäre ihr dadurch erst ein Licht aufgegangen.

Nur war das leider eine Lüge.

Also was sonst?

Harding, Ezra, Abel – ich bin eine Erbschleicherin.

Vielleicht würden die Worte ja von ganz allein kommen, wenn sie erst vor ihnen stand. Hal machte die Augen zu, tauchte mit dem Kopf unter Wasser und hatte mit einem Mal nur noch das dumpfe Klopfen ihres Pulsschlags und das Plopp-Plopp des Wasserhahns in den Ohren, während alle Stimmen, alle anderen Geräusche verstummten.

»Harriet?«

Hal fuhr erschrocken herum und klammerte sich an das Handtuch, das sie sich um den Körper gewickelt hatte.

Harding steckte den Kopf aus einer der Zimmertüren. Als er sie auf dem Flur entdeckte, ihre Haut noch feucht und rosa vom Baden, die nackten Schultern über dem Handtuch, wirkte er fast genauso erschrocken wie Hal.

»Oh! Entschuldige.«

»Ich habe gebadet«, erklärte sie überflüssigerweise. Sie spürte, dass das Handtuch auf einer Seite hinunterrutschte, und zog es hastig wieder hoch. »Ich wollte gerade nach oben, um mich anzuziehen.«

»Natürlich, natürlich«, sagte Harding und bedeutete ihr mit einer Handbewegung, dass sie sich nicht aufhalten lassen sollte. Doch kaum hatte sie sich zum Gehen gewandt, redete er weiter, weshalb sie sich wieder umdrehen musste und in dem plötzlichen Luftzug leicht fröstelte. »Oh, Harriet – ich will dich nicht lange aufhalten … Nur eine Sache wollte ich sagen, bevor die anderen wieder dabei sind. Ähem, dein Angebot zur Erbteilsübertragung war sehr großzügig, aber ich habe mit Abel und

Ezra gesprochen und Ezra scheint ein Problem damit zu haben. Als Testamentsvollstrecker müsste er einem solchen Vorgang zustimmen, vertritt aber die Auffassung, dass die Wünsche unserer Mutter, ganz gleich wie abstrus und ärgerlich sie auch sein mögen, zu respektieren sind. Das ist in meinen Augen zwar eine ziemlich merkwürdige Haltung, wenn man bedenkt, dass er sich zu ihren Lebzeiten für ihre Wünsche nie interessiert hat – aber so ist es nun mal. Wir werden das Ganze morgen ohnehin mit Mr Treswick besprechen.«

Hal konnte ein weiteres Frösteln nicht unterdrücken, und mit etwas Verzögerung schien auch Harding die Kälte zu bemerken.

»Oje, bitte entschuldige, du stehst hier tropfnass im eisigen Flur. Lass dich von mir nicht aufhalten, vielleicht sehen wir uns nachher unten auf einen Gin Tonic?«

Hal nickte unbeholfen, wie gelähmt vom Gewicht all der Dinge, die nicht gesagt worden waren. Und weil ihr nichts einfiel, was sie hätte sagen können, ohne all den Lügen eine weitere hinzuzufügen, drehte sie sich wortlos um und machte sich auf den Weg nach oben.

Eine Stunde später betrat sie den Salon, wo die drei Brüder vor dem lodernden Kaminfeuer um den Kaffeetisch versammelt waren.

Auf dem Tisch standen eine Whiskeyflasche und vier passende Gläser – eines war noch leer.

»Harriet!«, rief Harding herzlich. Er war rot im Gesicht, von der Kaminhitze und vom Whiskey, vermutete Hal. »Komm her und lass uns anstoßen. Leider war ich vorhin etwas voreilig mit meinem Gin Tonic – es gibt kein Tonic Water. Aber immerhin habe ich vorhin in Penzance vorsorglich eine Flasche Whiskey gekauft, so haben wir wenigstens etwas.«

»Danke«, sagte Hal, »aber eigentlich …«

Sie brach ab. Eigentlich trank sie keinen Alkohol, nicht mehr.

Nach dem Tod ihrer Mutter hatte es zu viele alkoholisierte Nächte gegeben, zu oft hatte ein Glas zu vielen weiteren geführt. Aber jetzt überkam sie plötzlich das Bedürfnis nach einer kleinen Nervenstärkung für das, was sie sich vorgenommen hatte.

»Ach, warum eigentlich nicht, danke«, sagte sie, woraufhin Harding ihr großzügig, fast übergroßzügig, einschenkte.

»Einen Toast«, sagte er und hob sein Glas, wobei er Hal in die Augen blickte. »Auf ...« Er hielt inne und lachte kurz auf. »Auf die Familie.«

Hal spürte, wie sich ihr Magen zusammenzog, doch zum Glück bewahrte Ezras verächtliches Schnauben sie davor, den Toast erwidern zu müssen. Er schüttelte den Kopf.

»Darauf trinke ich sicher nicht. Auf die Freiheit.«

Abel gab ein Kichern von sich und griff ebenfalls zu seinem Glas. »Freiheit scheint mir etwas überzogen. Ich trinke auf ...« Er hob sein Glas und überlegte. »Auf einen Schlussstrich. Darauf, dass wir uns morgen mit Mr Treswick treffen und ich dann so schnell wie möglich nach Hause kann. Hal?«

Der beißende Geruch des Whiskeys brannte ihr in der Nase, als sie das Glas schwenkte und in die gelbbraun schimmernde Flüssigkeit starrte.

»Ich trinke auf ...« Wörter hämmerten auf sie ein, unaussprechbare Wörter. Wahrheit. Lügen. Geheimnisse. Sie spürte eine Enge im Hals. In ihrem Herzen gab es nur eine einzige, schmerzhafte Wahrheit, die darauf wartete, in die Welt gerufen zu werden. »Auf meine Mutter«, sagte sie mit heiserer Stimme.

Ein langes Schweigen folgte. Der Whiskey schwappte in Hals zitternden Händen, während sie in die Runde blickte. Hardings Schnurrbart zuckte leicht, als er sein Glas hob. »Auf Maud«, sagte er und schien Mühe zu haben, eine Gefühlsregung zu unterdrücken. Das Licht schimmerte in dem Whiskey in seinem Glas wie eine feierliche Bestätigung.

Abel schluckte kräftig, bevor er ebenfalls sein Glas erhob.

»Auf Maud«, sagte er so leise, dass sie ihn nicht verstanden hätte, hätte sie nicht gewusst, worum es ging.

Ezra sagte nichts, doch als auch er sein Glas hob, lag in seinen dunklen Augen ein Kummer, den Hal fast nicht mit ansehen konnte.

Einen Augenblick lang saßen sie still da, die Gläser erhoben, bis Hal es plötzlich nicht mehr aushielt. Sie warf den Kopf zurück und stürzte den Whiskey in drei großen Schlucken herunter.

Mit kurzer Verzögerung brach Harding in ein zittriges, erleichtertes Lachen aus, und Ezra klatschte ein paarmal anerkennend in die Hände.

»Respekt, Harriet!«, sagte Abel trocken. »Das hätte ich so einem kleinen Mäuschen gar nicht zugetraut.«

Da war es wieder. *Kleines Mäuschen Harriet.* Aber es stimmte nicht. Zwar hatte sie sich nach dem Tod ihrer Mutter klein und unbedeutend gemacht, doch die Fassade täuschte – in Wirklichkeit war sie jemand anderes.

In ihr verbarg sich eine eiserne Kraft – die gleiche Kraft, mit der es ihre Mutter geschafft hatte, Trepassen House zu entkommen, schwanger und auf sich allein gestellt in einer neuen Stadt neu anzufangen und für sich und ihre Tochter ein Leben aufzubauen. Tief in ihrem Inneren, unter der unscheinbaren Hülle, befand sich noch immer dieser zähe, harte Kern, der weiterkämpfen würde, weiter und weiter. Mäuse wuselten herum und versteckten sich. Verfielen bei Gefahr in Schockstarre. Waren leichte Beute.

Was immer Hal war, eine Maus war sie nicht.

Und sie würde sich von niemandem zur Beute machen lassen.

Onkel Harding – ich bin nicht die, für die du mich hältst.

Ein leises Klirren war zu hören, als sie ihr Glas auf dem Tablett abstellte, dann räusperte sie sich und spürte, wie sie rot wurde. Sie musste an Mrs Warrens Blick am ersten Abend denken … wie der Blick eines Kindes, das eine Katze beobachtet, die sich unbemerkt an einen Taubenschlag heranpirscht. Der Blick von jemandem, der einen Schritt zurücktritt … und auf das Unheil wartet.

»Also«, setzte Harding an, aber Hal fiel ihm ins Wort, denn sie wusste genau, wenn sie es jetzt nicht tun würde, dann vielleicht nie.

»Moment, ich – ich muss euch etwas sagen.«

Leicht pikiert verzog Harding das Gesicht, und Ezras Mundwinkel zuckten, als würde die Verunsicherung seines Bruders ihn amüsieren.

»Na dann, bitte sehr.« Harding machte eine auffordernde Geste. »Ich bin ganz Ohr.«

»Ich …« Hal biss sich auf die Zunge. Seit ihrer Rückkehr aus St. Piran hatte sie diesen Moment in Gedanken wieder und wieder durchgespielt, doch nie waren ihr die richtigen Worte eingefallen, und jetzt wusste sie plötzlich, dass es die richtigen Worte nicht gab, dass nichts, was sie sagen konnte, die Sache wieder geradebiegen würde. »Ich muss euch etwas sagen«, wiederholte sie und stand auf, ohne genau zu wissen, warum – irgendwie konnte sie sich nicht weiter entspannt auf dem Sofa zurücklehnen. Sie fühlte sich wie jemand, der in den Kampf zog, sich verteidigen musste.

»Als ich zurück in Brighton war, habe ich etwas herausgefunden. Vorher war ich mir unsicher, aber ich bin die Papiere meiner Mutter noch einmal durchgegangen und da habe ich entdeckt …«

Ihr Mund fühlte sich plötzlich trocken an und sie wünschte, sie hätte den Whiskey nicht auf einmal getrunken, sondern sich einen Schluck für diesen Moment aufgehoben. Harding runzelte die Stirn; Abel wirkte jetzt angespannt, lehnte sich nach vorn; sein Blick war beunruhigt. Nur Ezra schien unbekümmert. Er verschränkte die Arme und sah Hal unverwandt neugierig an, wie jemand, der ein Experiment beobachtet.

»Ja?«, sagte Harding mit einem Anflug von Ungeduld in der Stimme. »Was hast du herausgefunden? Spuck es aus, Harriet.«

»Margarida Westaway – eure Schwester –, sie war nicht meine Mutter«, sagte Hal.

Sie fühlte ein bleiernes Gewicht von sich abfallen. Trotzdem empfand sie keine Erleichterung, nur etwas wie einen stechenden Schmerz und eine diffuse Angst, während sie auf den Knall wartete.

Es folgte ein langes Schweigen.

»Ich – *was?*«, begann Harding schließlich. Er starrte Hal an, sein plumpes Gesicht leuchtete scharlachrot, ob von der Hitze des Kamins oder vor lauter Schock, konnte sie nicht sagen. »Was sagst du da?«

»Ich bin nicht eure Nichte«, sagte Hal. Von irgendwo tief in ihrem Inneren stiegen Tränen auf, und obwohl es ein Leichtes gewesen wäre, sie fließen zu lassen und sich auf diese Weise Mitleid zu erheischen, schluckte sie sie hinunter. Sie würde nicht das Opfer spielen. Sie hatte vom Heucheln genug.

»Ich hätte es vorher merken müssen – da waren schon ein paar … Dinge … die passten einfach nicht zusammen. Aber erst als ich wieder zu Hause war und die Papiere meiner Mutter durchsuchte, um der Sache auf den Grund zu gehen … ich habe Tagebücher gefunden … und Briefe … und irgendwann war klar, dass es eine furchtbare Verwechslung gegeben haben muss. Meine Mutter war nicht eure Schwester. Meine Mutter war Maggie.«

»O mein Gott.« Abel sprach als Erster, und seine Stimme klang flach und hohl vor Schock. Er legte den Kopf in die Hände, als wollte er die Gedanken, die herauszuplatzen drohten, darin zurückhalten. »O mein Gott. Hal – aber das ist – das ist …« Er brach ab, schüttelte den Kopf, wie ein Taumelnder, der versuchte, Schlägen auszuweichen. »Wieso ist uns nichts *aufgefallen?*«

»Aber – Moment, dann ist ja das Testament ungültig«, platzte Harding hervor.

»Harding, verdammt noch mal!«, rief Ezra aus. Er lachte verächtlich. »Geld! Ist das alles, woran du denken kannst? Das Testament ist wohl kaum das Allerwichtigste gerade!«

»Es ist nun mal das, was Harriet überhaupt hierhergeführt hat, da erscheint es mir schon einigermaßen wichtig!«, gab Harding zurück. »Und um das Geld geht es überhaupt nicht. Ich verbitte mir deine Unterstellung, Ezra. Es geht um – es geht um … Gott, da sind wir kurz davor, eine Lösung für diese verdammte Situation zu finden, und dann das – was zur Hölle hat sich Mutter bloß gedacht?«

»Gute Frage«, sagte Abel kaum hörbar. Er saß zusammengesackt auf seinem Stuhl, den Kopf noch immer in den Händen.

»Aber – dein Name steht doch im Testament«, sagte Harding langsam. Er schien den ersten Schock überwunden zu haben und nun zu versuchen, seine Gedanken zu ordnen. »Oder – Moment, willst du damit sagen – bist du gar nicht Harriet Westaway? Wer bist du dann?«

»Doch!«, rief Hal bestürzt aus. »Doch, ich bin Harriet Westaway. Mein Wort darauf. Und meine Mutter ist wirklich Margarida Westaway. Aber ich glaube, eure Mutter hat Mr Treswick damit beauftragt, ihre Tochter aufzuspüren.« Hals Gesicht fühlte sich ganz starr an, ihre Hände waren trotz des Kaminfeuers eiskalt. »Und irgendwann haben sich die Spuren gekreuzt und er stieß stattdessen auf meine Mutter, ohne dass ihm die Verwechslung auffiel. Dann hat er eurer Mutter wahrscheinlich berichtet, dass er ihre Tochter gefunden hätte und dass sie verstorben war, aber eine Tochter hatte. Also setzte sie meinen Namen ins Testament – und hat nicht mitbekommen, dass ich gar nicht ihre Enkelin war.«

»Wie konntest *du* es denn nicht mitbekommen?«, fragte Abel, aber seine Stimme klang nicht ärgerlich, nur verwundert. Er sah zu Hal auf, und sein Blick war von einem ungläubigen

Schmerz erfüllt, den Hal nicht völlig verstand. »Du sagtest doch, dass es da Dinge gegeben hat, die nicht zusammenpassten, warum hast du dich dann nicht gefragt …«

Hal merkte, wie sich ihr Körper versteifte. Sie musste jetzt vorsichtig sein. Das hier war der gefährliche Teil. Weil er recht hatte.

Sie zwang sich zur Ruhe und setzte sich wieder hin. Dabei hatte sie die Stimme ihrer Mutter im Ohr. *Wenn du versucht bist, überstürzt zu antworten – mach langsam. Lass sie auf dich warten. Nimm dir Zeit zum Nachdenken. Wenn wir hektisch sind, geraten wir ins Straucheln.*

»Na ja …«, sagte sie. Im Schornstein heulte der Wind. »Mein Name stand doch im Testament. Und meine Mutter hat nie über ihre Kindheit gesprochen. Brüder oder ein Haus in Cornwall hat sie nie erwähnt, und es gibt ja noch so viel mehr, worüber sie nie gesprochen hat. Über ihre Eltern oder meinen Vater zum Beispiel. Ich habe es einfach ganz selbstverständlich hingenommen, dass das ein Teil von ihr war, von dem ich nichts wusste. Und ich wollte so sehr …« Sie brach ab, das hier war nicht gespielt, sie musste wirklich gegen das Beben in ihrer Stimme ankämpfen. »Ich wollte so sehr, dass es stimmte. All das hier – all das …« Sie machte eine Handbewegung, die das Haus, das Zimmer, den Kamin und die Männer einschloss, die um sie herum versammelt waren und sie verärgert bis fassungslos anblickten. »Familie. Sicherheit. Ein *Zuhause*. Ich habe mir all das so sehr gewünscht, dass Mr Treswicks Brief mir wie die Erhörung meiner Gebete erschien. Ich glaube – ich habe die Augen vor meinen Zweifeln verschlossen.«

»Das kann ich verstehen«, sagte Abel und seufzte schwer. Er stand auf und rieb sich über das Gesicht, sah mit einem Mal viel älter aus als Mitte vierzig. »Gott, was für ein Durcheinander. Wenigstens hast du es uns jetzt gesagt.«

»Na, ich für meinen Teil werde morgen ein sehr ernstes Wörtchen mit Mr Treswick reden«, sagte Harding. Sein Gesicht hatte ein beunruhigendes Tiefrot angenommen. »Das hier kommt grober notarieller Fahrlässigkeit gleich! Weiß der Himmel, wie wir dieses juristische Chaos aufdröseln können.«

»Mein Gott«, murmelte Ezra entnervt. »Können wir endlich aufhören, auf dem Testament herumzureiten? Du wirst dein verfluchtes Geld schon kriegen, ist das nicht genug?«

»Was fällt dir –«, fing Harding an, doch er wurde von einem ohrenbetäubenden Gong unterbrochen, der sie alle zusammenzucken ließ. Harding knallte sein Whiskeyglas auf den Tisch und sprang auf.

»Verdammt noch mal, Mrs Warren!«, bellte er, als er die Tür des Salons öffnete. »Wir sind doch alle hier! Was soll der Lärm?«

Sie erschien im Türrahmen, die Hände in die Hüften gestemmt. »Das Abendessen ist fertig.«

»Danke«, sagte Harding kurz angebunden. Er verschränkte die Arme und sah fragend zu Abel hinüber. Hal wusste seinen Ausdruck nicht zu deuten, aber Abel verstand offenbar, denn er zuckte mit den Schultern und nickte, wenn auch zögernd.

»Mrs Warren«, sagte Harding bedächtig, »bevor wir ins Speisezimmer gehen, sollten wir Ihnen etwas erklären, denn es betrifft auch Sie. Es hat sich herausgestellt …«, er warf Hal einen Seitenblick zu und fuhr dann fort, »… dass Mr Treswick beim Aufsetzen des Testaments ein bedauerlicher Irrtum unterlaufen ist. Harriet ist in Wirklichkeit nicht Mauds Tochter, sondern das Kind von Maggie, was sie selbst erst bei der Durchsicht der Papiere ihrer Mutter festgestellt hat. Weiß der Himmel, wie Mr Treswick einen solchen Fehler machen konnte, doch in diesem Licht ist das Testament natürlich hinfällig. Wie es nun weitergeht, wissen wir nicht – aber vermutlich kommt die gesetzliche Erbfolge zum Tragen. Das ist der Stand der Dinge.«

»Ich habe nie angenommen, dass sie es war«, sagte Mrs Warren. Sie hatte die Arme vor der Brust verschränkt, den Gehstock unter den Ellbogen geklemmt.

Harding blinzelte. »Wie bitte?«

»Klar ist die von Maggie. Niemand, der noch ganz richtig im Kopf ist, hätte was anderes geglaubt.«

»Was? Aber warum haben Sie dann nichts gesagt?«

Mrs Warren lächelte, und Hal glaubte im Dämmerlicht des Kaminfeuers ihre Augen funkeln zu sehen wie dunkle, glänzende Steine.

»Also?«, hakte Harding nach. »Heißt das, Sie haben es gewusst und trotzdem nichts gesagt?«

»Nicht mit Sicherheit. Aber das sagt einem doch der gesunde Menschenverstand. Außerdem geht es mich sowieso nichts an.«

»Also!«, wiederholte Harding, diesmal als Ausdruck seiner Fassungslosigkeit. Doch da hatte sich Mrs Warren bereits abgewandt und stapfte den langen gekachelten Korridor entlang, begleitet vom stetigen Klack-klack ihres Gehstocks.

»Habt ihr das gehört?«, fragte Harding in die Runde, doch niemand antwortete.

Ezra drehte sich schließlich um und verließ schweigend und mit hochgezogenen Schultern den Raum. Abel folgte kopfschüttelnd. Auch Harding wandte sich zum Gehen und ließ Hal allein zurück.

Hal blieb noch einen Moment sitzen, um ihre kalten Hände am Feuer zu wärmen, bis das Gefühl in ihre tauben Fingerspitzen zurückkehrte.

Ein Stück Kohle im Kamin flammte plötzlich auf und ein glühender Splitter fiel auf den Teppich. Hal wollte ihn schon austreten, als sie bemerkte, dass sie nur Socken anhatte – ihre nassen Schuhe hatte sie an der Tür abgestellt. Stattdessen nahm sie das Schüreisen und beförderte das Kohlestück zurück in den Kamin, bevor sie die letzten Funken mit der Spitze ausdrückte.

Im Teppich befand sich nun ein qualmendes Loch und auf der Diele darunter ein Brandfleck, aber daran ließ sich jetzt nichts mehr ändern. Bei näherem Hinsehen erkannte Hal, dass es nicht das erste Loch war. Es gab drei bis vier weitere, die noch größer waren, bei einem hatte es sogar ein größeres Brandloch in der Diele gegeben. Seufzend schob sie das Kamingitter an seinen Platz und wandte sich zum Gehen, als sie Mrs Warren im Türrahmen entdeckte, die ihr den Weg verstellte.

»Darf ich?«, sagte Hal, doch Mrs Warren rührte sich nicht vom Fleck, und Hal sah sich schon laut um Hilfe rufen oder abermals durch das Fenster die Flucht ergreifen. Doch als sie einen Schritt auf die Tür zu machte, trat Mrs Warren überraschend zurück, um sie durchzulassen, auch wenn Hal aufpassen musste, nicht über ihren Stock zu stolpern.

Erst als sie schon auf dem Flur war und die kalten Fliesen unter ihren Füßen spürte, sagte die Frau etwas, aber so leise, dass Hal sich wieder umdrehen musste.

»Was haben Sie gesagt?«, fragte Hal, aber Mrs Warren war bereits in den Salon verschwunden, und das Geräusch der zufallenden Tür schnitt Hal das Wort ab.

Doch Hal war sich fast sicher, dass sie die Worte verstanden hatte, auch wenn sie vom Pfeifen des Winds im Kamin übertönt worden waren.

Sie sollten hier verschwinden. Zu Ihrem eigenen Besten. Solange Sie noch können …

38

An diesem Abend ging Hal früh ins Bett, wo sie nach dem Stress des Tages und der langen Wanderung nach St. Piran beinah sofort einschlief.

Beim Aufwachen fühlte ihr Körper sich schwer an, wie nach einem langen, tiefen Schlaf, doch es war noch nicht hell, und als sie aufstand und ans Fenster trat, stand der Mond noch hoch am Himmel. Ihr Atem hinterließ einen weißen Fleck auf der Scheibe, und sie sah, dass der Himmel sich aufgeklart hatte. Auf dem Rasen glitzerte der Raureif im Mondschein.

Sie hatte Durst, aber das Glas neben dem Bett war leer. Sie hatte vor lauter Müdigkeit wohl vergessen, es vor dem Schlafengehen wieder zu füllen. Die Aussicht, durch das kalte Haus hinunter ins Bad zu gehen, war alles andere als verlockend, weshalb sie beschloss, den Durst zu ignorieren. Sie legte sich wieder ins Bett und schloss die Augen, doch sie konnte nicht wieder einschlafen, und so gab sie schließlich auf, schwang die Beine aus dem Bett und machte sich mit dem Glas in der Hand auf den Weg. Den Pullover um die Schultern gelegt, trat sie vorsichtig hinaus in den Flur.

Der Boden unter ihren nackten Füßen war eisig, und es war stockdunkel. Sie drückte den Lichtschalter, zu spät fiel ihr ein, dass sie noch niemandem von der fehlenden Glühbirne erzählt hatte.

Wie erwartet klickte der Schalter nutzlos ein paarmal hin und her. Mit einem Seufzer kehrte Hal zurück ins Zimmer, um ihr Handy zu holen. Hinter dem schmalen Lichtkegel der Taschenlampe wirkte der Flur nur noch dunkler, aber zumindest konnte sie so die klaffende schwarze Öffnung zum Treppenschacht erkennen.

Sie hatte gerade die erste Stufe genommen, als sie mit dem Fuß an etwas hängenblieb.

Reflexartig griff sie nach einem Geländer – doch da war keines. Sie fühlte ihre Finger an der Wand entlangschrammen, taumelte, wobei ihr das Handy aus der Hand glitt – und dann kam die schreckliche, schwindelerregende Gewissheit, dass sie sich im freien Fall befand und nirgendwo festhalten konnte.

Mit Wucht knallte sie auf den untersten Absatz, schlug mit dem Kopf dumpf auf dem Boden auf und rutschte bis zur Wand weiter, wo sie schließlich liegenblieb. Nach Luft schnappend wartete sie auf das Geräusch herannahender Schritte, auf Fragen, besorgte Erkundigungen. Doch nichts geschah.

»Ich – alles okay!«, rief sie mit zittriger Stimme, aber es kam keine Antwort, es war nur das Pfeifen des Winds und von irgendwo weit unten ein gedämpftes Schnarchen zu hören.

Vorsichtig setzte Hal sich auf und tastete nach ihrer Brille, bevor ihr einfiel, dass sie sie gar nicht erst aufgesetzt hatte. Sie lag immer noch auf dem Nachttisch, worüber sie im Nachhinein wohl dankbar sein sollte. So weit von zu Hause entfernt hätte sie fast lieber einen gebrochenen Arm als eine zerbrochene Brille. Ihr Handy lag auf der letzten Treppenstufe, die Taschenlampe leuchtete noch immer die Decke an, und als Hal es untersuchte, hatte das Display zwar einen Sprung, aber das Telefon selbst schien weiterhin zu funktionieren.

Das Wasserglas war allerdings zerbrochen – überall auf dem Boden lagen Scherben verstreut, und ihre Hand blutete, aber dort, wo sie mit dem Kopf aufgeprallt war, war kein Blut zu sehen, und da sie ihre Arme bewegen konnte, waren wohl auch alle Knochen intakt. Als sie mit weichen Knien aufstand, war ihr zwar schwindlig, aber sie kippte nicht um, sondern stützte sich an der Wand ab, bis der Schwindel verschwand.

Es war reines Glück gewesen, dass sie sich nicht den Arm

oder sogar das Genick gebrochen hatte. Es war kaum ein Meter Abstand zwischen dem Ende der Treppe und der Wand. Wäre sie mit dem Kopf dagegengeprallt, sie hätte tot sein können.

Eine Welle der Übelkeit erfasste sie. Der Schock setzt zeitverzögert ein, überlegte sie benommen und ließ sich auf die unterste Stufe sinken, fühlte hämmernden Schmerz dort, wo sie mit dem Kopf aufgeschlagen war, und ein unkontrollierbares Zittern in ihren Armen und Beinen. Durst hatte sie keinen mehr, und so oder so fühlte sie sich außerstande, sich barfuß einen Weg durch das Scherbenmeer zu bahnen. Sie wollte nur noch zurück ins Bett, wo es warm war und sicher, damit das Zittern in ihren Gliedern endlich aufhörte.

Langsam stützte sie sich auf Hände und Knie und kroch, da sie sich nicht zutraute, aufrecht zu gehen, auf allen vieren die Stufen hoch, das Handy in der Hand.

In jeder anderen Position hätte sie es wohl übersehen – so aber fiel das Licht vom Telefon direkt auf die Stelle. An der zweiten Stufe von oben, etwa in Knöchelhöhe, befand sich ein rostiger Nagel in der Bodenleiste, an dem noch ein Stück abgerissener Bindfaden hing.

Hal stockte der Atem. Wie gelähmt starrte sie auf das harmlos aussehende kleine Ding im Lichtkegel der Taschenlampe.

Dann riss sie sich zusammen und zwang sich, die Lampe auf die andere Seite der Stufe zu schwenken.

Da war das Pendant, an der gleichen Stelle eingeschlagen, doch durch die Wucht ihres Sturzes fast aus der Verankerung gerissen.

Sie war nicht einfach gestolpert. Es handelte sich nicht um einen Unfall.

Jemand hatte diese Nägel in das Holz geschlagen und einen Bindfaden über die Stufe gespannt, sich dabei die fehlende Glühbirne im Treppenschacht zunutze gemacht, um sicherzugehen, dass sie nicht einmal bei Tag etwas erkennen könnte.

Als sie ins Bett gegangen war, hatte es noch keine Falle gegeben, dessen war sie sich sicher. Sie hätte es nicht die Treppe hochgeschafft, ohne darüber zu stolpern.

Was bedeutete, dass jemand hochgekommen war, während sie geschlafen hatte, um die Falle aufzustellen.

Aber nein ... unmöglich, dass jemand in der Nacht die Nägel dort hineingehämmert hatte, das hätte sie gehört. Was bedeutete ... das Ganze war geplant. Die Nägel waren die ganze Zeit dort gewesen, noch bevor die Glühbirne herausgedreht und der Bindfaden gespannt worden war. Dahinter steckte also eine Absicht. Jemand hatte sich auf ihre Rückkehr aus Brighton vorbereitet und Vorsorgemaßnahmen getroffen.

Hals Herz schlug langsamer und sie wurde auf einmal von einer übermächtigen Ruhe erfasst. Eigentlich hätte sie in Panik geraten müssen. Aber etwas in ihrem Inneren hielt sie.

Irgendwie schaffte sie es zu ihrem Zimmer, schloss die Tür hinter sich und ließ sich an das Holz gelehnt zu Boden sinken. Sie legte den Kopf in die Hände und dachte an die Türriegel außen und an die Heimtücke der Person, die nur ein paar Stunden zuvor lautlos diese Stufen hochgegangen war und ihr eine Falle gestellt hatte mit dem Ziel, sie zu töten.

Ungebeten trat ihr ein Bild vor Augen.

Es war die Acht der Schwerter. Eine Frau mit verbundenen Augen, gefesselt, umgeben von einem Gitter aus Schwertern, der Boden zu ihren Füßen blutrot, als hätten die Schwerter sie bereits tödlich verwundet.

Die Karten können dir nichts sagen, was du nicht schon weißt. Die beruhigende Stimme ihrer Mutter. *Sie haben keine Macht, vergiss das nie. Sie können keine Geheimnisse aufdecken und dir nicht die Zukunft verraten. Alles, was sie können, ist, dir zeigen, was du bereits weißt.*

Oh ja, jetzt wusste sie es.

Die Falle würde jeden Moment zuschnappen, und die Eisen waren scharf genug, um sie zu verstümmeln.

Sie wusste, dass jemand sie hasste und töten wollte. Aber *warum*?

Es ergab ja keinen Sinn. Noch vor ein paar Stunden hätte sie vermutet, dass einer der Brüder auf diese Weise versuchte, doch noch an das Erbe zu kommen. Wenn Hal starb, würde ihr Anteil entsprechend der Erbfolge unter Mrs Westaways Kindern aufgeteilt.

Aber jetzt, da die Wahrheit ans Licht gekommen war, hatten Harding, Ezra und Abel doch nichts mehr von ihr zu befürchten. Ganz egal, was mit ihr jetzt geschah, das Geld würde an die drei zurückgehen.

Also warum? Warum jetzt?

Sie sollten hier verschwinden. Zu Ihrem eigenen Besten.

Après moi le déluge …

Was hatte das zu bedeuten?

Die Stelle am Kopf, an der sie aufgeschlagen war, fühlte sich an, als würde sie jeden Moment explodieren, der pochende Schmerz war so heftig, dass sie am liebsten geschrien hätte.

Was immer sie getan hatte, was auch immer sie im Sinn gehabt haben mochte, Mrs Westaway hatte mit ihrem Testament etwas losgetreten, dem Hal nun hilflos ausgeliefert war. Genau wie die Frau in der Acht der Schwerter war sie umgeben von Gefahren, die sie noch nicht einmal erkennen konnte.

Schließlich stieg sie, fast blind von dem quälenden, hämmernden Schmerz, der inzwischen ihren ganzen Schädel erfasst hatte, in ihr Bett, legte den schmerzenden Kopf sachte auf das kühle Kissen, schloss die Augen und zog sich die Decke bis unters Kinn, als könnte sie sich so vor den überall lauernden Bedrohungen schützen.

Sie war schon fast eingeschlafen, als ihr ein Name in den Sinn kam, als hätte ihr jemand einen Hinweis ins Ohr geflüstert.

Margarida …

Langsam, wie eine kalte, dicke Flüssigkeit, tröpfelte das Wort durch die Windungen ihres Gehirns und setzte die grauen Zellen in Gang, die begannen, Verknüpfungen herzustellen.

Hal hatte bei ihrer Ankunft hier vorgegeben, ihre Mutter sei Margarida Westaway gewesen – das Mädchen, das im Tagebuch ihrer Mutter Maud genannt worden war. Und aufgrund dieser Behauptung waren verschiedene Details als selbstverständlich angenommen worden. Dass Maud von Cornwall weggelaufen war. Dass sie nach Brighton gezogen war und eine Tochter bekommen hatte. Und dass sie vor drei Jahren in einen Autounfall verwickelt gewesen und gestorben war.

Die Wahrheit aber lautete ganz anders.

Die Frage war nur, *wie* anders.

Und wie weit würde jemand gehen, um zu verhindern, dass sie ans Licht kam?

Eines war sicher. Hier ging es nicht mehr ums Geld, davon hatte Hal sich mit ihrem Geständnis bereits verabschiedet. Etwas Rätselhafteres und Schwerwiegenderes stand auf dem Spiel – und jemand war bereit zu töten, damit niemand davon erfuhr.

Sie hatte allen Grund, sich zu fürchten, und zum Teil tat sie es auch. Doch ihr tief verborgenes, unerschrockenes Ich war jetzt stärker. Noch einmal würde sie nicht davonlaufen. Jemand hatte bereits versucht, sie zu verjagen, und fast hätte es funktioniert. Aber es würde kein weiteres Mal funktionieren.

Jetzt wollte sie Antworten. Was hatte ihre Mutter vor so langer Zeit in die Flucht getrieben? Warum all die Anstrengungen, um Hal die Wahrheit über ihren Vater zu verschweigen? Was war mit Maud geschehen?

Und was war das Geheimnis, für das jemand bereit war zu töten?

Sie wollte Antworten auf all diese Fragen. Und sie war entschlossen, zu kämpfen.

39

An Schlaf war nicht mehr zu denken, und irgendwann hielt Hal es nicht mehr aus. Das Handy auf dem Nachttisch zeigte 5.05 Uhr an. Zum Aufstehen zu früh, aber sie konnte unmöglich noch zwei weitere Stunden hier im Dunkeln liegen. Sie setzte sich auf und griff nach ihrer Brille. Die plötzliche Bewegung brachte den pochenden Kopfschmerz zurück. Sie schaltete das Handy ein und starrte stirnrunzelnd auf den kleinen Bildschirm, während sie überlegte, wonach sie als Erstes suchen sollte.

Maud Westaway war etwas zugestoßen – und jemand in diesem Haus wusste davon und wollte nicht, dass es ans Licht kam. War dieser Jemand Mrs Warren?

Hal dachte an ihr Gesicht am Abend zuvor, das bösartige, selbstzufriedene Leuchten in ihrem Blick und die unverfrorene Äußerung, sie habe die ganze Zeit von Hals Schwindel gewusst. Was auch immer das Geheimnis war, Hal traute Mrs Warren auf jeden Fall zu, es zu kennen und es aus eigenen, unlauteren Beweggründen für sich zu behalten.

Allerdings würde der Versuch, herauszufinden, wer in diesem Haus etwas verheimlichte, sie nicht sehr weit bringen, denn im Grunde hatte jeder Mensch etwas zu verbergen – so viel wusste Hal aus ihrer Arbeit mit dem Tarot. Jeder hatte Geheimnisse, Dinge, die er nicht verraten wollte und für deren Vertuschung er sehr weit – und manchmal zu weit – gehen würde.

Sie musste es andersherum angehen. Jemand hier war bereit, sie zu töten, damit sie das, was sie wusste, nicht preisgeben konnte. Aber welches Wissen war das?

Hal rieb sich mit den Fingerknöcheln über die Augen und versuchte, klarer zu denken.

Aufgrund ihrer Aussagen hatten alle geglaubt, dass Maud tot war, so viel war klar. Und dass sie bei einem Autounfall ums Leben gekommen war. Also gab es nun zwei Möglichkeiten. Die erste war, dass Maud wirklich gestorben war – aber nicht bei einem Autounfall – und dass jemand vertuschen wollte, was mit ihr geschehen war.

Das war schon beängstigend genug – die Vorstellung, sie könnte es hier mit einem Mord zu tun haben.

Die zweite Möglichkeit war jedoch auf gewisse Weise noch wesentlich beunruhigender. Weil sie nämlich bedeutete, dass Maud noch lebte, aber irgendjemand in diesem Haus alles daransetzte, genau das zu verheimlichen. Aber wieso? Ging es doch wieder ums Geld? Um das Testament? Wenn das Erbe nun nicht mehr Hal zufiele, würde es dann in den großen Topf zurückwandern oder der Erbfolge gemäß an Maud gehen? Oder ging es um etwas ganz anderes, etwas, was jemand vertuschen wollte – etwas, was nur Maud wusste und ans Licht bringen konnte?

Sie hatte keine Ahnung. Was sie jetzt als Erstes tun musste, war, herauszubekommen, mit welcher der beiden Möglichkeiten sie es zu tun hatte.

Herauszufinden, ob jemand tot war oder noch lebte, war erstaunlich schwierig – das wusste Hal von einer Kundin, die immer wieder zu ihr gekommen war und sie angefleht hatte, ihr zu sagen, ob ihr verschollener Ehemann noch lebte, obwohl Hal ihr immer nachdrücklicher versichert hatte, dass sie es nicht wusste.

So war es immer – die Skeptiker würden sich nie überzeugen lassen, und diejenigen, die glaubten, würden sich nie davon abbringen lassen. Hal war daran gewöhnt – an die ungläubige Resignation auf den Gesichtern, wenn sie den Leuten sagte, dass sie ihre Fragen nicht beantworten und ihre Lebensumstände nicht ändern konnte. Aber zumindest akzeptierten die meisten Menschen irgendwann, wenn auch widerwillig, dass Hal ihr Schicksal nicht ändern würde. Sie verabschiedeten sich dann oft in der heimlichen Überzeugung, dass, wenn Hal ihnen den Gefallen nicht tun wollte, es andere da draußen gab, die es tun würden, wenn sie nur lang genug suchten.

Diese Frau jedoch war anders gewesen.

Sie war immer wieder zurückgekommen, hatte sich unter falschen Namen angemeldet, als Hal keine Termine mehr mit ihr machen wollte, manchmal tauchte sie unangekündigt auf, pochte gegen die Scheibe, sodass Hal sich bald vor dem Griff ihrer mageren Hände und der Verzweiflung in ihren tiefliegenden Augen zu fürchten begann.

Mehr aus dem Bedürfnis heraus, sie endlich loszuwerden, als aus echter Hilfsbereitschaft hatte Hal schließlich den Namen des Mannes und seine letzte gemeldete Adresse notiert und sich selbst darangemacht, das Internet zu durchforsten, um ihr endlich die Antworten zu geben, die sie brauchte – wobei sie allerdings schnell an ihre Grenzen stieß, denn es waren so gut wie keine Informationen zu finden. Auf Facebook war der Mann nicht, und es war fast unmöglich, nach einer Sterbeurkunde zu suchen, ohne das Todesdatum zu kennen. Hal hatte erwartet, dass das Sterberegister digital verfügbar sein und eine einfache Suche mit Namen und Geburtsdatum des Mannes alle Aufzeichnungen zutage fördern würde – doch anscheinend war das nicht der Fall. Für historische Akten gab es solche Suchverzeichnisse zwar, doch für alles innerhalb der letzten fünfzig Jahre musste man die genauen Todesumstände und -daten kennen, nicht nur um an eine Sterbeurkunde zu gelangen, sondern schon um herauszufinden, ob eine solche überhaupt existierte.

Offenbar konnte man, ohne zu wissen, *wann* jemand gestorben war, unmöglich herausfinden, *ob* er überhaupt gestorben war.

Hal hatte kein Todesdatum. Falls Maud tatsächlich tot war, wussten zumindest ihre Brüder nichts über die wahren Umstände, und auch Mr Treswicks Recherchen hatten nichts erbracht. Die Alternative wäre, das Gegenteil zu beweisen – dass sie noch am Leben war. Aber wie?

Der einzige Anhaltspunkt war das College der Universität Oxford, das Lizzie erwähnt hatte. Eine Studienplatzzusage ohne Auflagen, hatte sie gesagt. Und dass sie glaubte, es habe sich um ein Frauen-College gehandelt. Hal öffnete die Suchmaschine auf ihrem Handy. 1995 hatte es in Oxford nur noch ein einziges reines Frauen-College gegeben – St. Hilda's. Somerville allerdings war gerade erst im Jahr zuvor ein gemischtes College geworden, es war immerhin möglich, dass Maud es gegenüber Lizzie auch noch als Frauen-College bezeichnet hatte.

Nach einer kurzen Suche stieß sie auf Alumni-Datenbanken beider Colleges, die aber nur für ehemalige Studentinnen und Doktorandinnen einsehbar waren. Einem Arbeitgeber gegenüber würde die Universität auf Antrag eine Bestätigung über den Abschluss und die Note einer Bewerberin ausstellen, doch dieses Verfahren würde einundzwanzig Tage in Anspruch nehmen.

Hal seufzte, notierte sich aber die Nummern der beiden Colleges. Vielleicht konnte sie einer realen Person am Telefon die gewünschten Informationen entlocken. Oder sie gäbe sich als Maud selbst aus und würde, je nachdem, ob jemand mit ihr sprach oder nicht, auf diese Weise erfahren, ob sie dem College angehört hatte.

Andererseits, was würde ihr das bringen? Es wäre ein paar Jahre nach Mauds Verschwinden aus Trepassen gewesen. Danach blieb immer noch eine lange Reihe von Jahren, über die Hal überhaupt keine Informationen hatte. Und von den Personen, die sie hätte befragen können, hatte soeben eine versucht, sie umzubringen.

Im hellen Licht des Tages war das Geschehene kaum zu begreifen und die Erinnerung daran schien ihr bereits zu entgleiten. War es wirklich passiert? Die Beule an ihrem Kopf war zwar eindeutig, doch die Nägel, das Stück Bindfaden, hatte sie das alles wirklich mit eigenen Augen gesehen?

Inzwischen war es fast sieben, und Hal stand auf und zog sich an. Ihre Kleider waren so kalt wie der Boden, auf dem sie gelegen hatten. Draußen auf dem Gang holte sie einmal tief Luft, bevor sie die Taschenlampe ihres Handys einschaltete.

Die Nägel, verrostet und verbogen, waren immer noch da, einer auf jeder Seite der Stufe.

Aber der Faden war weg.

Hal runzelte die Stirn. Es war ein unauffälliges Stück Bindfaden gewesen, das sich kaum von den abgewetzten dunklen Holzstufen abgehoben hatte und dessen eines Ende am linken Nagel befestigt gewesen war. Aber jetzt war es weg, nur eine Faser vom Linoleumboden am Treppenabsatz hing blass und lose herunter.

War jemand hier gewesen, um den Faden zu entfernen? Oder hatte sie sich geirrt und die Faser im Dunkeln für etwas anderes gehalten?

Sie schaltete die Taschenlampe aus, ging vorsichtig die Stufen hinunter, wobei sie aufpasste, nicht in die Scherben zu treten, und dachte nach. Nachts hatte sie kurz überlegt, ob sie Harding, Abel und Ezra die Spuren zeigen sollte, um ihnen klarzumachen, was hier versucht worden war. Jetzt hatte sie Zweifel. Die Nägel waren krumm und rostig und sahen selbst für Hal so aus, als hätten sie schon eine ganze Zeitlang dort im Holz gesteckt. Und was den Bindfaden anging … sie hatte Hardings skeptischen Ton geradezu im Ohr. *Wirklich, Harriet? Kann es nicht sein, dass du einfach mit dem Zeh an dem losen Stück Linoleum hängengeblieben bist? Bedauerlich fahrlässig, sicher, aber wohl kaum ein Mordversuch …*

Und die Antwort darauf lautete … ja. Es war möglich. Auch wenn sich Hal sehr sicher war, dass es anders gewesen war.

Als sie unten war und auf die kalten Fliesen in der Diele trat, begann irgendwo tief im Inneren des Hauses eine Uhr zu schlagen. Hal zählte die Glockenschläge. Eins … zwei … drei … vier … fünf …sechs … sieben.

Die Stille, die darauf folgte, war etwas unheimlich, aber das Gefühl ließ nach, als sie die Tür zum Salon öffnete. Es war niemand da, und alles war genauso wie am Abend zuvor, die Whiskeygläser standen noch auf dem Tisch.

Vier Gläser. Im Tarot bedeutete die Vier der Kelche Innerlichkeit. Sie bedeutete, nicht wahrzunehmen, was offen vor einem lag, die Möglichkeiten nicht zu sehen, die sich zeigten. In Hals Deck war auf der Karte eine junge Frau abgebildet, die unter einem Baum lag und zu schlafen oder zu meditieren schien. Drei leere Becher lagen vor ihr auf dem Boden, ein vierter wurde von einer körperlosen Hand an ihre Lippen geführt. Doch die Frau trank nicht. Sie schien nicht einmal zu bemerken, was ihr da gereicht wurde.

Was hatte sie übersehen?

Vor halb neun Uhr würde es kein Frühstück geben, und da Hal die Vorstellung, Mrs Warren über den Weg zu laufen, nicht besonders erquicklich fand, schlüpfte sie in ihre vom Vortag immer noch feuchten Schuhe, zog sich die Kapuze ihrer Fleecejacke über den Kopf, öffnete vorsichtig das Fenster des Salons und trat hinaus in den kühlen Morgen.

Die Nacht war klar gewesen und die Temperatur lag unter dem Gefrierpunkt. Das Gras zu Hals Füßen war dick mit Raureif überzogen und knirschte leise beim Gehen, ihr Atem bildete eine weiße, vom Licht der aufgehenden Sonne rötlich gefärbte Wolke.

Hier draußen in der kalten, frischen Luft geriet die panische Gewissheit der letzten Nacht ins Wanken, und sie kam sich auf einmal ziemlich albern vor. Eine durchgebrannte Birne, die jemand austauschen wollte und dann vergessen hatte. Zwei

Nägel, wahrscheinlich Überbleibsel aus der Zeit, als auch hier ein Treppenläufer die Stufen bedeckte, und ein einzelner Faden, beides im wackelnden Licht einer Handytaschenlampe betrachtet – nicht viel, um daraus eine Verschwörungstheorie zu stricken. Außerdem ergab es keinen Sinn. Selbst wenn Maud tot war und jemand verhindern wollte, dass diese Tatsache bekannt wurde, welchen Zweck hätte es, Hal umzubringen? Sie hatte die Wahrheit ja schon offengelegt – dass Maud nicht ihre Mutter war. Mehr gab es nicht zu enthüllen. Sie die Treppe hinunterstürzen zu lassen war ein sinnlos riskanter Akt, der zu nichts geführt hätte.

Sie schämte sich bei dem Gedanken daran, wie sie in Panik die Treppe hochgekrochen war und wie ihr Herz gehämmert hatte, als sie hinterher mit angezogenen Knien hinter der Tür gehockt hatte.

Ach, Hal …, meldete sich die Stimme ihrer Mutter wieder. *Immer so theatralisch …*

Sie schüttelte den Kopf und sah sich um.

Sie war einfach ziellos drauflosgegangen, und erst als sie jetzt über die Schulter zurückblickte, bemerkte sie, wie weit sie gekommen war.

Eine Zeitlang stand sie nur da, betrachtete das weißlich grüne Rasenmeer zwischen sich und dem Haus, die Stall- und Nebengebäude dahinter, die Gewächshäuser und den Küchengarten. Wie viele Häuser hätten wohl auf dieses Grundstück gepasst? Wie viele Menschen könnte man hier unterbringen und wie viele Arbeitsplätze schaffen?

Und doch gehörte all das, das gesamte Land, die ganze umzäunte Schönheit, zunächst einer einzigen sterbenden alten Frau – und jetzt ihren Erben.

Tja, ihr Problem war es nicht mehr. Jetzt konnten sich Ezra, Harding und Abel darum streiten. Was würden sie wohl damit anstellen – es verkaufen? Vielleicht würde es zu einem Hotel umfunktioniert und das Grundstück mit Swimmingpools und

Glamping-Zelten vollgestopft. Oder man würde das Haus ganz abreißen und einen Golfplatz anlegen, mit grünen Hügeln, so weit das Auge reichte.

Heute war das ferne Meer grau und von schaumigen Wellen überzogen, und ein frischer Wind blies Hal ins Gesicht, als sie darauf zuging, immer weiter bergab.

Sie hatte den Plan gehabt, bis zum Ende des Grundstücks und dann auf der anderen Seite zurück zum Haus zu laufen, aber als sie den Blick von der Landspitze abwandte, merkte sie, dass ihre Füße sie unweigerlich zurück auf den Pfad geführt hatten, den sie immer zu nehmen schienen – zu dem Wäldchen mit dem dunkel glitzernden Gewässer in der Mitte.

Dieses Mal aber betrachtete Hal das Wasser mit anderen Augen. Dies war nicht einfach irgendein See, der sich in einem verwilderten Stück Wald befand. Es war *der* See. Der, über den ihre Mutter in ihrem Tagebuch geschrieben hatte.

Und dort, zwischen den kahlen, mit Raureif überzogenen Stämmen, konnte sie die Umrisse des Bootshauses erkennen.

Sie wechselte die Richtung und lief, neugierig geworden, direkt darauf zu.

Es war umgeben von Buchen, Eichen und Eiben, nur die Eiben waren noch grün. Die anderen Bäume waren kahl bis auf ein paar braune Blätter, die sich noch an die Zweige klammerten und im Wind flatterten, der vom Tal heraufzog. Während Hal sich einen Weg durch den überwucherten Pfad bahnte, Brombeerzweige zur Seite schob und auf Brennnesseln trat, gingen ihr die Worte aus dem Tagebuch durch den Kopf – die Beschreibung des Nachmittags, an dem sie das Boot genommen hatten. *»Los, Ed«, rief sie, und Ed stand auf und grinste mir zu, bevor er ihr zum Ufer folgte und mit Anlauf hineinsprang.*

Ed. Edward. Konnte es wirklich wahr sein? Sie dachte daran, wie Edward ihr an jenem Abend am See begegnet war, an seinen lakonischen Ton. *Oh, das … das war mal ein Bootshaus … früher.* Und sie dachte auch daran, wie Abel sie an jenem ersten

Morgen von dort weggeführt hatte, bevor sie überhaupt wusste, um was es sich handelte. Gab es dort etwas, von dem sie nicht wollten, dass sie es sah?

Die Tür war verschlossen, doch durch die Spalten zwischen den geschwärzten, ungleichmäßigen Holzbrettern konnte Hal hineinsehen. Zum See hin war das Gebäude offen, mit zwei Stegen auf beiden Seiten, dazwischen lag ein Streifen von dunklem Wasser.

Sie lehnte sich gegen die Tür und spähte durch einen Spalt zwischen den Brettern, als plötzlich das morsche Holz nachgab und die Tür nach innen krachte, sodass Hal auf dem nassen, glitschigen Boden ausrutschte und das Gleichgewicht verlor. Schwankend versuchte sie, den Sturz ins Wasser zu verhindern, und landete, nur wenige Zentimeter davor, auf den Knien.

Keuchend versuchte sie aufzustehen. Der Sturz hatte die von letzter Nacht schon lädierten Knochen weiter in Mitleidenschaft gezogen, und sie biss vor Schmerz die Zähne zusammen, aber als sie vorsichtig die Füße aufsetzte, schien zumindest nichts gebrochen zu sein.

Sie warf einen Blick auf die Stegbretter zu ihren Füßen, das schwappende, mit Laub übersäte Wasser darunter, auf dem dünne Eisschollen schwammen. Das ganze Bootshaus wirkte, als könnte es bei der geringsten Fremdeinwirkung in sich zusammenfallen und in den See krachen, und sie wäre auch nicht überrascht gewesen, wenn ihr Fuß einfach durch die Planken gebrochen und im Wasser gelandet wäre. Wenigstens schien es nicht besonders tief zu sein. Vorsichtig hob sie einen der Äste auf, die durch die Löcher im Dach hineingefallen waren, schob die dünnen Eisschollen aus dem Weg und stach ins Wasser, um die Tiefe zu testen. Kaum einen Fußtief traf der Stock auf etwas Hartes, eine glatte Fläche, die blass durch das Wasser schien, nachdem Hal ein paar faule Blätter zur Seite geschoben hatte.

Als sie durch das dunkle, leicht torfige Wasser genauer hinsah, erkannte sie unter der Oberfläche die Form eines Boots, das mit dem Kiel nach oben lag. Schwarzes, fauliges Laub hatte sich darauf abgesetzt, doch mit ihrem Stock hatte sie die Blätterschicht aufgewühlt, sodass jetzt einige blassweiße Streifen zum Vorschein kamen. Je mehr ihre Augen sich an das schummrige Licht und die Verzerrung durch das Wasser gewöhnten, desto besser konnte Hal noch etwas anderes erkennen – ein zerklüftetes Loch in der Nähe des Kiels. Hatte jemand das Boot mit Absicht versenkt?

Mit einem Mal fühlte sich dieser Ort nicht mehr an wie der, den ihre Mutter in ihrem Tagebuch beschrieben hatte, der Ort, an dem sie mit ihren Cousins gebadet und gelacht hatte – und mit dem Jungen, in den sie sich bald verlieben würde. Der Ort fühlte sich an … die Erkenntnis traf Hal so plötzlich wie eine eiskalte Hand auf ihrer Schulter. Er fühlte sich an wie ein Ort, an dem etwas gestorben war.

Hal lief ein Schauer über den Rücken. So vorsichtig wie möglich stand sie auf, trat rückwärts aus der kaputten Tür heraus und hinein ins kalte Morgenlicht. Die Luft schmeckte frisch und meeresrein nach dem Geruch von Brackwasser und morschem Holz, und sie atmete ein paarmal tief ein. Ihr Handy gab plötzlich einen Erinnerungston von sich, und sie zog es heraus, um nachzusehen, auch wenn sie sehr wohl wusste, worum es ging.

11.30 Uhr – Termin Mr Treswick

O Gott. Aber es hatte andererseits auch keinen Zweck, es weiter hinauszuzögern. Und fast verspürte sie Erleichterung bei dem Gedanken daran, dass die ganze Angelegenheit in wenigen Stunden ein Ende haben würde. Blieb nur zu hoffen, dass Mr Treswick die »Verwechslung« von ihrer Seite genauso leicht schlucken würde, wie Harding, Abel und Ezra es taten – oder zumindest vorgaben, es zu tun.

Hal fröstelte und schob ihre Hände tief in die Taschen ihrer Fleecejacke. Plötzlich wirkte die Aussicht auf Toast und Kaffee – selbst auf Mrs Warrens Kaffee – höchst einladend, und sie ging schnell den Hügel hinauf, ließ das alte, marode Bootshaus hinter sich und blickte nicht zurück.

40

»Ach je.« Mr Treswick setzte seine Brille ab und begann, sie zu putzen, obwohl sie, soweit Hal das beurteilen konnte, schon tadellos sauber war. »Ach je, ach je, das ist mir furchtbar unangenehm.«

»Bitte.« Hal streckte beschwichtigend die Hand aus. »Bitte, es ist meine Schuld. Ich hätte schon … ich hätte früher etwas sagen sollen.«

»Die Schuld liegt ganz bei mir«, sagte Mr Treswick, als hätte er nichts gehört. »Ich muss zugeben, dass mir nie in den Sinn gekommen ist, dass Maggies Name ebenfalls Margarida lautete. Von einer Cousine wusste ich natürlich, aber da sie von jedem nur Maggie genannt wurde, ging ich einfach davon aus, ihr richtiger Name sei Margaret gewesen. Ach je, das ist ziemlich vertrackt.«

»Aber so hat das Testament doch keine Gültigkeit mehr, nehme ich an?«, warf Harding ungeduldig ein. »Das ist doch die Hauptsache, oder?«

»Ich muss Rat einholen«, sagte Mr Treswick. »Aus dem Bauch heraus würde ich sagen, nein, es hat keine Gültigkeit mehr, da Mrs Westaway ganz offensichtlich dem Kind ihrer Tochter das Erbe vermachen wollte. Aber die Tatsache, dass Harriet mit ihrer korrekten Adresse im Testament geführt wird … oje. Das ist wirklich verzwickt.«

»Nun gut.« Ezra stand auf und streckte sich so ausgiebig, dass Hal Wirbelsäule und Schultern knacken hörte. »Für den Moment haben wir alles getan, was wir konnten, also schlage ich vor, wir überlassen die Sache jetzt den Anwälten.«

»Ich melde mich wieder bei Ihnen«, sagte Mr Treswick gedehnt. Er hatte die Stirn in Falten gelegt, und Hal tat er aufrichtig leid, als er seine Nasenwurzel rieb, bevor er die Brille wieder aufsetzte. »Da wird es einiges zu entwirren geben, fürchte ich.«

»Es tut mir wirklich sehr leid«, sagte Hal, und den reumütigen Unterton musste sie nicht einmal vortäuschen. »Auf Wiedersehen, Mr Treswick.«

»Auf Wiedersehen, Harriet.«

Sie nickte und erhob sich, und er nahm ihre Hand. Erst glaubte sie, er würde sie schütteln, was er aber nicht tat, stattdessen hielt er sie sanft, und als sie sie ihm schließlich mit einem Lächeln entzog, war ihr kurz, als wollte er sie nicht gehen lassen. Ein merkwürdiger Gedanke, hervorgerufen von diesen trockenen alten Fingern, die ihre fast beharrlich festhielten, und er ging ihr noch eine Weile nach, während sie Harding durch den Korridor zurück zum Empfang folgte und dabei grübelte … und grübelte.

Am Ende des Korridors angekommen, drehte Hal sich noch einmal um und sah, dass Mr Treswick immer noch im Türrahmen seines Büros stand, mit ernstem Blick, und dieser Ausdruck ließ Hal nicht mehr los, als sie hinter Harding in den hellen, geschäftigen kleinen Empfangsbereich trat.

Kurz bevor sie hinausgingen, konnte sie nicht anders, als sich noch ein letztes Mal umzudrehen, und da stand er immer noch, die Arme verschränkt, die Stirn in Falten gelegt. Sie hatte das unbestimmte Gefühl, dass es etwas gab, was Mr Treswick ihr gern noch gesagt hätte.

41

»Na dann«, sagte Harding, als sie draußen unschlüssig auf dem Bürgersteig herumstanden. »Kann ich jemanden zum Mittagessen überreden? Oder, vielleicht verlockender, zu einem Bierchen?«

»Mich nicht«, sagte Ezra. Er blickte nach oben, wo ein gelblicher, dicht bewölkter Himmel baldigen Schneefall ankündigte. »Ich habe ein Ticket für die Fähre ab Folkstone heute Abend gebucht und muss noch meine Sachen packen.«

»Heute Abend?«, fragte Harding überrascht. Er wirkte ein wenig beleidigt, als er seinen Mantel gegen den eisigen Wind zuknöpfte. »Du hättest uns vielleicht vorwarnen können. Mrs Warren wird sicher nicht begeistert sein, wenn du dich einfach aus dem Staub machst.«

»Ach Gott!«, rief Ezra. Er hatte sich nicht rasiert, ein Bartschatten zog sich über seinen Hals bis zum Kragen seines T-Shirts. Hal fiel der Kontrast zwischen ihm und Abels gepflegter Erscheinung auf und auch der Gegensatz zu Hardings gesetzten mittleren Jahren. »Kannst du mal aufhören, andere unter Druck zu setzen, Harding? Ich muss arbeiten.«

»Wir haben *alle* unsere Verpflichtungen ...«

»Ich wollte verdammt noch mal gar nicht herkommen«, sagte Ezra. In seiner Stimme lag ein gefährlicher Unterton, und Hal hatte den Eindruck, dass er sich mühsam im Zaum halten musste.

»Ach, Himmel noch mal!«, herrschte Abel ihn an. Hal glaubte unter der lächelnden, freundlichen Fassade eine unbändige Wut brodeln zu spüren, die es ihm zunehmend schwer machte, den liebenswürdigen, geschmeidigen Schein zu wahren. »Warum musst du immer so tun, als wärst du der Einzige, dem es keinen Spaß macht, hier zu sein?«

»Halt dich da raus, Abel«, knurrte Ezra ihn an, doch Abel schüttelte den Kopf.

»Nein. Ich weiß, Maud war dein Zwilling, und das alles hat eine Menge schmerzhafter Erinnerungen hochgespült, aber sie war auch meine Schwester. Du hast kein Monopol auf Trauer und schwere Kindheit – im Gegenteil, weißt du was? Du hattest es damals viel leichter als Maud oder ich.«

»Was willst du damit sagen?«

»Du warst immer ihr Liebling, das weißt du genau«, sagte Abel mit einem Hauch von Bitterkeit in der Stimme.

»Falls Mutter einen Liebling gehabt hat, hat sie es mich jedenfalls nie wissen lassen«, sagte Ezra trocken.

Abel lachte auf. »Absoluter Schwachsinn. Du konntest sie um den kleinen Finger wickeln. Und Mrs Warren auch. Maud und ich haben ständig eins auf den Deckel bekommen, während man dir *alles* durchgehen ließ.«

»Abel, halt die Klappe«, blaffte Ezra.

»Weil du die Wahrheit nicht hören willst?«

»Du hast doch keine Ahnung.« Ezra schob die Hände in die Taschen. »Du hast keine Ahnung, wie es für mich in den letzten Jahren war, nachdem Maud abgehauen war. Du warst ja in London und hast mit jedem Lustknaben gevögelt, der dir gerade in die Finger kam.«

»Ach, sind wir jetzt schon bei homophoben Sprüchen angelangt?«, sagte Abel.

»Von mir aus kannst du vögeln, wen du willst«, sagte Ezra, und seine Stimme klang gefährlich ruhig. »Ich will nur sagen, dass du verdammt noch mal nicht hier warst und deshalb keine Ahnung hast, wie es war.«

»Kinder, Kinder«, sagte Harding mit einem gezwungenen Lachen. »Jetzt reicht's aber. Kommt schon. Natürlich kannst du abreisen, wann immer du willst, Ezra. Niemand hat was anderes behauptet. Es wäre einfach gut, wenn wir uns gegenseitig über unsere Pläne auf dem Laufenden halten.«

»Tja dann, damit ihr im Bilde seid: Ich werde wohl auch heute Abend schon fahren«, sagte Abel. Er fröstelte leicht in dem scharfen Wind, der durch die schmale Gasse wehte. »Es ist Schnee vorhergesagt, und ich sollte aufbrechen, bevor die Straßen dicht sind. Ich kann mir auch keinen freien Tag mehr erlauben und … und ich muss Edward sehen. Ein paar Sachen klären.« Es folgte ein kurzes, betretenes Schweigen. »Soll ich dich nach London mitnehmen, Harding? Ich weiß ja, dass Mitzi das Auto genommen hat.«

»Danke«, sagte Harding ein wenig steif. »Das wäre sehr nett.«

Inzwischen hatten sie den Parkplatz erreicht, und Abel schloss seinen Wagen per Funkschlüssel auf.

»Und was mache ich?«, meldete Hal sich zaghaft.

»Was?« Harding drehte sich zu ihr um und blinzelte verdutzt. »Oh, Harriet. Natürlich. Wann geht dein Zug?«

»Ich weiß nicht«, sagte Hal. »Ich habe noch nicht nachgeschaut. Aber ich brauche …«

Die Worte schienen ihr in der Kehle festzustecken, aber sie zwang sich weiterzusprechen.

»Ich meine, ich weiß nicht, wie ich zum Bahnhof kommen soll.«

»Ich setze dich ab«, bot Ezra kurzerhand an. »Aber damit du Bescheid weißt, ich will um vier los. Ist das zu früh?« Er schloss sein Auto auf.

»Danke«, sagte Hal. »Jederzeit, kein Problem. Ich glaube, bis sechs fahren die Züge stündlich.«

Ezra nickte. Dann stieg er ohne ein weiteres Wort ins Auto, startete und fuhr davon.

Abel, der neben Hal stand, stieß ein ärgerliches Schnauben aus, während er dem Wagen seines Bruders nachsah.

»Oje. Tut mir leid, Hal. Ich … wir haben uns nie wirklich gut verstanden, wir drei. Wir sind einfach zu verschieden, und ich glaube, wir sind nie darüber hinweggekommen, dass Mutter uns als Kinder immer gegeneinander ausgespielt hat. Vielleicht ist Ezra wirklich überzeugt, dass Mutter ihn nicht bevorzugte. Für alle anderen war es ziemlich offensichtlich, dass er ihr Goldkind war und nichts falsch machen konnte, und sie machte auch nie irgendwelche Anstalten, es zu verbergen. Das ist nicht so lustig, wenn man klein ist.«

»Ganz ehrlich, das alles geht mich nichts an«, sagte Hal betreten.

»Eben«, sagte Harding knapp. Er legte Hal einen Arm um die Schulter. »Ich meine, das Letzte, was Harriet mit nach Hause nehmen möchte, sind Erinnerungen an unsere schmutzige Wäsche. Also, meine Liebe, das Ganze ist zwar ein bisschen merkwürdig, aber immerhin haben sich die verschiedenen Zweige der Familie jetzt gefunden, und ich hoffe doch, dass du den Kontakt mit uns halten wirst.«

»Das werde ich. Versprochen«, sagte Hal mit dem beunruhigenden Gefühl, dass ihr ohnehin keine andere Wahl bleiben würde, nachdem Mr Treswick sie beim Abschied so besorgt angesehen hatte.

»Na dann«, sagte Harding schwungvoll, »sehen wir alle zu, dass wir aus diesem ungemütlichen Wind heraus und zurück zum Haus kommen, um Mrs Warren die frohe Botschaft zu überbringen.«

42

»Wo ist Mrs Warren?« Die Worte drangen durch das Treppenhaus an Hals Ohr, als sie mit ihrem Koffer die letzten Stufen hinunterholperte, und irgendetwas löste in ihr ein leichtes Kribbeln aus – eine ängstliche Vorahnung vielleicht.

Beim Packen hätte sie ihre Sachen am liebsten einfach schnell irgendwie in den Koffer gestopft, so sehr fürchtete sie sich davor, dass die alte Frau womöglich gerade auf dem Weg zu ihr nach oben war, für eine letzte Konfrontation.

Seltsame Fantasien spukten Hal durch den Kopf – jemand, der die Riegel an der Zimmertür vorschob und sie einsperrte oder die Tür am Fuß der Treppe verbarrikadierte. Ezras ungeduldige Abschiedsworte, *also, länger kann ich auf Harriet nicht warten.* Die anderen, die vor dem Schneeeinbruch wegkommen wollten – und sie allein zurückließen, in diesem immer dunkler werdenden Haus mit einer rachsüchtigen alten Frau …

Das beängstigende Gefühl war so stark gewesen, dass sie die Zimmertür beim Packen offengelassen hatte, um das Klack-klack des Gehstocks auf der Treppe besser zu hören – auch wenn sie sich noch gut an den Morgen erinnern konnte, an dem sie Mrs Warren in der Dunkelheit vor ihrer Tür vorgefunden hatte, nachdem die sich vollkommen unhörbar genähert hatte.

War Mrs Warren wirklich die gebrechliche alte Frau, für die jeder sie hielt, oder war der Gehstock nur ein Täuschungsmanöver? Wie auch immer die Wahrheit lautete, wenn sie wollte, konnte sie sich eindeutig geräuschlos fortbewegen.

Hal war jetzt startklar, mit gepacktem Koffer und im Mantel, und nach einem Blick in den finsteren, schneeverhangenen Himmel wollte sie nur noch weg.

Unten in der Diele standen Abel und Harding, und Abel blickte zu ihr auf.

»Du hast Mrs Warren auch nicht gesehen, Hal?«

»Nein.« Sie stellte sich neben die beiden in den Schatten der großen Treppe. »Seit gestern Abend nicht mehr.«

Auch heute beim Frühstück hatte sie sich nicht gezeigt – als sie den Frühstücksraum betraten, waren die dampfende Kaffeekanne auf dem Untersetzer, ein paar Toastscheiben und die Müsli- und Cornflakespackungen das einzige Lebenszeichen von Mrs Warren gewesen.

»Ezra ist los, um sie zu suchen«, sagte Harding. »Er ist sehr wahrscheinlich der Einzige, der die Höhle des Löwen lebend verlassen wird.«

In diesem Moment war am Ende des langen Korridors ein Türknallen zu hören, und kurz darauf erschien ein kopfschüttelnder Ezra, der mit großen Schritten auf sie zukam.

»Ich habe es in ihrem Zimmer versucht. Es ist verschlossen, und sie antwortet nicht. Vielleicht schläft sie oder sie ist ins Dorf gegangen. Könntest du ihr meinen Gruß ausrichten?«, fragte er Harding, der nickte.

»Falls ich sie noch sehe, denn wir machen uns auch bald auf den Weg.«

»Dann lässt es sich nicht ändern. Die Wettervorhersage wird eher schlechter, und ich will nicht warten. Mach's gut, Harding.« Mit einer etwas unbeholfenen Umarmung, die mehr einem gegenseitigen Schulterklopfen glich, verabschiedeten sie sich voneinander, bevor Ezra sich Abel zuwandte.

»Mach's gut, Abel.«

»Du auch«, sagte Abel. »Und, na ja, meine Bemerkung vorhin tut mir leid.«

»Ich – mir tut es auch leid«, erwiderte Ezra etwas steif, und Abel streckte die Arme aus.

»Ach, komm her.«

Ezra fühlte sich sichtlich unwohl in der unerwarteten Umarmung, doch schließlich ergab er sich und legte die Arme um seinen Bruder.

Dann war Hal an der Reihe. Sie umarmte die Brüder, spürte Hardings rundliche Weichheit unter der Barbour-Jacke, Abels harte Rippen unter dem flauschigen Pullover und seinen überraschend kräftigen Griff, als er sie an sich drückte.

»Mach's gut, meine Liebe«, sagte Harding.

»Auf Wiedersehen, kleine Harriet«, sagte Abel. »Melde dich mal.«

Und dann stieg Hal zu Ezra ins Auto, der Motor heulte auf, und sie fuhren los, die Zufahrt hinunter. Am Himmel stoben die Elstern in einem Schwarm auf, und die ersten Schneeflocken fielen zu Boden.

Sie kamen zügig voran, und Hal verbrachte den ersten Teil der Fahrt schweigend, den Kopf ans Fenster gelehnt, während sie versuchte, nicht darüber nachzudenken, was sie tun sollte, wenn sie zurück nach Brighton kam.

Ein seltsames Gefühl machte sich in ihrem Magen breit. Ein Teil davon war Beklommenheit – ein Widerstreben, sich all den Entscheidungen zu stellen, die sie erwarteten, sobald sie in Brighton aus dem Zug stieg. Für ein, zwei Nächte könnte sie vielleicht nach Hause gehen, aber es würde nicht lange dauern, bis Mr Smiths Männer wieder vor der Tür standen.

Doch in diese Beklommenheit mischte sich noch etwas anderes, etwas, das ihr das Herz zusammenzog, als sie an Abel und Harding, an ihre Umarmungen dachte. Eine Art Heimweh, eine tiefsitzende Sehnsucht. Kein Heimweh nach einem Zuhause, das sie gekannt hatte, sondern vielleicht eher eine Sehnsucht nach dem, was hätte sein können. Nach einer anderen Existenz, einem Leben mit einer Familie, auf die sie zählen konnte, mit einem Sicherheitsnetz. Wie allein sie wirklich war, war ihr erst bewusst geworden, als sie einen flüchtigen Blick auf diese andere Möglichkeit erhascht hatte.

Doch sie schüttelte den Gedanken ab. So durfte sie nicht denken. Was sie da verloren hatte, hatte ihr sowieso nie gehört, und sie musste positiv denken. Sie hatte einem Schwindel den Rücken gekehrt und sich aus einer albtraumhaften Verstrickung befreit. Und außerdem – sie musste an die Stolperfalle auf der Treppe, die Paranoia jener schrecklichen schlaflosen Nacht denken – war sie wenigstens in Sicherheit. Zumindest für den Moment.

War es wirklich eine Falle gewesen? Sie war immer noch nicht sicher. Aber je länger sie darüber nachdachte, desto weniger konnte sie glauben, dass einer der Brüder dahintersteckte. Ein Bild erschien immer wieder vor ihren Augen – Mrs Warren, die mucksmäuschenstill vor ihrer Tür stand, der Gehstock außer Sichtweite. Es war nicht ausgeschlossen. Vielleicht war Hal mehr als einer Strafverfolgung entronnen.

Der Himmel schien sich im Einklang mit ihrer eigenen Stimmung zu verdunkeln, und als sie schließlich in Penzance vor dem Bahnhof anhielten, schmolz der Schnee nicht mehr weg, sobald er auf die Windschutzscheibe traf. Er blieb haften, besprenkelte das Glas immer dichter und rutschte langsam nach unten, wo er sich in kleinen Wechten ablagerte.

»Also dann ...«, sagte Hal etwas verlegen. »Danke, Ezra. Fürs Mitnehmen. Ich weiß nicht, ob ... na ja ... Also, auf Wiedersehen.«

»Ich komme nicht zurück, falls du das meinst«, sagte Ezra. Er blickte aus dem Fenster auf den rieselnden Schnee. »Ich habe für Harding das Meine getan. Mein Leben ist jetzt woanders, und ich muss damit weitermachen und kann nicht ständig zurückblicken.«

»Das verstehe ich«, sagte Hal. Das Herz war ihr schwer, doch bei dem Gedanken an den Sprung ins Ungewisse, den sowohl ihre Mutter als auch Ezra, nachdem sein Zwilling verschwunden war, gemeistert hatten, spürte sie auch eine Art Hoffnung. Wenn sie es geschafft hatten, alles hinter sich zu lassen, an einem neuen Ort und sogar, in Ezras Fall, in einem neuen Land neu anzufangen, konnte sie es vielleicht auch?

»Also … auf Wiedersehen«, wiederholte sie und öffnete die Beifahrertür. Dann zog sie ihren Koffer über den matschigen Asphalt hinter sich her, ohne sich noch einmal umzudrehen.

Im Bahnhof herrschte eine merkwürdige Stille. Nur wenige Mitarbeiter und noch weniger Passagiere waren zu sehen, abgesehen von ein paar Studenten, die auf ihren Rucksäcken schliefen, zugedeckt mit ihren Mänteln. Auf einem der Gleise wartete ein Zug, dessen Lichter aber ausgeschaltet waren.

Hal blieb verdutzt stehen, und als sie sich umdrehte und zur Abfahrtstafel blickte, rutschte ihr das Herz in die Hose.

Fällt aus … fällt aus … fällt aus.

Ein Zug nach dem anderen. London. Exeter. Plymouth. Kein einziger fuhr.

»Entschuldigung!« Sie rannte über den rutschigen Vorplatz auf einen der Bahnhofwärter zu und berührte ihn am Arm. »Was ist los? Warum sind alle Züge gestrichen?«

»Noch nichts davon gehört?«, erwiderte der Mann sichtlich verblüfft. »Schwerer Schneefall an der gesamten Küste. Bei Plymouth wurde eine Strecke gesperrt, da kommt nichts durch, bis die wieder freigegeben ist, und das wird heute nicht mehr passieren.«

»Aber …« Hal spürte, dass sie immer blasser wurde. »Aber … Ich kann hier nirgendwohin. Ich muss fahren.«

»Hier fährt heute nix mehr«, wiederholte der Mann und schüttelte mit Nachdruck den Kopf. »Und morgen wahrscheinlich auch nicht.«

»Scheiße.« Ohne nachzudenken, griff Hal nach ihrem Koffer und lief rutschend über den nassen Boden zum Eingang des Bahnhofs zurück, wo Ezra sie abgesetzt hatte.

»Ezra!«, rief sie. Der Schneematsch verfing sich in den Rollen ihres Koffers und drosselte ihr Tempo.

»Ezra, warte!«

Aber sein Auto war nicht mehr da.

Eine ganze Weile stand sie nur da, starrte auf den fallenden Schnee und kämpfte gegen das Panikgefühl an, das sie zu überwältigen drohte. Was konnte sie tun? Harding anrufen? Bestimmt waren er und Abel längst aufgebrochen, noch dazu in die entgegengesetzte Richtung.

Ihr Portemonnaie herauszuholen hätte wenig Sinn – sie wusste genau, was es enthielt, nämlich ein paar Münzen und eine abgelaufene Dauerkarte für den Bus.

Sie war also allein, ohne Geld, in einer fremden Stadt, und die Temperaturen fielen stetig. Was sollte sie bloß machen?

Ohne genau zu wissen warum, ging Hal in die Hocke, balancierte auf den Zehenspitzen, schlang die Arme um ihren Körper und presste das Gesicht auf die Knie. Sie machte sich so klein wie möglich, als wollte sie jeden Wärmepartikel schützen, der noch in ihrem Körper vorhanden war, und auf diese Weise die Angst kontrollieren, die sich mehr und mehr in ihr ausbreitete.

Sie kauerte noch immer im Schnee und klammerte sich am Henkel ihres Koffers wie an einem Rettungsanker fest, als sie plötzlich ein Motorengeräusch hörte, gefolgt von lautem Hupen, sodass sie vor lauter Schreck im Schneematsch fast das Gleichgewicht verlor.

Inzwischen war es ziemlich dunkel geworden – zu dunkel, um irgendetwas anderes auszumachen als blendende Scheinwerfer.

Dann überkam sie eine überwältigende, geradezu körperlich spürbare Welle der Erleichterung, als sie das Surren eines elektrischen Fensters hörte, gefolgt von Ezras lakonischer Stimme, die sagte: »Wieso, um Himmels willen, hockst du denn da im Schnee wie das Mädchen mit den Schwefelhölzern?«

»Ezra!« Hal stolperte durch den Schneematsch auf das Auto zu, wobei sie immer wieder ausrutschte. »Oh, Ezra, ich bin so froh, dich zu sehen – was machst du hier?«

»Ich musste umkehren. Aber viel wichtiger: Was machst du hier?«

»Streckensperrung. Alle Züge fallen aus. Ich dachte schon, ich wäre hier gestrandet.«

»Hmm …« Im Licht der Konsole konnte sie sein Gesicht sehen, die Stirn nachdenklich in Falten gelegt. »Dann steig ein.«

»Aber wo fährst du mich hin?«

»Das sehen wir noch. Vielleicht kann ich dich in Plymouth rauslassen, wenn die Strecke ab da wieder frei ist. Oder … du wohnst doch in Brighton, oder?«

Hal nickte.

»Das ist jetzt notfalls auch nicht so weit ab von meiner Route.«

»Wirklich?« Eine weitere Welle der Erleichterung schwappte über Hal hinweg. »Aber – aber das kann ich doch nicht von dir verlangen. Und ich habe kein Geld für Benzin bei mir.«

Er schüttelte nur den Kopf. »Komm schon, steig endlich ein. Es ist eisig. Wir sollten Gas geben.«

43

Ezra schwieg meistens, während sie langsam in Richtung Norden fuhren und der Schneefall immer heftiger wurde. Es dauerte nicht lange, bis die einspurigen Landstraßen mit einer dicken weißen Schicht überzogen waren und Ezra nur noch im Kriechtempo um die engen Kurven biegen konnte. Doch auch auf den Hauptstraßen, wo die LKW bereits dunkle Fahrrillen gezogen hatten, kam er kaum schneller voran.

Je näher sie Bodmin Moor kamen, desto dichter wurde der Schneefall, und trotz der Heizung beschlug die Windschutzscheibe. Der Verkehr begann zu stocken, und an den Straßenrändern staute sich der Schneematsch. Ezra trommelte nervös auf dem Lenkrad herum und Hal warf ihm einen Seitenblick zu. Er hatte die Stirn in tiefe Falten gelegt, die dunklen Brauen gerunzelt, während er abwechselnd durch die schneebesprenkelte Windschutzscheibe und auf den Tacho blickte.

Schließlich zog er ohne Ankündigung auf die Linksabbiegerspur und setzte den Blinker.

»Halten wir an?«, fragte Hal überrascht. Es war schon nach sechs. Sie waren seit fast drei Stunden unterwegs. Ezra nickte.

»Ich glaube, es ist das Beste. Meine Augen werden langsam müde. Vielleicht sollten wir einen Kaffee trinken und eine Kleinigkeit essen. Später kommen wir hoffentlich etwas besser durch. Zumindest werden sie bis dahin wohl geräumt haben.«

Auf der schneebedeckten Ausfahrt folgte Ezra den Fahrspuren der anderen Autofahrer, die den gleichen Entschluss gefasst hatten, und fuhr langsam in eine Parklücke in der Nähe der Raststätte. Als Hal ausstieg und ihre Beine streckte, blickte sie staunend in den dunklen Himmel, aus dem die Flocken zu

Boden trudelten. In Brighton blieb der Schnee nur selten liegen, und sie konnte sich nicht daran erinnern, dass es dort schon einmal so heftig geschneit hatte.

»Na komm schon.« Ezra zog fröstelnd die Schultern hoch. »Steh nicht rum, sonst frierst du noch fest. Lass uns reingehen.«

Im Inneren der Raststätte war es ruhig, die meisten der mit den Abfällen des Tages übersäten Tische waren frei und sie mussten nicht anstehen. Als Hal für den Kaffee bezahlen wollte, winkte Ezra ab und schob seine Kreditkarte über den Tresen.

»Sei nicht albern. Du brauchst nicht …« Er stockte, es schien ihm peinlich zu sein.

»Was denn?«, fragte Hal defensiv.

Bevor er antwortete, trug Ezra die beiden Becher zu einem der leeren Tische.

»Du bist jung«, sagte er schließlich. »Und pleite. Junge Leute sollten nicht für Getränke zahlen müssen. Das ist meine unerschütterliche Meinung.«

Hal musste lachen und nahm ihm ihren Becher ab.

»Du bist jetzt nicht beleidigt, oder?«, fragte er. Hal schüttelte den Kopf.

»Nein. Ich *bin* ja jung und pleite. Wegen der Wahrheit kann ich nicht beleidigt sein.«

»Endlich richtiger Kaffee, nach dem Spülwasser von Mrs Warren«, konstatierte Ezra nach dem ersten Schluck mit einem schiefen Lächeln. Sie nippten eine Weile schweigend an ihren Getränken, dann sagte er: »Ich wollte nur sagen … ich würde es dir nicht verübeln. Wenn du es doch gewusst hättest.«

Hal blieb fast das Herz stehen. Vorsichtig stellte sie ihren Cappuccinobecher ab. »Was … was meinst du damit?«

»Ach, vergiss es«, sagte Ezra. Unter den Stoppeln sah Hal das Zucken seiner Halsmuskeln. »Geht mich nichts an. Ich meinte nur …« Er brach ab, trank noch einen Schluck und fuhr dann fort: »Wenn du gewusst hättest, dass … dass deine Mutter nicht … ich hätte es dir nicht übelgenommen, wenn … du nicht sofort etwas gesagt hättest.«

»Ich weiß nicht, was du meinst«, sagte Hal, doch sie spürte, wie ihr die Röte ins Gesicht stieg und sie von Schuldgefühlen überflutet wurde.

»Ist schon in Ordnung«, sagte Ezra. Er blickte durch das Fenster auf den fallenden Schnee und schien ihrem Blick absichtlich auszuweichen, als wollte er ihr Zeit geben, sich wieder zu fangen.

»Also …«, sagte er nach einer Weile, leise, als würde er zum Nachthimmel sprechen. »Du bist also Maggies Kind. An diesen Gedanken muss ich mich immer noch gewöhnen. Wusstest … hast du gewusst … dass sie eine Zeitlang da unten gewohnt hat? Mit uns, meine ich?«

Hal stockte fast der Atem, aber sie riss sich zusammen. »Bevor ich herkam, wusste ich es nicht, nein. Aber Abel hat mir von einer Cousine Maggie erzählt. So habe ich hinterher zwei und zwei zusammengezählt. Ich … ich wünschte, sie hätte mir von Trepassen erzählt.«

Jetzt sah er sie wieder direkt an. Aus seinen dunklen Augen sprach ein tiefes Verständnis. »Für keinen von uns war diese Zeit eine besonders glückliche. Ich kann verstehen, dass sie sie lieber hinter sich lassen wollte.«

»Ezra …« Hal musste sich räuspern. »Ezra, kann ich dich etwas fragen?«

Er nickte etwas erstaunt, und Hal zog die Dose mit den Tarotkarten aus ihrer Hosentasche. Darin befand sich das in der Mitte gefaltete Foto, das Abel ihr gegeben hatte. Vorsichtig klappte sie es auf und beobachtete Ezra, auf dessen Gesicht ein Lächeln erschien, als er es wiedererkannte, doch in seinen Augen lag auch Traurigkeit. Er streckte die Hand aus und strich sanft über die Wange seiner Zwillingsschwester, als könnte er sie durch das Papier spüren.

»Ezra, hast du – weißt du, wer dieses Foto gemacht hat?«

Er blickte mit leicht gerunzelter Stirn auf, als sei er in Gedanken weit weg gewesen und müsste sich anstrengen, sie wieder in die Gegenwart zurückzulenken.

»Entschuldige, was hast du gesagt?«

»Wer hat das Foto gemacht?«

»Uff … das weiß ich nicht mehr«, sagte er gedehnt. »Warum fragst du?«

»Weil …« Hal holte tief Luft. »Weil ich glaube … ich glaube, er könnte mein Vater sein.« Die Worte fühlten sich wie ein Geständnis an, und sie spürte, wie eine große Anspannung von ihr abfiel, doch auf Ezra hatten sie anscheinend keinerlei Wirkung. Er blickte sie nur weiter verwirrt an.

»Wie kommst du darauf?«

»Ich habe das Tagebuch meiner Mutter gefunden«, sagte Hal. »Sie schreibt darin über diesen Tag – und über die Person, die das Foto gemacht hat. Das ist alles, was ich über ihn weiß – und dass er blaue Augen hatte.«

»Blaue Augen?«, sagte Ezra. Wieder runzelte er die Stirn, schien ihrer Logik nicht folgen zu können. »Aber deine sind dunkelbraun. Wie bist du darauf gekommen?«

»Auch das steht im Tagebuch«, sagte Hal. Sie war so erleichtert, endlich mit jemandem darüber sprechen, sich endlich erklären zu können, dass die Worte ungehindert aus ihr herauspurzelten. »Es gibt da eine Zeile über blaue Augen, die in ihre dunklen Augen blickten. Und sie erwähnt einen Ed, der am Tag, als das Foto gemacht wurde, dabei war. Ich habe Abel gefragt, aber er meinte, ihr wärt nur zu viert gewesen – aber –«

Sie brach ab. Ezras Miene hatte sich verfinstert. Er schien jetzt wieder voll im Hier und Jetzt angekommen zu sein, und in seinem Ausdruck lag etwas, das Hal nicht deuten konnte. Sie meinte, etwas wie Schrecken zu erkennen.

»Aber das stimmt nicht«, sagte er, wobei er jedes einzelne Wort betonte. Hal nickte. Sie spürte, wie sie innerlich ruhig wurde und nur noch abwartete.

»O Gott«, sagte Ezra. Er legte das Gesicht in die Hände. »Abel. Was hast du getan?«

»Also … hat er gelogen?«

»Ja. Aber ich sehe keinen Grund, warum er ihn schützen sollte.«

»Wen schützen?«, fragte Hal. Obwohl sie sich fast sicher war, dass sie die Antwort bereits kannte, musste sie den Namen hören – ihn aus dem Mund von jemandem hören, der dort gewesen war, jemandem, der es definitiv wusste.

»Edward.«

Hals Magen drehte sich, als wäre sie auf dem Twister-Karussell am Ende des Piers, das sie in hohem Bogen über dem Meer durch die Luft wirbelte, mit einer dieser Drehungen, die einem den Atem verschlagen.

Es stimmte also.

Sie schluckte. Es war seltsam. Obwohl alle Zeichen auf ihn gedeutet hatten – der Name im Tagebuch, die blauen Augen –, fühlte sie überhaupt keine Verbindung mit ihm, und auch jetzt, da Ezra ihren Verdacht bestätigt hatte, war da nichts weiter als dieses ungute Gefühl.

Er ist mein Vater, sagte sie sich in einem Versuch, es real zu machen. *Edward ist mein Vater – warum hat meine Mutter mir nie die Wahrheit gesagt?*

Warum hatte er nichts gesagt? Zumindest Abel musste die Wahrheit doch kennen – oder jedenfalls vermuten –, warum sonst hatte er gelogen, um seinen Partner vor ihren Nachforschungen zu schützen?

Aber warum überhaupt lügen? Welchen Grund hatte Edward, sich vor seiner eigenen Tochter zu verstecken?

Es sei denn … es sei denn, es gab noch etwas anderes zu verheimlichen.

»Edward«, brachte sie schließlich mit trockenen Lippen hervor. »Er war also da? Er hat das Foto gemacht?«

Ezra nickte.

»Also ist er mein …« Aber sie konnte das Wort nicht aussprechen. Sie schloss die Augen, drückte die Finger an die Schläfen, rief sich sein Bild in Erinnerung. Da war nichts von ihr in seinem Gesicht – aber vielleicht war das nicht verwunderlich. Als sie die Augen wieder öffnete und das Foto auf dem Tisch anstarrte, war es ihr eigenes Gesicht, das sie sah, in dem ihrer Mutter. Sie war die Tochter ihrer Mutter, durch und durch.

Als hätte ihre Mutter es mit reiner Willenskraft geschafft, die DNA ihres Vaters aus ihr zu tilgen.

»Hal – lass es«, sagte Ezra unbeholfen. Das Unbehagen stand ihm ins Gesicht geschrieben und er wirkte ganz und gar nicht gerüstet für dieses Gespräch, jede Faser seines Körpers schien sich danach zu sehnen, einfach aufzustehen und in die Nacht hinauszumarschieren, aber er gab sich alle Mühe, die Sache irgendwie durchzustehen. »Bitte zieh keine vorschnellen Schlüsse, es ist nur ein Bild …«

Doch Hal hatte zu viel Zeit mit dem Tagebuch verbracht, zu lange gegrübelt, um auf ihn zu hören. Nur so ergab es einen Sinn. Edward – der Mann, der das Foto gemacht hatte – war ihr Vater. Und aus irgendeinem Grund versuchte Abel verzweifelt, diese Tatsache zu vertuschen. So verzweifelt, dass er log, obwohl er wissen musste, dass diese Lüge eines Tages ans Licht kommen würde.

»Ich kapier's einfach nicht«, sagte Hal. Sie blickte auf ihre Finger, die dabei waren, den Papierbecher zu zerdrücken, und sie musste sich zwingen, ihn loszulassen. »Warum hat er gelogen?«

»Ich weiß es nicht.« Eine Zeitlang saßen sie schweigend da, bis Ezra Hal etwas umständlich die Hand auf die Schulter legte. »Hal, ist alles – wie fühlst du dich?«

»Ich weiß nicht«, flüsterte sie. Seine Hand ruhte weiter auf ihrer Schulter, sie spürte die Wärme seiner Finger durch ihre Jacke, verspürte auf einmal den unbändigen Drang, sich fallenzulassen und an seiner Schulter auszuweinen. Sie schwiegen, während Hal versuchte, sich wieder in den Griff zu kriegen.

Dann ließ Ezra die Hand sinken und der Moment war vorbei. Er nahm seinen Becher, trank einen großen Schluck Kaffee und verzog dann das Gesicht.

»Gott, ich hätte jetzt nichts gegen einen richtigen Drink. Was würde ich für ein Glas Rotwein geben.«

»Da drüben gibt es auch ein Restaurant«, sagte Hal, doch er schüttelte den Kopf.

»Lieber nicht. Ich bin schon müde genug. Aber wenn du ein Glas willst, lass dich nicht abhalten.«

»Nein, nein«, wehrte Hal ab. »Ich trinke nicht.«

Ezras dunkle Augen musterten Hal über den Rand seines Bechers hinweg. Sie wirkten rabenschwarz, das Braun war so dunkel, dass Pupille und Iris beinahe eins zu sein schienen.

»Und was steckt dahinter für eine Geschichte?«

»Keine Geschichte«, sagte Hal abwehrend, was sie jedoch sofort bereute. Es gab nichts mehr zu verstecken, keinen Grund mehr, mit verdeckten Karten zu spielen. Und dieser Mensch hier war gutmütig, hatte ihr die Wahrheit gesagt, wo andere gelogen hatten, und nahm einige Unannehmlichkeiten in Kauf, damit sie nach Hause kam. Sie war es ihm schuldig, seine Ehrlichkeit mit Ehrlichkeit zu vergelten. »Na ja, doch eine kleine Geschichte, um ehrlich zu sein. Ich bin zwar nicht bei den Anonymen Alkoholikern oder so, aber irgendwann habe ich gemerkt … es war nach dem Tod meiner Mutter. Irgendwann war das Trinken kein Spaß mehr, sondern wurde … es war meine Art, damit klarzukommen, eine Zeitlang jedenfalls. Und ich mag es nicht, von Krücken abhängig zu sein.«

»Das verstehe ich gut«, sagte Ezra leise. Nachdenklich blickte er in seinen Pappbecher, als müsste er die dunkle Flüssigkeit darin eingehend untersuchen. »Maggie war immer sehr unabhängig. Ich glaube, aus diesem Grund wohnte sie auch nicht gern bei uns. Es war schließlich eine Art Wohltätigkeit, wenn man so will, und meine Mutter ließ sie es auch spüren. Immer lag die unausgesprochene Erwartung in der Luft, dass sie sich ihren Platz hier verdienen musste, indem sie sich dankbar zeigte, oder irgend so ein Blödsinn.«

»Wie …« Hal spürte wieder diese Enge im Hals, doch sie zwang sich, weiterzureden. »Wie war sie so, als du sie kanntest, Ezra?«

Ezra lächelte. Er blickte Hal nicht an, aber während er weiter in seinen Becher starrte, den er gedankenverloren hin- und herschwenkte, lag ein Anflug von Traurigkeit in seinem Gesichtsausdruck.

»Sie war … sie war lustig. Liebenswert. Ich mochte sie sehr gern.«

»Ezra, meinst du …« Sie verstummte. Auf einmal kam ihr der Gedanke an ein Glas Wein doch sehr verlockend vor. Ezra vermutlich auch. »Meinst du, ich sollte … etwas sagen? Zu Edward?«

»Ich weiß es nicht«, sagte Ezra. Sein Blick war mit einem Mal sehr ernst.

»Warum hat er nichts gesagt?«

»Vielleicht weiß er es gar nicht.«

»Aber sie wusste es doch. Meine Mutter, meine ich. Warum hat *sie* nichts gesagt?«

»Hal, ich habe keine Ahnung«, sagte Ezra, und sein Gesicht verzerrte sich in einer Gefühlsregung, die er nur mit Mühe zu unterdrücken schien. »Hal, pass auf, ich würde mich normalerweise nicht einmischen, aber ich kann dir nicht helfen und … was ich sagen will, ist …« Er brach ab und fuhr sich mit den Händen durchs Haar. »Harriet« – der Gebrauch ihres vollen Namens alarmierte sie – »bitte, bitte, lass es lieber.«

»Es lassen? Was meinst du damit?«

»Lass die Sache ruhen. Es ist vergangen und vorbei. Deine Mutter hat es dir offensichtlich von sich aus nicht preisgeben wollen – und auch wenn ich nicht weiß, warum sie es geheimhielt, sie wird ihre Gründe gehabt haben – und vielleicht waren es gute Gründe.«

»Aber …« Hal beugte sich vor. »Aber verstehst du nicht? Ich muss es wissen. Wir reden hier über meinen Vater. Findest du nicht, ich habe ein Recht darauf, ihn zu kennen?«

Ezra schwieg.

»Und es geht ja nicht nur um meine Mutter, sondern um … alles. Was ist mit Maud geschehen? Warum sind sie und meine Mutter zusammen weggelaufen und warum ist Maud verschwunden?«

»Hal, ich weiß es auch nicht«, brachte Ezra mühsam hervor. Er stand auf und stellte sich vor die hohe Fensterfront der Raststätte, wo sich seine Silhouette vor dem Schnee und den Lichtern des Parkplatzes abzeichnete. Die Lichter im Essbereich hatte man inzwischen heruntergedimmt, und Hal ahnte, dass sie bald schließen würden.

»Ist Maud tot?«, bohrte sie. »Oder versteckt sie sich irgendwo?«

»Ich weiß es nicht!«, rief Ezra, und diesmal klang er fast wütend. Am anderen Ende des Raums setzte ein junger Mann in Arbeitsweste kurz mit dem Fegen aus und blickte überrascht und beunruhigt zu ihnen herüber.

Im ersten Moment war Hal etwas eingeschüchtert, doch dann sah sie, wie Ezra den Kopf gegen die Fensterscheibe lehnte, sah die stumme Verzweiflung in seiner Haltung, und sie begriff.

Natürlich. Sie war so blind ihrem eigenen Verlangen nach Antworten gefolgt, dass sie nicht bedacht hatte – das hier war auch seine Vergangenheit. Maud war sein Zwilling gewesen, der Mensch, der ihm so nah gestanden hatte wie kein zweiter auf der Welt, und auch von ihm hatte sie sich zurückgezogen, ohne Erklärung, und war verschwunden. Er hatte mit seiner Ungewissheit genauso lange gelebt wie Hal mit der ihren.

»O Gott, Ezra.« Jetzt stand sie auch auf, ging auf ihn zu

und streckte die Hand nach ihm aus, ließ sie jedoch sofort wieder sinken, weil sie sich nicht traute, ihn zu berühren. »Es tut mir leid, ich hab gar nicht … sie ist deine Schwester – du musst …«

»Sie fehlt mir so sehr«, sagte er. Seine Stimme klang anders, gequält irgendwie, und so emotional, wie sie es von diesem sonst so sarkastisch auftretenden Mann nie erwartet hätte. »Gott, sie fehlt mir, als wäre da einfach ein Loch in meinem Inneren. Und ich bin so verdammt wütend. Ich bin immer nur wütend.«

Plötzlich verstand Hal den Grund für Ezras unablässigen Zynismus und das schiefe Lächeln, das fast immer seine Lippen umspielte. Er lachte, denn täte er es nicht, würde etwas aus ihm herausbrechen, ein brennender Verlust, den er zwanzig Jahre lang in sich eingeschlossen hatte.

»Es tut mir so leid.« Hal schnürte es die Kehle zu. Sie dachte an ihre Mutter, an die Wut, die sie selbst gespürt hatte, als sie ihr so mir nichts, dir nichts entrissen worden war. Doch wenigstens hatte sie ihrer Mutter noch übers Haar streichen, sie begraben, sich von ihr verabschieden können. Wenigstens wusste sie, was geschehen war.

»Als ich von dem Autounfall hörte, glaubte ich …« Er stockte, dann zwang er sich, weiterzusprechen. »Ich dachte, das war's, endlich weiß ich, was passiert ist, und so weh es auch tat, zu wissen, dass ich sie nie wiedersehen würde, dachte ich, dass wir wenigstens … Gewissheit …«

Wieder brach er ab und wieder wurde Hal schmerzlich bewusst, was sie mit ihrem kleinen Schwindel in dieser Familie angerichtet hatte, der völlig unkontrolliert über alles hinausgewachsen war, was sie beabsichtigt hatte.

Was sie Ezra angetan hatte, der sich hier in seinem Schmerz so mühsam zusammennahm.

»Es tut mir leid«, flüsterte sie noch einmal. Sie ließ sich zurück auf den harten Plastikstuhl sinken und legte den Kopf in die Hände, wünschte, sie könnte ihm klarmachen, wie leid es ihr wirklich tat. »Ezra, ich … es tut mir so leid.«

»Es macht mich so wütend – diese Vergeudung, dieser Verlust. Maggie. Maud. Vor ihrem eigenen Haus – was für ein sinnloses Ende.«

»Ezra …«

»Ist schon gut«, sagte er schließlich, doch an seiner Stimme und der Art, wie er sich mit dem Ärmel über die Augen fuhr, sah sie, dass es nicht gut war. Er atmete tief ein und wandte sich ihr zu, wobei er sogar wieder sein schiefes Lächeln zustande brachte.

Hinten hatte der junge Mann seinen Besen wieder aufgenommen, die Theken für die warmen Speisen waren inzwischen geschlossen worden.

Hal brachte kein Wort heraus, doch sie nickte. Als Ezra einen Moment die Augen schloss, verspürte Hal ein starkes Bedürfnis, ihn in den Arm zu nehmen, ihm zu sagen, dass er die Hoffnung nicht aufgeben dürfe, dass sie die Wahrheit über seine Schwester herausfinden würden, doch sie wusste, dass das nicht ging. Dieses Versprechen konnte sie ihm nicht geben.

»Aufgrund der extremen Wetterlage«, durchbrach eine Lautsprecherstimme ihr Schweigen, hallte blechern von den hohen Dachsparren wider, »und mehrerer Straßensperrungen wird diese Raststätte aus Sicherheitsgründen in dreißig Minuten schließen. Alle Kunden werden gebeten, ihre Einkäufe innerhalb der nächsten dreißig Minuten zu beenden und zu ihren Fahrzeugen zurückzukehren. Wir danken für Ihr Verständnis und entschuldigen uns für etwaige Unannehmlichkeiten.«

»Tja …« Ezra stand auf und nahm seine Jacke von der Stuhllehne. »Wir sollten uns wohl sowieso auf den Weg machen. Es ist ziemlich spät, und wir haben noch ein ganzes Stück vor uns. Möchtest du noch etwas?«

Als Hal den Kopf schüttelte, sagte Ezra: »Ich besorg uns noch ein paar Sandwiches, wir werden keine Zeit für einen weiteren Stopp haben.«

Draußen hatte es nicht aufgehört zu schneien, im Gegenteil, der Schnefall war noch heftiger geworden. Ezra machte ein skeptisches Gesicht, als er in seinen Sportwagen stieg und sich anschnallte.

Die ersten zwanzig Minuten der Fahrt verbrachten sie schweigend. Obwohl auf den Straßen nicht viel los war, wurde der Verkehr mit zunehmend schlechter Sicht immer langsamer. Nach ein paar weiteren Meilen legte Hal eine Hand auf Ezras Arm, und er nickte.

»Ich sehe es.«

In einiger Entfernung vor ihnen, kaum zu erkennen im heftigen Schneefall, war eine lange Schlange roter Lichter zu erkennen. Ezra trat auf die Bremse, sodass der Wagen erst langsamer wurde und schließlich ganz zum Stehen kam, hinter ihnen blinkten die Warnlichter der aufschließenden Autos.

Ezra zog die Handbremse an und starrte wortlos nach vorn. Auch Hal war ganz in ihre Gedanken versunken, das Gespräch in der Raststätte ging ihr noch nach. Nachdem sie eine gefühlte Ewigkeit so gestanden hatten, auch wenn sie nicht hätte sagen können, ob es fünf oder fünfundzwanzig Minuten gewesen waren, begann weiter vorne ein Fahrer zu hupen, ein langgezogenes, klagendes Tuuuut, wie ein Nebelhorn in den Bergen, in das kurz darauf ein anderer einstimmte und dann noch einer.

Ezra warf einen Blick auf die Zeitanzeige, dann wieder auf den Stau, und schien einen Beschluss zu fassen.

»Ich drehe um«, sagte er. »Wahrscheinlich wurde die Straße über das Moor gesperrt. Wir fahren über St. Neot. Da könnte der Schnee zwar noch heftiger sein, aber hier kommen wir nicht weiter. Ich glaube, so sind wir schneller.«

»Okay«, sagte Hal. Begleitet von einem kurzen Hupkonzert vollzog er eine umständliche Kehrtwendung, und kurz darauf fuhren sie wieder in die Richtung, aus der sie gekommen waren, weg von Bodmin.

Hal gähnte. Im Auto war es angenehm warm, und sie zog ihren Mantel aus, rollte ihn zusammen und legte ihn als Kopfstütze ans Fenster. Dann schloss sie die Augen und döste allmählich ein.

Sie träumte unruhig und wirr von einer Flucht durch die langen Gänge von Trepassen House, das Klack-klack von Mrs Warrens Gehstock unheilverheißend im Nacken, und ganz gleich, wie schnell sie rannte, sie konnte ihm nicht entkommen. Dann lief sie plötzlich die Treppe vom Dachboden hinunter, und obwohl sie wusste, dass dort die Schnur gespannt war, stolperte sie, und als sie im Moment des Sturzes über die Schulter zurückblickte, sah sie Edward oben auf dem Absatz stehen, den Kopf lachend nach hinten geworfen. Sie hatte noch Zeit zu denken *Jetzt sterbe ich,* doch prallte sie nicht wie gefürchtet mit voller Wucht auf und brach sich dabei alle Knochen, sondern fiel mit einem Platschen in eiskaltes Wasser, das übersät war mit fauligen Blättern und verwesten Insekten. Beim Auftauchen hatte sie den Geruch des Bootshauses in der Nase, den Gestank von abgestandenem Wasser und fauligem Holz, und das schleimige Laub war überall, unter ihr und an ihrem Körper, während sie im eisigen Wasser um sich schlug.

Hilfe!, wollte sie rufen, doch das Wasser füllte ihren Mund und sie musste würgen.

Mit einem Ruck wachte sie auf. Es war dunkel, und im ersten Moment wusste sie nicht, wo sie war, aber dann erkannte sie, dass sie in Ezras Auto saß, das an einem Hohlweg in einer Art Haltebucht zum Stehen gekommen war. Es schneite immer noch, und Ezra hatte den Motor ausgeschaltet.

»Müssen wir schon wieder anhalten?« Hals Mund war trocken und das Sprechen bereitete ihr Mühe.

»Ich fürchte ja.« Ezra rieb sich die Augen, auch er schien sehr müde zu sein. »Dieser verdammte Schnee. Wir werden es nicht schaffen. Es ist nach acht und wir sind noch nicht mal in Plymouth.«

»O Gott, das tut mir leid. Was ist mit deiner Fähre?«

Ezra schüttelte den Kopf. »Die krieg ich auf keinen Fall. Ich hab angerufen und man hat mir gesagt, dass ich das Ticket gegen eine Bearbeitungsgebühr auf morgen umbuchen kann.«

»Also – was machen wir jetzt?«

Ezra antwortete nicht sofort, sondern deutete mit dem Kopf in die Richtung, aus der sie gekommen waren. Hal biss sich auf die Lippe. Der Schnee fiel unablässig weiter auf die Windschutzscheibe.

»Tut mir leid«, sagte Ezra, als er ihren besorgten Blick sah. »Ich hatte noch überlegt, ob ich es wenigstens bis nach Brighton schaffe, aber ich bin einfach zu müde – und es ist zu gefährlich, hier ist nirgendwo geräumt.«

»Also ... fahren wir zurück? Nach ... Trepassen?«

»Uns bleibt wohl nichts anderes übrig. Es wird nicht so lange dauern in die Richtung, die Straßen nach Süden sind ziemlich leer. Und morgen versuchen wir es wieder.«

»Okay«, sagte Hal etwas resigniert. Ihr graute bei dem Gedanken an eine Rückkehr in das kalte Haus, an Mrs Warren im Schaukelstuhl vor ihrem Kaminfeuer, endlich wieder Herrin über den Ort, der ihrer Obhut unterstand. Es war keine angenehme Vorstellung. Aber was war die Alternative – ein Gasthaus? Sie konnte sich kein Zimmer leisten und Ezra schlecht bitten, für sie zu bezahlen.

»Okay«, wiederholte sie, bemüht, etwas positiver zu klingen – und zu denken. »Also zurück nach Trepassen.«

»Wir sollten nicht mit einem besonders warmherzigen Empfang rechnen«, sagte Ezra, als er den Wagen startete und den Motor in die Stille aufheulen ließ. »Aber zumindest müssen wir nicht erfrieren.«

44

Es war ein merkwürdiges Gefühl, nach Trepassen zurückzukehren, so als müsste man einen schweren Rucksack wieder schultern, den man erst ein paar Stunden zuvor erleichtert abgelegt hatte, wobei die Druckstellen unter den Gurten sofort wieder wehtaten.

Das Tor zur Zufahrt stand halb offen, doch kaum hatten sie es passiert, sah Hal, dass die Schneedecke unberührt war. Hier war schon seit vielen Stunden kein Auto mehr entlanggefahren. Also hatten Abel und Harding es sich entweder anders überlegt oder sie waren kurz nach Hal und Ezra gefahren und nicht mehr zurückgekehrt.

»Es brennt kein Licht«, murmelte Ezra, als sie um die letzte Kurve der Zufahrt bogen. Die weißen Randsteine der Zufahrt waren kaum zu erkennen, außer an jenen Stellen, an denen sie durch Baumkronen vor dem Schnee geschützt waren, und Ezra musste im Kriechtempo fahren, um nicht vom Weg abzukommen. »Mrs Warren ist wohl schon schlafen gegangen.«

Ein Glück, dachte Hal, doch sie sprach es nicht aus.

Vor dem Haus hielten sie an und blieben bei ausgeschaltetem Motor noch eine Weile sitzen. Hal kam es vor, als seien sie zwei Boxer, die sich für den Kampf wappneten, die Bandagen um die Handknöchel banden und den Mundschutz einsetzten. Nur dass es nicht Ezra war, gegen den sie kämpfen musste.

»Bereit?«, sagte er und stieß ein kurzes Lachen aus. Hal lächelte nicht. Sie nickte nur, und dann traten sie beide hinaus in das Schneegestöber.

Die Tür war verschlossen, doch Ezra hob eine der Steinplatten hoch, die den Sitzbereich unter dem überdachten Portal bildeten, und holte einen riesigen altersgeschwärzten Schlüssel heraus – ein Ding aus einer anderen Zeit, mindestens fünfzehn Zentimeter lang. Er steckte ihn ins Schloss, drehte ihn vorsichtig um, und dann traten sie ein in das finstere, atmende Haus.

»Mrs Warren?«, rief Ezra leise, und als keine Antwort kam, etwas lauter: »Mrs Warren? Ich bin's, Ezra.«

»Glaubst du, Harding und Abel sind weg?«, flüsterte Hal. Ezra nickte.

»Harding hat mir eine Nachricht geschickt, als du geschlafen hast. Sie haben es über das Bodmin-Moor geschafft, bevor die Straße gesperrt wurde, und haben sich bei Exeter ein Hotelzimmer genommen.«

»Es tut mir so leid«, sagte Hal mit schlechtem Gewissen. »Es ist meine Schuld – wärst du nicht über Penzance gefahren …«

»Was passiert ist, ist passiert«, sagte Ezra knapp, aber zumindest schien der unterdrückte Ärger von vorhin verflogen zu sein, denn er hörte sich jetzt lediglich resigniert an. »Pass auf, Hal, es ist schon sehr spät. Ich weiß nicht, wie es dir geht, aber ich bin hundemüde. Ist es dir recht, wenn ich ins Bett gehe?«

»Natürlich«, sagte Hal. »Das mache ich auch.«

Es folgte ein kurzes, verlegenes Schweigen, bevor Ezra Hal in eine unbeholfene Umarmung zog, fast ein wenig zu fest, sodass seine Jacke auf ihrem Gesicht kratzte und ihr die Knochen wehtaten.

»Gute Nacht, Hal. Und morgen …« Er brach ab.

»Morgen?«, wiederholte Hal.

»Lass uns einfach so früh wie möglich aufbrechen, okay?«

»Okay«, sagte Hal. Sie stiegen gemeinsam die erste Treppe nach oben, bevor sich ihre Wege trennten.

In dem kleinen Dachzimmer sah alles genauso aus, wie Hal es verlassen hatte – die Vorhänge waren zurückgezogen, sodass schneehelles Licht durch das vergitterte Fenster fiel, die Bettdecke war aufgeschlagen, und auch die Glühbirne fehlte noch.

Ein paar Kohlestücke lagen noch in dem dafür vorgesehenen Kübel, und in der beruhigenden Gewissheit, dass sie am Morgen nicht lang genug bleiben würde, um Mrs Warrens Zorn über sich ergehen lassen zu müssen, zerriss Hal eine Zeitungsseite, legte die Kohlenstücke auf den Rost und zündete ein Streichholz an.

Während sie vor dem Feuer hockte, musste sie daran denken, dass ihre Mutter vor langer Zeit auch hier gekauert, die Seiten ihres Tagebuchs herausgerissen und in die Flammen geworfen hatte, und daran, was sie alles erfahren hatte, seit sie auf das Tagebuch gestoßen war.

Edward. Konnte es wirklich sein?

Es musste so sein – doch wenn sie an ihn dachte, an den Mann mit dem glatten blonden Haar, dem sorgfältig gepflegten Schnurrbart, fühlte sie nichts. Keinen Anflug von Verbundenheit. Nur leichte Verachtung für den Mann, der ihre Mutter erst geschwängert und dann im Stich gelassen hatte, ihre Briefe ignoriert und sie einer Person wie Mrs Westaway schutzlos ausgeliefert hatte.

Eigentlich wollte sie dieses Wissen beiseiteschieben und nach vorn schauen, wie Ezra es ihr geraten hatte. Doch die Fragen nagten weiter an ihr. Warum hatte Abel so offensichtlich gelogen? Hatte er darauf gesetzt, dass sie Ezra nicht die gleichen Fragen stellen würde?

Wenn ihre Mutter den Namen ihres Vaters nur nicht *überall* im Tagebuch gestrichen hätte.

Hal saß vor dem Kamin und starrte in die Flammen, zu müde, um ins Bett zu gehen. Sie konnte schon nicht mehr klar denken – und hatte das merkwürdige Gefühl, dass sich ein Kreis geschlossen hatte. Jetzt saß sie hier an derselben Stelle wie einst ihre Mutter, hier, wo Maggie selbst in die Flammen gestarrt hatte, die den Namen ihres Geliebten zu Asche verbrannten. Es schien, als sei Hal hier gelandet, damit sie die lang verborgene Wahrheit aufdecken konnte. Aber worin bestand diese Wahrheit?

Es war nicht nur der Name ihres Vaters.

Da war noch etwas anderes … etwas, was Ezra gesagt hatte, ließ ihr keine Ruhe, doch sie konnte nicht genau sagen, was es war. War es bei ihrer Unterhaltung in der Raststätte gewesen? In Gedanken ging sie alles, was er zu ihr gesagt hatte, noch einmal durch, doch was immer es war, es entglitt ihr immer wieder, blieb ungreifbar.

Irgendwann stand sie auf, streckte die steifen Glieder, spürte die kalte Zimmerluft auf ihren vom Feuer erhitzten Wangen. Auf dem Boden vor dem Bett lag ihr Koffer. Sie zog die alte Tabakdose aus der Seitentasche, öffnete sie und holte ihr Kartendeck heraus. Mit zittrigen Fingern hob sie den Stapel ab.

Die Karte, die vor ihr aufgedeckt lag, war der umgekehrte Mond.

Hal runzelte die Stirn. Der Mond stand für Intuition und dafür, ihr zu vertrauen. Er war ein Leuchtstern, aber einer, der auch unzuverlässig sein konnte – schließlich war er nicht immer da, und manchmal, wenn man ihn am meisten brauchte, blieb die Nacht undurchdringlich dunkel.

In umgekehrter Lage stand er für Täuschung, besonders für Selbsttäuschung. Er stand für die Intuition, die einen vom Weg abbringen, auf eine falsche Fährte locken konnte.

Tappe niemals in die Falle, deinen eigenen Lügen zu glauben … meldete sich die Stimme ihrer Mutter warnend immer warnend. *Du willst genauso daran glauben wie sie.*

Ja, sie wollte daran glauben. Nach dem Tod ihrer Mutter hatte sie sich Abend für Abend die Karten gelegt, wollte einen Sinn erkennen, Antworten finden, die es nicht gab. Stundenlang hatte sie sich in die Karten ihrer Mutter vertieft und versucht, ihre Bedeutung zu ergründen.

Doch stets war da diese skeptische Stimme in ihrem Ohr, die Stimme ihrer Mutter. *Es gibt keine Bedeutung in den Karten außer dem, was du darin sehen willst, und dem, was du fürchtest aufzudecken.*

Sie hielt sich die Ohren zu, als könnte sie so diese flüsternde Stimme der Logik und Vernunft vertreiben.

Wann war ihre Mutter so zynisch geworden?

Das Mädchen im Tagebuch, mit ihrem Aberglauben und dem fast zwanghaften Vertrauen in die Karten, schien ein anderer Mensch gewesen zu sein als der, der sich jeden Tag zum Pier aufgemacht hatte, um für Narren und Wildfremde die Karten zu legen. Für Hals Mutter war das Kartenlegen nur ein Job gewesen, nichts weiter. Wie war aus diesem suchenden, offenherzigen Mädchen die nüchterne Frau geworden, an die Hal sich erinnerte?

Das ist keine Zauberkunst, mein Schatz, hatte sie einmal zu einer noch sehr kleinen Hal gesagt. *Du kannst mit ihnen spielen, so viel du willst. Es sind nur hübsche Bildchen. Aber die Menschen reden sich nun mal gern ein, dass alles … eine Bedeutung hat, vermute ich. Sie sind glücklich, wenn sie das Gefühl haben, Teil eines großen Ganzen zu sein.*

Aber warum, hatte Hal verwirrt gefragt, warum kamen die Leute jeden Tag und bezahlten Geld, wenn das alles gar nicht stimmte? *Es ist, als würden sie ins Theater gehen,* hatte ihre Mutter geantwortet. *Die Leute wollen glauben, dass es echt ist. Mein Job ist es, so zu tun, als wäre es so.*

Das Mädchen im Tagebuch hatte nichts vorgetäuscht. Sie war verzaubert gewesen von der Macht der Karten, von der Macht des Schicksals. Sie hatte daran geglaubt. Was war der Grund für diese Veränderung? Was hatte dazu geführt, dass sie aufhörte, an diese Macht zu glauben?

Ich übersehe irgendetwas, dachte Hal, nahm die Mondkarte in die Hand und betrachtete sie aus der Nähe, starrte auf das schemenhafte Gesicht in dem hellen Himmelskörper. Irgendetwas habe ich übersehen.

Aber was es auch war, es lag außerhalb ihrer Reichweite, sodass sie die Karten schließlich weglegte und, noch vollständig angezogen, unter die Bettdecke kroch, um endlich zu schlafen.

Sie war schon fast eingeschlafen, schwebte in dem seltsamen Niemandsland zwischen Wachen und Träumen, während das Licht des Feuers Muster auf ihre geschlossenen Augenlider warf, als sie plötzlich ein Bild vor sich sah.

Ein Buch. Ein butterblumengelbes Buch ohne Beschriftung auf dem Rücken oder dem Deckel.

Es gehörte nicht ihr, und sie wusste nicht, was es war, und doch ... und doch kam es ihr seltsam vertraut vor. Irgendwo hatte sie es schon einmal gesehen. Aber wo?

Sie setzte sich auf und spürte sofort den Zug der kalten Zimmerluft im Nacken. Sie presste die Finger auf die geschlossenen Lider, versuchte, das Bild schärfer zu stellen und sich zu erinnern, wo sie das Buch gesehen hatte und warum ihr Unbewusstes sie jetzt damit piesacken musste.

Sie hatte schon beinah aufgegeben, wollte sich gerade wieder hinlegen und das Ganze als Produkt ihrer übermüdeten Fantasie abtun, als sie ganz plötzlich eine Erinnerung überfiel. Kein Bild – aber ein Geruch. Der Geruch von Staub, Spinnweben, abgewetztem Leder. Das Gefühl von dickem, leicht klebrigem Plastik zwischen ihren Fingern. Und da wusste sie es.

Der erste Morgen in Trepassen House. Das Arbeitszimmer, in dem die Zeit stehengeblieben zu sein schien, das Buch, das sie aus dem hohen Regal geholt und in dem sie geblättert hatte, als sie unterbrochen wurde.

Die Fotos. Vielleicht würden die ihr etwas zeigen, was ihr bisher entgangen war. Edward vielleicht, als jungen Mann. Oder sogar ihre Mutter.

Und nicht nur die Fotos – dieser Fußabdruck im Staub.

Jemand hatte an ihrem ersten Morgen in Trepassen, oder vielleicht in der Woche zuvor, dieses Zimmer betreten, um sich die Bilder anzusehen. Vielleicht steckte Nostalgie dahinter, aber noch nie hatte Hal Menschen kennengelernt, die weniger nostalgisch waren als die Westaways. Für sie war die Vergangenheit kein schöner Ort voller goldener Erinnerungen, sondern ein Minenfeld aus Schmerz. Nein – falls Abel, Ezra, Harding, Edward oder sonst irgendjemand in diesem Zimmer gewesen war und in dem Album geblättert hatte, dann war es aus einem anderen, ganz praktischen Grund geschehen. Und diesen Grund wollte Hal jetzt unbedingt herausfinden.

In dem Album musste sich etwas befinden, das jemand sehen, überprüfen oder entfernen wollte. Doch was?

Wenn sie und Ezra am Morgen wirklich in aller Frühe abreisten, würde sie es womöglich nie herausfinden.

Hal stand auf, zog sich zum Schutz vor der kühlen Nachtluft den Mantel über und schob die nackten Füße in die kalten Schuhe. Dann drückte sie die Zimmertür auf und stieg auf Zehenspitzen die Treppe hinunter.

Auf dem ersten Absatz hielt sie inne und lauschte, doch es war kein Schnarchen zu hören. Wenn Ezra schlief – und das tat er bestimmt, schließlich war er vorhin vor Müdigkeit schon fast im Stehen eingeschlafen –, war er ein leiser Schläfer.

Und dann stand sie unten im Dunkeln in der Diele.

Licht zu machen wagte sie nicht, aber sie brauchte auch keines, denn das Haus war nicht länger das unbekannte Labyrinth, das es am ersten Morgen gewesen war. Außerdem genügte das schwache Mondlicht, das durch die Fenster fiel, um ihr den Weg zu weisen, vorbei am Salon, an Bibliothek, Billardzimmer und Stiefelkammer. Dann kam auf der linken Seite das Frühstückszimmer, wo das schmutzige Geschirr vom Morgen noch auf dem Tisch stand. Der Anblick irritierte Hal – hatte Mrs Warren seit ihrer Abreise überhaupt irgendetwas getan? Doch sie hatte keine Zeit, sich mit diesen Gedanken aufzuhalten.

Der nächste Teil war der gefährlichste, da sie direkt an Mrs Warrens Wohnbereich vorbeimusste, und Hal hatte keine Ahnung, wo sie schlief. Falls sie überhaupt schlief. Es würde ihr ähnlichsehen, bis weit in die Nacht wach zu bleiben und in ihrem knarzenden Schaukelstuhl vor dem knisternden Kamin hin- und herzuwippen.

Im Wintergarten war es kalt, und auf dem Steinboden würde jeder Schritt zu hören sein. Es war riskant. Aber dies war nun mal der einzige Zugang zum Arbeitszimmer – oder zumindest der einzige, den Hal kannte. Schließlich zog sie kurzerhand ihre Schuhe aus und schlich, auf Zehenspitzen und mit zusammengebissenen Zähnen, barfuß über die eisigen Fliesen, wobei ihr bei jedem Schritt die Kälte durch Mark und Bein drang.

Dann hatte sie das kleine Vestibül am anderen Ende erreicht und stand vor dem Arbeitszimmer.

Kaum war sie eingetreten, hatte Hal erneut das seltsame Gefühl, in der Zeit zurückzugehen. Der Staub vieler Jahre fühlte sich weich unter ihren Füßen an, als sie sich auf dem abgewetzten Teppich durch den Raum bewegte, nur ab und zu gab es ein leises Knirschen, wenn sie auf vertrocknete Insekten oder hereingewehte Blätter trat.

Hal tastete sich in der Dunkelheit bis zur Schreibtischlampe vor, einem sehr alten Modell aus Messing mit einem grünen Lampenschirm und einem fransigen Stoffkabel, das mindestens aus Vorkriegszeiten stammte, aber problemlos anging und den Raum in ein weiches, grünliches Licht tauchte.

Da war die kleine Trittleiter, unberührt seit ihrem letzten Besuch, die Fußabdrücke darauf noch deutlich zu erkennen. Und dort oben im Regal befand sich das Buch, das sie in aller Eile zurückgestellt hatte und das immer noch, leicht schief, zwischen den anderen hervorragte.

Mit heftig klopfendem Herzen setzte Hal den Fuß auf die erste Stufe, dann die zweite und die dritte, trat immer genau in den Abdruck, den die andere Person hinterlassen hatte, bis ihre Finger endlich den weichen gelben Buchrücken berührten und sie den Band herausziehen konnte.

Zurück am Schreibtisch, setzte sie sich in den Ohrensessel und richtete den Schein der Lampe auf das Buch. Vorsichtig klappte sie den weichen Buchdeckel auf.

Die Bilder waren genauso, wie sie sie in Erinnerung hatte, gestochen scharf und altmodisch zugleich. Harding als rundliches Baby in einem kratzig aussehenden Pullover, dann Harding auf einem nagelneuen Dreirad und ein paar Seiten später der erste Auftritt von Abel: *A. L., 3 Monate.*

Aber diesmal erinnerte sie die Beschriftung an etwas. Al. Warum Al? Hal zermarterte sich das Hirn, und dann fiel es ihr ein – der Eintrag im Tagebuch, in dem Maud ihren Bruder Al nannte. Hal hatte nicht ganz verstanden warum, aber jetzt ergab es einen Sinn. Eine Abkürzung aus seinen Initialen.

Sie blätterte weiter, schneller, sah Fotos von Abel als Kleinkind am Strand, der mit einem Ball herumspielte, von einem Frankreich- oder vielleicht Italienurlaub, von Harding und Abel auf den Stufen irgendeiner alten Kirche mit Eistüten in der Hand, von einem Weihnachtsfest, und dann …

Zwei winzige Babys, eingewickelt Seite an Seite. *Margarida Miriam (links) und Ezra Daniel, zwei Tage alt.*

Die beiden schliefen mit fest geschlossenen Augen, sodass Hal ohne die Beschriftung nicht hätte sagen können, wer wer war. Wie seltsam, dass sich Zwillinge, die sich als Kinder noch so ähnlich sahen, im Erwachsenenalter so voneinander unterschieden. Ihre Gesichter waren friedlich, und sie lagen einander zugewandt, wie sie es vielleicht im Bauch ihrer Mutter getan hatten, und noch war keine Spur von den Konflikten und dem Schmerz zu sehen, die sie erwarteten.

Maud.

Hal ließ den Blick auf dem friedlichen Gesichtchen ruhen.

Wo bist du, Maud? Tot? Auf der Flucht? Versteckt? Aber wie konnte sie so etwas tun – wie konnte sie ihren Bruder, ihren *Zwilling*, so lange in dieser quälenden Ungewissheit lassen?

Auf der nächsten Seite sah man Maud, wie sie als kleiner

Wonneproppen einen alten Holzhund über einen Kaminvorleger schob, neben ihr Ezra, der mit einem riesigen Teddybären kuschelte, fast größer als er selbst. Auf den nächsten Seiten war nur Ezra zu sehen – mit vier, auf einem nagelneuen Fahrrad, das in der Sonne glänzte. Mit fünf, zahnlückig in die Kamera grinsend. Hal schüttelte den Kopf, als sie an Abels bittere Bemerkung dachte, Ezra sei der Liebling der Mutter gewesen.

Sie wollte eigentlich weiterblättern, auf der Suche nach Bildern von Maud – aber plötzlich war es zu schmerzhaft, weiterzumachen, zuzusehen, wie dieses kleine Mädchen größer wurde, ihrem Schicksal entgegenwuchs, das sie ins Vergessen führte. Seufzend schlug Hal das Album zu und legte die Finger auf die Augen, um nicht zu weinen, drückte den Schmerz zurück in ihren Kopf, in ihr Herz.

Welche Antworten sie sich auch immer erhofft hatte, es war töricht gewesen, sie an diesem Ort zu vermuten. Sie sollte das Album zurück an seinen Platz stellen, ins Bett gehen, schlafen und Ezras Rat beherzigen, die Vergangenheit ruhen zu lassen – sich von der dummen fixen Idee verabschieden, unbedingt herausfinden zu müssen, was vor all den Jahren hier geschehen war.

Aber wer hatte das Album an jenem ersten Morgen hervorgeholt? Einer der Brüder? Edward? Er war zwar erst kurz vor ihr angekommen, aber er könnte noch Zeit gehabt haben. Ansonsten kam nur Mrs Warren in Frage, und das wäre noch seltsamer.

Eines stand fest – die Wahrheit über ihre Mutter war nicht auf diesen Seiten zu finden. Es sei denn …

Sie hielt inne, als ihr plötzlich ein Gedanke kam, und sie öffnete die Augen und starrte auf den gelben Buchdeckel vor sich. Mit angehaltenem Atem schlug sie das Album erneut auf und blätterte sich langsam durch die Seiten.

Die Gewissheit kam schleichend, nicht durch ein einzelnes Foto, sondern durch ein allmähliches Scharfstellen, ähnlich wie bei einem Polaroid-Bild, auf dem aus einem gestaltlosen, trüben Fleck nach und nach Umrisse und Formen entstehen.

Zuerst war da ein rundes, kindliches Gesicht, auf dem sich immer markantere, schließlich schmerzlich vertraute Züge bildeten, babyblaue Augen, die zu schwarzen wurden. Die Glieder wuchsen, und die Haut wurde dunkler, während aus dem offenen, vertrauensvollen Babygesicht nach und nach ein immer skeptischeres wurde.

Und dann, am Ende, das letzte Foto im Album – *Der 11. Geburtstag der Zwillinge* –, da war sie. Starrte sie durch einen dunklen, fransigen Pony an, die fast schwarzen Augen leuchtend im Licht einer Kerze, die Ähnlichkeit mit ihrem Bruder so groß, dass Hal sich wunderte, wie es ihr bisher entgangen sein konnte.

Margarida. Maud. Hals Mutter.

45

Es war ein Gefühl, als würde ihr der Boden unter den Füßen weggezogen.

Ihre Mutter war Maud. *Maud.* Es gab keine andere Erklärung. Das Mädchen auf dem Foto, Ezras Zwillingsschwester, die mit ihm in Trepassen House aufgewachsen war, war Hals Mutter. Es war unverkennbar.

Und trotzdem – es ergab keinen Sinn.

Aber die Bilder im Album logen nicht. Da war das Gesicht ihrer Mutter, das vor ihren Augen mit jeder Seite immer deutlicher wurde, sich vom Baby über das Schulkind bis fast hin zum Teenager immer mehr zu der Frau entwickelte, die Hal so gut kannte. Ihre Mutter war *nicht* Maggie.

Was bedeutete … Es bedeutete, dass Hester Westaway doch ihre Großmutter gewesen war.

Es bedeutete auch, dass das Testament gültig war.

Aber was war mit der Geburtsurkunde? Und mit dem Tagebuch? Und was war mit …

Und dann begriff sie, und es war, als sei der Mond plötzlich hinter einer Wolke hervorgetreten. All die Gebilde, die in nebliger Dunkelheit verborgen gelegen hatten, waren auf einmal in Licht getaucht und traten klar hervor, fügten sich zu einer Landschaft zusammen. Sicher sein konnte sie sich nicht. Aber wenn sie richtiglag … wenn sie richtiglag, hatte sie die ganze Sache falsch herum betrachtet.

Wenn sie richtiglag, war nichts so, wie sie geglaubt hatte.

Wenn sie richtiglag, dann hatte sie einen schrecklichen Fehler begangen.

Draußen schneite es immer noch, und Hal zog den Mantel

fester um ihren Körper, während sie weiter durch das Album blätterte. Aber es war nicht nur die Kälte, die sie erschaudern ließ, eine düstere Ahnung hatte plötzlich von ihr Besitz ergriffen – die ganze Last vergangener Geheimnisse, der Damm, den sie selbst jetzt zum Bersten brachte. Die Sintflut.

Als sie die angegilbten Bilder eines nach dem anderen ein weiteres Mal betrachtete, war sie weder erstaunt noch empfand sie Nostalgie. Sie fühlte sich eher, als stürzte sie durch einen Kaninchenbau tief hinab in die Vergangenheit.

Das Kind auf den Fotos, das dort mit seinem Zwillingsbruder auf dem Grundstück von Trepassen House lachte und spielte, war nicht Hals Tante. Dieses Kind war ihre Mutter – die dunklen Augen unverkennbar die von Hal, und doch nicht ihre.

Was bedeutete, dass Maggie, das Mädchen, das nach Trepassen gekommen war, das Tagebuch geschrieben hatte, schwanger geworden, weggelaufen und verschwunden war, eine Fremde war. Und doch war Hal Maggies Tochter. Eine andere Erklärung gab es nicht. Wie Hal es auch drehte und wendete, sie kam immer wieder zu demselben Ergebnis – Maud konnte zur Zeit von Hals Geburt nicht schwanger gewesen sein. Und Maggie war es.

Es gab nur eine Möglichkeit, wie das zusammenging, und die hatte gleichsam wie ein offenes Buch vor ihr gelegen, seit sie Mr Treswicks Brief aufgemacht hatte, doch sie war zu blind gewesen, um sie zu sehen.

Hals Mutter – die Frau, die sie geliebt, umsorgt und großgezogen hatte – war nicht die Frau, die sie geboren hatte.

Aber was war passiert? *Wie* war es passiert?

Hal presste die Hände an die Schläfen. Sie fühlte sich, als liefe sie auf Zehenspitzen über ein dünnes Drahtseil und hielte dabei eine Bombe in Händen, die jederzeit hochgehen könnte.

Denn wenn das bedeutete, was sie glaubte, das es bedeutete …

Immer mit der Ruhe, hörte sie die Stimme ihrer Mutter in ihrem Kopf. *Bau deine Geschichte auf, langsam, Karte für Karte.*

Karte für Karte also.

Also dann – was wusste sie mit Sicherheit?

Sie wusste, dass Maggie entkommen war – so viel wurde aus dem Tagebuch und aus Mauds Briefen klar. Maud hatte ihr irgendwann im Januar oder Februar geholfen zu entkommen, und die beiden waren nach Brighton gezogen, um sich dort zusammen ein neues Leben aufzubauen. In der Behaglichkeit und Stille ihrer kleinen gemeinsamen Wohnung hatte Maggie ihre Tochter zur Welt gebracht, und Maud … Maud war sicher nicht nach Hause zurückgekehrt. Daran hatte Lizzie keinen Zweifel gelassen. Nachdem Maud weggegangen war, hatte sie ihre Familie nie wiedergesehen. Die Zusage aus Oxford war ihr Ticket in die Freiheit gewesen. Also blieb sie offenbar fürs Erste bei ihrer Cousine, kümmerte sich um sie, während sie die Zeit bis zum Herbst abwartete, wenn sie endlich ihr Studium aufnehmen konnte.

Aber dann war Maggie aus irgendeinem Grund nach Trepassen gefahren. Etwas hatte sie noch einmal dorthin gezogen – und was immer es war, sie musste einen guten Grund gehabt haben, um an einen Ort zurückzukehren, dem sie so verzweifelt hatte entkommen wollen. Sie hatte ihre Tasche gepackt, das Baby bei Maud gelassen und den Zug nach Penzance allein genommen, mit dem Johanna-von-Orléans-Blick im Gesicht, wie Lizzie es ausgedrückt hatte.

War es Geld, das sie bewogen hatte, zurückzukommen? Die Erkenntnis, dass zwei junge Frauen, die gerade mit der Schule fertig geworden waren, es sich kaum leisten konnten, sich selbst zu ernähren und zu kleiden, von einem Baby ganz zu schweigen? *Ich habe noch etwas Geld von meinen Eltern,* hatte sie Maud in ihrem Brief geschrieben. Aber dieses Geld dürfte nicht sehr lange gereicht haben, selbst wenn sie es mit den Einnahmen vom Pier aufstockten, vor allem, da Maud bald auf die Uni gehen würde und Maggie keine Kinderbetreuung hatte. Vielleicht war sie zurückgekehrt, um Unterstützung für ihr Kind einzufordern.

Aber was immer ihre Absicht gewesen sein mochte, es ging fürchterlich schief. Maggie – und nicht Maud – verschwand. Sie ließ Hal mutterlos zurück, sodass Maud die Scherben ihres Lebens aufsammeln musste – die Wohnung, die kleine Bude auf dem Pier … und ihr Kind.

In einer Hinsicht war es einfach genug, da die Geburtsurkunde genau wie der Mietvertrag und das Schild über dem Stand den Namen »Margarida Westaway« trugen. Ihre Mutter *war* Margarida Westaway – und sie hatte den Pass und die Geburtsurkunde, um es zu beweisen. Diesbezüglich hatte es keine Schwierigkeiten gegeben, Maud war einfach in das Leben ihrer Cousine hineingeschlüpft.

Aber der Gedanke daran, wie schwer es trotzdem für sie gewesen sein musste, zerriss Hal fast das Herz. Maud hatte alles aufgegeben – die Freiheit, für die sie so lange gekämpft hatte, den Studienplatz, die selbstbestimmte Zukunft – all das hatte sie aufgegeben. Für Hal. Sie hatte das Kind ihrer Cousine in ihre Obhut genommen und selbst den Kiosk auf dem Pier übernommen, aus einem einzigen Grund – um Essen auf den Tisch zu bringen, ihr blieb keine andere Wahl.

Kein Wunder, dass das offene, zuversichtliche Mädchen aus dem Tagebuch so anders klang als die Frau, die sie großgezogen hatte. Es waren zwei verschiedene Frauen gewesen.

Was hatte Maggie noch geschrieben, als sie Maud zitierte? *Totaler Bullshit,* das war es. Dieser Ausdruck hatte bei Hal einen Nerv getroffen, sie hatte gelacht, die Bemerkung wiedererkannt auf eine Weise, die sie selbst nicht richtig verstand. Doch jetzt tat sie es.

Jetzt wusste sie, warum Maud aus den Seiten des Tagebuchs so herausstach, warum sie sich ihr über die Jahre hinweg, die sie trennten, so verbunden gefühlt hatte.

Weil sie miteinander verbunden *waren*. Maud war nicht nur eine entfernte Verwandte – sie war die einzige Mutter, die sie je gekannt hatte. Die Mutter, die sie mehr als ihr eigenes Leben, über alle Vernunft geliebt und deren Verlust sie nie verkraftet hatte.

Drängende Fragen pulsierten in ihrem Herzen. Wie? *Warum?*

Doch sie musste die Sache Schritt für Schritt angehen ... mit der bedachtsamen Ruhe einer Tarotsitzung. Eine Karte nach der anderen aufdecken, analysieren, in die Geschichte einfügen.

Und die nächste Karte ... die nächste Karte erfüllte Hal mit einem dumpfen Unbehagen.

Denn die nächste Karte war keine Karte, sondern ein Foto. Das Foto. Das Foto, das Abel ihr an jenem ersten Tag in Trepassen House gegeben hatte.

Hal zog die Tabakdose aus ihrer Tasche und öffnete sie. Das Foto lag obenauf, in der Mitte gefaltet, und sie klappte es auf und betrachtete es noch einmal mit frischem Blick.

Dort war Maud – die trotzig in die Kamera blickte. Doch da war auch Maggie. Maggie, die das Tagebuch geschrieben hatte. Und sie blickte nicht in die Kamera. Sie blickte auf Ezra, aus ihren blauen, blauen Augen.

Blau und dunkelbraun.

Sie hatte die ganze Zeit verkehrt herum gedacht.

Hal hatte ihre dunklen Augen nicht von ihrer Mutter geerbt, denn ihre leibliche Mutter war blond und blauäugig.

Sie hatte sie von ihrem Vater geerbt. Von dem Mann, der die Kamera auf dem Stativ aufgestellt, den Selbstauslöser eingestellt hatte und zurückgekehrt war, um seinen Platz auf dem Foto einzunehmen.

Ezra. Ezra Daniel.

Ed.

Ezra war ihr Vater.

46

Hal hatte ihr Handy oben gelassen und trug keine Armbanduhr, aber es war vermutlich weit nach Mitternacht. Im Haus war es totenstill.

Doch an Schlafen war jetzt nicht zu denken.

Es gab nur eine Person, zu der sie gehen konnte – eine Person, die ihr die Wahrheit sagen konnte.

Mrs Warren.

Und sie musste es jetzt tun, bevor Ezra aufwachte. Wenn sie bis zum Morgengrauen wartete …

Hal nahm das Album und stand auf. Sie musste ihren ganzen Mut zusammennehmen, musste die Gedanken an die Schnur über der Treppe, die geraunten Worte von Mrs Warren verdrängen: *Sie sollten hier verschwinden. Zu Ihrem eigenen Besten.*

Ihre Mutter war eine Johanna von Orléans gewesen. Eine Kämpferin.

Nun, viel hatte sie offenbar nicht von Maggie geerbt. Weder ihre Gesichtszüge noch ihre Augen- oder Haarfarbe. Aber vielleicht hatte sie ja ihren Mut geerbt.

Hal holte tief Luft und versuchte, sich zu sammeln, die brüllenden Fragen in ihrem Kopf zum Schweigen zu bringen – dann öffnete sie die Tür des Arbeitszimmers, ging leise durch den Wintergarten und klopfte an Mrs Warrens Tür.

Nichts regte sich, doch als sie etwas energischer klopfte, sprang die Tür auf und gab den Blick auf den kleinen Raum frei, in dem der Gasofen brannte und die Tischlampe erleuchtet war.

War Mrs Warren in ihrem Schaukelstuhl eingeschlafen?

Er stand nah beim Kamin, und eine Decke war darübergeworfen, unter der sich eine Gestalt abzuzeichnen schien, die aussah wie eine zusammengesunkene alte Dame – doch als Hal vorsichtig näher trat und den Stuhl mit der freien Hand berührte, wippte er widerstandslos vor und zurück – bis auf ein paar Kissen war er leer.

»Mrs Warren?«, sagte Hal leise. Sie bemühte sich um eine feste Stimme, doch die Stille, nur durchbrochen von leisen Radioklängen und dem Knarren des Schaukelstuhls auf den Dielen, war zutiefst unheimlich.

Anders als das Arbeitszimmer war dieses Wohnzimmer stickig und überheizt, und Hal wischte sich über die Stirn, auch im Nacken kitzelten Schweißperlen.

Die Radioklänge kamen vom anderen Ende des Zimmers, wo sich eine weitere Tür befand. Als Hal vorsichtig einen Schritt darauf zumachte, stieß sie gegen einen kleinen Beistelltisch voller Bilder.

»Scheiße!«

Den Tisch konnte sie noch rechtzeitig stabilisieren, aber die gerahmten Fotos purzelten wie Dominosteine, fielen eins nach dem anderen polternd zu Boden, und Hal stand wie vom Blitz getroffen da, während ihr das Herz bis zum Hals schlug.

»Mrs Warren?«, brachte sie mit unsicherer Stimme hervor. »Entschuldigung, ich bin's nur. Hal.«

Doch niemand kam, und sie begann mit fahrigen Händen, die Bilder wieder auf den Tisch zu stellen.

Eins nach dem anderen – und mit wachsender Beklemmung sah sie, was das für Bilder waren.

Fotos von Ezra. Allesamt.

Ezra als Baby in Mrs Warrens Armen, sein Händchen, das nach ihrer Wange greift.

Ezra, wie er als kleiner Knirps über den Rasen rennt.

Ezra als junger, fast unerhört schöner Mann, ein offenes, spitzbübisches Lächeln auf den Lippen.

Ezra, Ezra, Ezra – fast eine Art Schrein, für einen kleinen Jungen, den es nicht mehr gab.

Auf dem Kaminsims stand noch ein Foto, auf dem die drei Brüder zusammen zu sehen waren. Keines von Maggie, was vielleicht nicht verwunderlich war. Kein einziges von Maud. Und keines, bis auf das eine mit Ezra auf dem Arm, von Mrs Warren selbst.

Als hätte sich all die Liebe in diesem sonderbaren alten Herzen, alle Fürsorge und Zärtlichkeit auf einen einzigen Menschen gerichtet, eine glühende Verehrung, konzentriert wie ein Laserstrahl, an dem man sich verbrennen konnte.

»Mrs Warren«, wiederholte sie, und sie hätte nicht sagen können, ob sie in diesem Moment Mitleid spürte oder Angst. »Mrs Warren, wachen Sie auf, bitte. Ich muss mit Ihnen sprechen.«

Nichts. Schweigen.

Mit zitternden Händen hielt sie das gelbe Album fest und bewegte sich vorsichtig Schritt für Schritt zur hinteren Tür. Stand dahinter Mrs Warrens geduckte Gestalt, wachend, wartend, wie in jener Nacht vor dem Dachzimmer?

»Mrs Warren!« Ein Flehen hatte sich in ihre Stimme geschlichen, fast ein Schluchzen. »Bitte. Wachen Sie auf.«

Jetzt war sie an der Tür. Nichts. Kein Geräusch, keine Bewegung.

Sie legte die Hand auf die Tür.

Und als sie leicht dagegendrückte, schwang die Tür zu einem schmalen Schlafzimmer auf, in dem ein Metallbett stand, auf dem am Fußende, sauber gefaltet, ein geblümtes Nachthemd lag.

Unter dem Bett sah sie ein Paar Pantoffeln, ordentlich nebeneinandergestellt, und an einem Haken neben der Tür hing ein Mantel.

Von Mrs Warren selbst keine Spur.

Im ersten Moment war sie erleichtert und ihr Herz beruhigte sich etwas, doch dann machte sich neue Unruhe in ihr breit.

Wenn Mrs Warren weder in ihrem Bett noch in ihrem Wohnzimmer war, wo konnte sie dann sein?

»Mrs Warren!«, rief sie und erschrak über ihre laute Stimme, die in das leise Zischen des Gasofens platzte. »Mrs Warren, wo sind Sie?«

Dann sah sie am Ende des Schlafzimmers eine weitere Tür, die einen Spalt offenstand.

»Mrs Warren?«

Sie betrat das Schlafzimmer, und mit jedem Schritt wuchs das unbehagliche Gefühl, ein Eindringling zu sein, in Mrs Warrens Allerheiligstes vorzudringen. Einerseits schauderte sie bei dem Gedanken an Mrs Warrens Wutausbruch, sobald sie sie hier entdeckte, andererseits war sie jetzt aber von einer Art Faszination angetrieben – blickte neugierig auf das Kreuz an der Wand über dem kargen Bettgestell, das Foto von Ezra auf dem Nachttisch und das gefaltete Nachthemd am Fußende des Betts.

Am liebsten hätte sie kehrtgemacht – doch das war inzwischen unmöglich. Sie brauchte Antworten. Antworten, die nur Mrs Warren ihr geben konnte.

Sie hatte die Tür am anderen Ende fast erreicht.

»Hal?«

Die Stimme kam von hinten und ließ sie heftig zusammenzucken. Erschrocken fuhr sie herum, die Augen in der Dunkelheit weit aufgerissen.

»Wer – wer ist da?«

Erst kam keine Reaktion, doch dann bewegte sich etwas – eine dunkle Gestalt im Türrahmen, die jetzt den kleinen Raum betrat.

Mit einem seltsamen Gefühl der Teilnahmslosigkeit fiel ihr Blick durchs Fenster nach draußen, und sie stellte fest, dass es aufgehört hatte zu schneien und dass der Mond zum Vorschein gekommen war, der einen dünnen weißen Lichtstrahl auf die nackten Dielen zwischen ihnen warf.

»Hal, was machst du hier?« In seiner Stimme schwang nichts Tadelndes mit, nur eine Art besorgter Neugier.

»E-Ezra«, stammelte sie. »Ich hab – ich war auf der Suche nach – nach Mrs Warren.«

Das stimmte immerhin.

»Warum? Ist etwas nicht in Ordnung?«

»Mir geht's gut«, presste sie hervor. Was nicht stimmte. Ihr Herz hämmerte, und sie hatte ein Sausen in den Ohren, so laut, dass sie nicht mehr klar denken konnte.

Ezra machte einen Schritt nach vorn in den Lichtstreifen, eine Hand ausgestreckt, als wollte er sie zurück in Sicherheit führen.

»Hal, bist du sicher, dass alles in Ordnung ist? Du siehst merkwürdig aus. Und was hast du da – ist das … ein Buch?«

Sie blickte erst auf ihre Hände, die immer noch das gelbe Fotoalbum umklammerten, und dann wieder zu Ezra, ihrem Vater.

Als ihre Blicke sich trafen, war ihr, als stürzte sie in ein dunkles, laubübersätes Gewässer, in ihre eigene Vergangenheit.

Denn plötzlich, in einem kurzen, kristallklaren Augenblick, begriff sie.

In der Schule hatte ein Lehrer die Klasse einmal ein Experiment durchführen lassen, bei dem sie eine Flasche Wasser bis unter den Gefrierpunkt kühlen und die Flasche dann energisch auf einen Tisch schlagen mussten, wodurch das gesamte Wasser auf der Stelle gefror und das Eis sich wie durch Magie mit unglaublicher Geschwindigkeit ausbreitete.

Als sie jetzt dastand und in Ezras dunkel glänzende Augen blickte, hatte sie das Gefühl, als würde sich der gleiche Vorgang gerade in ihr selbst vollziehen – eine schmerzhafte Kälte sich von ihrem Kern nach außen ausbreiten, ihr das Blut in den Adern gefrieren und ihre Glieder erstarren lassen. Denn sie verstand – endlich und ohne es mit eigenen Augen sehen zu müssen –, was mit Mrs Warren geschehen war.

Sie verstand Mrs Warrens seltsamen Blick bei ihrer ersten Begegnung, verstand Mrs Westaways Testament und die eigenartige, kryptische Botschaft an Harding.

Sie verstand den Wortlaut des Testaments und was es mit dem »Fehler«, der begangen worden sein sollte, auf sich hatte – wie hatte sie annehmen können, dass dem spröden, gewissenhaften Mr Treswick ein so katastrophaler Irrtum unterlaufen war?

Sie verstand, warum Abel abgestritten hatte, dass Edward an jenem Tag am See dabei gewesen war, und warum Ezra das Testament nicht anfechten oder der Erbteilsübertragung zustimmen wollte, verstand die seltsame, achtlos dahingeworfene Bemerkung, die ihrem Unbewussten unablässig zu schaffen gemacht hatte.

Aber vor allem verstand sie jetzt, warum ihre Mutter sich, und Hal, so entschieden von ihrer Vergangenheit abgekapselt hatte.

Sie sollten verschwinden. Zu Ihrem eigenen Besten …

Keine Drohung, sondern eine Warnung.

Sie hatte sie zu spät verstanden.

47

Während sie dort standen und einander anstarrten, schien sich die Zeit zu verlangsamen. Hals Kehle war trocken, und ihre Stimme krächzte, als sie endlich das Wort ergriff:

»Es ist ein Fotoalbum. Aber – aber vielleicht wusstest du das schon.«

Sie versuchte, ganz normal zu sprechen, aber die Worte klangen auch in ihren eigenen Ohren ganz merkwürdig, und ihr fiel auf, dass sie wie zum Schutz vor einem Angreifer die Arme um ihren Oberkörper geschlungen hatte. *Denk an deine Körperhaltung, Hal, es geht nicht nur darum, wie wir andere lesen – auch darum, wie sie uns lesen.*

Sie fühlte die Anspannung in ihrem Gesicht, rang sich aber ein Lächeln ab, das sich anfühlte wie das Grinsen einer Totenmaske.

»Also … ich bin ziemlich müde …«

Ezra nahm ihr das Album aus der Hand, machte jedoch keine Anstalten zu gehen. Stattdessen lehnte er sich lässig gegen die Wand, womit er Hal den Weg zum Ausgang abschnitt, und begann, den Kopf geneigt und mit einem Lächeln auf den Lippen, das Album durchzublättern.

»Ach … das alte Ding. Meine Güte, ich hatte keine Ahnung, dass Mutter so viele Bilder aufbewahrt hat.«

Hal sagte nichts, sah nur zu, wie er die Seiten umblätterte.

»Wie bist du denn daran gekommen?«

»Ich …« Hal zwang sich, die Arme locker hängen zu lassen. »Ich konnte nicht schlafen. Ich habe etwas zu lesen gesucht und bin ins Arbeitszimmer gegangen.«

»Verstehe. Und … hast du dir die Fotos schon angesehen?«

Seine Stimme klang beiläufig, beinahe desinteressiert. Doch kaum hatte er die Worte ausgesprochen, war Hal sich sicher – er wusste Bescheid.

Da war eine winzige Veränderung in seiner Haltung, eine kaum wahrnehmbare Verlagerung. Genau diese Regung, die ihr zeigte, dass sie einen Nerv getroffen hatte, hatte sie in ihrer kleinen Bude schon zu oft erlebt, um sich zu irren.

Sie wusste, dass er es wusste.

»Ich ... nur die ersten paar«, sagte Hal. Sie atmete bewusst ruhig, gleichmäßig, lauschte ihrer Stimme wie aus der Ferne, versuchte, jedes Zittern darin zu unterdrücken. »Warum?«

»Nur so«, sagte er. Doch er versuchte gar nicht mehr, sie zu täuschen. Sein Lächeln war verschwunden, und Hal spürte, wie ihr Puls sich beschleunigte.

Mach, dass du wegkommst, solange du noch kannst.

»Also ... ich gehe dann wieder ins Bett ...«

Sie sprach langsam, wartete, dass er zur Seite trat.

Doch er schüttelte den Kopf. »Nein, das tust du nicht. Ich glaube, du hast dir das Album sehr wohl angesehen.«

Es folgte ein sehr langes Schweigen. Hal stand da wie gelähmt. Und dann brach etwas in ihr auf, und die Worte sprudelten aus ihr heraus, voller Bitterkeit.

»Warum hast du mir nichts *gesagt? Du* warst Ed. Warum hast du behauptet, der arme Edward wäre gemeint?«

»Hal ...«

»Und warum hast du zugelassen, dass meine Mutter – dass meine *Mutter* ...«

Doch sie konnte den Satz nicht zu Ende bringen. Sie konnte sich nur noch aufs Bett sinken lassen, den Kopf in den Händen, schluchzend.

»Mein ganzes Leben ist eine Lüge gewesen!«

Ezra sagte nichts, blickte nur regungslos auf sie herab, und Hal spürte, wie die Kälte in ihrem Inneren zur Gewissheit wurde.

»Was hast du mit ihr gemacht, Ezra?« Ihre Stimme war leise, und doch klangen ihre Worte wie das, was sie waren: eine Anklage.

Sein Gesichtsausdruck veränderte sich nicht, aber seine Augen verrieten ihn – jetzt, im harten, hellen Mondlicht, sah Hal, wie seine Pupillen, schwarze Punkte auf der dunklen Iris, sich vor Schock weiteten und sofort darauf wieder zusammenzogen. Und sie wusste, sie hatte ins Schwarze getroffen.

»Du hast einen Fehler gemacht«, sagte sie. »Vorhin. Etwas von dem, was du zu mir gesagt hast, hat mir den ganzen Abend keine Ruhe gelassen. Erst wusste ich nicht, was es war, das mir zu schaffen machte, ich dachte, es wäre etwas, was du im Auto gesagt hast, und ich bin das ganze Gespräch in Gedanken immer wieder durchgegangen. Aber das war es nicht. Sondern etwas, was du in der Raststätte gesagt hast.«

»Hal …«, sagte Ezra. Er klang heiser, als fiele ihm das Sprechen schwer. Er trat von der Wand weg und verschränkte die Arme vor der Brust. »Hal …«

»Vor dem eigenen Haus, hast du gesagt. Du hast über *Maud* gesprochen, nicht über Maggie. Und woher wusstest du das, von dem Haus?«

»Ich weiß nicht, was …«

»Ach, hör schon auf.« Sie stand auf und sah ihm direkt in die Augen, und obwohl sie ihm nur bis zur Brust reichte, hatte sie auf einmal keine Angst mehr, sie war nur wütend. *Ich bin so verdammt wütend,* das hatte auch er gesagt. *Ich bin immer nur wütend.*

Nun, dieser Mann war ihr Vater, und sie hatte allen Grund, ebenfalls wütend zu sein.

»Hör auf mit dem Versteckspiel«, sagte sie. Sie klang jetzt ruhig, das Zittern in ihrer Stimme war verschwunden. *Das* war es, was sie konnte – Menschen lesen, ihre Körpersprache deuten. Zwischen den Zeilen die Wahrheit herauslesen, die sie nicht offenlegen, noch nicht einmal sich selbst gegenüber zugeben wollten. »In keiner Zeitung stand, dass es vor unserem Haus passiert war – die Polizei hatte es absichtlich nicht veröffentlichen lassen, weil ich nicht wollte, dass die Presse bei uns auftaucht. Du warst doch gar nicht da. Du warst noch nie in meiner Wohnung. Oder … warst du es doch?«

»Wovon redest du überhaupt«, sagte er, doch die Worte klangen fast mechanisch.

In seinen Augen flackerte etwas auf, ein Schimmer der Bestätigung, wie sie ihn schon Hunderte Male gesehen hatte. Und sie war sich sicher, dass sie recht hatte.

»Du wusstest es«, sagte sie. »Du warst dort. *Was hast du getan?«*

Ezra gab keine Antwort. Er stand schweigend da, mit dem Rücken zur Tür, die Arme gekreuzt. Sein Gesicht lag jetzt im Schatten, im Mondlicht konnte Hal allein sein zorniges Stirnrunzeln sehen, doch sie fürchtete sich nicht mehr vor ihm. Sie konnte diesen Mann lesen. Und er hatte Angst. Jetzt hatte sie ihn in die Ecke gedrängt, nicht andersherum.

»Ezra, du bist mein …« Das Wort blieb ihr im Hals stecken. »Du bist mein Vater. Glaubst du nicht, ich habe ein Recht darauf, das zu wissen?«

»Oh, Hal«, sagte er und schüttelte den Kopf, und auf einmal wirkte er nicht mehr wütend, sondern sehr traurig. Oder einfach nur sehr müde, Hal war sich nicht sicher. »Hal, warum zum Teufel konntest du es nicht einfach auf sich beruhen lassen?«

»Weil ich es wissen muss. Weil es mein Recht ist!«

»Es tut mir leid«, sagte er. »Es tut mir so … so leid.«

Und nun wusste sie es.

48

»Du hast meine Mutter umgebracht.« Die Erkenntnis traf sie wie ein eisiger Wasserschwall, der ihr den Atem verschlug. Sie stürzte in einen tiefen, schwarzen Abgrund.

Fast war es so, als hätte sie es immer schon gewusst – doch der Schock, es laut ausgesprochen zu hören, mit ihrer eigenen leisen, flachen Stimme, war grenzenlos.

Sie schnappte nach Luft und konnte nicht mehr sprechen, nur noch den Kopf schütteln – aber nicht aus Ungläubigkeit. Sondern in dem verzweifelten Wunsch, dass es nicht wahr sein möge.

»Maud wollte dir alles erzählen«, sagte er mit gepresster Stimme. »Sie schrieb Mutter, sagte, du hättest ein Anrecht darauf, es zu wissen, und dass sie es dir an deinem achtzehnten Geburtstag sagen würde. Und das konnte ich nicht zulassen. Ich konnte nicht zulassen, dass sie dir die Wahrheit sagte.«

»Du hast sie getötet. Genauso wie Maggie.«

»Ich wollte es nicht. Gott, ich habe sie so geliebt, damals, aber sie war …« Er schüttelte heftig den Kopf, als könne er es selbst nicht begreifen. »Es war ein Unfall, sie hat mich einfach so, so *wütend* gemacht, Hal, das musst du verstehen.«

Lass sie reden, Hal. Keine konkreten Fragen, sonst machen sie den Mund womöglich nicht mehr auf – signalisiere ihnen, dass du alles, was sie in sich verschließen, sowieso schon weißt.

»Ich verstehe«, sagte sie, obwohl es ihr schwerfiel. »Du musst einen Grund gehabt haben.«

»Dass sie weglief …« Er sprach langsam und mit gesenktem Kopf, als redete er mit sich selbst. »Von Trepassen abzuhauen, das konnte ich verstehen. Mutter hat ihr das Leben unerträglich gemacht, und vom Internat aus konnte ich nicht viel ausrichten. Aber dann kam sie zurück und war so anders, so kalt, so verhärtet. Sie erschien ganz plötzlich hier im Haus, es war Juli oder August, glaube ich, da war ich mit der Schule fertig. Mutter war verreist, und Maggie wollte mit mir reden, sagte …«, er presste ein kurzes, ersticktes Lachen hervor, »sie sagte: *Ich rede nicht um den heißen Brei herum, Ed, du hast die Pflicht, dieses Kind zu unterstützen.* Ich meine – glaubt man so was? Allein die …« Die Erinnerung schien ihm fast die Sprache zu verschlagen. »Diese Unverfrorenheit. *Sie* ist doch weggelaufen, und ich habe mich die ganze Zeit über gefragt, wo sie war, was sie *getan* hatte, und dann steht sie aus heiterem Himmel plötzlich vor der Tür, bringt nicht mal eine Entschuldigung zustande und verlangt *Geld*. Nach allem, was wir einander bedeutet hatten, nach allem, was ich …« Er ließ sich aufs Bett sinken, den Kopf in die Hände gestützt.

»O Gott.« Es war heraus, bevor sie sich zurückhalten konnte, und sofort hatte sie die mahnende Stimme ihrer Mutter im Ohr: *Zeig ihnen nie, wenn du schockiert bist, nichts ruft schneller eine Abwehrhaltung hervor als Kritik. Und das Ganze ist eine Art Beichte, Hal, und du bist ihr Priester. Bleib offen – und sie werden dir die Wahrheit anvertrauen.*

Sie hielt sich die Hand vor den Mund, wie um sich davon abzuhalten, noch mehr zu sagen. Starr vor Schreck stand sie einfach da und blickte auf seinen Kopf hinab. Ein winziger, weit entfernter, praktisch denkender Teil ihres Gehirns flüsterte: *Hättest du nur dein Handy dabei, du hättest es aufnehmen können.* Doch ihr Handy war oben im Dachzimmer und es bestand keine Hoffnung, daranzukommen, ohne sein Misstrauen zu wecken. Und überhaupt war die Wahrheit gerade wichtiger. Sie musste es einfach wissen.

Als er weitersprach, war seine Stimme heiser und brüchig, unter dem Gewicht seines Geständnisses hielt er den Kopf immer noch gesenkt.

»Ich habe ihr einen Spaziergang vorgeschlagen, ich dachte, wenn wir weg vom Haus gehen, an einen Ort mit schönen Erinnerungen …« Er brach ab und schüttelte den Kopf. »Wir sind runter zum See gegangen. Sie hat das Bootshaus immer geliebt, aber es war so kalt, als wir ankamen, und alles war anders. Als ich sie küssen wollte, hat sie mich geschlagen. Sie *mich*!« Er klang immer noch ungläubig. »Und ich wurde wütend, Hal, ich war so wütend. Ich habe ihr die Hände um den Hals gelegt und sie geküsst – ich habe sie geküsst, und als ich losließ …«

Er verstummte. Hal war vor Entsetzen eiskalt geworden.

Sie konnte es sich so klar ausmalen, das eisige Plätschern des Wassers gegen den Holzsteg und die arme Maggie in ihrem verzweifelten Kampf, gegen die rutschigen Holzplanken tretend …

Und was dann? Ein toter Körper … der hinab ins kalte, schwarze Wasser glitt … ein Boot, mit Absicht leckgeschlagen, damit es unten blieb und ihn verbarg.

Und das Schweigen. Mehr als zwanzig Jahre Schweigen.

»O mein Gott«, flüsterte sie, die Hände vor dem Gesicht. »O mein Gott.«

Als er wieder zu ihr aufblickte, hatte er Tränen in den Augen. »Es tut mir leid«, war alles, was er sagte.

Dann stand er auf und ging auf sie zu, sodass Hal in einem ersten schrecklichen Moment glaubte, er wollte auch sie küssen.

Doch das tat er nicht. Und dann begriff sie, was er vorhatte.

49

»Ezra, nein.« Hal wollte weglaufen, aber er stand zwischen ihr und der Tür, und so blieb ihr nur die Flucht nach hinten, zurück zur anderen Tür, ein dunkler Spalt am hinteren Ende des Raums. War es ein Ausgang oder eine Sackgasse? Sie hatte nicht die leiseste Ahnung. »Bitte. Du musst das nicht machen. Du bist doch mein *Vater*. Ich verspreche, ich werde es niemandem sagen …«

Doch er kam näher und näher.

»Die anderen werden es merken – sie werden wissen, dass du zurückgekommen bist. Mrs Warren wird dich hören …«

Aber sie erkannte im selben Moment, dass ihre Worte zwecklos waren. Selbst *wenn* Mrs Warren hier irgendwo wäre, einen Mord ihres geliebten Jungen hatte sie ja bereits vertuscht.

Zu schreien hatte keinen Zweck. Niemand würde sie hören. Das sagte ihr der Verstand, aber ihre Reflexe wussten, dass es das Einzige war, was ihr noch übrigblieb, und so holte sie tief Luft und schrie aus voller Kehle: »Hilfe! Hilfe, ich bin im –«

Da stürzte er sich auf sie wie eine Katze auf eine Maus, erstickte ihren Schrei mit der Hand auf ihrem Mund.

Hal biss zu, so fest, dass sie Blut schmeckte, und dabei tastete sie mit einer Hand auf dem Nachttisch hinter sich nach irgendeinem Gegenstand, den sie als Waffe benutzen könnte. Eine Lampe. Eine Tasse. Wenigstens ein Bilderrahmen.

Ihre Finger umschlossen etwas, sie hörte Glas splittern, dann bekam sie etwas zu fassen, eine Lampe, dachte sie, und damit schlug sie ihm, so fest sie konnte, auf den Kopf. Der metallene Lampenschirm traf seine Schläfe und die Glühbirne zerbarst.

Mit einem Schmerzensschrei ließ Ezra von ihrem Mund ab, packte ihre Hand und zwang sie, die Lampe fallenzulassen. Hal schnappte nach Luft, doch bevor sie schreien konnte, hatten seine Hände ihren Hals umschlossen und drückten zu.

Noch einmal tastete sie hilflos nach dem Nachttisch – und dann gab sie auf. Der Druck auf ihre Kehle war überwältigend schmerzhaft, und alle ihre Instinkte richteten sich darauf, ihre Hände nach oben zu bringen, um seinen Griff aufzubrechen.

Kämpfen war nicht mehr das Wichtigste. Sie musste atmen.

Hal hob die Hände, bohrte die Nägel in seine Handknöchel, versuchte, seine Finger ein klein wenig zu lockern, gerade genug, um einmal Atem zu holen, doch sein Griff war entsetzlich stark, und sie spürte, wie ihre Kräfte nachließen, spürte, wie sie allmählich nachgab, aufgab, während ihr Sichtfeld sich in ein schwarzes und rotes Flimmern auflöste, ein Rauschen in ihren Ohren aufbrandete wie Wellen der Dunkelheit und der Schmerz in ihrer Kehle wie ein Messer zustach. Und plötzlich blitzte ein Bild vor ihr auf, die Frau auf der Acht der Schwerter mit den verbundenen Augen, in ihrem Gefängnis aus Klingen, blind, blutend, eingeschlossen, und während der Raum um sie herum in ein schwarzes Nichts zersplitterte, hatte sie noch Zeit für einen Gedanken: *Ich bin nicht diese Frau. Sie ist nicht mein Schicksal.*

Sie dachte an ihre Mutter und wie schnell es gegangen war. Es konnte nur Sekunden gedauert haben, seltsam, wie schnell ein Leben ausgelöscht war …

Ihre Beine traten noch um sich, mehr aus einem Reflex heraus als mit Absicht, und sie konnte Ezras Gesicht noch vage erkennen, sein Mund war verzerrt vor Kummer, Tränen liefen ihm über die Wangen.

»Es tut mir leid«, hörte sie durch das Pochen in ihren Schläfen. »Es tut mir so leid, ich wollte das nicht …«

Inzwischen bewegten sich ihre Beine kaum noch. Sie wollte

schreien, ihn anflehen, aber sie konnte nicht einmal flüstern, geschweige denn sprechen. Der Druck auf ihre Luftröhre war viel zu stark, und ihr blieb keine Luft mehr zum Atmen.

Halt durch.

Sie war nicht sicher, wessen Stimme das war. Maggies? Oder Mauds? Oder vielleicht war es schon immer ihre eigene gewesen – ihre Stimme und sonst keine.

Halt durch.

Doch sie konnte nicht. Seine Finger zerquetschten ihre Kehle, und alles um sie herum glitt immer weiter in die Ferne.

Es hatte keinen Zweck zu kämpfen. Er war zu stark.

Sie ließ die Hände sinken.

Und dabei streifte ihre Hand etwas auf dem Bett, etwas, das bei ihrem Zweikampf vom Tisch gefallen war.

Sie umschloss den Gegenstand mit den Fingern, und mit der allerletzten Kraft, die sie aufbringen konnte, hob sie ihn hoch und schmetterte ihn Ezra ins Gesicht.

Als sie Glas zersplittern hörte, begriff sie, was es war – der kaputte Bilderrahmen –, und dann sah sie einen Blutschwall hervorschießen, dort, wo sich oberhalb der Augenbraue eine Scherbe in Ezras Stirn gebohrt hatte. Er schrie vor Schmerz auf und ließ mit einer Hand von ihrer Kehle ab, um nach der Scherbe in seiner Stirn zu tasten. Das Blut lief ihm in die Augen. Einen Moment lang war Hal wie erstarrt. Sie hatte keine Ahnung, was sie getan hatte – ob die Scherbe tief genug eingedrungen war, um eine Arterie getroffen zu haben. Aber sie hatte keine Zeit, es herauszufinden.

Sie ließ den Bilderrahmen fallen, umklammerte Ezras andere Hand, die noch immer ihre Kehle umschlossen hielt, bevor sie ihr Knie anwinkelte und ihm mit aller Kraft, die ihr noch blieb, in den Unterleib trat.

Er ließ los.

Taumelnd und mit röchelnden, japsenden Atemstößen lief Hal auf die Tür am anderen Ende des Zimmers zu.

»O nein, das wirst du nicht!« Sie hörte seinen heiseren Wutschrei, drehte sich aber nicht um.

Sie warf sich gegen die Tür, die unter ihrem Gewicht nachgab und aufschwang, und im nächsten Moment stürzte sie eine dunkle Treppe hinunter und schlug schließlich mit einem dumpfen Geräusch unten auf.

Es war stockdunkel. Hals Kopf hämmerte heftig an der Stelle, die sie sich neulich geprellt hatte, und der Schmerz in ihrer Kehle war unerträglich.

Der Sturz hätte sie womöglich umgebracht, wäre sie nicht auf etwas Weiches gefallen.

Erst als sie sich mit der Hand abstützen wollte, um auf die Beine zu kommen, und weiches Haar in der Hand spürte, bemerkte sie, was es war, und musste ein jähes Wimmern unterdrücken.

Mrs Warren. Sie fuhr mit den Fingern über ihr Gesicht, ertastete die Brille, den offenen Mund und stellte fest: Sie war tot, und ihr Körper war bereits kalt.

Um mehr herauszufinden, blieb Hal keine Zeit. Oben polterte Ezra blindwütig wie ein verwundetes Tier durch den Raum und auf die Treppe zu, krachte dabei immer wieder gegen Möbelstücke, die ihm im Weg standen. Er würde jeden Moment nach unten kommen, und das wäre ihr Tod – angeschlagen oder nicht, er war ihr an Körperkraft weit überlegen.

Sie befand sich offenbar in einem Kellerraum. Die Frage war nur – gab es einen anderen Ausgang?

Hal wankte mit ausgestreckten Armen durch das gespenstische Dunkel, durch ein Meer von kantigen, wackligen Gegenständen, klirrenden Flaschen, dann ein jäher Schmerz, als ihr Schienbein gegen eine Kiste stieß.

Hinter ihr im Dunkel lag die Leiche von Mrs Warren, und als ein grauer Lichtstrahl für einen kurzen Moment das Schwarz durchbohrte und sie ein heiseres Keuchen hörte, wusste sie, dass Ezra an der Tür angelangt war und jetzt die Steinstufen herunterstolperte.

»Hal!«, rief er, und aus der Art, wie seine Stimme von den Wänden hallte, schloss sie, dass der Keller groß war, viel größer, als sie zuerst vermutet hatte. »Hal, lauf nicht weg. Ich kann es dir erklären.«

Ihre Kehle war zu lädiert für eine Antwort, selbst wenn sie hätte antworten wollen – aber um nichts in der Welt würde sie ihre Position hier unten preisgeben. Stattdessen blieb sie stehen und drückte sich mit dem Rücken gegen die Wand, horchte dabei auf seine rasselnden Atemzüge. Es klang, als ginge er in die entgegengesetzte Richtung, und so wagte sie es, sich leise und mit angehaltenem Atem Zentimeter für Zentimeter an der Wand entlang weiterzuschieben.

Sie hatte zwar komplett die Orientierung verloren, aber der Keller erstreckte sich offenbar von ihr aus gesehen weiter nach vorn und nach links. Mrs Warrens Leiche und die Treppe befanden sich rechts von ihr. Da Ezra vor ihr zu sein schien, bewegte sich Hal langsam und mühevoll weiter nach links, immer dicht an das feuchte Backsteingemäuer gedrängt. Sie spürte warmes Blut an den Händen, vermutlich hatte sie sich geschnitten, als sie Ezra den Fotorahmen ins Gesicht geschlagen hatte.

»Hal!«, donnerte seine Stimme durch das Gewölbe. Dann war ein Zischen zu hören, und weit vorn leuchtete eine Flamme auf. Hal sah das kleine gelbe Feuerzeug, das Ezra über den Kopf hielt, um die Umgebung auszuleuchten.

Zwei Dinge geschahen, bevor die Flamme wieder erlosch.

Erstens sah er sie – sie erkannte es an der Art, wie er ihr das Gesicht zuwandte, eine furchterregende Pierrot-Maske, die eine Hälfte weiß und die andere dunkel vom Blut, schwarz in der diffusen Dunkelheit.

Und zweitens konnte Hal den Grundriss des Kellers erkennen – sah einen direkten Weg, der zwischen Reihen verstaubter

Flaschen und Gewölbesäulen hindurch zur Gartentür am hinteren Ende führte.

Im ersten Moment war sie starr vor Schreck, als sie sich im Schein des Feuerzeugs direkt in die Augen sahen.

Dann verzerrte sich Ezras Mund zu einem schauerlichen Grinsen, er ließ das Feuerzeug sinken und rannte los.

Und Hal rannte auch.

Sie rannte, ohne etwas zu sehen, stolperte über alte Flaschen und Mausefallen, hörte das Knirschen kleiner Skelette unter ihren Füßen und das Plätschern von Wasser. Sie fiel, rappelte sich wieder auf, Ezras triumphierendes Keuchen im Rücken, denn er kannte den Keller ja, es war sein Elternhaus, sein Territorium, und ihr fiel wieder ein, dass er erzählt hatte, wie er und Maud als Kinder früher hier Verstecken gespielt hatten.

Das hier war sein Zuhause.

Aber er war derjenige, der halb blind war, und nicht sie, und sie hatte einen Vorsprung. Jetzt sah sie ein schwaches Schimmern, dort, wo das Mondlicht durch den Spalt in der Gartentür drang, und sie legte einen letzten Sprint hin und betete – zu Göttern, an die sie nicht glaubte, zu den Mächten, die sie ihr ganzes Leben verachtet hatte – um Rettung.

Und dann lag ihre Hand auf dem kalten Metallknauf der Tür, und sie versuchte, ihn mit ihren vom Blut feuchten Fingern zu drehen, hörte Ezras schwere Schritte, seinen keuchenden Atem, hörte ihn immer näher kommen …

Und dann gab die Tür nach und sie war draußen und rannte und rannte im ersehnten, fast taghellen Licht des zunehmenden Mondes.

Ihre Füße trugen sie den Hang hinab, und sie war schon fast unten, als ihr mit Schrecken bewusst wurde, wohin sie im Begriff war zu laufen. Sie warf einen Blick über die Schulter, aber es war schon zu spät, er war längst draußen und hatte sie gesehen. Wenn sie jetzt zum Haus umkehren würde, könnte er sie abfangen. Es gab keinen anderen Weg und vielleicht … vielleicht, sagte eine kleine, leise Stimme in ihrem Kopf, vielleicht war sie ja dazu bestimmt, hierher zurückzukehren. An den Ort, wo es begonnen und geendet hatte. Zurück zum Bootshaus.

Ezra war schon halb über die Rasenfläche, zog lange Spuren in den weißen Schnee, als Hal die Deckung des kleinen Wäldchens erreichte und begann, sich durch die dornigen Sträucher zu kämpfen. Ihr einziger Gedanke war, so viel Abstand wie möglich zwischen sich und Ezra zu bringen. Vielleicht, wenn sie es irgendwie um den See herum schaffte und die andere Seite erreichte, könnte sie zur Straße gelangen und ein vorbeifahrendes Auto anhalten …

Sie stürzte aus dem Gestrüpp, die Beine blutig zerkratzt, und befand sich plötzlich auf einem vom Mondlicht erhellten Fleck am Ufer des Sees. Hinter sich konnte sie hören, wie Ezra damit begann, sich einen Weg durch die Brombeersträucher zu bahnen, und er schien dabei schneller zu sein als sie. Sie hatte schon die schlimmsten Zweige zur Seite gedrückt – er brauchte nur noch ihrer Spur zu folgen.

»Hal«, keuchte er. »Hal, *bitte.*«

Und dabei klang seine Stimme so verzweifelt, dass ein Teil von ihr schon erwidern wollte: *Okay, genug. Ich gebe auf.* O Gott, wie müde sie war …

Der See vor ihr war eine schwarze, spiegelglatte Fläche, hier und da leuchteten weiße Schneewehen. Als Ezra aus dem Gebüsch hervorkam, wusste sie, dass sie nirgendwo anders hinkonnte.

»Hal«, rief er atemlos. Er wirkte kraftlos, sein Gesicht war blutverkrustet, die klaffende Wunde über dem Auge glänzte noch feucht.

»Stopp«, sagte er. Er streckte die Arme nach ihr aus. »Halt an. Bitte … lauf nicht mehr weg.«

Sie wollte ihm antworten. Sie wollte ihn anschreien, ihn verfluchen für das, was er Maud, Maggie, Mrs Warren angetan hatte. Sie wollte weinen vor Trauer über die verlorenen Hoffnungen, die sie in ihren Vater gesetzt hatte, und über das, was sie stattdessen gefunden hatte.

Aber ihre Kehle schmerzte noch immer zu sehr. Als er jetzt vorsichtig, Schritt für Schritt, auf sie zukam, die Arme ausgestreckt wie ein Versprechen auf eine böse Umarmung, konnte sie nur den Kopf schütteln, während ihr Tränen über die Wangen liefen.

»Hal, bitte«, sagte er noch einmal, und da trat sie zurück, auf den gefrorenen See.

Das Eis knackte, aber es hielt, und sie trat weiter zurück und sah im nächsten Moment, wie sich sein flehender Ausdruck in ohnmächtigen, wütenden Schrecken verwandelte.

»Tu das nicht«, stieß er hervor. »Es ist nicht sicher.«

Du bist doch die Gefahr, wollte sie ihm entgegnen. Hier draußen unter dem Eis, bei meiner Mutter, wäre ich sicherer, als ich es bei dir je wäre.

Doch sie schüttelte nur erneut den Kopf und lief weiter, Schritt für Schritt, jedes Mal in der Erwartung, dass das Eis nachgeben und sie vom eisigen Wasser verschlungen würde.

Und jedes Mal knackte und knarrte das Eis, doch es hielt.

»Hal, komm zurück«, rief er. Und dann, fast lachend: »Was willst du denn machen, zum Teufel? Die ganze Nacht da draußen bleiben? Du musst doch sowieso zurückkommen.«

Und wieder machte sie einen Schritt. Fast hatte sie die kleine Insel erreicht. Und von dort war es nur noch ein kleines Stück bis zum anderen Ufer und der Grenze des Grundstücks.

»Hal!«, brüllte er, und in diesem Moment sah sie über ihrem Kopf ein wildes Geflatter, aufgeschreckte Elstern flogen davon, kreisten krächzend durch das Wäldchen und ließen dabei überall kleine Schneeklümpchen herunterprasseln. »Hal, du kommst jetzt zurück!«

Doch als sie zum dritten und letzten Mal nur den Kopf schüttelte, setzte er einen Fuß auf das Eis.

Es hielt. Hal spürte eine Welle des Entsetzens über sich hinwegbranden, gefolgt von einer furchtbaren Kälte, als er auf seine Füße hinab- und dann mit einem Grinsen wieder zu ihr aufblickte.

»Ah«, sagte er und ging auf sie zu. »Du kleine …«

Doch er sprach nicht zu Ende.

Ein ohrenbetäubendes Krachen war zu hören, und die Eisfläche gab nach. Ezra brach ein, schlug dabei mit dem Kopf auf das Eis am Rand des Lochs und sank hinunter ins schwarze Wasser.

»Ezra«, schrie Hal oder versuchte es, doch aus ihrem gequälten Rachen drang nur ein Wimmern, kaum zu vernehmen: »Ezra.«

Ein träges Blubbern auf der Wasseroberfläche … und dann nichts mehr. Der See lag still und schweigend, nichts bewegte sich. Ezra war verschwunden.

50

»Ach, na, wir haben ja ein Glück, hm?«, sagte die Krankenschwester, die mit Schwung den Kabinenvorhang aufzog.

»Glück?«, brachte Hal mit heiserer Stimme hervor. Kopf und Hals schmerzten immer noch, das Sprechen fiel ihr schwer.

»Besuch. Und so ein schöner Strauß. Soll ich Ihnen in den Bademantel helfen?«

Hal schüttelte den Kopf und fragte sich, wer wohl der Besuch war. Wahrscheinlich noch einmal die Polizei, obwohl sie schon über die Ereignisse in Trepassen ausgesagt hatte, länger, als ihrer schmerzenden Kehle guttat. Aber brachte die Polizei einem Blumen?

Als die Schwester weitergegangen war, setzte Hal sich auf, zupfte ihr T-Shirt zurecht, kämmte sich mit den Fingern das Haar und versuchte, sich für den Besuch zu wappnen, der gleich in ihre Kabine treten würde – wer auch immer es war.

Doch auf die zwei Personen, die jetzt nervös den Gang entlang auf sie zukamen, war sie nicht gefasst gewesen. Abel und Mitzi, Abel mit dem angekündigten Blumenstrauß in der Hand, der fast größer war als er selbst, und Mitzi mit etwas, das aussah wie ein selbstgebackener Kuchen.

»Hallo, Harriet«, sagte Abel zögerlich, und Hal sah, dass er schlucken musste. »Ich hoffe – ich hoffe, es ist dir recht, ich könnte verstehen, wenn –«

Er brach ab, und Mitzi übernahm, ihr rosiges Gesicht noch rosiger als sonst.

»Wirklich, Harriet, wir könnten es beide gut verstehen, wenn dir jetzt nicht danach ist, irgendwen aus Trepassen zu sehen, also sag es ganz ehrlich, wenn es dir lieber wäre, wir würden wieder gehen. Ich hatte ganz egoistische Beweggründe, herzukommen – ich habe mir solche Sorgen gemacht, als ich hörte, was passiert ist. Harding ist mit den Kindern zu Hause, und Abel hat netterweise angeboten, mich mitzunehmen – nein, Harriet, steh bloß nicht auf, bitte!«

Aber Hal rappelte sich hoch und schob ihre wackligen Beine auf den Boden, bevor sie Mitzi in die Arme fiel, die sie so fest an sich drückte, dass sie fast keine Luft mehr bekam.

»Ach, meine Kleine«, sagte Mitzi immer wieder. »Meine Kleine, was du durchgemacht hast, ich weiß gar nicht – dieser schreckliche Kerl – ich kann gar nicht …«

Sie brach ab, ließ sich aufs Bett sinken und rieb sich mit einem Zipfel ihres Hermès-Schals heftig über die Augen, und dann kam Abel auf Hal zu.

Er umarmte sie nicht, zumindest nicht richtig, sondern legte ihr nur die Hände auf die Schultern und hielt sie sanft fest, als hätte er Angst, sie könne zerbrechen. Aus seinen grauen Augen sah er sie mit solcher Traurigkeit an, dass Hal plötzlich einen Kloß im Hals spürte.

»Harriet«, sagte er. »Kannst du uns jemals verzeihen?«

»Euch verzeihen?«, wollte Hal fragen, doch ihre Heiserkeit zerhackte ihr die Wörter, und sie musste sich kräftig räuspern, bevor sie sich verständlich machen konnte. »Was soll ich verzeihen?«

»Alles«, sagte Abel bedrückt. Er setzte sich auf den kleinen harten Stuhl am Fußende, wo Mitzi auf der Bettkante hockte. »Dass wir dich ahnungslos in diese Sache haben hineinschlittern lassen. Dass wir zwanzig Jahre lang weggesehen haben. Im Grunde wusste ich immer, dass etwas nicht stimmte, wir alle wussten es. Aber wenn er nur wollte, war er immer so einnehmend, so charmant.«

»Aber keiner von euch kannte die Wahrheit, oder?«, brachte Hal mühsam hervor. Abel schüttelte den Kopf. »Mutter wusste

Bescheid. Und … und ich glaube, Mrs Warren auch, da ich bin mir fast sicher.«

»Mrs Warren?« Mitzi stand das Entsetzen ins Gesicht geschrieben. »Sie wusste es und hat nichts gesagt?«

»Sie hat ihn geliebt«, sagte Abel mit einem Schulterzucken. »Und Mutter auch, auf ihre Weise. Wahrscheinlich dachten sie …« Er schüttelte den Kopf. »Was passiert ist, ist passiert. Maggie konnten sie nicht zurückbringen. Und vielleicht glaubten sie – verzeih mir, Hal.« Er atmete tief ein. »Ich kann mir vorstellen, dass sie glaubten, sie hätte ihn provoziert. Und er es nicht ertragen hat. Ein Verbrechen aus Leidenschaft sozusagen.«

»Mrs Warren wusste Bescheid«, sagte Hal. Sie trank einen Schluck Wasser aus dem Glas neben ihrem Bett. »Deshalb hat er sie umgebracht. Sie hat versucht, mich zu warnen. Aber ich habe es nicht verstanden. Ich dachte, sie wollte mir drohen. Und ich dachte, sie wollte mich auf der Treppe zu Fall bringen, damit ich Angst bekomme und verschwinde, aber es war –«

Sie brach ab. Was sollte sie sagen? Es war mein Vater, der das getan hat, um mich davon abzuhalten, meiner eigenen Vergangenheit nachzuspüren?

»Und jetzt ist sie auch tot«, sagte sie schließlich. Sie fühlte sich wie betäubt bei dem Gedanken an die Sinnlosigkeit dieser Tat. Maud, Maggie, sie selbst sogar, das konnte sie verstehen. Sie konnte Ezra nicht vergeben, aber sie konnte ihn verstehen. Er hatte zunächst aus Wut und einer irregeleiteten Leidenschaft heraus getötet, später dann, um sich selbst zu schützen und zu verhindern, dass die Wahrheit ans Licht kam. Aber bei Mrs Warren …. Hal dachte an all die Fragen, an all die drängenden Fragen, die sie noch hatte – Fragen, die nur Mrs Warren hätte beantworten können, und sie wäre am liebsten in Tränen ausgebrochen. Wieder hatte sie Mrs Warrens Blick an jenem ersten Tag vor Augen – wie er sie an den eines Kindes erinnert hatte, das beobachtet, wie eine Katze sich an einen Taubenschlag heranpirscht und mit einer Mischung aus Schrecken und Schadenfreude beobachtet, wie das Gemetzel seinen Lauf nimmt. Hal hatte geglaubt, die Katze in diesem Szenario wäre sie selbst. Jetzt aber verstand sie – die Katze war Ezra. Und Mrs Warren konnte nicht ahnen, was geschehen würde – sonst hätte sogar sie etwas gesagt. Aber sie sah die Gefahr und tat nichts, um sie abzuwenden.

Sie sollten hier verschwinden. Zu Ihrem eigenen Besten. Solange Sie noch können …

»Sie war die einzige Person, die die Wahrheit kannte«, sagte Hal nachdenklich. »Und er wusste … er hat gewusst, dass sie mich warnen würde …«

Sie dachte an damals, an seine Opfer, von denen eins zum nächsten führte nach jenem Wutausbruch im Bootshaus. Und das letzte sollte sie selbst sein. Nur dass sie … eben nicht tot war. Sondern er.

»Abel … Mitzi …«, fing sie an, suchte nach den richtigen Worten, fand aber schließlich doch nur den ewig gleichen, abgedroschenen Spruch für das Unbeschreibliche. »Mein Beileid.«

»Und mein Beileid für dich«, sagte Mitzi, und auf einmal lag eine Weisheit in ihrem rosigen Gesicht, die Hal ihr nie zugetraut hätte, als sie sie kennenlernte. Grenzenloses Mitgefühl verbarg sich hinter der selbstgefälligen Fassade. »Er war schließlich dein Vater.«

Nicht Hal zuckte bei dem Wort zusammen, sondern Abel, der das Gesicht in den Händen vergrub, als könnte er den Gedanken nicht ertragen, und am liebsten hätte Hal ihm Trost gespendet und versichert, dass alles in Ordnung war und in Ordnung kommen würde. Ganz gleich, wer – *was* ihr Vater gewesen war: Sie hatte nicht nur eine, sondern gleich zwei außergewöhnliche Mütter gehabt, Frauen, die für sie gekämpft und sie beschützt hatten, und darin konnte sie sich wirklich glücklich schätzen.

Aber sie konnte die richtigen Worte nicht finden. »Wenn es dir besser geht« – Mitzi tätschelte ihr Knie unter der Bettdecke – »müssen wir Mr Treswick anrufen, damit er sich mit dir trifft.«

»Mr Treswick?«

»Na ja … es scheint so, als hätte Hester Westaway sehr wohl gewusst, was sie tat, als sie das Testament aufsetzte.«

»Mr Treswick ist der Sache bereits nachgegangen«, sagte Abel. »Nach allem, was wir jetzt wissen, ist der Wortlaut klar und eindeutig. Dieses Erbe war für dich gedacht, Hal. Von Anfang an. Das Haus gehört dir.«

»*Was?*«

Es war ein so unerwarteter Schock, dass ihr das Wort einfach herausgerutscht war, wie eine Anklage. Und danach wusste sie nicht, was sie sonst noch sagen konnte.

Abel nickte. »Mutter wusste, dass du ihre Enkelin bist. Das scheint nun doch ziemlich klar zu sein. Und was das Testament angeht … tja, sie wollte wohl, dass wir uns Fragen stellen und endlich damit beginnen, in der Vergangenheit zu graben. So war er gemeint, glaube ich, dieser Satz in ihrem Brief an Harding.«

»*Après moi le déluge*«, sagte Hal leise und dachte darüber nach, was Mrs Westaway mit ihrem Testament in Bewegung gesetzt hatte. Sie hatte es aus Bosheit getan, ja, aber auch aus Feigheit. Die Wahrheit war so schrecklich, dass sie sich ihr zu Lebzeiten nicht hatte stellen können. Stattdessen hatte ihre Großmutter gewartet, bis sie selbst keinen Schmerz mehr empfinden konnte – und die Katastrophe über die Lebenden gebracht.

Hal stellte sich vor, wie sie dort gelegen hatte, ans Bett gefesselt und von vorne bis hinten umsorgt von Mrs Warren, während sie ihren unheilvollen Plan ausheckte. Hatte sie sich beim Unterzeichnen des Testaments schadenfroh ins Fäustchen gelacht? Oder hatte sie es resigniert und voller Mitleid mit den Lebenden getan?

Sie würden es nie erfahren.

»Seltsam finde ich«, sagte Abel, »dass Ezra der Erbteilsübertragung nicht zustimmen wollte. Warum? Für ihn wäre es die perfekte Hintertür gewesen – die Anerkennung, dass du nicht die Enkelin unserer Mutter bist. Mutter muss darauf gesetzt haben, dass du genauso gierig und skrupellos bist wie der Rest von uns und die Wahrheit vor Gericht erzwingen würdest. Sie hätte wohl nie erwartet, dass du kampflos auf dein Erbe verzichten würdest. Dass du so nobel handelst, hätte sie sich nicht vorstellen können, Hal.«

»Ich habe nicht nobel gehandelt«, sagte Hal. Sie schluckte und presste schließlich hervor: »Ich – als Mr Treswicks Brief kam, wusste ich, dass ein Irrtum vorliegen musste. Ich habe euch gegenüber so getan, als wäre ich genauso verwirrt wie ihr alle, aber in Wahrheit war ich das gar nicht. Ich bin hierhergekommen …« Sie stockte. Konnte sie es ertragen, das zu sagen? »Ich bin hierhergekommen, um euch zu hintergehen. Ihr wisst nicht – ihr alle könnt nicht verstehen, wie es ist, wenn man immer kämpfen muss, wenn man nie weiß, woher man im nächsten Monat die Miete nehmen soll. Für mich wart ihr reich, und es fühlte sich an wie …« Sie stockte wieder, nestelte nervös am Stoff des Lakens herum. »Für *mich* fühlte es sich an wie ein Wink des Schicksals, eine Chance, ausgleichende Gerechtigkeit herzustellen, denn euch würden ein paar Tausend mehr oder weniger nichts bedeuten – und für mich wären sie alles. Ich war auf der Flucht vor einem Kredithai.« Wie klein und unwichtig ihr die Sache jetzt vorkam, Mr Smith mit seinen kleinen Drohungen, im Vergleich zu dem, was sie überlebt hatte. »Und mir fehlten nur ein paar Hundert Pfund, um alles wieder in Ordnung zu bringen. Ich dachte – ich hatte gehofft, ich könnte mir ein bisschen Geld abzweigen und noch mal neu anfangen. Erst als ich euch kennengelernt habe, wurde mir klar, dass das nicht richtig war, und als ich dann erfuhr, dass es nicht einfach um ein kleines Erbe, sondern ein riesiges Vermögen ging, wusste ich, dass ich es nicht durchziehen konnte. Aber ich glaube, ich weiß, warum Ezra der Erbteilsabtretung nicht zustimmen wollte.«

»Und warum?«, sagte Abel, und in seiner Stimme schwang Argwohn mit, als könnte er es nicht ertragen, mit einer weiteren Neuigkeit überfallen zu werden. Hal fiel auf, dass er, seit er sie am Bahnhof in Penzance abgeholt hatte, um Jahre gealtert wirkte, doch irgendwie betonten die Falten und der Schmerz in seinem Gesicht seinen liebenswürdigen Blick, und auf einmal schämte sie sich für ihre Verdächtigungen und dafür, dass sie je geglaubt hatte, der arme Edward würde hinter allem stecken.

»Ich glaube … ich glaube, er hatte Angst davor, dass Harding das Haus verkaufen würde, und davor, was man dann finden würde. Im See.«

»Was meinst du damit, Harriet?«, fragte Mitzi. Sie lehnte sich vor und nahm Hals Hand. »Hat Ezra dir vor seinem Tod noch etwas gesagt?«

»Ich glaube, meine …«, das Wort schmerzte, bohrte sich in ihre geschundene Kehle, »meine Mutter ist noch da, ich glaube, sie liegt im See, im Bootshaus. Könnt ihr …« Sie hustete. »Könnt ihr die Polizei bitten, dort zu suchen?«

»O Gott«, flüsterte Abel. »Mein Gott. Und Mutter hat mit diesem Wissen zwanzig Jahre lang gelebt.«

In der Kabine wurde es still. Jeder von ihnen war in seine eigenen Gedanken und Erinnerungen versunken, allein mit dem eigenen Entsetzen.

Dann wurde mit einem Ruck der Vorhang aufgezogen und ein fast stechend heller Sonnenstrahl fiel aufs Bett. Vor ihnen stand die muntere Schwester von eben.

»Mummy, Daddy, die Besuchszeit ist leider vorbei«, sagte sie mit einem verschmitzten Lächeln. »Jetzt heißt es: bye-bye und bis morgen. Unsere junge Dame hier muss ihre Stimme schonen.«

»Nur – nur eine Minute noch«, sagte Abel. Er stand auf und strich seine Hose glatt, und Hal sah, dass er blinzelte, als er sie anlächelte. »Entschuldige, Hal, es war wirklich unbedacht, dich so lange sprechen zu lassen, es tut sicher ziemlich weh. Aber bevor wir gehen, muss ich dir noch etwas geben.« Er wühlte in seiner Tasche und zog ein offenbar kopiertes Dokument heraus. »Ich war mir nicht sicher, ob ich dir das hier geben soll, Harriet, aber … Also, hier ist es.« Er hielt ihr das Blatt Papier hin. »Das Original habe ich der Polizei übergeben, wir haben es bei Mrs Warrens Sachen gefunden. Es … es ist ein Brief. Du brauchst ihn nicht jetzt zu lesen, aber … wie du willst …«

Verblüfft nahm Hal ihn an.

»Na, ist das nicht nett?«, sagte die Schwester. »Aber jetzt muss unsere Patientin sich erholen.«

»Ich komme morgen wieder, Liebes«, sagte Mitzi, und dann beugte sie sich über Hal und gab ihr einen Kuss auf die Wange. »Und bis dahin – ich kenne ja das Krankenhausessen.« Dabei tippte sie auf die Dose, die sie auf dem Nachttisch abgestellt hatte. »Selbstgebackener Kaffee-Walnuss-Kuchen, damit du ein bisschen zulegst.«

»Ach«, warf die Schwester ein, »und könnten Sie Ihrer Tochter morgen ein paar frische Sachen zum Anziehen mitbringen? Der Doktor sagte gerade, dass sie morgen entlassen werden kann, wenn sie sich jetzt noch schont, Sie könnten sie dann gleich mitnehmen.«

»Oh«, sagte Hal. Bei dem Gedanken an die lange Zugfahrt zurück nach Brighton, an die kalte kleine Wohnung, wurde sie traurig. »Ich … sie ist nicht meine Mutter. Ich kann nicht … ich meine – ich lebe allein.«

»Haben Sie vielleicht eine Freundin, die stattdessen bei Ihnen bleiben kann?«, sagte die Schwester etwas verwundert.

»Ich bin ihre Tante«, sagte Mitzi und richtete sich zu ihrer ganzen, nicht besonders beachtlichen Höhe auf. »Und wir nehmen Hal liebend gern mit zu uns nach Hause, bis sie in ihre eigene Wohnung zurückkann … Nein!« Sie warf Hal, die protestieren wollte, einen scharfen Blick zu, der keinen Widerspruch duldete. »Ich will kein Wort mehr darüber hören, Harriet. Bye-bye, Liebes, wir kommen morgen mit frischer Kleidung zurück. Und bis dahin ist dieser Kuchen hier bis auf den letzten Krümel verputzt, oder du bekommst es mit mir zu tun.«

Hal blickte ihnen nach, während sie Arm in Arm durch den Korridor gingen, und lächelte, als Abel ihr, kurz bevor sie um die Ecke bogen, noch einmal kameradschaftlich zuwinkte, doch in Wahrheit war sie erleichtert, wieder allein zu sein, und sie ließ den Kopf aufs Kissen sinken. Sie schloss die Augen und wurde sofort von einer gewaltigen Müdigkeit erfasst. Die Schmerzen in ihrer Kehle waren größer, als sie es Mitzi und Abel eingestanden hatte, auch ohne all die möglichen Folgeschäden, die ihr der Arzt gestern aufgezählt hatte.

Sie reichten von gelinde – bleibende Schäden an den Stimmbändern – bis hin zu sehr ernst: unsichtbare Hirnschäden aufgrund des Sauerstoffmangels oder Gerinnsel aus verletzten Blutgefäßen, die noch Wochen später zu Schlaganfällen oder zum Tod führen konnten. Allerdings, hatte der Arzt versichert, passiere das nur sehr selten. Man sollte Kenntnis davon haben, aber keine Angst, und Hal hatte auch keine Angst – nicht mehr.

Sie wollte gerade die Decke hochziehen, um ein wenig zu schlafen, als etwas zwischen ihren Fingern knisterte und ihr einfiel, dass sie immer noch das Blatt Papier in Händen hielt, das Abel ihr gegeben hatte. Sie faltete es vorsichtig auf.

Das Blatt war einseitig beschrieben, in einer ausladenden, schwungvollen Handschrift, die Hal so vertraut war, dass ihr der Atem stockte. Die Handschrift ihrer Mutter. Es waren nicht die runden, ungeformten Buchstaben aus dem Tagebuch, sondern es war die Schrift, die sie auf Weihnachts- und Geburtstagskarten, auf Einkaufszetteln und in Briefen begleitet hatte, seit sie ein Kind war. Als sie sie jetzt wieder betrachtete, fragte sie sich verwundert, wie sie je hatte glauben können, dass die Tagebucheinträge von derselben Hand geschrieben worden waren. Es gab Gemeinsamkeiten, eine oberflächliche Ähnlichkeit, aber aus der Handschrift dieses Briefes strahlte ihr eine Energie und Entschlossenheit entgegen, die Hal das Herz abschnürte, so vertraut war sie ihr.

Mum.

Bei dem Versuch, sich auf den Wortlaut des Briefes zu konzentrieren, stiegen ihr Tränen in die Augen. Ihr war, als hörte sie plötzlich die Stimme ihrer Mutter – ein Schock, wie es das Tagebuch nie gewesen war.

Sie blinzelte ein paarmal, dann waren die Buchstaben wieder klar zu erkennen.

8. Mai 2013

Liebe Mutter,

vielen Dank für Deinen Brief. Und vielen Dank auch für den Scheck. Ich habe ihn für einen Laptop zu Harriets Geburtstag verwendet – sie will nächstes Jahr studieren, da braucht sie dringend einen eigenen.
Ich schreibe Dir jedoch nicht nur, um mich zu bedanken. Sondern auch, um Dich vorzuwarnen.
Ich wollte Dich wissen lassen, dass ich beschlossen habe, Hal die Wahrheit zu sagen. Sie wird nächste Woche achtzehn und hat ein Recht darauf, ihre eigene Geschichte zu kennen, ich kann mich nicht länger hinter meiner Feigheit verstecken.
Viel zu lange habe ich in Angst vor ihm gelebt – Angst vor dem, was er Maggie antun würde, als wir noch in Trepassen wohnten, Angst davor, dass er uns daran hindern könnte zu fliehen, dass er uns irgendwie aufspüren würde, und Angst vor dem, was er ihr angetan hatte, als sie von ihrem letzten Besuch nie zurückkehrte. Denn ich wusste es, Mutter. Ich habe es immer gewusst. Maggie hätte nie-

mals ohne ein Wort ihr neugeborenes Baby verlassen. Sie ist zurückgegangen, um ihn zu konfrontieren, um für Hals Zukunft zu kämpfen – und sie kam nie wieder.
Für Dein Schweigen habe ich Dir bittere Vorwürfe gemacht – dabei habe ich mich des gleichen Vergehens schuldig gemacht. Ich hätte der Polizei von meinem Verdacht erzählen können. Ich hätte sie auffordern können, auf dem Grundstück zu graben oder den See auszubaggern, den Keller zu durchsuchen. Doch wenn ich das getan hätte und sie nichts gefunden hätten, hätte ich das Sorgerecht für Hal an Ezra verloren. Und das konnte ich nicht zulassen, Mutter. Das durfte ich nicht riskieren. Maggie konnte ich mit der Wahrheit nicht mehr retten – aber mit meinen Lügen ihr Kind schützen.
Aber jetzt, da Hal erwachsen wird, kann ich mich nicht länger hinter Ausreden verstecken. Jetzt kann ich sie nur noch dadurch verlieren, dass sie entscheidet, den Kontakt zu mir abzubrechen. Ich könnte es ihr nicht verdenken – ich habe sie zu lange angelogen, auch wenn ich mir immer eingeredet habe, dass ich es aus den besten Beweggründen tat. Ich habe sie auf unverzeihliche Weise getäuscht – und hoffe, dass sie mir dennoch irgendwann verzeihen kann.
Es gibt vieles, was ich Dir nie verzeihen werde, Mutter. Aber Du hast mein Geheimnis die letzten Jahre bewahrt, und ich bin der Meinung, dass es Dir zusteht, die Gründe für meinen Entschluss zu kennen. Ich weiß nicht, was Hal mit dem Wissen anstellen wird – es ist ihre Entscheidung. Aber es ist möglich, dass sie Dich ausfindig machen und mit Dir reden will. Sei freundlich zu ihr, wenn sie das tut.

Deine Maud

Hal ließ den Brief auf die Bettdecke sinken, fühlte, wie die Tränen kamen, und wünschte, sie könnte ihrer Mutter nah sein, zurück in die Vergangenheit reisen und sie in die Arme schließen.

Wie war Mrs Warren an diesen Brief gekommen? Hatte er Mrs Westaway überhaupt erreicht? Oder hatte Mrs Warren ihn abgefangen? So oder so, jemand hatte Ezra davon erzählt. Und zum zweiten, aber nicht zum letzten Mal in seinem Leben tötete ihr Vater einen unschuldigen Menschen, um sich selbst zu schützen.

Wenn ihre Mutter diesen Brief nur niemals geschickt hätte. Es kam ihr so unglaublich naiv vor – die hart erkämpfte Anonymität aufzugeben, um ihre Mutter vorzuwarnen.

Hatte Maud Ezra unterschätzt? Hatte sie Mrs Westaway zu sehr vertraut? Sie standen schon eine Weile in Briefkontakt, so viel ging aus den Zeilen hervor. Vielleicht hatte sie geglaubt, dass sie ihrer Mutter, die ihr Geheimnis bislang gehütet hatte, vertrauen konnte, und hatte etwas preigegeben, was diese nicht für sich behalten konnte.

Aber sicher war Hal sich nicht. Etwas war merkwürdig gewesen an Mrs Warrens Versuchen, sie zu warnen … als steckte ein altes, nagendes Schuldgefühl dahinter. Sie sah das Wohnzimmer vor sich, die gerahmten Bilder des engelhaften kleinen Jungen, den Mrs Warren über eine so lange Zeit geliebt hatte, und des Mannes, der schließlich aus ihm geworden war.

Vielleicht hatte sie um dieses kleinen Jungen willen Ezra einen Brief geschrieben – in dem sie ihn warnte, sich fernzuhalten.

Und erst später erkannte sie, was sie getan hatte.

Was sich tatsächlich zugetragen hatte, würde Hal niemals erfahren. Alles, was sie wusste, war, dass dieser Brief von Maud das erste Glied einer Kette von Ereignissen war, die schließlich zu jenem heißen Sommertag geführt hatten, zu den kreischenden Bremsen und dem zermalmten Körper ihrer Mutter auf der Straße vor ihrem eigenen Haus.

Sie schloss die Augen, spürte die Tränen zwischen den Lidern hervorquellen und über ihre Wangen rollen, und sie wünschte sich nichts sehnlicher, als dass sie die Zeit zurückdrehen und ihrer Mutter sagen könnte: Es ist in Ordnung. Es gibt nichts zu verzeihen. Ich vertraue dir. Ich liebe dich. Nichts, was du tust, könnte das ändern. Egal, was ich dir vielleicht in meiner Wut an den Kopf geworfen oder getan hätte, ich wäre am Ende zu dir zurückgekommen.

»Sind Sie wach, junge Dame?« Ein kornischer Akzent unterbrach ihre Gedanken, und als sie die Augen aufmachte, stand eine Pflegerin neben einem Teewagen vor ihr, in einer Hand eine weiße Porzellantasse, in der anderen eine Metallkanne. »Tee?«

»Ja, bitte«, sagte Hal. Verstohlen wischte sie sich über die Wangen und blinzelte die restlichen Tränen weg, während die Frau ihr eine Tasse einschenkte.

»Oh, selbstgebackener Kuchen. Haben Sie's gut! Ich gebe Ihnen noch eine zweite Untertasse dafür«, sagte die Frau, schnitt ihr ein großes Stück Kuchen ab und stellte es auf das Tablett.

Nachdem sie wieder verschwunden war, brach Hal ein Stückchen davon ab und steckte es in den Mund. Die Buttercreme zerschmolz auf ihrer Zunge, beruhigte ihre raue Kehle und nahm ihren Gedanken etwas von ihrer Bitterkeit.

Sie durfte sich nicht weiter so sehr an die Vergangenheit klammern, sie musste nach vorn schauen, in eine andere, neue Zukunft.

Sie faltete den Brief zusammen, der noch auf ihrem Schoß lag, und legte ihn auf den Spind neben dem Bett. Dabei stieß sie mit der Hand gegen die Golden-Virginia-Dose, und einem plötzlichen Impuls folgend klappte sie sie auf, schloss die Augen und mischte die Karten.

So, mit geschlossenen Augen, war es fast wie zu Hause, in ihrem kleinen Stand auf dem Pier, als sie die weichen, leicht abgewetzten Kanten der Karten zwischen den Fingern spürte, die glatten Rechtecke, die übereinanderglitten, wobei jede Bewegung die Möglichkeiten veränderte, die das Leben eröffnete, andere Fragen stellte, andere Wahrheiten enthüllte.

Schließlich hörte sie auf, hielt das Kartendeck in den Händen, hob ab und öffnete die Augen.

Eine einzelne Karte starrte ihr entgegen, in aufrechter Position – und sie musste lächeln, den Tränen zum Trotz, die immer noch in ihren Wimpern hingen.

Es war die Welt.

In Hals Kartendeck war die Welt eine Frau mittleren Alters mit langem schwarzem Haar, die den Fragenden direkt anblickte. Aufrecht stand sie da, die Füße mit etwas Abstand voneinander fest auf dem Boden, umgeben von einer Blumengirlande. In jeder Ecke der Karte befand sich eines der vier Symbole des Schicksalsrads – die bedeuteten, dass sich die Welt, wie das Rad, immer weiterdrehte und dass man, ganz gleich, wohin man reiste, auf die eine oder andere Art immer wieder dort ankommen würde, wo man begonnen hatte.

Die Frau lächelte, doch in ihrem Blick lag auch Schwermut. Und in den Armen hielt sie, vorsichtig, zärtlich, als wiege sie ein Kind, einen Globus.

Obwohl Hal keine Frage im Kopf gehabt hatte, als sie das Deck abhob, hatte sie hier ihre Antwort.

Sie wusste genau, was sie gesagt hätte, wenn sie diese Karte für einen ihrer Kunden aufgedeckt hätte.

Sie hätte gesagt: *Diese Karte zeigt, dass Sie am Ende einer Reise angekommen sind, dass Sie etwas Wichtiges abgeschlossen, ein Ziel erreicht haben. Die Erde hat sich gedreht, der Kreis hat sich geschlossen – Ihre Suche hat ein Ende. Sie haben Not und Leid auf diesem Weg erfahren, doch das hat Sie gestärkt – die Karten haben Ihnen etwas gezeigt, Ihnen eine Wahrheit über sich selbst und Ihren Platz in der Welt offenbart.*

Denn dass wir die Welt auf dieser Karte von oben sehen, behütet in den Armen der Frau, bedeutet, dass Sie endlich das große Ganze erkennen. Bis jetzt sind Sie unterwegs gewesen und haben immer nur einen Teil dessen gesehen, was Sie sehen wollten – und jetzt haben Sie endlich die ganze Ordnung vor Augen, erkennen die Welt und Ihren Platz im Universum, genauso wie Ihren Teil am großen Ganzen.

Jetzt verstehen Sie.

Was stimmte. Alles stimmte. Doch es war nicht das, was Hal sah, wenn sie die Karte betrachtete – oder nicht das Einzige, was sie sah. Als Kind hatte Hal der Karte einen anderen Namen gegeben. Sie hatte sie »die Mutter« genannt.

Im Tarot gab es keine Mutter-Karte – am nächsten kam dieser Vorstellung die Kaiserin, deren füllige goldene Lockenpracht Weiblichkeit und Fruchtbarkeit symbolisierte. Betrachtete Hal jedoch diese Karte, die furchtlose dunkelhaarige Frau, die die Welt schützend in ihren Armen hielt, dann sah sie ihre Mutter. Sie sah ihre dunklen Augen, die voller Weisheit waren und auch ein klein wenig zynisch; sie sah die zupackenden Hände, das traurige Lächeln, das Mitgefühl.

Sie hatte in der Welt ihre Mutter gesehen, denn ihre Mutter war ihre Welt gewesen.

Aber in Wahrheit war die Welt unvertrauter und viel komplizierter, als sie sie sich als Kind ausgemalt hatte – und sie selbst war es auch.

Auf einmal war sie müde, unglaublich müde, und sie schob den Kuchen beiseite, steckte die Karten wieder in die Dose, bis auf die, die sie in der Hand hielt, und dann legte sie sich auf die Seite, spürte das kühle weiße Kissen unter ihrer Wange und blickte auf Maggies Tarotkarte, betrachtete Mauds Gesicht.

Bald fielen ihr die Augen zu und langsam umhüllte sie der Schlaf.

Auf den geschlossenen Lidern sah sie Muster – flammenartige Gebilde, die sich von sprühenden Funken in flatternde Blätter, dann in einen Schwarm Vögel verwandelten, der sich hell vor der rotschwarzen Dunkelheit abzeichnete, und sie musste an die Elstern in Trepassen House denken, wie sie krächzend am Himmel kreisten, und an den Reim, den Mr Treswick an jenem ersten Tag, als sie auf das Haus zufuhren, zitiert hatte.

Eine für Leid.

Zweie für Freud.

Drei für ein Mädchen.

Vier für ein Knäbchen.

Fünfe für Silber.

Und sechs für Gold.

Sieben für ein Geheimnis, das keiner wissen soll.

Und sie dachte an all die Geheimnisse der vergangenen Jahre – an Maggie, die die Seiten aus ihrem Tagebuch riss, an Maud, die log, um Hal zu schützen, um sie vor ihrem eigenen Vater in Sicherheit zu bringen. Sie dachte an die Geheimnisse, die ihr Vater bewahrt, an die Schuld, die er in sich eingeschlossen hatte, bis sie sich schließlich in ein Gift verwandelt hatten, das sein ganzes Leben verseuchte.

Sie dachte an Mrs Westaway und Mrs Warren, die Jahr um Jahr mit der schrecklichen Wahrheit über die Tat ihres Lieblingsjungen gelebt hatten – und mit dem Grauen, das sich im Bootshaus unter der dunklen, blätterbedeckten Wasseroberfläche verbarg.

Und sie hörte wieder die Stimme in ihrem Ohr. Jetzt war es ihre eigene, fest, ungebrochen, unverändert von allem, was passiert war. *Keine Geheimnisse mehr, Hal.*

Sie kannte die Wahrheit. Und das war alles, was zählte.

OMNIBUS